Ian McGuire

Der Abstinent

England, 1867. James O'Connor ist von Dublin nach Manchester gekommen, um den Tod seiner Frau und den Alkohol hinter sich zu lassen. Für die englische Polizei soll er die irischen Unabhängigkeitskämpfer ausspionieren. Doch dann wird er ins Zentrum des irisch-englischen Konflikts katapultiert. Stephen Doyle, amerikanischer Ire und Kriegsveteran, heftet sich an seine Fersen – und ein erbitterter Kampf zwischen beiden entbrennt. Scharf realistisch, präzise und vielschichtig erzählt Ian McGuire eine zeitlose Geschichte von archaischer Wut.

Ian McGuire, geboren 1964, ist ein britischer Schriftsteller und Literaturwissenschaftler. Mit ›Nordwasser‹ war er 2016 für den Man Booker Prize nominiert. Der Roman wurde von der New York Times zu einem der zehn besten Bücher des Jahres gewählt und wurde von der BBC zur Serie verfilmt, mit Colin Farrell in einer Hauptrolle.

Jan Schönherr hat Charles Bukowski, Roald Dahl und Jonathan Safran Foer übersetzt und wurde für seine Arbeit mehrfach ausgezeichnet, u. a. mit dem Förderpreis der Kunststiftung NRW (2019) und dem Arbeitsstipendium des Freistaats Bayern für literarische Übersetzerinnen und Übersetzter (2022).

Ian McGuire

Der Abstinent

Roman

Aus dem Englischen
von Jan Schönherr

dtv

Auf den Seiten 330–332 wird zitiert aus:
Psalm 107:4, Johannes 14:2, Offenbarung 21:4,
Jesaja 13:9, Luther 1912.

MIX
Papier aus verantwortungsvollen Quellen
FSC® C019821

Die englische Originalausgabe erschien 2020
unter dem Titel ›The Abstainer‹ bei Scribner
(Simon & Schuster UK Ltd) in London.

Umschlaggestaltung: dtv nach einem Entwurf
von Jack Smyth Design
Umschlagmotive: Manchester Libraries,
Information and Archives
Satz: Greiner & Reichel, Köln
Druck und Bindung: Druckerei C.H.Beck, Nördlingen
Printed in Germany · ISBN 978-3-423-14844-3

Für Abigail, Grace und Eva
Und im Gedenken an meine Mutter Joan McGuire
(1925–2018)

Erstes Kapitel

Manchester, 22. November 1867

Mitternacht. Feldgeschütze in der Stanley Street, Barrikaden an jeder Brücke und Kreuzung. Die hellen Flammen der Wachfeuer spiegeln sich rötlich schimmernd auf dem schwarzen, bootlosen River Irwell. Im Rathaus in der King Street klopft James O'Connor den Regen von seiner Melone, knöpft den Mantel auf und hängt beides an einen Haken neben dem Pausenraum. Sanders, Malone und vier, fünf andere schlafen in einer Ecke auf Strohsäcken; die anderen sitzen an den Tischen, spielen Whist, plaudern oder lesen den *Courier*. In der Luft hängt der vertraute Kasernendunst aus starkem Tee und Tabak, links an der Wand verstaubt ein Regal voller Turnkeulen und Medizinbälle, in der Mitte steht ein mit Brettern abgedeckter Billardtisch. Fazackerley, der Sergeant vom Dienst, bemerkt O'Connor und nickt.

»Und?«

O'Connor schüttelt den Kopf.

»Früher oder später wird sich einer blicken lassen«, sagt Fazackerley. »Irgendein besoffener Schwachkopf. Einen gibt's immer. Warten Sie's nur ab.«

O'Connor nimmt sich einen Stuhl, Fazackerley füllt eine verbeulte Blechkanne halb mit kochend heißem Wasser aus dem Kessel und rührt zweimal um.

»Östlich von Kingstown ist außer mir kein Ire auf den Beinen«, sagt O'Connor. »Die anderen liegen brav im Bett, folgen dem Rat der Priester und halten sich da raus.«

»Ich dachte, eure Fenians geben nicht viel auf das, was die Pfaffen sagen.«

»Nur, wenn's ihnen in den Kram passt. So wie wir alle eben.«

Fazackerley nickt, gestattet sich ein Grinsen. Sein Gesicht ist ein borstiger Wust aus Furchen und Flächen, die Augenbrauen sind verwildert, die angegrauten Haare dünn und fettig. Wären da nicht die blassblau leuchtenden Augen – eher wie die eines Neugeborenen oder einer Porzellanpuppe als die eines über Fünfzigjährigen –, würde er vielleicht erschöpft wirken, verwahrlost, doch so strahlt er sogar im Sitzen eine Art verschmitzten Elan aus.

»Die haben die Dragoner durch Deansgate trotten sehen«, fährt O'Connor fort. »Die Kanonen und die Barrikaden. Die sind nicht so dumm, wie Sie glauben.«

»Na, zumindest drei von denen werden heute um acht Uhr ziemlich dämlich aus der Wäsche kucken.«

Fazackerley legt den Kopf zur Seite, imitiert einen Gehängten, doch O'Connor beachtet ihn gar nicht. Neun Monate sind inzwischen vergangen, seit er aus Dublin hierher versetzt wurde, und er hat sich an die Sitten seiner englischen Kollegen gewöhnt. Ständig machen sie ihre Witze, sticheln, lassen nichts unversucht, um ihn zu provozieren. Oberflächlich sind sie freundlich, aber hinter dem Grinsen und Gelächter spürt er Misstrauen. Was hat der hier verloren?, fragen sie sich. Taucht hier einfach auf und will uns vorschreiben, wie wir unsere Arbeit machen sollen … Sogar Fazackerley, bei Weitem noch der angenehmste, behandelt ihn meist nur als lustiges Kuriosum, als sonderbare Abnormität, wie einen durchreisenden Apachen oder einen Tanzbären. Andere wären beleidigt, aber O'Connor nimmt es hin. Manchmal, denkt er, hat man es leichter, wenn man missverstanden wird.

»Maybury will Sie sehen«, sagt Fazackerley, richtet sich auf. »Er ist oben bei Palin.«

»Maybury *und* Palin? Was wollen die von mir?«

Fazackerley lacht.

»Sie sind hier das Orakel vom Dienst, Constable O'Connor. Die wollen von Ihnen hören, was die Zukunft bringt.«

»Hätten sie mal vorher auf mich gehört, dann wäre Charley Brett womöglich noch am Leben.«

»Kann sein, aber behalten Sie das besser für sich. Unsere glorreichen Herren und Meister mögen es nicht, wenn man ihnen ihre Fehler unter die Nase reibt.«

»Angeblich soll Palin sowieso gefeuert werden, sobald der Sturm sich gelegt hat. In Pension geschickt.«

»Ach, hier wird zu viel getratscht«, winkt Fazackerley ab. »Sie würden wohl gern selbst das Ruder übernehmen, was? *Chief* Constable O'Connor, hm?«

Fazackerley prustet los, als hätte er einen großartigen Witz gemacht. O'Connor trinkt seinen Tee aus, zupft sein Wams zurecht und befiehlt dem Sergeant vom Dienst in aller gebotenen Höflichkeit, sich zu verpissen.

Oben lauscht er einen Augenblick an der Bürotür. Maybury kennt er ganz gut, aber den Chief Constable hat er bislang nur bei dienstlichen Anlässen und aus der Ferne gesehen – auf einem Podium oder hoch zu Ross. Palin ist kurz gewachsen, wirkt soldatisch und zumindest in der Öffentlichkeit steif und etwas reizbar. Am Tag des Hinterhalts war er nirgends zu erreichen, weshalb trotz der eindeutigen Warnsignale niemand etwas unternahm. Ein leitender Beamter hat seinen Posten wegen des Debakels schon verloren, jetzt munkelt man, Innenminister Gathorne Hardy habe sich persönlich eingeschaltet und auch Palin müsse demnächst seinen Hut nehmen. Zwangspension irgendwo auf dem Land und ein Lebensabend in Komfort und Wohlstand, schlimmer kommt es für einen wie ihn sowieso nie.

O'Connor hört die beiden durch die Tür – Palins leise Stimme, Mayburys gelegentliche Einwürfe –, versteht jedoch kein Wort. Er klopft, das Gespräch verstummt, und Maybury ruft ihn herein. Keiner der beiden lächelt oder steht von seinem Stuhl auf. Maybury – mittelgroß, untersetzt, Backenbart, Feuermal auf der Wange – nickt ihm knapp zu. Palin beäugt O'Connor misstrauisch, als hätte er ihn schon einmal irgendwo gesehen, wüsste aber nicht mehr genau, wo. Beide Männer sind in Hemdsärmeln, Palin raucht eine Zigarre. Auf dem Tisch stehen ein Senftopf und eine Flasche Essig, Wurstgeruch vermischt sich mit dem blauen Dunst.

»Der Sergeant sagt, Sie wollen mich sehen, Sir«, wendet O'Connor sich an Maybury.

Maybury sieht Palin an, will ihm den Vortritt lassen, doch der schüttelt den Kopf.

»Ihren Bericht, Constable«, befiehlt Maybury, als gehöre es eben zu O'Connors Job, mitten in der Nacht dem Chief Constable von Manchester persönlich Meldung zu machen.

O'Connor zieht sein Notizbuch aus der Innentasche und blättert durch die Seiten.

»Ich habe den ganzen Tag mit meinen Informanten in der Stadt gesprochen. Heute Nacht sollten wir nichts zu befürchten haben. Die Hinrichtung wird problemlos über die Bühne gehen. Sollte es zu Vergeltungsmaßnahmen kommen, dann später, wenn es wieder ruhiger ist. Nachdem sämtliche Soldaten die Stadt verlassen haben.«

»Es wird von Vergeltung geredet?«

»Ach, geredet wird immer, Sir, aber vorerst nichts, was wir allzu ernst nehmen müssten.«

»Die Fenians haben also Angst vor uns«, freut sich Palin, als läge dieser Schluss klar auf der Hand. »Unsere Machtdemonstration zeigt Wirkung.«

»Vorerst, ja«, stimmt O'Connor zu. »Aber in ein, zwei Monaten dürften die Dinge anders liegen.«

»Inwiefern?«, fragt Maybury.

»Die Hinrichtung wird die Leute gegen uns aufbringen. Schon jetzt sind viele überzeugt, dass die Urteile ungerecht sind und das mit Sergeant Brett schlimmstenfalls Totschlag war, aber ganz sicher kein Mord. Wenn die drei Männer hängen, werden andere nachrücken. Am Ende könnte die Fenian Brotherhood in Manchester sogar gestärkt aus der Sache hervorgehen.«

Palin runzelt die Stirn, richtet sich im Stuhl auf.

»Ich fürchte, ich kann Ihnen nicht ganz folgen«, sagt er. »Das klingt ja, als wollten Sie sagen, eine so harte Strafe könnte andere zu ähnlichen Verbrechen ermuntern. Wie soll das gehen? Wo läge da der Sinn?«

O'Connor blickt Hilfe suchend zu Maybury, doch der hebt nur die Brauen und lächelt ausdruckslos zurück.

»Es ist immer gefährlich, Märtyrer zu schaffen, Sir.«

»*Märtyrer*?«, ruft Palin aus. »Das sind doch keine Märtyrer! Gewöhnliche Verbrecher sind das. Kaltblütige Polizistenmörder.«

»Ich persönlich sehe das natürlich auch so, Sir, aber die herrschende Meinung unter den Iren lautet anders.«

»Dann ist die herrschende Meinung eben Unsinn. Sind Ihre Landsleute wirklich so dumm? Lernen die es denn nie?«

O'Connor antwortet nicht gleich. Er denkt daran, wie der alte Aufrührer Terence MacManus 1861 tot aus Kalifornien heimgeholt wurde und halb Dublin in braunem Nebel und strömendem

Regen dem Trauerzug beiwohnte. Die Leute hingen aus den Fenstern, standen dicht gedrängt rund um den Mountjoy Square. Als der Zug das Tor des Friedhofs Glasnevin erreichte, war er fast drei Kilometer lang. Zwanzigtausend Dubliner, und kaum ein Flüstern zu vernehmen, als MacManus ins Grab gelegt wurde. Gibt man den Fenians eine Leiche, kann man Gift darauf nehmen, dass sie ihren Vorteil daraus ziehen werden. Bevor sie Terence Bellew MacManus heimbrachten, hatte sich für die Fenians kaum jemand interessiert, doch schon am nächsten Tag galten sie als heldenhafte Nachfolger der Männer von '48. Wer klug ist, unterschätzt niemals die Macht der Toten, aber Palin ist nicht klug. Niemand von denen ist klug.

»Die meisten meiner Landsleute sind arm und ungebildet, Sir«, erklärt O'Connor schließlich. »Das nutzen die Fenians aus. Sie versprechen ihnen Freiheit und ein Ende ihrer Leiden.«

»Die Fenians sind Fanatiker.«

»Stimmt, Sir, aber Fanatiker sind hartnäckig.«

»Wir auch«, erwidert Palin. »Das ist doch gerade der Punkt, Constable. Das Empire ist stark und standhaft; es hat schon schlimmere Meutereien überstanden. Vielleicht sollten Sie Ihre Freunde bitten, diese Botschaft zu verbreiten. Unsere Feinde sollen wissen, dass sie sich für eine hoffnungslose Sache opfern.«

»Das ist nicht …«

O'Connor will selbst antworten, doch Maybury fällt ihm ins Wort.

»O'Connors Freunde taugen nicht zu Boten, Sir«, erklärt er. »Ihre Leben wären in Gefahr.«

»Natürlich«, sagt Palin. »Nicht dran gedacht.«

Stille. Im Ofen bröckelt Kohle. Palin schnaubt, streift die Zigarre in einen leeren Kaffeebecher ab.

»Woher haben wir die überhaupt, diese Informanten?«, fragt

er, an Maybury gewandt. »Und woher wissen wir, dass wir ihnen trauen können?«

»Normalerweise kommen diese Leute von sich aus auf uns zu«, erklärt Maybury. »Sie sind auf Geld aus. Wir genießen ihre Aussagen mit Vorsicht, aber hin und wieder ist was Nützliches dabei. Wenn wir wissen, was die Fenians planen, können wir meistens vorab etwas dagegen unternehmen.«

Palin kratzt sich das Kinn, runzelt die Stirn.

»Parasiten. Ich frage mich, ob wir uns nicht selbst herabsetzen, wenn wir uns mit denen einlassen.«

»Manchmal muss man durch die Scheiße schwimmen, um an den Schatz zu kommen, Sir«, trällert Maybury, als zitiere er ein altes Sprichwort. »Genau dafür haben wir ja Constable O'Connor.«

Palin nickt, lächelt, blickt zu O'Connor.

»So, so, das tun Sie also für uns, Constable?«, fragt er und schüttelt sich ein wenig angesichts der vulgären Formulierung. »Durch die Scheiße schwimmen?«

»In gewisser Hinsicht könnte man das so sagen, Sir.«

»Und das macht Ihnen Spaß, ja? Ist nach Ihrem Geschmack?«

O'Connor merkt, dass Palin ihn verspottet. Die Sticheleien seiner Kollegen ist er gewöhnt, doch dass der Chief Constable denselben Ton anschlägt, ist schon erstaunlich.

»Ich tue meine Pflicht, Sir«, sagt er. »So gut ich kann. Ich hoffe, einen kleinen Beitrag zum Erfolg leisten zu können.«

Palin zuckt die Achseln.

»Wir führen einen zähen Krieg gegen einen minderwertigen und unorganisierten Gegner. Einen Orden bekommt dafür niemand, Constable, das verspreche ich Ihnen.«

O'Connor nickt, verkneift sich eine Antwort. Er blickt auf seine Schuhspitzen: Das abgewetzte schwarze Leder hebt sich deutlich ab von den wirbelnden Rot- und Grüntönen auf Palins Perserteppich. Das Feuer wärmt ihm von hinten die Waden. Er hat gelernt, seine Zunge zu zügeln. Zu gewinnen gibt es selten etwas, wenn man den Mund aufmacht, aber jede Menge zu verlieren.

»Dann gehen Sie mal wieder an die Arbeit«, weist Maybury ihn an. »Geben Sie Bescheid, falls Sie noch was Interessantes hören.«

»Und sagen Sie Harris, er soll neuen Kaffee bringen«, fügt Palin hinzu, indem er nach der Abendzeitung greift. »Mit dieser Kanne sind wir durch.«

Unten im Pausenraum spielt O'Connor Whist, anstatt zu schlafen. Er verliert einen Schilling, gewinnt ihn zurück, verliert ihn erneut. Bei Tagesanbruch begleicht er seine Schulden bei Fazackerley, schnappt sich Hut und Mantel und geht wieder nach draußen. Rußschwarze Häuser drängen sich unter einem marmorierten Himmel. Er überquert Deansgate und geht entlang der Bridge Street in Richtung Irwell. Zerlumpte Grüppchen rotäugig blinzelnder Männer, ausgespien aus den Bierstuben, blicken sich fragend um, als versuchten sie, sich zu erinnern, wo und wer sie sind. In Tücher gehüllte Frauen stehen lachend in Hauseingängen beisammen, schütteln die Köpfe und reiben sich die Arme, um sich aufzuwärmen. Die Schaufenster sind vernagelt, vorsichtshalber, doch hier und da verkauft jemand aus einem Handwagen Kaffee oder Pasteten, und Gassenjungen preisen Extrablätter zu einem halben Penny an. Auf der Albert Bridge bleibt O'Connor stehen und sieht zu, wie sich die Menge einfindet.

Sie kommen zu zweit, zu dritt, zu sechst, zu siebt. Aus Knot Mill und Ancoats, aus Salford und Shude Hill. Finstere, klobige Gestalten, gehüllt in Wolle und Barchent. Ihre Haut ist gelb und schmutzig. Plaudernd und scherzend drücken sie sich an O'Connor vorbei, riechen nach Sägemehl, Pfeifenrauch und dem beißenden, tief sitzenden Schweiß endloser Fabrikarbeit. So eine

Hinrichtung hat etwas Erhabenes, das muss O'Connor zugeben – als sähe man mit an, wie ein schönes Haus abbrennt oder ein großes Schiff sinkt. Zumindest einen kurzen Augenblick kommt es einem dabei vor, als sähe man direkt ins Herz von etwas, als wäre die ganze Scham der Welt kurz abgefallen und übrig bliebe nur des Pudels Kern.

Eigens aus Rochdale und Preston herbeigeholte Hilfstruppen umringen dicht gedrängt den Galgen, zum Schutz vor Übergriffen. Sie rauchen, lachen, raufen, singen Lieder; hin und wieder ruft man sie zur Ordnung, lässt sie strammstehen. Sie sind mit Knüppeln bewaffnet, weiße Abzeichen am Ärmel zeigen ihren Rang an. Viel unbeschwertes Hin und Her ist auf den Barrikaden zu hören, raue Worte und Spott. Als es im Osten heller wird, wird auch die Menge dichter, und O'Connor spürt die Erregung in sich wachsen, in Brust und Bauch und in den Eiern. Er kommt nicht dagegen an. Auch er ist nur ein Mensch. Auf dem Weg über die Brücke zum Gefängnis wärmt ihn das Gedränge; er schmeckt den Bieratem der Leute, atmet ihn ein, fühlt sich für einen Augenblick als Teil von etwas Größerem, von einem gemeinsamen Begehren, einem starken, unbestimmten Trieb. Oben auf dem Eisenbahnviadukt vor der Nordwand des Gefängnisses wachen rotberockte Infanteristen mit Gewehren und Bajonetten. Blau uniformierte Polizisten stehen in stummen Grüppchen an jeder Kreuzung. Die Gefängnisuhr schlägt zur halben Stunde.

Die Soldaten zu holen, war ein Fehler, denkt O'Connor. Gewalt wird das Problem mit den Fenians nicht lösen, und der Anblick der Truppen lässt die Leute glauben, wir befänden uns im Krieg. Solche Machtdemonstrationen führen zu nichts Gutem; man gießt nur Öl ins Feuer. Akribische Ermittlungen und Fingerspitzengefühl, das wird diesen Kampf entscheiden, nicht protzig zur Schau gestellte Grausamkeit. Doch Protz und Grausamkeit sind den

Engländern nun mal am liebsten. In gemäßigteren Tönen hat er seine Bedenken auch in den Berichten an Maybury und in seinen Briefen nach Dublin Castle geäußert – gemessen am Ergebnis hätte er die auch auf Chinesisch oder Hebräisch schreiben können.

Als es acht Uhr schlägt, verstummt die Menge und blickt auf. Hinter dem Galgen öffnet sich eine Tür, und ein groß gewachsener Priester in Ornat tritt aufs Podest, gefolgt von einem der Verurteilten – William Allen. Der Priester betet die Litanei vor, der gebrechlich wirkende Allen antwortet. *Christus, erbarme dich. Herr, erbarme dich.* Ihre verschlungenen Stimmen sind leise, aber gut vernehmbar. Kurz blickt Allen in die Menge, wendet den Blick jedoch gleich wieder ab. Als Nächstes tritt der Henker Calcraft aufs Podest, gefolgt von den beiden anderen Gefangenen, O'Brien und Larkin, jeweils mit einem Wächter und einem psalmodierenden Priester im Schlepptau. Allens Augen sind geschlossen, seine gefesselten Hände zu einem unbeholfenen Gebet erhoben. Der Priester flüstert ihm ins Ohr. Calcraft legt den dreien die Schlingen um die Hälse und zieht sie fest, fesselt ihre Füße, zieht jedem einen weißen Sack über den Kopf. O'Brien ruckt zur Seite, küsst Allen ungelenk die Wange. Larkins Beine geben nach, und es wird kurz etwas hektisch, als ein Priester und ein Wächter ihn mit Mühe aufrecht halten. Calcraft huscht indessen ungerührt übers Podest, justiert die Knoten mit der flinken, zappligen Gewandtheit eines Schneiders, der Maß für einen Anzug nimmt. Er betrachtet kurz sein Werk, nickt zufrieden, tritt zur Seite. Eine Krähe krächzt, als zöge man einen trockenen Korken aus einer Flasche; irgendwo am Fluss klappern Wagenräder und ein Pferd wiehert. Einen langen Augenblick stehen die drei Männer Seite an Seite unter dem schweren Eichenbalken wie grob gehauene Karyatiden, getrennt und doch vereint, dann, erschreckend plötzlich, sind sie weg. Anstelle ihrer lebendigen Leiber bleiben nur drei stramme

Stricke, wie lange, lotrechte Kratzer auf der Gefängnismauer. Die Menge hält die Luft an und lässt dann einen langen, kehligen Seufzer fahren, wie eine Welle, die sich vom Strand zurückzieht. O'Connor schaudert, schluckt, spürt Übelkeit aus seinem Magen in den Mund drängen.

Eine Pause, eine stumme Lücke, der entscheidende Moment scheint vorüber – dann zuckt und schwingt einer der Stricke, und aus dem abgeschirmten Bereich unter dem Podest dringt gequältes Grunzen. Buhrufe werden laut, dann Pfiffe. Die Priester unterbrechen ihr Gebet, linsen nach unten. Der Strick zuckt immer noch, und Larkins verhüllter Kopf hüpft auf und ab wie ein Fisch an der Angel, bis Henkerlehrling Armstrong den Verurteilten anhebt und mit einem kräftigen Ruck wieder herabzieht, um die Sache zu beenden. Meine Güte, ist es denn so kompliziert, jemanden zu töten?, staunt O'Connor. Der Strick, der Sturz – wie schwer kann das schon sein?

Er macht kehrt und drängt sich durch die dicht wogende Menge. Aus Gewohnheit blickt er sich um, hält Ausschau nach bekannten Gesichtern. Zu seiner Linken, knapp zehn Meter entfernt, entdeckt er Tommy Flanagan, der mit einer speckigen Bibermütze auf dem Kopf ganz allein dasteht und eine Meerschaumpfeife raucht. Natürlich, denkt O'Connor, wenn einer alle Vorsicht in den Wind schießt, dann Thomas Flanagan. Er bleibt einen Moment stehen und betrachtet ihn. Flanagan zieht an der Pfeife, atmet grauen Rauch aus, blinzelt in den Morgenhimmel. Ein kleiner, rumpliger Kerl mit buschigen schwarzen Brauen, eingefallenen Wangen und einer viel zu großen Nase für sein hageres Gesicht. Wie immer sieht er maßlos selbstzufrieden aus. Man könnte meinen, er hätte gerade beim Pferderennen gewonnen, statt mitanzusehen, wie drei seiner Landsleute am Strick starben. O'Connor tritt näher, versucht, seinen Blick zu erhaschen. Als

Flanagan ihn endlich bemerkt, verzieht er kurz das Gesicht, dann lächelt er rasch und nickt in Richtung Worsley Street.

Zehn Minuten später sitzen die beiden Männer an einem kleinen Tisch im hintersten Separee des White Lion. Flanagan tröpfelt heißes Wasser in seinen Brandy, O'Connor sieht ihm zu, das Notizbuch aufgeschlagen vor sich auf dem Tisch und einen Stift in der Hand.

»Sie fragen sich bestimmt, was ich hier mache«, sagt Flanagan. »Warum ich nicht im warmen Bett geblieben oder mit den anderen zum Gottesdienst gegangen bin.«

»Ich vermute, irgendwer hat Sie geschickt. Damit Sie Bericht erstatten.«

Flanagan schnaubt, schüttelt den Kopf.

»Unsinn«, sagt er. »Ich bin aus eigenem Antrieb hier. Ich lass mir nichts vorschreiben, wissen Sie doch. Ich geh lieber meinen eigenen Weg.«

O'Connor nickt. So rechtfertigt Flanagan eben gern seine diversen Betrügereien – besser, man stellt das gar nicht erst infrage. Er ist eingebildet und schlicht, doch die Fenians von Manchester vertrauen ihm, und in dem Unfug, den er redet, findet sich ab und an auch mal ein Bröckchen sachdienliche Wahrheit.

»Dann wollten Sie sich also bloß das Spektakel nicht entgehen lassen, was?«

Flanagan runzelt die Stirn, wirkt plötzlich ernst, als fände er die Witzelei geschmacklos.

»Ich wollte den dreien bei ihrem Ende zur Seite stehen«, sagt er. »So gut es ging, wenigstens. Michael Larkin hab ich lang gekannt. Seine Frau kenne ich auch, Sarah heißt sie. Die anderen beiden, Allen und O'Brien, die waren bisschen hitzköpfig, bisschen ungestüm, na gut, aber Michael war ein braver Familienvater. Seine vier armen Kinder sind jetzt Waisen, war das wirklich nötig?«

»Das sind nicht die einzigen Waisen in dieser Stadt«, erwidert O'Connor.

»Das mit dem Gefängniswagen war ein Unfall. Das weiß doch jeder. Die drei wollten die Tür aufschießen, und der arme Sergeant Brett stand leider im Weg. Mord war das im Leben nicht.«

»Das spielt jetzt wohl kaum noch eine Rolle. Die Sache ist erledigt.«

Flanagan schüttelt den Kopf.

»Für die Leute, die ich kenne, spielt das sehr wohl noch eine Rolle. Eine große sogar.«

Er schweigt, pustet den Dampf von seinem Brandy und nimmt einen vorsichtigen Schluck.

»Feines Tröpfchen, das«, sagt er. »Recht vielen Dank auch, Mr O'Connor.«

»Dann sind die also wütend, diese Leute, die Sie kennen?«, sagt O'Connor. »Wie wahrscheinlich ist es denn, dass aus der Wut noch mehr wird?«

»Oh, sehr wahrscheinlich, sehr! Man schmiedet große Pläne, wie ich höre.«

»Was für Pläne?«

»Das weiß ich nicht, nur dass es verflucht große sind.«

O'Connor schweigt. Groß sind die Pläne immer, von denen Flanagan und seinesgleichen ihm erzählen, aber verwirklicht werden sie nur selten.

»Angeblich wird eigens jemand aus Amerika geholt«, fährt Flanagan fort. »Ein Soldat, ein Veteran aus dem Bürgerkrieg.«

»Aha. Und wie heißt dieser Soldat?«

»Den Namen weiß ich nicht. Nur, dass er eigens aus Amerika geholt wird.«

»Und woher aus Amerika? Aus New York?«

Flanagan zuckt die Achseln.

»Vielleicht New York, vielleicht Chicago. Jedenfalls heißt es, er soll hier ordentlich Unruhe stiften.«

»Ich hab nichts davon gehört, dass jemand aus Amerika kommt. Davon hat bisher niemand was gesagt.«

»Ja, weil es sonst niemand weiß. Ist ein Geheimnis.«

»Ohne Namen kann ich mit dieser Information nichts anfangen«, sagt O'Connor.

»Ich sag Ihnen nur, was ich weiß. Man hat ihn geschickt, damit er Rache für die Hinrichtungen übt, damit alle sehen, dass wir uns nicht unterkriegen lassen.«

»Wenn Sie nicht wissen, wie er heißt, gibt es ihn vermutlich gar nicht. Ein Hirngespinst, sonst nichts.«

»Und ob's den gibt! Die passen diesmal bloß auf wie die Schießhunde. Hüten sich vor Spitzeln.«

O'Connor nickt, leckt an der Bleistiftspitze und schreibt einen Satz in sein Notizbuch.

»Dann seien Sie mal besser vorsichtig«, sagt er.

Flanagan zuckt erneut die Achseln. O'Connor steht auf, legt eine Münze auf den Tisch.

»Trinken Sie noch einen Brandy«, sagt er. »Wenn Sie den Namen oder etwas anderes von Belang erfahren, wissen Sie, wo Sie mich finden.«

Flanagan steckt die Münze ein und nickt zum Dank.

»Haben Sie gesehen, wie der arme Michael noch gezappelt hat?«, fragt er. »Haben Sie's gesehen? Grausiger Anblick, oder? Furchtbar, wirklich. Können Sie sich denken, was der durchgemacht hat, wie er da gebaumelt ist, halb tot und halb lebendig, Hände und Füße gefesselt? Eine Schande, wenn Sie mich fragen. So einen Tod verdient niemand. Vor aller Augen das Leben aus dem Leib gezerrt zu kriegen …«

»Calcraft ist ein Pfuscher. Wenn es ginge, würde man sofort

einen anderen einstellen, aber niemand will heute mehr Henker sein.«

Flanagan überlegt einen Moment.

»Also ich würd nicht gleich Nein sagen, wenn's mir einer anbietet«, sagt er. »Solange die Bezahlung stimmt.«

O'Connor sieht ihn an, schüttelt den Kopf.

»An Ihrer Stelle, Tommy Flanagan, würde ich mir nicht über das obere Ende des Stricks Gedanken machen«, sagt er, »sondern über das untere.«

Zweites Kapitel

Am Hafen von Liverpool fragt Stephen Doyle einen Gepäckträger nach der Richtung und geht den langen Hang hinauf zum Bahnhof Lime Street, den Rucksack über der Schulter, die Beine noch wacklig von der achttägigen Überfahrt. Leeräugige Bettler rufen nach ihm, halten ihm die ausgebeulten Hüte hin, doch er achtet nicht auf sie. Am Schalter kauft er eine Fahrkarte, prüft die Abfahrtszeiten nach Manchester, dann nimmt er Platz im Wartesaal der zweiten Klasse. Durch die breiten Fenster sieht er jenseits der eisernen Absperrungen die gewaltigen Loks ein- und ausfahren. Er zählt mit, blickt auf die Uhr. Dreißig Züge in der Stunde, rechnet er, fünfhundert am Tag, vielleicht auch mehr. Neben ihm isst ein alter Mann Pflaumen aus einer Papiertüte, rosa tropft der Saft ihm in den weißen Bart. Auf dem Bahnsteig bläst ein Wachmann in adretter blauer Uniform zweimal in seine Pfeife und hebt eine rote Fahne.

Als der Zug in St Helens hält, betritt ein junger, wie ein Landarbeiter gekleideter Mann das Abteil und mustert Doyle vorsichtig.

»Sind Sie der Yankee?«, fragt er.

»Kenn ich Sie?«, erwidert Doyle.

»Ich hab eine Nachricht.«

Er reicht ihm einen Zettel, Doyle faltet ihn auf und liest. Eine Warnung, unterzeichnet von Peter Rice, Hauptquartier Manchester: Am Bahnhof London Road warten Detectives, die jeden aus Liverpool kommenden Amerikaner aufhalten und befragen.

»Soll ich hier aussteigen?«, fragt Doyle.

»Nächste Station. Jemand holt Sie ab. Ich zeig's Ihnen.«

Doyle nickt, steckt den Zettel in die Tasche. Der junge Mann setzt sich in eine Ecke und glotzt durchs Fenster auf den leeren Bahnsteig. Er hat gelblichen Flaum auf Wangen und Oberlippe, seine Haut ist fettig und verpustelt. Der Zug zischt zweimal, dann rattert er weiter. In Collins Green steigen sie aus, der Jüngere führt Doyle aus dem Bahnhof und zeigt auf eine wartende Kutsche.

»Das ist Skelly. Er bringt Sie an Ihr Ziel«, erklärt er.

»Wissen Sie, wer ich bin?«, fragt Doyle. »Was haben die von mir erzählt?«

»Bloß, dass ich Sie an den Narben im Gesicht erkenne.«

»Sonst nichts?«

Er zuckt die Achseln.

»Die meinten, Sie sollen hier Stunk machen.«

Bauernhöfe weichen Steinbrüchen und Ziegeleien, die wiederum Fabriken, Kalkwerken und rußgeschwärzten Reihenhäusern Platz machen. Es riecht nach Rauch, Fabrikschornsteine ballen sich vor regendunklem Himmel wie verkohlte Überreste eines Walds. Sie folgen einem Omnibus in die Corporation Street, dann hält die Kutsche in einer schmalen Nebenstraße. Skelly beugt sich herab und teilt Doyle mit, dass sie am Ziel sind. Ein weiterer Mann erscheint und führt Doyle in einen schattigen Innenhof, über dem Leinen voll tropfender Wäsche gespannt sind. Ein Schwein durchwühlt einen Müllhaufen, in der Luft hängt der heiße Gestank von Fäulnis und Urin. Der Mann klopft an eine Tür, und mit einem kurzen Quietschen wird der Riegel zurückgezogen.

Das Zimmer dahinter ist klein und karg, in der Mitte stehen zwei wurmstichige Stühle und ein Tisch, sonst ist es leer. Halbherzig fällt diffuses Licht durch die verdreckten Fenster. Peter Rice deutet auf einen Stuhl und setzt sich dann selbst. Er ist korpulent und breitschultrig. Sein angegrautes Haar ist kurz über den vierschrötigen Schädel geschoren, seine Züge sind fleischig und breit.

»Hier werden Sie wohnen«, erklärt er. »Oben gibt's ein Bett. Ich schicke später eine Frau, die Ihnen Feuer macht.«

Doyle sieht sich im Zimmer um.

»Und die Nachbarn? Wissen die, wer ich bin?«

»Die wissen, wie man das Maul hält. Machen Sie sich wegen denen keine Sorgen.«

»Der Junge hat mir Ihre Nachricht gegeben. Ich muss gestehen, ich war ein wenig überrascht.«

Rice rutscht auf dem Stuhl herum, reibt sich die Nase.

»Vorsicht ist besser als Nachsicht«, sagt er. »Vielleicht nur falscher Alarm.«

»Aber am Bahnhof hat die Polizei auf mich gewartet?«

»Haben jedenfalls die Gepäckträger gesagt. Dass die Bullen nach Amerikanern fragen, die aus Liverpool ankommen. Aber vielleicht war's auch gar nichts.«

»Wie viele Leute hier wussten, dass ich komme?«

»Drei oder vier.«

»Verraten Sie mir die Namen?«

Rice schüttelt den Kopf, beugt sich ein Stück vor. Seine Haut ist schmierig und vernarbt, die Stoppel am Kiefer sind dick und schwarz wie Eisenspäne.

»Immer langsam, Freundchen«, raunzt er. »Sie können hier nicht einfach aufkreuzen und unsere Leute verdächtigen.«

»Woher sollte die Polizei denn sonst Bescheid wissen?«

»Die wissen gar nichts. Das sind alles bloß Mutmaßungen und Gerüchte. Nicht mal einen Namen haben die.«

»Und die Gerüchte, woher kommen die?«

»Vielleicht aus New York. Was man so hört, wimmelt's da ja nur so von Verrätern.«

Doyle holt tief Luft und zuckt mit den Schultern. Kelly hat ihn vor Peter Rice gewarnt: Er ist der Sache treu ergeben, aber auch empfindlich in Bezug auf seine Autorität und argwöhnisch gegenüber Fremden.

»Ich muss ganz sicher sein, ehe ich anfange«, sagt Doyle. »Ich darf kein Risiko eingehen.«

»Vor dem Überfall auf den Gefängniswagen haben auch alle dichtgehalten. Fünfundzwanzig Männer, und kein Mucks. Denken Sie daran, bevor Sie hier in Manchester nach Spitzeln suchen.«

»Die Leute ändern sich, sie kriegen kalte Füße oder werden gierig. Alles schon erlebt.«

Rice schüttelt den Kopf.

»In Amerika vielleicht, aber nicht hier.«

Doyle nickt.

»Colonel Kelly hat mir schon erzählt, dass Sie Ihren eigenen Kopf haben«, sagt er. »Dass Sie nicht gern Befehle annehmen.«

»Von Befehlen weiß ich nichts. In seinem Brief hat Kelly nur geschrieben, ich soll Ihnen Hilfe anbieten, wenn Sie welche brauchen, und das werde ich auch tun.«

Doyle zieht einen Beutel aus der Tasche, stopft seine Pfeife. Er hält Rice den Beutel hin, doch der lehnt ab.

»Aber falls hier in Manchester doch mal jemand den Drang verspüren sollte, mit der Polizei zu sprechen, wie würde er das dann wohl anstellen?«

»Die Detectives haben ihre Dienststelle im Rathaus, in der King Street.«

»Haben Sie davor jemanden postiert?«

»Meistens.«

»Aber nicht immer?«

Rice blitzt ihn an. Doyle mahnt sich zur Vorsicht. Wenn er zu grob vorgeht, wird er Rice ganz verlieren, und dafür ist es viel zu früh.

»Tagsüber haben wir dort einen Jungen«, erklärt Rice, »aber nachts passt keiner auf.«

»Und wenn einer zum Rathaus geht und reden will, nach welchem Detective würde er da fragen?«

Rice schnaubt verächtlich.

»Es geht keiner zum Rathaus«, sagt er, »und es redet auch keiner.«

»Aber falls doch?«

Rice antwortet nicht sofort. Auf dem Hof grunzt das Schwein. Ein Baby schreit.

»Es gibt da einen Constable namens O'Connor«, räumt Rice schließlich ein. »Wurde vor sechs oder sieben Monaten aus Dublin hergeholt. Der steckt überall seine Nase rein und stellt neugierige Fragen.«

»Wissen Sie, wo er wohnt? Seine Adresse?«

Rice schüttelt den Kopf. »Kriege ich aber raus.«

»Ich will nur sichergehen«, sagt Doyle. »Das verstehen Sie doch. Ich kann nicht anfangen, bevor ich nicht absolut sicher bin.«

»Nur die Ruhe«, sagt Rice. »Warten Sie von mir aus ab, so lang Sie wollen. Kein Grund zur Eile.«

Doyle nickt, sieht sich im leeren Zimmer um.

»Wenn diese Frau kommt, soll sie eine Öllampe und eine Flasche Whiskey mitbringen«, sagt er.

»Richte ich aus.«

Rice hat eine zerlumpte Bandage um den rechten Arm. Doyle sieht sie an und nickt.

»Wie wurden die drei eigentlich erwischt? Das hat Kelly mir nicht erzählt.«

»Die Bullen haben sie in der Ziegelei in Gorton aufgespürt. Larkin war zu krank, um wegzulaufen, die beiden anderen wollten ihn nicht allein lassen.«

»Die Briten haben uns einen Gefallen getan«, sagt Doyle. »Hätten sie die drei in den Knast gesteckt, wären ihre Namen bereits nächstes Jahr vergessen gewesen.«

»Sie sind für ihr Land gestorben«, erwidert Rice. »Das war kein Gefallen, sondern Mord. Die drei sind Märtyrer.«

»In Gettysburg hab ich gesehen, wie tausend Mann an einem Nachmittag getötet wurden. Die Leichen haben sich wie Feuerholz gestapelt. Auch alles Märtyrer, wenn Sie so wollen, nur singt keiner Lieder über sie.«

Rice kneift die Augen zusammen und legt den Kopf zurück.

»Warum riskiert ein Weißer seinen Hals für Schwarze? Das will mir nicht in den Kopf.«

»Ich bin nicht zur Armee, um Schwarze zu befreien. Ich bin hin, weil ein Kerl mit gewichstem Schnurrbart und glänzenden Rockknöpfen mir fünfundzwanzig Dollar und ein Bier anbot. Bei der ersten Schlacht war ich noch kein Soldat, aber das hat sich schnell geändert. Notgedrungen. Dann bin ich auf den Geschmack gekommen.«

»Und jetzt kämpfen Sie für Irland.«

Es ist nicht als Frage gemeint, klingt aber wie eine. Als gäbe es unterschiedliche Grade von Loyalität und Überzeugung, und Rice wollte Doyle zeigen, wo er steht.

»Ich wurde in Sligo geboren; mit dreizehn bin ich von dort weg. Zweifeln Sie an mir, Peter?«

Rice schüttelt den Kopf und runzelt die Stirn, als verstünde er gar nicht, was Doyle meint.

»Warum sollte ich an Ihnen zweifeln?«, sagt er.

Als das Gespräch beendet ist, bringt Doyle seinen Rucksack nach oben und legt sich auf das Bett. Die Matratze ist feucht, riecht nach Sperma und Haaröl. Eine Stunde später kommt eine junge Frau mit einer Schachtel Kerzen, einem Laib Brot, drei Eiern, etwas Tee und einem Eimer Kohle. Von Whiskey habe ihr niemand was gesagt, antwortet sie auf Doyles Nachfrage. Während sie am Boden kniet und Feuer macht, kommt ein Junge mit O'Connors Adresse. Doyle nimmt den Zettel an sich und lässt den Jungen vor der Tür warten. Nach dem Abendbrot geht er mit ihm zur George Street, und der Junge zeigt auf Nummer sieben. Doyle drückt sich ein Weilchen an der Ecke herum, spaziert ein Stück, kommt noch einmal zurück. Im Erdgeschoss brennt schwaches Licht, aber es rührt sich nichts. Inzwischen ist es kalt und dunkel, schmutzige Regenschwaden gehen nieder. Der sternlose Himmel hat dieselbe matte Farbe wie die Dächer und Mauern, und die Dächer und Mauern haben dieselbe matte Farbe wie das verschlammte Pflaster unter Doyles Füßen, so als wäre die gesamte Welt in denselben Ton von Trostlosigkeit und Tod getaucht. Er geht zur Oxford Road und fragt dort nach der King Street. Schneller ginge es mit Kutsche oder Omnibus, doch er muss sich die Wege selbst erschließen. Vor dem Rathaus bleibt er einen Moment stehen, dann tritt er ein und sucht nach der Dienststelle der Polizei. Als er sie findet, setzt er sich auf eine Bank im Flur und sieht zu, wie die Polizisten kommen und gehen. Gelassen wirken sie, sorglos, als könnte ihnen unmöglich etwas passieren. Niemand spricht ihn an oder würdigt ihn eines zweiten Blickes. Er überlegt, unter einem Vorwand nach James O'Connor zu fragen, entscheidet sich jedoch dagegen. Nach einer halben Stunde zieht er Bleistift und Notizbuch aus der Tasche, zeichnet einen Lageplan vom Flur und den angrenzenden Räumen, dann steht er auf und geht.

Am nächsten Morgen wartet Doyle am Kutschenstand in der King Street, und als James O'Connor aus dem Rathaus tritt, macht Rices Junge Seamus, der ihn vom Sehen kennt, das verabredete Zeichen. Die beiden Männer gehen durch Piccadilly, vorbei am Spital und dem Irrenhaus, dann den Hügel hinauf: O'Connor voraus, gebückt und nichts ahnend, Doyle hinterdrein, in zehn Metern Abstand. Schwarzer Rauch strömt aus den hohen Fabrikschornsteinen in den dicht bewölkten Himmel, das Morgenlicht ist fahl, zurückgenommen, als neigte sich der Tag dem Ende zu, bevor er angefangen hat. Als sie den Bahnhof London Road erreichen, warten dort bereits ein Sergeant und fünf Constables. O'Connor gesellt sich zu ihnen; sie unterhalten sich ein Weilchen, dann, als der Zug aus Liverpool ankommt, verteilen sie sich auf dem Bahnsteig und befragen die aussteigenden Männer. Doyle sieht von einer Bank am Fahrkartenschalter aus zu. Viel zu plump, denkt er. Auf den Bahnsteigen herrscht zu großes Gedränge; jeder mit etwas Verstand könnte mühelos den rechten Augenblick abwarten und unbemerkt vorbeischlüpfen. Alle halbe Stunde kommt ein Zug aus Liverpool, und Doyle sieht sich das Schauspiel siebenmal an. Zweimal winkt einer der Constables O'Connor herbei, und der spricht persönlich mit dem Passagier, stellt weitere Fragen und notiert die Antworten in seinem Notizbuch, doch beide Male lassen sie den Mann nach wenigen Minuten wieder gehen.

Gegen Mittag trifft ein neuer Trupp aus sechs Constables ein. Die beiden Gruppen stehen eine Weile beisammen, plaudern und scherzen, dann fährt der Zug ein, und der erste Trupp zieht ab, während die Ablösung die Fahrgäste befragt. O'Connor bleibt noch kurz auf dem Bahnsteig, um sich zu vergewissern, dass sie ihre Arbeit richtig machen, dann geht er ins Bahnhofscafé und setzt sich an einen Tisch am Fenster. Doyle behält ihn weiterhin im Auge. O'Connor bestellt eine Tasse Tee und trinkt sie langsam, pustet erst darauf und stellt die Tasse nach jedem Schluck auf der Untertasse ab. Als er ausgetrunken hat, gähnt er, reibt sich die Augen, holt sein Notizbuch hervor und blättert darin. Blass ist er, die Augen sind eingesunken und schwarz gerändert. Irgendetwas daran, wie er sitzt und sich bewegt, so steif und unsicher, bringt Doyle auf den Gedanken, er könnte krank oder verwundet sein. Ein Kellner fragt etwas, O'Connor nickt und blickt wieder in sein Notizbuch. Ein paar Minuten später zahlt er, zählt das Wechselgeld und steckt es in die Westentasche. Er verlässt das Café und geht an der Bank vorbei, auf der Doyle noch immer sitzt. Doyle wartet kurz, dann steht er auf und folgt ihm. Getrennt und doch zusammen durchqueren die beiden Männer im Gänsemarsch die geschäftige Bahnhofshalle und treten wieder hinaus in den kalten, grauen, weiten Tag.

Es ist bereits nach Mitternacht, als Doyle findet, was er sucht. Er sitzt allein in einer Branntweinschenke, in einer der engen Gassen rund um Deansgate. Ein unberührtes Glas Rum vor sich belauscht er aufmerksam und unauffällig das Gespräch der beiden Männer rechts von ihm. Die zwei feilschen um den Preis für eine silberne Taschenuhr mit Kette. Der Verkäufer ist jünger als sein Gegenüber. Er spricht schnell, rutscht auf dem Stuhl herum, als wäre er es nicht gewohnt, so lange still zu sitzen. Sein Schnurrbart ist spärlich, seine Haut im Gaslicht feucht und körnig. Der andere ist dick, sein langer brauner Bart hängt ihm auf die Brust wie eine schmutzige Serviette. Er gibt sich kokett, spöttisch und nörglerisch. Während der Jüngere auf ihn einredet, schiebt er die Uhr mit spitzen Fingern auf dem Tisch herum, zuckt die Achseln und verdreht die Augen. Als der Verkäufer seinen Preis nennt, schüttelt er glucksend den Kopf, als wäre er gleichermaßen belustigt und entsetzt über die aberwitzige Summe. Doch der Jüngere bleibt unbeirrt. Noch einmal zählt er die vielen Vorzüge der Uhr auf, betont ihr Gewicht und ihren Glanz. Ein neuer, deutlich niedrigerer Preis wird vorgeschlagen, abgelehnt und durch ein drittes Angebot ersetzt, bis sich die beiden endlich einig werden, nicht ohne ihren jeweiligen Widerwillen und ihren leichtsinnigen Großmut noch einmal zu unterstreichen. Doyle schätzt, dass der Mann höchstens ein Viertel dessen zahlen muss, was die Uhr tatsächlich wert ist, doch dafür, dass sie so eindeutig gestohlen ist, kommt der Verkäufer noch gut weg. Er wartet, bis der Dicke fort ist, dann wendet er sich an den Jüngeren.

»Sie haben nicht zufällig noch so eine Uhr im Angebot?«, fragt er.

Der Mann blickt ihn kurz an und dann gleich wieder weg, als wüsste er nicht recht, ob diese Frage eine Antwort wert sei.

»Und wenn?«, sagt er.

»Dann würde ich gut dafür bezahlen«, antwortet Doyle. »Mehr als der andere da eben.«

Der junge Mann schnaubt und mustert ihn von Kopf bis Fuß.

»Was sind Sie überhaupt für einer?«, fragt er. »Amerikaner?«

»Ire. Aus New York.«

»So, so, einer von denen also.«

»Ich hätte mehr für die Uhr bezahlt. Viel mehr.«

Der junge Mann zuckt mit den Schultern.

»Ich wollt sie ihm billig überlassen«, sagt er. »Ist ein alter Freund von mir, darum.«

»Eine wirklich schöne Uhr war das. Bestimmt nicht leicht zu finden. Da muss man schon wissen, wo man sucht.«

Der junge Mann grinst.

»Oh, das weiß ich wohl«, sagt er. »Wenn hier einer weiß, wo man suchen muss, dann ich.«

»Ein Experte, was?«, fragt Doyle.

Der junge Mann richtet sich kopfschüttelnd im Stuhl auf, als fiele ihm plötzlich wieder ein, wer er ist.

»Ich bin kein Prahlhans«, sagt er. »Ich häng meine Angelegenheiten nicht gern an die große Glocke.«

»Aber ein patenter Kerl sind Sie: tapfer, gewitzt und einfallsreich. Sehe ich Ihnen sofort an.«

»Na ja, da will ich mal nicht widersprechen.«

»Und wenn jemand etwas Bestimmtes bräuchte, einen Wunsch hätte? Wenn ich zum Beispiel etwas haben wollte, dass ich auf üblichem Weg nicht kriegen könnte?«

»Was wäre das denn für ein Wunsch?«

Doyle schnappt sich seinen Rum, steht auf und streckt dem jungen Mann die Hand hin.

»Mein Name ist Byrne«, sagt er.

»Dixon.«

Doyle wirft einen kurzen Blick auf den freien Stuhl, und Dixon nickt.

»Nur zu«, sagt er.

Doyle schiebt die leeren Gläser zur Seite, stellt seinen Rum ab und setzt sich.

»Ich kann leicht noch so eine Uhr beschaffen«, erklärt Dixon. »Kommen Sie morgen Abend wieder her.«

»Mir geht es nicht bloß um die Uhr; da ist noch etwas anderes.«

»Und zwar?«

Doyle zuckt die Achseln, beugt sich vor und flüstert: »Nichts Besonderes. Wenigstens nicht für einen aufgeweckten Burschen wie Sie. Ein Kinderspiel.«

Drittes Kapitel

Heute – eine Woche nach der Hinrichtung – findet der Trauerzug der Fenians statt. Dreitausend Iren versammeln sich in der Mittagsfeuchte auf dem Stevenson Square: Männer, Frauen und Kinder mit grünen Halstüchern, Schleifen und Rosetten, angeführt von einem Spielmannszug, der den »Totenmarsch« aus Händels *Saul* spielt, und von drei Priestern, die gerahmte Bilder der Verstorbenen vor sich her tragen. O'Connor wartet in einer Seitenstraße, bis der Zug aufbricht, und reiht sich dann ganz hinten ein. Die schwarzen Regenschirme wie Legionärsschilde gegen den Nachmittagsniesel erhoben, geht es durch Piccadilly, vorbei am Spital, am Irrenhaus und an Trauben neugieriger Zuschauer, und dann die London Road hinauf. Bei der Druckerei überqueren sie den Medlock und biegen rechts in die Grosvenor Street. O'Connor bahnt sich langsam seinen Weg nach vorn, mit wachsamem Auge und gespitzten Ohren. Abgesehen von den scharrenden, schlurfenden Schritten und den Musikfetzen, die vom Kopf des Zugs herüberwehen, ist es still wie in der Kirche. Man spricht mit gedämpfter Stimme, und wenn ein Kind laut auflacht oder ruft, drehen sich alle nach ihm um. Der Umzug soll Stärke demonstrieren, allen zeigen, dass die Hinrichtung niemanden eingeschüchtert hat. Dabei wird es jedoch ganz bestimmt nicht bleiben, da ist O'Connor sicher – irgendetwas kommt noch. Wieder muss er an den Amerikaner denken, von dem Flanagan erzählt hat. Die würden doch nicht eigens jemanden aus New York herschicken, wenn sie nichts geplant hätten. Allerdings wird es kein neuer Aufstand werden, nicht so bald nach dem letzten Fiasko; eher etwas Kleineres, etwas, das ihre Feinde verstören und ihren Unterstützern neue Hoffnung geben soll – Brandstiftung vielleicht, schlimmstenfalls ein Mordanschlag, wobei sie meist ja doch nur große Töne spucken.

Der Regen lässt nach, und die Leute klappen ihre Schirme zu. Weiter geht es, vorbei an der All Saints Church zur Rechten und dem Chorltoner Rathaus zur Linken. Der Himmel hat die Farbe nassen Mörtels, die Luft schmeckt nach Ruß und ganz leicht nach Ammoniak aus dem nahen Chemiewerk. Der Wind ist schwach, der dunkle Rauch steigt in zerrissenen Säulen aus den Schornsteinen. In Hulme schließen sich weitere Trauernde an, und als der Zug Deansgate erreicht, ist er neun oder zehn Mann breit und über einen Kilometer lang. Kutschen und Omnibusse weichen auf den Bürgersteig aus, um sie vorbeizulassen. Ehe sie den Fluss überqueren, bemerkt O'Connor ein Stück weiter vorn Tommy Flanagan. Er hat sich eine grüne Schleife um die braune Melone gebunden und trägt Trauerflor am Arm, ist ins Gespräch vertieft mit einem Mann, den O'Connor nicht erkennt. Jenseits der Brücke hält der Zug vor dem Gefängnis, und die Priester sprechen ein paar unverständliche Gebete. Der Galgen wurde bereits abgebaut, doch der abgeschirmte Raum unter der Falltür, in dem Michael Larkin so grausam zu Tode kam, ist noch da. O'Connor bleibt auf Abstand, bis Flanagan allein ist, dann tritt er neben ihn und spricht, ohne ihn anzusehen.

»Mit wem haben Sie sich da gerade unterhalten?«

Flanagan dreht sich kurz nach ihm um und wendet sich gleich wieder ab.

»Doch nicht hier, Menschenskind!«, raunt er. »Sind Sie von allen guten Geistern verlassen?«

»Ist doch eine ganz einfache Frage.«

»Der braucht Sie nicht zu interessieren.«

Flanagan klingt angespannt, längst nicht so selbstgefällig wie gewöhnlich.

»Hat er etwas gesagt, dass Sie beunruhigt, Tommy?«

»Ist doch egal, was er gesagt hat.«

»Das war doch nicht etwa Ihr berühmter Amerikaner, oder? Ist er schon eingetroffen?«

»Was für ein Amerikaner?«

»Der, von dem Sie letzte Woche erzählt haben.«

»Es gibt keinen Amerikaner, verflucht noch mal. Das war nur Gerede. Und jetzt gehen Sie. Das ist hier weder der richtige Zeitpunkt noch der richtige Ort.«

»Dann war er's also nicht?«

»Natürlich nicht.«

O'Connor sieht sich nach dem Unbekannten um. Nur kurz hat er ihn von der Seite gesehen. Er hatte langes, dunkles Haar, anscheinend eine Narbe auf der Wange, mehr war nicht zu erkennen. O'Connor blickt auf seine Taschenuhr und macht sich eine Notiz in seinem Buch, um in seinem Bericht an Maybury nichts zu vergessen. Irgendwas ist faul mit Flanagan, doch vielleicht ist es nicht weiter wichtig. Höchstwahrscheinlich schuldet er dem Mann nur Geld.

Der Zug schwenkt zurück über den Fluss und nach Shude Hill. Die anfängliche Düsternis ist jetzt verflogen; die Stimmen werden lauter, und es wird gelacht, hin und wieder stimmt jemand ein Lied an. Bei New Cross legt der Spielmannszug die Instrumente ab, und jemand bringt aus dem Crown Hotel eine Kiste Bier; die drei Priester verabschieden sich und steigen in eine Kutsche. Vom Eingang eines Pfandleihhauses sieht O'Connor zu, wie sich die Menge auflöst. Ärger gab es nicht, doch den hat er auch nicht erwartet – Manchester ist ja nicht Glasgow oder Liverpool, wo es angriffslustige Oranier gibt wie Sand am Meer. Er überlegt, direkt zurück ins Rathaus zu gehen und seinen Bericht zu schreiben, entscheidet sich jedoch dagegen. Es wird schon dunkel, und ihm knurrt der Magen. Er wird im Commercial Coffee House zu Abend essen und auf dem Rückweg ins Büro gehen.

Quer über die gepflasterte Kreuzung steuert er die Oldham Street an. Versprengte Grüppchen aus dem Trauerzug schwatzen noch immer und vertreiben sich die Zeit. Jemand holt einen verbeulten Flachmann aus der Tasche, nimmt einen Schluck und reicht ihn weiter. O'Connor verspürt das übliche Stechen, den innerlichen Schauder, doch dabei bleibt es. Er wird einen schönen Teller Eintopf essen und ein Ginger Ale dazu bestellen, seine Pfeife rauchen und die Zeitschriften lesen.

Seit seiner Ankunft in Manchester hat O'Connor nicht mehr getrunken, auch wenn die Versuchung manchmal noch stark ist. Statt Whiskey trinkt er jetzt Limettensirup, Gingerette, Sarsaparilla, schwarzen Kaffee und becherweise süßen Tee. Täglich raucht er eine halbe Unze billigen Tabak und arbeitet viel mehr, als er bezahlt bekommt. Die Brust ist ihm nicht mehr so schwer wie früher, doch den Druck spürt er noch immer. Meistens fühlt er sich, als würde er auf einem Hochseil balancieren, vorsichtig einen bestrumpften Fuß vor den anderen setzen und niemals hinabsehen. In England ist er sicher besser dran, hier, wo ihn niemand kennt, sich niemand für ihn interessiert, wo er frei von Vorgeschichte und Erwartungen ist, aber wie lang kann dieser Hochseilakt noch gut gehen, und wie wird er enden? Wird er wirklich bis zum Ende seiner Tage hier in seinem einsamen Exil bleiben und Karten im Enthaltsamkeitscafé spielen?

Er schlägt die Zeitschrift zu, schiebt sie zur Seite. Wenn ihm zum Lesen nur noch die weltfremden Frömmlereien im *British Workman* bleiben, ist es Zeit für den Heimweg. Die Wanduhr zeigt bereits nach zehn. Er ist nicht müde genug, um zu schlafen, aber wenn er im Büro noch seinen Bericht schreibt, wird er es vielleicht sein, wenn er zu Hause ankommt. Er bezahlt und verabschiedet sich von Olson, dem Geschäftsführer. Draußen regnet es wieder, und die Pflastersteine wabern schwärzlich im Gaslicht. Er knöpft seinen Mantel bis ganz oben zu, klappt den Kragen hoch. Auf der Straße ist noch allerhand los – gebeugte, in Tücher gehüllte Frauen eilen aus der Fabrik in der Newton Street nach Hause, breite Pferdewagen rattern vorbei, transportieren fässerweise Schweinefleisch und Fisch zum Smithfield Market. O'Connor geht vorbei am Taxistand in Piccadilly und nickt einem Pagen zu, der unter dem gläsernen Vordach des Royal Hotel Zuflucht sucht. Nur Fazackerley und Malone sind noch im Büro. Eine Weile unterhalten die drei sich über den Trauerzug, der Fazackerley zufolge eine Woche zu spät kam und dem zu einem echten Trauerzug drei Leichen fehlten, dann schreibt O'Connor seinen Bericht, unterzeichnet ihn und geht.

Auf dem Weg zur George Street denkt er an Catherine, seine verstorbene Frau: an ihr Aussehen, ihren Duft, den Klang ihrer Stimme, als sie ihm beim Tanz an Heiligabend im Salon der Finnegans ins Ohr flüsterte, während Patrick Mooney fiedelte und die anderen lachend mitklatschten. Es schmerzt, sich an sie zu erinnern, an ihre Hand auf seiner Schulter und den blassen Teil ihres sonst kohlschwarzen Haars, aber noch schlimmer ist die Vorstellung, dieser Schmerz könnte eines Tages nachlassen oder sogar ganz verschwinden. Das Vergessen ist der endgültige Verrat, denkt er. Der Schmerz ist, was von der Liebe bleibt, und wenn der abklingt, bleibt gar nichts mehr.

Er war dreiunddreißig, als sie sich kennenlernten. Sie arbeitete im Laden in der Bishop Street; eines Tages wollte er dort Schwefelhölzer kaufen, und sie kamen ins Gespräch. Sie erzählte ihm, sie läse gern, könne sich jedoch kaum Bücher leisten, also ging er tags darauf wieder zum Laden und schenkte ihr eine in braunes Papier geschlagene Ausgabe von Tennysons *Gedichten*. Er sagte, er habe noch mehr Bücher, die sie sich jederzeit leihen könne, und sie lächelte und dankte ihm. So draufgängerisch war er sonst nie – in all den Jahren bei der Polizei hatte er gelernt, behutsam vorzugehen –, aber als der Stein mit Catherine erst im Rollen war, gab es kein Halten mehr. Später, als sie verheiratet waren und in der Kennedy's Lane wohnten, fragte er sich, ob er damals einsam gewesen war, ohne es zu merken. Nach all der Zeit in der Kaserne hatte er geglaubt, er sei ganz gern allein, aber vielleicht hatte er sich in Wahrheit nur an den Geschmack seines eigenen Leids gewöhnt.

Ihr Sohn David kam 1863 auf die Welt, starb jedoch an Rippenfellentzündung, und zwei Jahre danach wurde auch Catherine krank. Erst klagte sie über Kopfschmerzen und Müdigkeit, dann, eines Sonntags nach der Messe, fiel ihr die Schwellung auf. O'Connor war damals Head Constable der G-Division, zuständig für die Informanten bei den Fenians. Er brauchte all sein Erspartes für die Ärzte auf, dann lieh er sich mehr Geld und gab auch das aus, doch es half alles nichts. Nach Catherines Tod begann er, täglich Whiskey zu trinken. Es kam ihm vor, als könnte er nur dadurch weiterleben, sich nur so die Zukunft vom Hals halten. Er trank schon morgens vor der Arbeit und suchte sich am Nachmittag, wenn er allein war, einen ruhigen Pub und trank noch mehr. Ein halbes Dutzend Mal hätte man ihn eigentlich entlassen müssen. Aber Pat Hurley, der Inspector, nahm ihn in Schutz, fand immer wieder Ausreden – bis schließlich auch ihm der Geduldsfaden riss. Eines Tages rief er ihn zu sich und stellte ihn vor die

Wahl: Manchester oder Entlassung. In seinem Schreiben an Maybury werde er die Sauferei verschweigen, sagte er, doch das sei seine letzte Lüge.

O'Connor hat gerade die Gaythorn Bridge überquert und nähert sich, entlang einer hohen Ziegelwand zu seiner Linken, dem Eisenbahnviadukt, als ihm ein Mann entgegentritt und nach der Uhrzeit fragt. Der Mann ist jung, hat teigige Haut, trägt Arbeitskleidung. Er riecht nach Schmalzfleisch und billigem Fusel. O'Connor gibt zur Auskunft, es sei kurz vor Mitternacht, und als der Mann fragt, wie spät es genau sei, zieht er seine Taschenuhr heraus. Weil es zu dunkel ist, um das Ziffernblatt zu erkennen, geht er zur nächsten Laterne, und als er das tut, tritt ein zweiter Mann, größer und kräftiger als der erste, mit einem Knüppel aus einem Hauseingang und verpasst ihm einen kräftigen Schlag auf den Hinterkopf. O'Connor keucht, geht auf die Knie und sackt zu Boden. Ungeschützt klatscht er mit Stirn und Wange auf das nasse Pflaster wie eine Rinderhälfte, die vom Fleischerhaken rutscht.

Viertes Kapitel

Am nächsten Tag klopft ein junger Mann an die Tür von George Street Nummer sieben. Er versucht, sich zu erinnern, was seine Mutter über James O'Connor erzählt hat, doch viel fällt ihm nicht ein. Er hat so viele Onkel und Tanten, dass er sie kaum noch auseinanderhalten kann. Einmal hat er ein Hochzeitsfoto gesehen, da ist er fast sicher. Er weiß noch, wie überrascht und ernsthaft Catherine in dem Spitzenschleier ausgesehen hat und wie Jimmy mit der weißen Rose im Knopfloch grinste, als hätte er in der Lotterie gewonnen.

Endlich öffnet eine kleine, pummelige Frau die Tür, das graue Haar zu einem Dutt zurückgebunden, ein breites Tuch über den Schultern.

»Sind Sie der Doktor?«, fragt sie.

»Ich will zu Jimmy O'Connor. Ich bin sein Neffe, grade mit dem Schiff aus New York angekommen.«

Sie mustert ihn von Kopf bis Fuß.

»Von einem Neffen aus New York hat er mir nichts erzählt.«

»Er weiß ja auch noch gar nicht, dass ich hier bin.«

»Soll wohl eine Überraschung sein, was?«

»Hm«, macht er. »Ja, das könnte man so sagen.«

Die Frau zuckt mit den Schultern.

»Er braucht einen Arzt. Warten Sie nur, bis Sie sein Gesicht sehen.«

»Was ist denn mit seinem Gesicht?«

Die Frau verdreht die Augen, dann tritt sie zurück und bittet ihn herein.

»Gehen Sie rauf und sehen Sie selbst. Er glaubt, das heilt von allein, aber ich hab ihm gesagt, er braucht einen Wickel oder wenigstens einen Verband, damit er sich keine Vergiftung holt.«

Der junge Mann lässt seinen Koffer in der Diele stehen und geht die Treppe hinauf.

»Sie haben Besuch, Mr O'Connor«, ruft die Frau. »Ihr Neffe aus New York.« Dann, leiser, an den jungen Mann gewandt: »Die Tür da links.«

Der junge Mann klopft. Ausgiebiges Husten, dann bittet eine Stimme ihn herein.

O'Connors Gesicht ist zerschunden und verfärbt – zwischen Kiefer und Jochbein ist die Haut von blassem Hühnerfettgelb, über den blutdurchsetzten Augen ist sie mattschwarz und leuchtend lila. Ein Buch auf dem Schoß sitzt er im Bett, auch wenn er nicht so aussieht, als wäre er zum Lesen wirklich in der Lage.

»Heiliger Strohsack, was ist dir denn passiert?«, ruft der junge Mann erschrocken.

»Ich wurde gestern Abend ausgeraubt. Zwei Männer haben mich überfallen.«

Wegen der entstellten Züge ist schwer zu sagen, ob sein Onkel ihn erkennt.

»Ich bin's, Michael Sullivan«, sagt er. »Dein Neffe. Der Sohn von Edna, weißt du? Frisch aus New York eingetrudelt. Dachte, ich versuch mein Glück mal in England. Erinnerst du dich noch an mich, aus der Ash Street – Dannys kleiner Bruder?«

O'Connor runzelt die Stirn, betrachtet ihn genauer.

»Ja, ich erinnere mich«, sagt er dann. »Wann seid ihr noch gleich nach New York gegangen? Vor zehn Jahren etwa?«

»Vor elf. Ich war acht, Danny vierzehn.«

»Und euer Vater war schon tot, ihr hattet bloß noch Edna.«

»Genau.«

O'Connor schiebt die Decke von den Beinen, dreht sich ein Stück zur Seite und wuchtet mit kurzem Schmerzenslaut die Füße auf den nackten Boden. Er trägt eine alte, blaue Strickjacke über dem Pyjamahemd und dazu graue Bettsocken. Sein Haar hängt schief über dem Kopf. Er reibt sich etwas Grünes aus dem Augenwinkel und nimmt Sullivan noch einmal genau in Augenschein.

»Elf Jahre – als ich dich das letzte Mal gesehen habe, warst du noch ein Kind, und jetzt stehst du ohne jede Vorwarnung in meinem Schlafzimmer?«

Sullivan sieht sich im Zimmer um. Ein alter, braun lackierter Schrank, ein eiserner Waschtisch und eine Kommode, auf der sich Bücher und Papiere stapeln. Auf dem Fußboden neben dem Bett steht ein Tablett mit etwas Käserinde, einem Apfelbutzen und einer leeren Teetasse.

»Familie bleibt Familie«, sagt er. »Egal, wie lang man sich nicht sieht. Das ist mein oberstes Prinzip.«

O'Connor schnieft und nickt.

»Ein praktisches Prinzip, unter den Umständen«, sagt er.

»Eigentlich wollte ich ja schreiben, um mich anzukündigen, aber ich musste rasch aufbrechen.«

»Hast du Ärger? Bist du darum hier?«

Sullivan lächelt erst, dann überlegt er es sich anders, setzt eine finstere Miene auf. Ein anderer Onkel hat ihm erzählt, Jimmy O'Connor sei, bevor er mit dem Trinken anfing, der vielleicht klügste Mann in Dublin gewesen. Blitzgescheit. Dann hätten die Trauer und der Whiskey ihm das Hirn aufgeweicht. Angeblich wurde er nach England versetzt, weil dort drüben niemand den Unterschied bemerken würde.

»Man merkt, dass du Polizist bist. Dir kann man nichts vormachen.«

»Und worum ging's? Schulden? Eine Frau?«

»Letzteres«, sagt Sullivan. »Katie Dolan heißt sie. Wir haben uns, na ja, etwas zu gut verstanden. Ich sollte sie heiraten, und ihre Brüder haben mir allerlei Grausamkeiten angedroht, falls ich nicht wollte.«

Er wartet ab, ob O'Connor ihm glaubt. Das ist genau die Art Geschichte, denkt er, bei der anständige Männer gern entsetzt tun, ohne dass sie es je wirklich sind, weil die meisten selbst weglaufen würden, wenn man sie nur ließe. Und er ist ein vortrefflicher Lügner, das weiß er. Er hat schon viele belogen, und niemand hat es je gemerkt.

»Und wovon lebst du?«, erkundigt sich O'Connor.

»Ich hab mir genug für die Überfahrt geliehen, und für die Verpflegung auf der Reise, aber jetzt brauche ich Arbeit. Ich bin gelernter Bankkaufmann; ich kann mit Zahlen umgehen und ordentlich schreiben. Wenn du in dem Bereich was wüsstest oder mich in die richtige Richtung schubsen könntest, wäre ich dir dankbar.«

»Banken gibt's hier mehr als genug. Mit einer Empfehlung aus New York kommst du bestimmt bei einer unter.«

Sullivan nimmt eins der Bücher von der Kommode und betrachtet es ein Weilchen.

»Oder ich versuche mal was anderes«, sagt er, lächelt plötzlich. »Vielleicht könnte ich ja auch zur Polizei gehen, was meinst du?«

»Dass das schwere, schlecht bezahlte Arbeit ist. Bleib du lieber bei deinen Leisten.«

Achselzuckend legt Sullivan das Buch zurück.

»Kann ich heute Nacht hier schlafen? Wenn du mir eine Decke

gibst, reicht mir der Fußboden.« Er nickt in Richtung der Stelle zwischen Bettende und Kamin. »Ich hab einen ruhigen Schlaf und störe dich bestimmt nicht.«

»Du hast gar kein Geld mehr? Keinen Penny?«

Sullivan schüttelt den Kopf.

»Morgen such ich mir Arbeit«, sagt er. »Ich geh in aller Herrgottsfrühe los und komme erst wieder, wenn ich was gefunden habe.«

Langsam steht O'Connor auf, wartet, bis der Schmerz nachlässt, und holt dann ein Metallkästchen vom Schrank.

»Hier«, sagt er. »Da hast du eine halbe Krone. Geh ins Kings Arms und lass dir was zu essen geben. Zwei Nächte kannst du hier auf dem Boden schlafen, aber nicht länger, sonst beschwert sich Mrs Walker.«

»Die Vermieterin? Was geht's die an, wie lang ich bleibe?«

»Es wird ihr nicht gefallen, wenn hier ein Fremder auf dem Boden schläft. Sie führt ein anständiges Haus.«

Sullivan nimmt die Münze, betrachtet sie einen Moment und steckt sie dann in die Tasche.

»Mein Beileid wegen Catherine«, sagt er. »Ich hab nur Gutes von ihr gehört.«

O'Connor sieht ihn ausdruckslos an, und Sullivan fragt sich, ob er besser den Mund gehalten hätte. Vielleicht ist die Erinnerung auch heute noch zu schmerzhaft für den Onkel.

»Von wem denn?«, fragt O'Connor dann.

»Von Ma und Danny. Die kennen sie ja noch von früher, als sie bei Callaghan gearbeitet hat. Noch von vor eurer Hochzeit.«

»Selbst erinnerst du dich nicht an sie, oder?«

»Nein, das nicht. Ich war zu klein. Aber Bilder habe ich gesehen.«

O'Connor nickt.

»Das Kings Arms ist in der Clarendon Street«, sagt er. »Am Ende der Straße links.«

Als Sullivan fort ist, geht O'Connor nach unten, um Mrs Walker die Lage zu erklären. Es sei nur für zwei Nächte, sagt er, und falls es doch länger werde, wolle er ihr mehr bezahlen. Sie winkt ab, ermahnt ihn aber barsch, sich zuerst um sich selbst zu kümmern, bevor er sich eines verschollenen Neffen annimmt, der ohne einen Penny in der Tasche aus Amerika ankommt und nicht einmal den Anstand hat, vorher Bescheid zu geben. Wenn man in eine Familie einheirate, erwidert er, müsse man mit den Konsequenzen leben. Mrs Walker nickt auf eine Weise, die keinen Zweifel daran lässt, dass sie ihn für einen Querkopf hält, aber zu höflich ist, es auszusprechen.

Zwei Stunden später klopft es erneut, und wieder öffnet Mrs Walker die Tür. O'Connor lauscht einen Augenblick lang aufmerksam, dann quält er sich leise fluchend aus dem Bett. Er tritt hinaus an die Treppe und beugt sich über das Geländer. Sullivan ist vor der Wand niedergesackt, schwadroniert in lallendem Singsang über die Vorzüge von New York City, und Mrs Walker, die zwar abstinente Methodistin ist, aber lang genug in der George Street gelebt hat, um sich von diesen Dingen nicht mehr schockieren zu lassen, steht mit verschränkten Armen da und nickt.

Unter Schmerzen schleppt O'Connor sich hinab und ist fast schon unten angekommen, als Sullivan ihn bemerkt.

»Jimmy«, ruft er. »Auweia, du siehst vielleicht aus! Die haben dir 'ne ganz schöne Abreibung verpasst, was? Haben Sie so eine Visage schon mal gesehen, Mrs Walker? Ich jedenfalls nicht. Im ganzen Leben nicht.«

Mrs Walker spart sich eine Antwort. Sie blickt O'Connor an und schüttelt den Kopf.

»Ich mache Ihnen beiden erst mal Tee«, sagt sie. »In der Küche ist noch Brot und Rinderschmalz. Dann gehe ich zu Bett.«

»Brot und Rinderschmalz!«, grölt Sullivan. »Herrgott, dafür könnte ich jetzt töten!«

»Das Geld war für Essen gedacht, nicht für Whiskey«, sagt O'Connor.

Sullivan grinst ihn gelassen an. Er scheint stolz auf sich zu sein, so als wäre es eine reife Leistung, sich auf anderer Leute Kosten zu betrinken.

»Der Fraß da sah zum Grausen aus, ehrlich. Die Koteletts waren derart fettig, die sind mir schon vom Anblick wieder hochgekommen. Also dachte ich, trinkst du eben ein, zwei Bier. Das Geld kriegst du zurück, sobald ich Arbeit finde, versprochen.«

Mrs Walker ruft sie in die Küche. Sie stellt eine Kanne Tee auf den Tisch, dazu einen halben Laib Brot und ein Messer, dann sagt sie Gute Nacht. Auf einem Regalbrett an der Tür brennt eine Öllampe, im rußgeschwärzten Herd flackert ein Feuer, sonst ist es dunkel in der Küche. O'Connor steckt einen Finger in den Mund, betastet seine losen Backenzähne. Nachts schmerzen sie am meisten. Mit dem Messergriff rührt er den Tee um und schenkt ein.

»Was hast du mit den Kerlen vor, wenn du sie in die Finger kriegst?«, fragt Sullivan. »Wie willst du denen heimzahlen, was sie dir angetan haben?«

»Sie kommen vor den Richter, wie jeder andere auch. Allerdings werde ich sie kaum zu fassen kriegen, wenn ich nicht großes Glück habe.«

»Du weißt doch sicher, wie sie aussehen, oder?«

»Wie einer der beiden aussieht, ja, aber die Stadt ist groß, und ob ich ihm je wieder über den Weg laufe, das weiß der Himmel.«

Sullivan blinzelt, reibt sich die Augen wie ein Kind, das aus einem langen Nickerchen erwacht. Einen Augenblick wünscht sich O'Connor, er wäre noch einmal so jung, so jung und dumm, hätte all seine Fehltritte noch vor sich und müsste einzig und allein an sich selbst denken.

»Das mit der Polizei war übrigens mein Ernst«, verkündet Sullivan. »Ich hab noch mal drüber nachgedacht. Ich will nicht mehr den ganzen Tag nur rumsitzen. Ich will nach draußen, unter die Leute.«

Er schneidet ein Stück Brot ab und linst nach dem Schmalz. O'Connor schiebt ihm die Schale hin und sieht ihm beim Kauen zu.

»Das wäre nichts für dich«, sagt er. »Auf Dauer, meine ich. Es würde dir nicht gefallen.«

»Aber die Uniform, die würde mir stehen, meinst du nicht?« Er hebt die Brauen, grinst. »Glänzender Zylinder, dicker Knüppel – stell dir das nur mal vor!«

»Wie ein Hanswurst würdest du aussehen«, erwidert O'Connor.

Sullivan lacht.

»Ach, du bist gemein«, sagt er. »So was seinem lieben Neffen an den Kopf zu werfen. Hart und gemein bist du.«

O'Connor löffelt sich Zucker in den Tee und rührt.

»Hat Edna das gesagt?«, fragt er. »Dass ich hart und gemein bin?«

»Edna?« Er schüttelt den Kopf. »Unsinn. Edna liebt dich. Die ganze Familie liebt dich. Gott, die halten dich für den Allergrößten.«

O'Connor nickt. Er erinnert sich an Edna Brice, wie sie mit siebzehn noch in der Flag Alley lebte – groß, hübsch und eine echte Klatschbase. Nach ihrer Hochzeit mit Robbie Sullivan nahm sie Catherine ab und an beiseite und gab ihr Ratschläge über die Ehe. Als irgendwann Jimmy O'Connors Name fiel, meinte Edna, Catherine könne doch wohl etwas Besseres finden als einen sauertöpfischen Constable aus Armagh ohne richtige Familie. *Sauertöpfisch.* Er musste lachen, als Catherine ihm davon erzählte. In der Familie Brice hatte niemand viel für ihn übrig. Ein munterer Haufen war das, laut und ungestüm, und sie misstrauten seiner ruhigen Art. Sie dachten, er verheimliche etwas vor ihnen, hielten ihn für eingebildet – aber worauf hätte er sich etwas einbilden sollen? Als er Catherine heiratete und mit ihr in die anderthalb Kilometer entfernte Kennedy's Lane zog, glaubten sie, er wolle sie ihnen wegnehmen, und vielleicht stimmte das sogar. Fünf Jahre später, als Catherine krank wurde und er die Brices um Hilfe bei der Pflege bitten musste, spürte er selbst hinter ihrer Sorge noch eine kühle Selbstgefälligkeit, als wäre nun endlich bewiesen, dass sie recht gehabt hatten.

»Und Edna geht es gut?«, fragt er jetzt.

»Ja, ja, bei der ist alles im Lot. Sie ist inzwischen Großmutter. Danny hat eine Italienerin geheiratet, Antonella, und die zwei haben ein Häuschen in Brooklyn und zwei kleine Töchter. Er arbeitet bei der Straßenbahn, schuftet sich da halb zu Tode. Steht jeden Tag vor Morgengrauen auf.«

O'Connor nickt. Er sieht Danny Sullivan noch vor sich, wie er vor dem Haus in der Ash Street mit einem alten Besenstiel und einem Ball aus Zwirn und Lumpen spielte, in kurzen Hosen, in denen seine schmutzigen Knie aussahen wie Knoten in einem Stück Schnur. Und jetzt hat er plötzlich eine Frau, zwei Töchter und ein Häuschen in Brooklyn.

»Ach ja?«, sagt er. »Das wusste ich gar nicht.«

»Für Danny ist's der Himmel auf Erden, meint er. Für mich wäre das nichts. Ich bin kein Familienmensch. Ich bin eher so wie du.«

»Wie ich? Wie bin ich denn?«

Sullivan grinst schlitzohrig, als wollte er einen Witz reißen.

»Frei und ungebunden«, sagt er. »Dein eigener Herr.«

Die Wut über diese Dummheit schnürt O'Connor die Brust ab.

»Ich bin weder frei noch ungebunden«, sagt er. »Niemand ist das. Wirst du auch noch lernen.«

Selbst im Rausch begreift Sullivan, dass er getadelt wird. Blinzelnd blickt er an die Decke.

»Ach, ich mach doch nur Spaß«, sagt er. »War nicht so gemeint.«

Er lallt, als wäre ihm die Zunge für den Mund zu groß geworden. O'Connor steht auf.

»Ich bin müde«, sagt er. »Lassen wir's gut sein.«

»Ich hab's wirklich nicht so gemeint«, wiederholt Sullivan. »Manchmal rede ich schneller, als ich denke. Danny hält mir das auch immer vor.«

»Schon in Ordnung.«

Sullivan zuckt die Achseln, reibt sich das Kinn. Der plötzliche Stimmungswandel hat ihm den Wind aus den Segeln genommen. Er will, dass alles wieder ist wie vorher.

»Du behältst hier die Fenians im Auge, richtig?«, fragt er. »Habe ich zumindest in New York gehört.«

O'Connor nickt. »Mehr oder weniger, ja.«

»Auf der Überfahrt hab ich einen von denen kennengelernt. Angeblich Tuchhändler aus Harrisburg, in Pennsylvania, aber ich hab ihm an der Nasenspitze angesehen, dass das gelogen war. Abends haben wir – vier oder fünf Iren – uns die Zeit mit Poker vertrieben. Meistens haben wir nur rumgeflachst, aber einmal hat einer die Bruderschaft erwähnt. Er fand, die Fenians seien nichts als weltfremdes Gesindel, angeführt von Männern, die sich mehr für ihre Geldbeutel interessieren als für die leidgeprüften Iren. Wir anderen haben uns nichts draus gemacht, bloß genickt und nach der nächsten Karte gegriffen, aber dieser Byrne – Daniel Byrne nannte der sich –, du hättest sehen sollen, wie wütend der auf einmal dreinschaute. Als wollte er sich sofort prügeln. Er sah dem anderen in die Augen und hielt ihm eine Predigt über den Unterschied zwischen denen, die von Freiheit reden, aber zu weibisch und verängstigt sind, irgendwas dafür zu tun, und denen, die den Mund halten, aber Manns genug sind, gegen ihre Unterdrücker zu den Waffen zu greifen. ›Gegen ihre Unterdrücker zu den Waffen greifen‹ – genau das hat er gesagt, ehrlich wahr.«

Er wartet darauf, dass O'Connor sich wieder setzt, aber der rührt sich nicht.

»Wenn er sagte, er sei Tuchhändler aus Harrisburg, dann stimmt das höchstwahrscheinlich auch.«

Sullivan schüttelt den Kopf. Süßlicher Dunst steigt in Schwaden von ihm auf. Seine Wangen sind knallrot, die Lippen glänzen noch vom Schmalz.

»Wenn du mich fragst, war er Nordstaatensoldat. Zumindest sah er danach aus – langes Haar, fast bis zum Kragen, und Narben im Gesicht.«

»Was für Narben?«

»Hässliche«, sagt er und zeigt sich auf die Wange. »Hier und hier. Von einem Bajonett vielleicht, oder von einer Musketenkugel. Ich hab Kriegsheimkehrer gesehen, die sahen aus wie durch den Dreschkasten gejagt. Arme, Beine, Hände fehlten, dafür hatten sie Löcher, wo ganz sicher keine sein sollten. Grausig, wirklich wahr.«

O'Connor muss an den Mann denken, der beim Trauerzug mit Flanagan sprach, an den buschigen Schnauzer, das lange, dunkle Haar und die tief in Wange und Kiefer gegrabenen Kluften, wie halb geformte Augen oder Lippen. Wahrscheinlich Zufall, aber nicht unmöglich.

»Wann ist dein Schiff eingelaufen?«

»Mittwoch. Ich bin noch kurz in Liverpool geblieben, bei

einem, der meinte, er hätte vielleicht Arbeit für mich. Wurde aber nichts draus.«

»Und wollte dieser Byrne nach Manchester? Hat er davon was gesagt?«

»Vielleicht, meinte er, aber er wusste noch nicht, wann. Als wir vor der Ankunft die Gewinne aufgeteilt haben, war ich ihm ein paar Dollar schuldig, aber weil ich pleite war, hab ich ihm einen Schuldschein geschrieben, und er gab mir eine Adresse, an die ich das Geld schicken soll.«

»Lass sehen.«

Sullivan durchstöbert seine Taschen und zieht einen Zettel hervor. O'Connor liest ihn, wirft einen kurzen Blick auf die leere Rückseite und gibt ihn zurück.

»Jack Rileys Bierstube. Das ist einer ihrer Treffpunkte«, sagt er.

»Dann habe ich also recht?«

»Erzähl mir mehr über die Waffen. Was hat er genau gesagt?«

»Er fand, all diese Muttersöhnchen würden bloß große Reden schwingen, am Ende hätte aber nur Blutvergießen je die Welt verändert. Er meinte, der Krieg sei längst im Gange, und man müsste dafür sorgen, dass auch noch der letzte Engländer das mitkriegt. Den Rest hab ich vergessen. Aber wenn du willst, könnte ich zu der Bierstube gehen und nach ihm fragen.«

»Nein«, sagt O'Connor. »Lass das mal meine Sorge sein. Ich kümmere mich morgen drum.«

»Wenn du mich fragst, sind die Fenians bloß großmäulige Rattenfänger. Ehrlich gesagt ist Politik mir ziemlich gleich. Ich bin zu jung, und letztlich kommt sowieso alles aufs selbe raus. Irgendein Mistkerl gibt den Ton an, und der wird sich immer selbst der Nächste sein. Hab ich nicht recht?«

O'Connor mustert Sullivan erneut, wie er da bierbenebelt vor ihm sitzt und nur um des Redens willen redet, bloß, um die Stille auszufüllen. Etwas in seinen Augen erinnert ihn an Catherine – vielleicht, wie weit sie auseinanderliegen, oder dieses Grün, da ist er nicht ganz sicher, doch ihn schmerzt der Anblick, dieser Widerhall seiner toten Frau in Sullivans Gesicht. Wäre der doch nur nicht da, könnte er ihn doch bloß leugnen oder ignorieren.

»Zeit fürs Bett«, sagt er. »Morgen gehen wir ins Rathaus, und du kannst deine Geschichte dort noch mal erzählen.«

Fünftes Kapitel

Tommy Flanagan sitzt an einem splitterigen Ecktisch in der Wirtsstube des Pier Head Inn in der Albert Street, sein bester Bullterrier Victor hechelt zu seinen Füßen wie eine kleine heiße Dampflok. Es ist der Abend des monatlichen Rattenbeißens, und der Pub füllt sich bereits mit Hundeliebhabern und Sportfreunden jeglicher Couleur und Klasse – unlivrierte Kutscher und Soldaten mit aufgeknöpften Jacken, Ladeninhaber und Straßenhändler, vornehme Glücksspieler, Droschkenfahrer und Schreibkräfte. Die Kellner geben lauthals die Bestellungen von Bier und Backfisch weiter, unruhige Hunde knurren einander an, zerkratzen die Dielen und zerren an ihren Halsbändern. Flanagan hat viele gute Rattler besessen, aber Victor ist bislang der beste. Nicht auf Stärke, Größe oder Ausdauer kommt es beim Rattenbeißen an, sondern auf Eifer, und Victors Eifer ist tödlich. Manche Hunde töten schnurstracks die erste Ratte, halten sich dann aber eine Weile lustlos mit dem blutigen Kadaver auf, schnüffeln oder lecken daran herum, wie ein Kind mit einer Flickenpuppe spielt, und verlieren wertvolle Sekunden. Victor hingegen trödelt nie; er geht sofort auf die nächste Ratte los, und dann auf die übernächste, als wüsste er genau, dass eine Uhr tickt. Solcher Eifer ist eine seltene Gabe von Mutter Natur, die man, glaubt Flanagan, nicht anerziehen oder züchten kann. Fünf Schilling hat er für Victor als Welpen bezahlt, und wenn er heute Abend siegt, wird er mindestens zehn Pfund für ihn verlangen – ein schöner Profit, aber auch ein angemessener Lohn. Denn obwohl viele stolz behaupten, einen guten Rattler sofort zu erkennen, können nur wenige den hechelnden Beweis für ihre gute Urteilskraft vorweisen.

Es wird wehtun, sich von einem solchen Hund zu trennen, doch er braucht das Geld für seine Flucht. Dieser Neue, Doyle, der zugereiste Yankee, stellt alles auf den Kopf, schnüffelt überall herum, erzählt allen, die es hören wollen, seine erste Amtshandlung in Manchester bestünde darin, auch noch den letzten Spitzel aufzuspüren. Wenn man ihm zum ersten Mal begegnet, drückt er einem fest die Hand, blickt einen aus wilden, schiefen Augen an, unter denen diese Wunde wie ein zweites Arschloch mitten im Gesicht klafft, und flüstert einem heiß ins Ohr, man könne, wenn man irgendetwas über die Spitzel wisse, jederzeit zu ihm kommen. Tommy Flanagan war immer vorsichtig, hat seine Spuren gut verwischt, und doch ist er nicht sicher, ob er vorsichtig genug war, um der Gerissenheit eines Iren wie Doyle zu entgehen. Besser und sicherer also, er macht eine kleine Reise, zumindest bis die Lage sich wieder beruhigt hat. Soll der blutrünstige Yankee doch einem anderen die Kehle durchschneiden.

Gegen neun läutet der Wirt eine Glocke an der Wand hinter der Theke und bittet die Gäste zum Wettkampf nach oben. Sie betreten einen großen, hell erleuchteten Raum. Die hohen Fensterläden rechts und links sind fest verschlossen, Wände und Boden sind staubig und kahl. In der Mitte steht eine kreisförmige Holzarena, drei Meter breit, etwas mehr als einen Meter hoch und innen weiß gestrichen, damit man besser sieht, was darin vor sich geht. Auf einem Tisch am anderen Ende des Raumes, bewacht von einem der beiden Kellner, stehen zwei große Drahtkäfige, randvoll mit quiekenden Ratten, deren dunkle Pelze wirbeln und strudeln wie ein aufgewühlter Torfbach bei Hochwasser. Kaum dass die Hunde den stechenden Kloakengestank der Nager wittern, fangen sie schon an zu jaulen und zu kläffen, und in dem großen Raum herrscht plötzlich hektisch raubeinige Stimmung. Auf ein Zeichen des Schiedsrichters trägt der Kellner einen Käfig an den Ring und öffnet ihn. Fünfzig oder sechzig Ratten wuseln und wirbeln durch den Ring wie verbrühte Teeblätter durch einen Kessel und türmen sich am Rand zu drei zuckenden Haufen, um in der Masse Schutz zu suchen. Der Wirt verlangt nach seiner Stoppuhr, und der erste Hund wird vorbereitet.

Auf die Wand des Rings gestützt sieht Flanagan dem Wettkampf zu. Sein Nebenmann wettet auf jeden Hund, der an den Start gebracht wird. Hier fünf Schilling, dort zehn, und jedes Mal verliert er.

Flanagan mustert ihn. Seltsam, dass einem wie dem das Geld so locker sitzt. Schwielen hat er an den Händen, die schwarze Jacke ist billig und abgewetzt. Vielleicht ein Hilfsarbeiter, oder ein Wandergeselle. Das Geld hat er bestimmt gewonnen – oder gestohlen. Wer er auch ist, von Hunden hat er keinen Schimmer.

»Ich hätte einen heißen Tipp für Sie«, sagt Flanagan.

Einen Krug Ale in der Hand dreht der Mann sich um und glotzt Flanagan an, als hätte der ihm in die Suppe gespuckt, als wäre schon der Umstand, dass er spricht, irgendwie unanständig.

»Und was für ein ›Tipp‹ soll das sein?«, fragt er.

»Setzen Sie alles auf den hier.« Flanagan nickt in Richtung seines Hunds. »Am besten gleich, dann könnten Sie das Zwei- oder Dreifache rausholen.«

Der Mann wirkt skeptisch. Er ist noch jung, trotzdem ist die untere Zahnreihe lückenhaft und von Karies zerfressen.

»Und warum wetten Sie nicht selbst auf ihn?«, fragt er.

»Würd ich ja, wenn ich das Geld hätte. Bin heute bisschen knapp bei Kasse.«

Der Mann denkt nach, geht auf die Knie, um Victor zu begutachten. Er tastet seine Hinterbeine ab, linst ihm ins Maul, als wüsste er, worauf er achten muss.

»Kräftiger Bursche«, gibt er zu.

»Stimmt, aber auf die Stärke kommt's gar nicht so an beim Rattenbeißen; der Eifer zählt.«

»Der Eifer?«

»Genau.« Flanagan sieht sich kurz um, dann zeigt er auf die andere Seite des Raums. »Sehen Sie die Bulldogge da drüben? Die weiße, Hercules. Kein übler Hund. Macht seine Arbeit ordentlich, trödelt nicht und lässt nicht überall halb tote Ratten liegen. Erledigt regelmäßig ohne großen Heckmeck fünfzehn, zwanzig Stück. Ein guter, zuverlässiger Rattler eben – aber auch ein eifriger? So eifrig wie mein Victor?« Er blickt dem Mann in die Augen, lässt die Frage wirken, dann schüttelt er den Kopf. »Nicht mal im Traum.«

Der Mann steht auf, leert seinen Krug und winkt für Nachschub den Kellner herbei.

»Und Sie sind da Experte, was?«, erwidert er.

Flanagan zuckt die Achseln.

Ein struppiger Airedale ist bereit für den Ring. Quiekend und knurrend windet er sich in den Armen seines Herrn, während sie das Startsignal erwarten. Wetten werden angenommen, Flanagans Nebenmann zückt erneut die Börse. Er setzt fünf Schilling darauf, dass der Airedale fünfzehn oder mehr kaltmacht. Flanagan schnaubt.

»Bei dem würde ich niedriger einsteigen«, sagt er. »Zu viel Dampf auf dem Kessel, und obendrein zu dumm. Der scheucht die Ratten nur im Kreis, statt sich die leichten Opfer rauszupicken.«

»Danke, ich melde mich, falls ich mal einen brauche, der immer alles besser weiß.«

»Ich will bloß nicht, dass Sie Ihr schönes Geld zum Fenster rauswerfen.«

Der Airedale geht ans Werk. Er fängt gut an, doch dann wird er vom Lärm und Trubel im Ring abgelenkt. Am Ende sind zehn Ratten tot, sechs bluten, aber zucken noch.

Flanagan pafft seine Pfeife und füttert Victor hin und wieder ein paar Kutteln, um ihn ruhig zu halten. Sein Nebenmann flucht, sagt aber sonst nichts. Als Nächstes an der Reihe ist ein krummbeiniger, um die Schnauze schon ein wenig grauer Staffie. Kopf und Brust sehen vor lauter Bissnarben aus wie eine mottenzerfressene Decke.

»Und der?«, erkundigt sich der Mann. »Zu alt?«

Flanagan schüttelt den Kopf.

»Ach, was weiß denn ich schon?«, höhnt er.

»Wenn ich gewinne, kriegen Sie die Hälfte.«

»Besser als der Airedale, aber nicht um viel.«

»Die sagen, er schafft zehn.«

»Steigen Sie ein bisschen höher ein und drücken Sie die Daumen.«

Der Staffie ist langsamer als der Airedale, aber auch grimmiger und konzentrierter. Sobald er eine Ratte getötet hat, schüttelt und kaut er einen Augenblick lang den verstümmelten Kadaver, dann schleudert er ihn fort und stürzt sich auf die nächste. Eine Minute ist noch auf der Uhr, da liegen bereits neun schwarze Leiber eingerollt wie fette Kommas auf dem weiß getünchten Boden, und die stumpfe Hundeschnauze trieft vor dunklem Rot.

»Na los, Kleiner«, ruft der Mann. »Schnapp sie dir, du kleine Bestie!«

»Der hat Pfeffer«, stimmt Flanagan ein. »Nicht grade der Schnellste, aber dafür doppelt so brutal.«

Der Staffie tötet noch zwei Ratten, und dann, kurz vor dem

Abpfiff, eine dritte, um das Dutzend vollzumachen. Der Fremde lacht aus voller Kehle, tanzt einen Jig und klopft Flanagan kräftig auf den Rücken. Vom Gewinn bestellen die zwei Männer einen Drink – und dann noch einen, als Glücksbringer. Der Mann, der sich als Henry Dixon vorstellt, erklärt sich einverstanden, sein übriges Geld bei acht zu eins auf Victor als Gesamtsieger zu setzen. Er will nachsehen, wie viel er noch hat, zieht einen gefalteten Fünfer und ein paar Münzen aus der Tasche.

»Reiche Erbtante, was?«, scherzt Flanagan.

»Hatte bloß Glück«, erwidert Dixon. »Sie wissen ja, wie's manchmal gehen kann.«

Garantiert gestohlen, denkt Flanagan. Der Kerl hat irgendeinen ahnungslosen Trottel in einer Gasse erdrosselt oder erschlagen und ihm die Taschen ausgeräumt. Einer wie der mit seinen dreckigen Pranken und stechenden Augen kommt niemals rechtmäßig an so viel Geld.

»Ja, ja, der eine verliert's, der andere findet's«, sagt Flanagan. »Man muss nur die Augen offen halten. Man weiß ja nie, worüber man im Rinnstein stolpert.«

»Oh, ich halte die Augen immer auf«, pflichtet Dixon bei. »Mir entgeht nichts.«

»Sieht jedenfalls aus, als hätten Sie irgendwo einen dicken Geldbeutel gefunden«, sagt Flanagan. Dieser Dixon ist eindeutig betrunken genug, um mit seinen Taten anzugeben. Er muss ihn nur ein wenig anstacheln.

Dixon lacht.

»Ja, das auch«, sagt er. »War aber nicht alles.«

»Eine Taschenuhr?«

Dixon schüttelt den Kopf.

»Keine Einzelheiten. Ich war bei der Sache nicht allein und musste schwören, dass ich nichts verrate.«

Ehe Flanagan ihn weiter drängen kann, ruft der Schiedsrichter Victor in den Ring. Flanagan nimmt seinen Hund, und die beiden Männer schieben sich durch das Gedränge. Die Sekundanten, die Hosenbeine unten zugebunden und ebenfalls von Rattenblut befleckt, räumen zerbissene Ratten aus dem Ring und lassen neue aus dem rostigen Käfig. Als Victor die frischen Ratten huschen sieht, wie sie einander beißen und beschnüffeln, winselt und strampelt er vor Mordlust. Flanagan umklammert den heißen, zitternden Leib wie einen Sack Gold und wartet. Der Schiedsrichter zählt von zehn abwärts, bläst die Pfeife, und Flanagan wirft Victor in den Ring. Mit rutschenden Klauen landet der Hund auf den Dielen, die Ratten stieben laut quiekend nach allen Seiten davon. Victor tötet acht Stück in der ersten Minute, zehn in der zweiten und noch einmal zehn in der dritten. Als die Zeit abläuft, sind nur noch sechs Ratten am Leben, und die Zuschauer jubeln, johlen und trommeln mit den Fäusten an die Ringwand. Flanagan hat zwar schon bessere Rattler als Victor erlebt, aber nicht viele, und nicht hier in der Gegend. Nach diesem Auftritt wird er leicht zehn Pfund für ihn bekommen, und wenn er Henry Dixon um den Finger wickeln kann, kriegt er vielleicht sogar noch eine ganze Stange mehr.

Zwei weitere Hunde müssen noch antreten, bevor der Preis verliehen wird, doch jeder weiß, dass Victor ihn gewonnen hat. Flanagan sonnt sich ein Weilchen in seinem Triumph, dann sieht er sich nach Dixon um. Er findet ihn unten in der Wirtsstube, wo er fröhlich Whiskey trinkt.

»Ein famoser Hund ist das«, sagt er und deutet auf Victor. »Wie viele Ratten waren's am Ende? Vierzig?«

»Vierundvierzig.«

»Vierundvierzig!« Dixon schüttelt den Kopf und pfeift. »Ist das der Rekord im Pier Head?«

»Gut möglich, ja.«

Dixon ist inzwischen so betrunken, dass Flanagan gar nichts mehr tun muss. Nur ruhig und geduldig bleiben.

»Also, was wollen Sie für ihn haben?« Dixon schlägt die Faust auf den Tisch. »Nennen Sie Ihren Preis!«

Flanagan bemüht sich, überrascht zu wirken.

»Victor ist nicht zu verkaufen«, sagt er. »Ich könnte mich niemals von ihm trennen.«

»Ach was. Das ist kein Schoßhündchen, sondern ein Rattler. Ein guter, meinetwegen, aber erzählen Sie mir nicht, er sei Ihnen zu sehr ans Herz gewachsen.«

Flanagan zuckt zusammen, als täte es ihm bereits weh, darüber nur zu reden.

»Grade hat mir oben einer fünfzehn Pfund geboten, aber dem hab ich dasselbe gesagt wie Ihnen.«

»*Fünfzehn*? Sie wollen mir doch keinen Bären aufbinden? Ihr Iren seid gerissen, das weiß ich nur zu gut.«

»Ich stell Sie ihm gern vor. Er weiß Bescheid, kennt sich mit Hunden bestens aus, aber ich hab ihm dasselbe gesagt wie Ihnen. Der Hund ist unverkäuflich.«

Dixon kratzt sich das Kinn und rutscht auf seinem Stuhl herum. Oben wird gejubelt, dann ertönt ein langer Pfiff. Flanagan steht auf und streckt Dixon die Hand hin.

»Ich hole mir jetzt meinen Preis ab«, sagt er, »und dann geh ich nach Hause.«

Auch Dixon steht auf. Sein Blick ist schief, und er schwankt etwas, bevor er wieder das Gleichgewicht findet.

»Nichts da«, sagt er. »Sie warten hier. Ich bin gleich mit meinem Wettgewinn zurück. Trinken Sie solang ruhig meinen Whiskey aus.«

Er bedeutet Flanagan, sich wieder hinzusetzen, und der gehorcht nach einer überlegt bemessenen Pause.

Als Dixon zurückkommt, klopft er sich dümmlich grinsend auf die Westentasche.

»Geht doch nichts über eine gute Wette«, sagt er. »Das beste Gefühl auf der ganzen weiten Welt.«

Er sinkt auf den Stuhl, greift nach dem leeren Whiskeyglas, späht hinein, als wäre es ein Teleskop, seufzt und bestellt einen neuen.

»Also, dieser Kerl hat Ihnen fünfzehn Pfund geboten, ja? Und Sie haben gesagt, der Hund sei unverkäuflich, egal zu welchem Preis?«

Flanagan nickt.

»Genau.«

Dixon beugt sich vor, bis seine Nase beinah die von Flanagan berührt.

»Ich weiß, was Sie vorhaben«, sagt er. »Bilden Sie sich bloß nichts ein. Aber ich nehm's Ihnen nicht krumm. Wenn einer einen Hund verkauft, will er den besten Preis, das ist doch klar.«

»Ich will ihn ja gar nicht verkaufen. Sage ich doch.«

Dixon schnaubt verächtlich.

»Also«, sagt er. »Ich könnte Ihnen siebzehn oder achtzehn Pfund bieten, und Sie könnten sie nehmen oder nicht, aber sparen wir uns das Theater doch. Ich will den Hund, und das hier zahle ich für ihn.«

Er holt den Wettgewinn aus seiner Tasche, zählt zwanzig Pfund auf den Tisch und lehnt sich zurück.

Flanagan wartet einen Augenblick, dann nimmt er das Geld und reicht Dixon die Leine.

»Victor ist ein guter Hund«, sagt er. »Ich würde ihn für keinen Penny weniger hergeben.«

Dixon bindet die Leine grinsend um sein Stuhlbein.

»Wenn ich mir was in den Kopf setze, kriege ich es auch«, sagt er. »So oder so. Mir widersetzt sich keiner. So bin ich eben.«

Die Wirtsstube wird langsam voll. Kellner nehmen Bestellungen für die letzte Runde auf, der Wirt schüttelt Hände und verspricht mehr Glück beim nächsten Rattenbeißen. Flanagan steckt das Geld ein, will aufstehen, doch Dixon legt ihm die Hand auf die Schulter.

»Trinken Sie noch was«, sagt er. »Seien Sie doch nicht so ungemütlich.«

»Na gut, eins noch, dann muss ich aber.«

»Das werden wir ja sehen.«

Dixon ruft den Kellner, und der bringt noch zwei Whiskey und zwei Ale. Victor knurrt ihn an, bellt, und Flanagan krault ihm den Kopf.

»Wollen Sie wissen, woher ich das Geld habe?«, fragt Dixon. »Ich erzähl's Ihnen, wenn Sie wollen.«

»Ich dachte, Sie dürfen nicht.«

»Namen darf ich keine nennen, aber wie der Kerl ausgesehen hat, das sag ich Ihnen: So'n großer Amerikaner war das, böse Narbe im Gesicht, genau hier.«

Dixon piekt sich in die Wange und grinst. Flanagan stellt sein Glas ab.

»Den haben Sie ausgeraubt?«, fragt er.

»Gott bewahre, nein! So einen überfällt man nicht. Das würde nicht gut ausgehen. Hab nur mit ihm gearbeitet. Er brauchte was, ich hab ihm geholfen, es zu kriegen, und er hat mich gut bezahlt. Sehr gut sogar.«

Dixon schwankt sogar im Sitzen und leckt sich die Lippen wie ein verträumter Hund. Flanagan trinkt sein Ale aus, wischt sich mit dem Ärmel den Mund ab. So einen Amerikaner gibt es in Manchester garantiert nicht zweimal. Dieser verdammte Doyle ist überall, denkt er verbittert, und zwar überall gleichzeitig. Wie der verfluchte Heilige Geist.

»Was hat er denn gebraucht?«, fragt er.

Dixon sieht ihn aus zusammengekniffenen Augen an, dann rümpft er die Nase und hebt die rechte Hand, Daumen und Zeigefinger ein paar Zentimeter auseinander.

»Ein Stück Papier, so groß etwa«, sagt er. »Auf dem stand was geschrieben.«

»Geschrieben?«

»Namen. Daten. Fragen Sie mich nicht, ging mich ja nichts an. Aber eines kann ich Ihnen flüstern.« Er beugt sich nach vorn und senkt die Stimme zu einem Brummen. »Irgendein armer Tropf kriegt bald sein Fett weg, und ich bin heilfroh, dass ich nicht in seiner Haut stecke.«

Flanagan hebt das Glas, will trinken, dann merkt er, dass es leer ist, und stellt es wieder ab. Ihm schwirrt der Kopf. Er hat keine Ahnung, was Stephen Doyle für ein Papier brauchen könnte, bei dessen Beschaffung Dixon hilfreich wäre, aber wenn Doyle schon einen Plan hat, ist die Sache weiter vorangeschritten, als er befürchtet hat. Er verabschiedet sich von Dixon, trotz dessen Drängen, noch zu bleiben, und bahnt sich seinen Weg zum Ausgang.

Draußen, in der Albert Street, blickt er sich hastig um, aber niemand ist zu sehen. Er schiebt Dixons Geld noch tiefer in die Tasche, zieht sich die Krempe ins Gesicht und macht sich auf den Weg. In der King Street drückt er sich fünf Minuten in einem Hauseingang herum, bis er sicher ist, dass niemand nach ihm Ausschau hält, dann überquert er die Straße und betritt das Rathaus. Er fragt nach Constable James O'Connor, und man notiert seinen Namen und bittet ihn, auf einer Bank im Flur zu warten. Fast eine Stunde geht vorüber, dann kommt ein anderer Polizist zu ihm, ein gewisser Rogers. Rogers, kahlköpfig und korpulent, hat sich schon viele Jahre lang die Lügen von Verbrechern angehört und gibt sich gleichgültig und zynisch. Constable O'Connor sei heute Abend nicht im Dienst, erklärt er.

»Dann müssen Sie ihm etwas ausrichten«, beharrt Flanagan.

»Mache ich, wenn ich ihn wiedersehe.«

»Wann wird das sein?«

»Höchstwahrscheinlich morgen oder übermorgen. Er hatte einen Unfall. Ruht sich zu Hause aus.«

»Geben Sie mir die Adresse, dann sag ich's ihm persönlich.«

Rogers seufzt, als wäre Flanagan ein Narr, das auch nur vorzuschlagen.

»Das darf ich nicht«, sagt er. »Worum geht's denn?«

»Ich brauche Hilfe«, erklärt Flanagan. »Ein Mann namens Stephen Doyle will mich umbringen.«

Rogers verzieht keine Miene.

»Verstehe. Hat dieser Doyle Ihnen das ausdrücklich angedroht? Was hat er denn genau gesagt?«

»Es geht nicht darum, was er gesagt hat.«

»Worum dann?«

Ein beschürzter Dienstmann schiebt eine Karre voller Akten durch den Flur. Hin und wieder schwingt die Tür zur Straße auf, und jemand geht hinaus oder tritt ein. Flanagan reibt sich das Gesicht und stöhnt leise. Ganz sicher wird er einem Mann, dem er noch nie begegnet ist, nicht auf die Nase binden, dass er ein Fenian-Spitzel ist.

»Ich muss O'Connor persönlich sprechen. Er weiß, worum es geht.«

»Wenn dieser Stephen Doyle Sie nicht bedroht hat, können wir nichts für Sie tun«, sagt Rogers. »Wir können ja schlecht losgehen und Leute einsperren, nur weil irgendjemand darum bittet.«

»Ich bin aber nicht irgendjemand«, erwidert Flanagan. »Ich

spreche schon seit Monaten mit O'Connor. Erzähle ihm Dinge. Wichtige Dinge.«

»Eine Menge Leute erzählen uns Dinge«, sagt Rogers. »Ich kann mich nicht erinnern, dass O'Connor je einen Thomas Flanagan erwähnt hätte.«

»Weil unsere Gespräche geheim sind! Weil sonst niemand meinen Namen wissen darf!«

Rogers schüttelt den Kopf, als hätte er dasselbe schwachbrüstige Argument schon viel zu oft gehört.

»Kommen Sie am besten morgen wieder«, sagt er. »Bestimmt ist er dann wieder hier.«

»Ich kann nicht wiederkommen. Zu gefährlich. Sagen Sie ihm, er soll mich im White Lion treffen, in der Worsley Street, beim Gefängnis. Zwölf Uhr mittags.«

»Im White Lion.« Rogers nickt und wendet sich schon ab. »Richte ich ihm aus.«

Flanagan findet ein billiges Hotel am Bahnhof Piccadilly und bucht ein Zimmer unter dem Namen Brierley. Er erklärt dem Besitzer, man habe ihm am Bahnhof das Gepäck gestohlen, und bittet ihn um Tinte und Papier. Er muss seiner Schwester mitteilen, dass er in Schwierigkeiten ist, dass sich die Sache bestimmt bald geklärt hat, er bis dahin aber anderswo sicherer ist. Rose wird das nicht gefallen, aber sie wird es verstehen, und wenn er erst irgendwo untergekommen ist, wird er ihr Geld schicken. Vielleicht, wenn er seine Spuren sorgfältig verwischt, könnten Rose und seine Mutter sogar früher oder später nachkommen. Bei einem Polizisten wie O'Connor etwas gutzuhaben, könnte sich am Ende sogar auszahlen. Sofern er heil aus dieser Sache rauskommt, wird er womöglich besser dran sein als zuvor. Ein ganz neues Leben, denkt er, warum nicht? Er schreibt den Brief an Rose und gibt dem Nachtportier einen Schilling, damit er ihn augenblicklich zustellen lässt. Dann raucht er eine Pfeife, schnürt seine Stiefel auf und legt die Jacke ab. Das Zimmer ist sauber und warm; der Kohleneimer ist voll, die Bettlaken könnten fast neu sein. Vielleicht ist er doch gar nicht so übel dran.

Um zwei weckt ihn der Nachtportier mit einer Nachricht: »Dringend«, steht darauf, und unterzeichnet hat sie James O'Connor. Er soll umgehend ins Rathaus kommen. Ist Rogers also doch noch zur Vernunft gekommen? Vermutlich hat er seinen Vorgesetzten von dem Besuch erzählt, und die haben ihm kräftig in den Arsch getreten. Er zieht die Stiefel wieder an, fährt sich mit dem Kamm durch das verfilzte Haar. Draußen regnet es, und er ist noch im Halbschlaf, doch der Spaziergang wird ihm einen klaren Kopf verschaffen. Er wird O'Connor sagen, dass er nach Kanada möchte und seine Schwester und Mutter mit ihm kommen sollen. Manchester hat den beiden ohnehin nie gefallen. Bestimmt werden sie diesen dreckigen, beengten, geldgierigen Moloch nur allzu gern verlassen.

Abgesehen von den stinkenden, spritzenden Wagen der Fäkaliensammler und den zusammengesackten Schemen schlafender Bettler sind die Straßen leer. Flanagan geht vorbei an einem verlassenen Lagerhaus; die Fenster sind eingeschlagen, die Wände mannshoch bedeckt mit zerfledderten Plakaten, die Frühjahrsmäntel oder Fleischextrakt anpreisen. In der Ferne bellt ein Hund, hier klacken seine Absätze auf nassem Pflaster. Regen tropft ihm von der Hutkrempe, der feuchte Wind riecht nach Kohlengas und Pferdeäpfeln. Noch fünf Minuten, dann ist er am Ziel. Er stutzt: Woher wusste O'Connor eigentlich, wohin er schreiben musste? Hat Rogers ihn vom Rathaus aus beschatten lassen? Seltsam wäre das, aber wie hätte es anders gehen sollen?

Plötzlich hört er etwas hinter sich und dreht sich um. Ein Mann steht dort, in einem langen dunklen Mantel, eine ausgebleichte

Melone auf dem Kopf. Er hat einen dichten, rötlichen Schnurrbart und eine Boxernase.

»Patrick!«, ruft Flanagan erstaunt. »Was machst du denn hier?«

»Komm mit, Tommy«, sagt der Mann. »Wir müssen uns unterhalten.«

»Über was?«

»Ich glaub, das weißt du selbst am besten.«

Patrick Neary ist einer der Männer von Peter Rice. Tagsüber färbt er Felle in der Gerberei beim Schlachthof.

»Ich weiß ja nicht, was du gehört hast«, sagt Flanagan, »aber es ist erstunken und erlogen.«

»Was ich gehört habe, spielt keine Rolle.«

»Du glaubst nicht etwa diesem Doyle, oder? Der redet doch nur Unfug.«

»Um die Ecke wartet Skelly mit der Kutsche. In Ancoats kannst du Doyle ja selber deine Meinung sagen.«

Flanagan rührt sich nicht. Er könnte weglaufen, doch er weiß, er würde nicht weit kommen.

»Wie hast du mich überhaupt gefunden?«

»Wir haben deinen Brief an Rose gelesen. Nicht grade klug von dir, muss ich schon sagen.«

»Der war privat. Den durftest du nicht lesen.«

Neary schnaubt.

»Glaubst du, das hier ist ein Spiel, Tommy?«, fragt er. »Glaubst du das wirklich?«

Flanagan blickt ihn wortlos an. So kann es nicht zu Ende gehen, denkt er, nicht so, nicht hier.

»Du kennst mich doch, Patrick«, sagt er. »Ich kann ein ganz schöner Hornochse sein, aber ich würde nie was tun, das unserer Sache schadet. Ich bin der loyalste Mensch, den du dir denken kannst.«

Der andere schüttelt den Kopf.

»Du warst immer schon zu selbstzufrieden, Tommy.«

Flanagan nickt. Einen Augenblick bewahrt er noch die Ruhe, dann sieht er Skellys alte Kutsche, umhüllt von Pferdedampf und nass vom Regen, die langsam aus der Nebenstraße rattert wie ein Leichenwagen.

Sechstes Kapitel

Am nächsten Morgen bringt O'Connor seinen Neffen Michael Sullivan ins Rathaus, damit er dort seine Aussage macht. Sie warten auf dem Flur, bis Maybury bereit ist, und treten dann gemeinsam ein. Noch blass und kalt verschwitzt vom gestrigen Gelage erzählt Sullivan von dem Mann, dem er auf der Überfahrt begegnet ist. Er holt zu weit aus, verspricht sich mehrfach, muss von vorn beginnen, doch Maybury hört ihn geduldig an. Dann ist er fertig, und Maybury blickt zu O'Connor.

»Da haben wir gerade erst drei von den Dreckskerlen aufgeknüpft, und schon schicken die uns einen neuen. Muss ich mir Sorgen machen?«

»Falls das der Mann ist, von dem Tommy Flanagan erzählt hat, dann soll er hier Ärger stiften. Offenbar ist er Soldat, das heißt, was immer er auch vorhat, er wird nicht bloß Phrasen dreschen. Wenn ich seinen echten Namen wüsste, könnte ich mehr über ihn herausfinden.«

»Dann nehmen Sie ihn eben fest, wegen Verdachts auf irgendwas. Kassieren Sie ihn ein.«

»Erst mal müssen wir ihn finden. Ich glaube, ich habe ihn am Sonntag bei dem Trauerzug gesehen, ansonsten haben wir bloß die Adresse in der Rochdale Road. Eine Bierstube, in der sich die Fenians treffen. Die haben da an jeder Ecke Späher.«

»Schicken Sie doch Michael hin. Die wissen ja nicht, dass er Ihr

Neffe ist. Er könnte bestimmt den echten Namen in Erfahrung bringen.«

Die Idee ist nicht schlecht, das muss O'Connor zugeben, aber die Vorstellung, später dann in Michaels Schuld zu stehen, lässt ihn zögern.

»Lieber nicht«, sagt er. »Zumindest noch nicht. Michael ist ein Grünschnabel, kein Polizist. Ein falscher Blick oder ein unbedachtes Wort könnten ihn den Hals kosten. Fürs Erste sollten wir die Beschreibung dieses Mannes an jeden Constable ausgeben und telegrafisch in Liverpool und London anfragen, ob die etwas über ihn haben. Und ich frage noch heute meine Informanten, ob sie vielleicht was Neues wissen.«

Maybury nickt.

»Einverstanden. Ich kümmere mich persönlich um die Telegramme und schreibe auch an Dublin Castle. Also, noch mal: Nennt sich Daniel Byrne, gibt sich als Tuchhändler aus, etwa eins achtzig, langes schwarzes Haar, Schnurrbart, Narben auf der rechten Wange. War das alles?«

»Ja, Sir.«

Maybury schreibt in Ruhe alles auf, dann legt er den Stift weg und nimmt die Augengläser ab. Er legt den Kopf zur Seite und mustert O'Connor.

»Zwei Männer haben Sie also überfallen. Zusammengeschlagen und ausgeraubt, heißt es.«

»Ja, Sir. An der Gaythorn Bridge, vorgestern Abend.«

»Was haben sie gestohlen?«

»Ein bisschen Geld, eine Taschenuhr. Nicht wertvoll, aber sie war ein Geschenk meiner Frau.«

»Ich wusste gar nicht, dass Sie verheiratet sind.«

»Ich bin Witwer.«

Maybury nickt, als erklärte das so allerhand.

»Mit dem sprichwörtlichen Glück der Iren ist es bei Ihnen nicht weit her, was, Constable O'Connor?«, sagt er.

»Hin und wieder hatte ich ein bisschen Pech, das stimmt.«

Maybury nickt erneut, setzt zu einem Lächeln an, besinnt sich eines Besseren.

»Nun, ich vermute, Geld und Uhr sehen wir nicht wieder«, sagt er. »Aber ich schicke trotzdem eine zusätzliche Streife in das Viertel, man weiß ja nie.«

Zurück auf dem Flur teilt O'Connor seinem Neffen mit, sofern der Amerikaner je verhaftet würde, werde er ihn womöglich identifizieren und das Gespräch vom Schiff wiedergeben müssen. Aber vorerst solle er all das vergessen und sich Arbeit und eine Bleibe suchen. Er gibt ihm eine Sixpence-Münze für sein Essen und nimmt ihm das feierliche Versprechen ab, das Geld nicht zu versaufen. Sullivan würde gern noch einmal über den Vorschlag sprechen, dass er dieser Bierstube einen Besuch abstatten sollte, aber O'Connor meint, Maybury habe das nicht recht durchdacht, und solange man ihn nicht als Constable vereidige, dürfe er ohnehin nicht eingesetzt werden.

Als O'Connor das Dienstzimmer betritt, zuckt Fazackerley mitfühlend zusammen.

»Sieht ja übel aus«, sagt er.

»Gestern war's schlimmer. Das wird schon wieder.«

»Sie gehören ins Bett.«

Knapp erzählt O'Connor ihm von Michael Sullivan und dem Mann auf dem Schiff.

»Rogers hat Ihnen heute Nacht eine Nachricht dagelassen«, sagt Fazackerley. »Ich hab sie hier, Moment.«

O'Connor liest die Nachricht zweimal, dreht sie herum, blickt auf die Uhr.

»Kennen Sie einen Stephen Doyle?«, fragt er.

Fazackerley denkt einen Augenblick nach, dann schüttelt er den Kopf.

»Wer soll das sein?«

»Keine Ahnung. Tommy Flanagan, einer meiner Leute, hat offenbar mitten in der Nacht nach mir gefragt und ausgesagt, dass ein gewisser Doyle ihn bedroht. Aber in der Nachricht steht nicht, um wen es sich dabei handelt.«

»Rogers hat später noch Dienst. Dann können Sie ihn selbst fragen.«

O'Connor hängt Hut und Mantel auf den Ständer, setzt sich und schenkt sich eine Tasse Tee ein.

»Flanagan würde nicht herkommen, wenn er nicht vor irgendetwas Angst hätte.«

»Leuten wie dem geht es doch meistens nur um Geld«, sagt Fazackerley. »Sicher kann er seine Schulden nicht bezahlen und denkt, weil Sie so ein netter Kerl sind, helfen Sie ihm aus der Klemme, wenn er nur lieb fragt.«

»Möglich«, antwortet O'Connor. »Ich treffe ihn heute Mittag, dann werde ich es ja erfahren.«

Er trinkt seinen Tee aus und steht dann langsam auf. Die Wirkung des Laudanums, das er zum Frühstück eingenommen hat, lässt bereits nach. Er spürt ein Stechen in den Rippen und einen dumpfen Schmerz im Kiefer.

»Wenn Michael Sullivan nach mir fragt, schicken Sie ihn einfach in die George Street.«

»Michael Sullivan? Wer ist das?«

O'Connor reibt sich das schmerzverzerrte Gesicht.

»Mein Neffe«, sagt er dann.

Anderthalb Stunden wartet O'Connor im Hinterzimmer des White Lion, doch Flanagan lässt sich nicht blicken. Tommy Flanagan hat noch nie ein Treffen versäumt, und langsam fragt O'Connor sich, was da wohl schiefgegangen ist. Er bezahlt und geht zu Teasdale and Sons, jener staubigen Gruft von einem Tabakladen im Whithy Grove, wo Flanagan als Aushilfe beschäftigt ist. Henry Teasdale, der Besitzer, liest auf den Tresen gestützt die *Manchester Times*. O'Connors Frage nach Flanagan beantwortet er mit einem Kopfschütteln.

»Der ist weg«, sagt er.

»Seit wann?«

»Seit zwei Tagen. Das Letzte, was ich von ihm gehört habe, war, dass er seinen geliebten Rattler Victor verkaufen und von dem Gewinn verreisen wollte.«

»Er wollte Manchester verlassen? Sind Sie sicher?«

Teasdale schlägt die Zeitung zu und sieht ihn an.

»Sie kennen Tommy Flanagan?«, fragt er.

O'Connor nickt.

»Dann wissen Sie ja, dass man bei ihm nie wissen kann. Angeblich wollte er auf den Kontinent, aber ich würde schon staunen, wenn er's weiter als bis Sheffield schafft.«

»Ich schulde ihm Geld«, erklärt O'Connor. »Ich hatte gehofft, ihn hier zu finden.«

Teasdale hebt die Brauen.

»Einen, der Tommy Flanagan was schuldet, trifft man nicht alle Tage. Wie ich den kenne, wird meistens andersrum ein Schuh draus.«

»Will er deshalb weg aus Manchester? Verlangt irgendwer Geld von ihm?«

»Würde mich nicht überraschen, aber wissen tu ich's nicht.«

»Sagt der Name Stephen Doyle Ihnen etwas?«

Teasdale schüttelt den Kopf.

»Einen Arthur Doyle kenn ich«, sagt er. »Schuhmacher ist der, in der Spear Street. Von einem Stephen Doyle hab ich noch nie gehört. Wer soll das sein?«

»Wenn Sie ihn nicht kennen, spielt das keine Rolle«, wiegelt O'Connor ab. »Ich werde mal sehen, ob ich Tommy woanders finde. Ich schulde ihm nicht viel, würde es ihm aber gern zurückzahlen.«

»Dann sind Sie ein Gentleman, wie man heutzutage kaum noch einen findet. Möchten Sie vielleicht eine Prise Tabak kaufen, wo Sie schon mal hier sind?«

O'Connor sieht sich um. Auf den Regalen hinter Teasdale sind Tongefäße voller Tabak aufgereiht, zum Rauchen und zum Schnupfen; eine Glasvitrine ist gefüllt mit einem Mischmasch aus Pfeifenständern und Zigarrenkisten. Die vergilbten Wände sind bedeckt mit eselsohriger Reklame für Shag und Navy Cut. Alles ist dunkel und schmutzig, riecht braun und beißend.

»Ich nehme eine halbe Unze von Ihrem besten Bird's Eye«, sagt er.

»Gute Wahl.«

Teasdale wiegt den Tabak sorgfältig auf einer Kupferwaage ab und schlägt das braune Häuflein in Zeitungspapier ein.

»Versuchen Sie's doch mal bei ihm zu Hause. Er wohnt in der Thompson Street, mit seiner Mutter und seiner Schwester Rose.«

O'Connor nickt. Er kennt Flanagans Adresse, ist aber noch nie dort gewesen. Aus Sicherheitsgründen treffen sie sich immer nur in den Schenken und Kaffeehäusern, weit weg von den Irenvierteln, wo man sie leicht erkennen könnte. Er wird Flanagan noch ein, zwei Tage Zeit lassen und dann, wenn nötig, mit seiner Schwester Rose sprechen.

Er bezahlt den Tabak und geht zurück ins Rathaus, um auf die Telegramme zu warten. Der Nachmittag ist halb vorbei, als sie endlich eintreffen. Die Büros in Liverpool und London wissen nichts von einem Daniel Byrne, der mit den Fenians zu tun hätte, aber das Telegramm aus Dublin identifiziert den Namen als Pseudonym von Stephen J. Doyle, einem Nordstaaten-Veteranen und bekannten Fenian, der verlässlichen Quellen zufolge in den versuchten Aufstand im März verwickelt war, aber der Verhaftung entgangen ist. Sein derzeitiger Aufenthaltsort ist unbekannt.

O'Connor zeigt Fazackerley das Telegramm, und der liest es stirnrunzelnd.

»Verflucht, das ist der Kerl«, raunt er. »Ist das zu glauben?«

»Wir müssen Tommy finden«, sagt O'Connor. »Wenn Doyle hinter ihm her ist, ist er sicher aufgeflogen.«

»Vielleicht ist er längst tot. Wenn die Fenians einen Spitzel schnappen, halten sie sich nicht mit Höflichkeiten auf. Das muss ich Ihnen wohl kaum erklären.«

»Oder er versteckt sich. Möglichkeiten hätte er.«

»Denkbar wär's.«

»Seine Schwester Rose näht für die Solomons. Und eine Mutter gibt es auch noch. Die beiden wohnen in der Thompson Street, hinter der Seilerei.«

Fazackerley zieht einen Schlüsselbund aus der Tasche, öffnet den Waffentresor und holt zwei Revolver heraus. Er lädt sie beide und gibt einen O'Connor.

»Sollten wir Maybury Bescheid geben?«

O'Connor schüttelt den Kopf.

»Ein Fenian mehr oder weniger wird Maybury nicht interessieren. Wenn nötig, erzähle ich's ihm hinterher.«

Sie gehen den Shude Hill hinauf, vorbei an den Hintereingängen des Smithfield Market. Der feuchte Mief von Fischinnereien und Käse liegt in der Luft, das Pflaster ist übersät mit Gemüseabfällen, Malz und Sägespänen. Vor dem Turk's Head spielt eine Drehorgel »Men of Harlech«, und Fazackerley hört einen Moment zu, gibt dem Affen einen Viertelpenny. An der Ecke Thompson Street fragen sie einen Mann nach dem Haus der Flanagans, und der mustert sie von Kopf bis Fuß, bevor er auf die Nummer dreiundzwanzig deutet.

Rose Flanagan ist klein und dünn, so wie ihr Bruder. Ihr dunkles Haar hat sie mit einer Schleife hochgebunden, ihre Augen sind blassgrün. Als die beiden Männer sich vorstellen und nach Tommy fragen, teilt sie ihnen mit, Tommy sei nicht da und habe sich seit gestern Vormittag nicht blicken lassen. O'Connor fragt, ob sie kurz eintreten dürften, und sie lässt rasch den Blick über die Straße schweifen, ehe sie die beiden in die Küche bittet. Die Mutter sitzt am Ofen, eingehüllt in Tücher und Decken, das runzlige Gesicht ausdruckslos und froschgleich. Sie schenkt den Männern ein schwaches Lächeln, grüßt aber nicht. Die beiden setzen sich, knöpfen die Mäntel auf und legen die Hüte vor sich auf den Tisch.

»Die Herren sind von der Polizei, Ma«, erklärt Rose. »Sie suchen unseren Tommy.«

»*Tommy*?«, fragt die Mutter. »Wo der steckt, das weiß der Himmel.«

»Das hab ich auch gesagt. Gestern war er noch da, aber seither haben wir ihn nicht gesehen.«

O'Connor zieht Bleistift und Notizbuch aus der Tasche.

»Hat Tommy etwas mitgenommen, als er gestern das Haus verließ?«, fragt er Rose.

»Nur seinen Hund«, antwortet sie.

»Eine Tasche vielleicht, oder einen Koffer?«

»Tommy hat keinen Koffer«, sagt die Mutter.

»Nur den Hund hat er mitgenommen«, wiederholt Rose. »Hat er irgendwas angestellt?«

»Wir glauben, er versteckt sich vielleicht irgendwo.«

»Warum sollte er sich verstecken?«

»Kennen Sie einen gewissen Stephen Doyle?«

Rose sieht ihn einen Moment an, bevor sie antwortet. Sie wirkt zugleich amüsiert und müde, als wäre nichts von alledem ihr wirklich neu. Aus wie vielen Schlamasseln mag sie Tommy schon geholfen haben?

»Den Namen habe ich noch nie gehört«, sagt sie.

»Einen Arthur Doyle kenn ich, in der Spear Street wohnt der«, sagt die Mutter.

»Nicht Arthur, Ma, *Stephen*«, sagt Rose.

Die Mutter schüttelt den Kopf.

»Von einem Stephen Doyle hab ich noch nie gehört«, sagt sie.

»Wir glauben, Tommy könnte in Gefahr sein«, erläutert O'Connor. »Gestern ist er gegen Mitternacht ins Rathaus gekommen und hat erklärt, dieser Doyle würde ihn bedrohen.«

»Dann haben Sie ihn letzte Nacht gesehen?«

»Wir nicht«, korrigiert Fazackerley. »Ein Kollege namens Rogers.«

»Und wieso hat der Tommy nicht geholfen, wenn er doch in Gefahr war?«

»Wir wissen nicht genau, welche Art Hilfe er brauchte. Er hat mir eine Nachricht hinterlassen. Ich sollte ihn mittags treffen, aber er ist nicht aufgetaucht.«

»Und Sie sind also ein Freund von Tommy, ja?«, fragt Rose mit scharfem, misstrauischem Blick. Wie viel mag sie wohl wissen über die Geschäfte ihres Bruders, und wie viel würde sie vor ihrer Mutter zugeben? O'Connor blickt sich in der Küche um. Sauber, aber die Möbel sind alt und klapperig. Eine einzelne Kerze flackert auf dem Tisch, das Feuer im Kamin ist fast erloschen.

»Uns läuft die Zeit davon, deshalb will ich ganz offen sprechen«, sagt er. »Tommy hat mir Informationen zugespielt – Geheimnisse, wenn Sie so wollen – und dafür Geld bekommen. Und ich fürchte, man hat ihn entlarvt.«

»Geheimnisse?«, fragt die Mutter. »Was sollte Tommy denn für Geheimnisse kennen, die irgendwen interessieren außer ihn selbst?«

»Vielleicht hat er es Ihnen nicht verraten, um Sie nicht in Gefahr zu bringen, aber Tommy steht der Fenian Brotherhood in Manchester nahe.«

»Den Fenians?«, sagt die Mutter. »Natürlich kennt Tommy die, das tun wir alle, aber er gehört nicht dazu und hat auch nie dazugehört.«

O'Connor sieht Rose an. Sie kneift die Lippen zusammen.

»Unser Tommy ist kein Spitzel«, stellt sie fest. »Wenn er es wäre, wüsste ich davon.«

»Haben Sie eine Ahnung, wo er sich verstecken könnte? Hat er Freunde? Andere Anlaufstellen? Wenn wir ihn vor den Fenians finden, können wir ihn schützen.«

Rose schüttelt den Kopf.

»Wenn Sie meinen Bruder nur ein kleines bisschen kennen, dann wissen Sie, dass er ständig irgendwelchen Unfug anstellt«, sagt sie, »und sich für gewöhnlich irgendwie wieder herausredet. Er ist schon oft verschwunden und noch immer wieder aufgetaucht. Er ist ein Hornochse, zugegeben, aber dumm ist er nicht. Was er auch angestellt hat, es kann sicher ohne Polizei geklärt werden.«

»Diesmal ist es mehr als nur ein bisschen Unfug. Falls Sie glauben, Sie könnten ihm helfen, liegen Sie falsch. Dafür ist es zu spät.«

»Was immer Tommy Ihnen auch erzählt hat, Mr O'Connor, ich würde es nicht auf die Goldwaage legen. Er lügt, dass sich die Balken biegen.«

»Das stimmt«, pflichtet die Mutter bei. »Ich sag das ja nur ungern über meinen Sohn, aber Tommy lügt, wenn er den Mund aufmacht.«

Fazackerley schnaubt und schüttelt den Kopf.

»Meine Güte«, ächzt er.

O'Connor streicht mit dem Daumennagel über die schartige Tischkante. Was Rose auch weiß, sie behält es für sich, und falls sie Angst hat, verbirgt sie das hervorragend. Wahrscheinlich glaubt sie selbst das meiste von dem, was sie erzählt – dass Tommy mal wieder Scherereien hat und die Polizei alles nur schlimmer machen würde.

»Sie wissen vermutlich, was die Fenians mit Spitzeln anstellen.«

»Soweit ich weiß, bringen sie die meistens um. Aber unser Tommy ist kein Spitzel. Das sagte ich doch schon.«

Sie wird ein wenig rot, dann lächelt sie, wie um zu unterstreichen, dass sie sich ihrer Sache sicher ist, egal was die beiden denken. Von einem ihrer Schneidezähne ist ein Eckchen abgesplittert. Fazackerley will ausführen, dass einer, der Geheimnisse verkauft, gemeinhin als Spitzel gilt, und dass Tommy … doch O'Connor unterbricht ihn.

»Wenn Sie uns nicht helfen können, gehen wir eben wieder«, sagt er. »Aber falls Sie von Tommy hören, lassen Sie uns doch im Rathaus eine Nachricht zukommen. An Sergeant Fazackerley und Constable O'Connor.«

»Sie sind einer von denen, die man aus Dublin hergeschickt hat, oder?«, fragt Rose.

»Das bin ich, ja.«

»Was ist mit Ihrem Gesicht passiert?«

O'Connor zuckt die Achseln. »Ach, ich hatte nur ein bisschen Ärger drüben in Gaythorn. Zwei kräftige Burschen wollten sich Geld von mir leihen.«

Sie tritt näher und mustert ihn. Sie riecht nach Speckschwarte und, ganz leicht, nach Lavendel.

»Ich habe eine Salbe, gegen die Schwellung«, sagt sie.

»Ist schon in Ordnung.«

»Nein, warten Sie hier.«

Sie geht ins Wohnzimmer und kommt mit einem braunen Fläschchen wieder. Auf dem Etikett steht »Dr Abel's Best Liniment«.

»Das hilft gegen alle Schrammen und Wehwehchen«, sagt sie. »Probieren Sie's nur aus.«

»Danke, nein«, erwidert er. »Nicht jetzt.«

»Hier, das haben wir gleich.«

Sie träufelt sich etwas von der kreideweißen Flüssigkeit auf die Fingerspitzen, tupft sie ihm rasch auf Wange und Schläfe und blickt ihn an.

»Nur zu, reiben Sie's ein«, sagt sie. »Hilft sofort, Sie werden sehen.«

Sie spielt ein Spielchen, denkt er. Will ihnen zeigen, dass sie keine Angst vor der Polizei hat.

»Gut, meinetwegen«, sagt er und reibt die Flüssigkeit ein. Die schwarz verschrammte Haut fühlt sich dünn und brüchig an.

»Na also«, sagt sie.

»Dann wollen wir mal«, sagt Fazackerley.

O'Connor nimmt das Fläschchen vom Tisch und betrachtet das Etikett. Eine Lithografie von Dr Abel, mit Zwicker und weißem Rauschebart, dazu eine Aufzählung seiner zahlreichen Verdienste.

»Sie nähen für die Solomons, nicht wahr? Tommy hat mir das erzählt.«

»Nicht mehr, nein. Inzwischen bin ich in der Küche im Spread Eagle. Die bezahlen besser.«

»Dann weiß ich ja, wo ich Sie finde«, sagt O'Connor. »Falls ich Sie noch mal brauche.«

»Sie werden mich nicht noch mal brauchen. Unser Tommy ist bestimmt im Handumdrehen wieder da.«

Draußen schlägt O'Connor sein Notizbuch auf und blättert durch die Seiten. Er stutzt und blättert zurück, als wollte er noch einmal etwas überprüfen. Dass etwas nicht stimmt, ist ihm schon in der Küche aufgefallen, doch jetzt weiß er genau, dass ein paar Seiten fehlen, sechs oder sieben Stück, mit einer scharfen Klinge ausgeschnitten. Was darauf stand, weiß er nicht mehr genau, aber anhand der Daten davor und danach kann er es erraten.

»Was ist los?«, fragt Fazackerley.

»In meinem Notizbuch fehlen Seiten«, sagt er. »Ausgeschnitten, mit dem Messer oder einer Rasierklinge.«

»Wahrscheinlich nur rausgefallen. Schauen Sie mal in der Tasche nach.«

»Habe ich schon.«

»Lassen Sie mal sehen.«

O'Connor gibt ihm das Notizbuch, Fazackerley schlägt es auf. Er streicht mit den Fingerspitzen über die Schnittränder und verzieht das Gesicht.

»Sicher, dass das nicht schon vorher so war?«

O'Connor nickt.

»Das waren die Fenians«, sagt er. »Ganz bestimmt. Darum wurde ich überfallen. Wegen des Notizbuchs, nicht wegen des Gelds oder der Uhr. Die haben die Seiten ausgeschnitten und mir das Buch wieder eingesteckt, damit ich nichts merke.«

»Aber einen Fenian hätten Sie doch erkannt.«

»Die müssen jemand Neues angeheuert haben, um mich zu täuschen.«

»So gerissen sind die nicht. Da wären die doch niemals draufgekommen.«

»Peter Rice bestimmt nicht, aber vielleicht Doyle.«

»Und was stand auf diesen Seiten?«

O'Connor schüttelt den Kopf.

»Namen«, sagt er. »Drei oder vier.«

»Drei oder vier?«

»Tommy Flanagan, William Mort, Henry Maxwell ...« Er verstummt, blickt die Straße hinab. Er denkt an Stephen Doyle, finsterer Blick, kriegsvernarbt, mordlustig, wie er irgendwo auf einem Dachboden sitzt und sich über seine Notizen beugt wie ein Priester über sein Brevier.

»Gütiger Gott.« Fazackerley schüttelt den Kopf. »Einen toten Informanten kann man ja noch als Missgeschick abhaken, aber drei? Bei so einem Schlachtfest wird sogar Maybury die Ohren spitzen.«

Siebtes Kapitel

Tommy Flanagan ist fast nicht mehr zu erkennen. Der größte Teil seines Gesichts ist weggeschossen, der Rest ist verstümmelt und verkrustet wie ein angebrannter Braten. O'Connor kann den Anblick kaum ertragen, ohne dass ihm schlecht wird. Henry Maxwell, der neben Flanagan im Matsch liegt, sieht ungefähr genauso aus. Warum hat man die beiden nicht etwas menschenwürdiger ermorden können? Die Antwort kennt O'Connor natürlich. Was er da vor sich sieht, ist ein Zeichen der Ächtung, ein Schandmal für ihre Taten. Niemand wird für diese beiden eine Totenwache abhalten, einen Trauerzug wird es nicht geben. Wenn die Mütter und Witwen sich verabschieden wollen, können sie nur noch diesen Scheußlichkeiten Lebewohl sagen.

Ein Stück weiter macht der Amtsarzt sich Notizen, und vier uniformierte Constables stehen mit grauen Bahren bereit. Fazackerley ist schon wieder verschwunden. O'Connor tritt an den bröckelnden, von Unkraut überwucherten Rand von Travis Island und blickt hinab ins schwarze, zähflüssige Wasser des Irk. Zwei Männer sind tot, weil er nicht aufgepasst hat. Die Scham brennt ihm im Magen, als hätte er etwas Falsches gegessen. Wie gern würde er jetzt einen Schluck trinken. Er weiß noch, wie der Whiskey sich am Gaumen anfühlt, wie eine tiefe, dunkle Höhle, in der er sich verkriechen könnte. Nein, nicht wie eine Höhle – wie eine Gruft. Kurz schließt er die Augen, denkt darüber nach, für die Toten ein Gebet zu sprechen, lässt es aber bleiben. Aus dem finsteren Himmel geht unablässig Regen nieder, trommelt auf den schmierigen Fluss ein und treibt Fäulnis aus der feuchten Erde. Noch eine Minute vergeht, dann meldet einer der Constables, der Wagen sei gekommen und man könne die Leichen abtransportieren.

Pfarrer Cochran, ein Priester aus Belfast, wartet schon am Spital. O'Connor nennt ihm Namen und Adressen der Toten, erklärt, was passiert ist. Er bietet sich an, selbst die traurige Nachricht zu überbringen, da er mit den Umständen vertraut ist, doch Cochran meint, die Familien sollten es besser von ihm erfahren. Sie stehen in einem düsteren Kellerraum, die beiden Bahren vor sich auf den roten Fliesen. Über den Leichen liegen schlammbefleckte Decken. Der Priester bekreuzigt sich zweimal, beugt sich hinab und hebt eine der Decken an.

»Gütiger Gott«, sagt er. »Wie konnten Sie die beiden überhaupt noch unterscheiden?«

»Wir haben die Taschen durchsucht.«

»Nun, hoffentlich können sie bald ordentlich begraben werden. Was für ein würdeloser Zustand.«

»Bitte bestellen Sie Rose Flanagan, wenn sie so weit ist, mit mir zu reden – sie weiß ja, wo sie mich findet.«

Cochran wirft einen letzten Blick auf die Leiche, dann deckt er sie wieder ab und steht auf. Die Farbe ist ihm beinah vollständig aus dem Gesicht gewichen.

»Glauben Sie wirklich, Miss Flanagan – oder überhaupt irgendjemand – will jetzt noch mit der Polizei reden?«, fragt er.

»Nur so bekommen sie Gerechtigkeit.«

»Gerechtigkeit? Wie vergangene Woche, meinen Sie, als die drei Männer aufgehängt wurden?«

»Das ist nicht dasselbe.«

»Sind Sie da sicher, ja?«

Eine Pause. Kein Feuer brennt im Raum, das einzige Licht kommt durch ein schmales Fenster hoch oben in der Wand. O'Connors Atem hängt wie ein Schleier in der dunklen Luft.

»So sicher, wie ich sein muss«, sagt er.

Cochran nickt, leckt sich die Lippen, streicht sich mit den Handballen die Falten aus der Robe.

»Sie sind aus Dublin, richtig? Darf ich fragen, aus welcher Gemeinde?«

O'Connor sieht ihn lange an, dann schüttelt er den Kopf.

»Nein«, sagt er. »Dürfen Sie nicht.«

Nachdem alles zur Zufriedenheit des Amtsarzts unterschrieben ist, geht O'Connor vom Spital nach Ancoats. Nur noch ein weiterer Name stand in seinem Notizbuch: William Mort, ein Zimmermann aus Leitrim. Er wird seit zwei Tagen vermisst, seine Angehörigen sind ratlos. O'Connor will ihnen von den Leichen auf Travis Island berichten, bevor sie es von Dritten hören. Er klopft an ihre Tür, doch niemand öffnet. Im ersten Stock bewegt sich ein Vorhang, also versucht er es noch einmal. Als er aufgibt und geht, schreit jemand ihm nach, er solle sich verpissen und nie wieder blicken lassen. Ein Junge wirft einen Stein, trifft aber nicht. Er weiß noch, wie es ihm nach Catherines Tod ging. Er war gefangen in seinen Erinnerungen, die Verzweiflung machte sich breit wie Eis auf einem Teich. Aber irgendwas bleibt immer. Anders geht es nicht. Eine Geste, eine Bewegung, irgendwas, das einen hält. Etwas ganz Kleines nur. Einfach aufzugeben wäre eine Sünde – auch wenn das Konzept der Sünde ihm nicht viel bedeutet.

Im Rathaus wartet bereits Maybury auf ihn.

»Kommen Sie mit«, befiehlt er.

»William Mort haben wir noch nicht gefunden«, berichtet O'Connor.

»Wenn das für Sie schon eine gute Nachricht ist, finde ich das nicht grade erbaulich.«

»Vielleicht ist er entkommen. Möglich wär's.«

»Dann nützt er uns so viel wie tot.«

O'Connor schweigt, Maybury sieht ihn an.

»Jetzt nur keine Gewissensbisse, O'Connor, dafür haben wir keine Zeit.«

»Ja, Sir.«

Sie gehen in Mayburys Büro. Dort sitzt Michael Sullivan vor dem Kamin und balanciert eine Teetasse auf dem Knie. Als er O'Connor sieht, nickt er ihm zu und lächelt. O'Connor fragt, was er hier treibt.

»Die haben mich abgeholt. Plötzlich stand ein Uniformierter vor der Tür.«

Maybury nimmt hinter dem Schreibtisch Platz, O'Connor bleibt stehen.

»Michael ist hier, weil wir Stephen Doyle finden müssen«, erklärt Maybury. »Ihr Neffe ist der Einzige, von dem wir sicher wissen, dass er mit ihm zu tun hatte.«

O'Connor schüttelt den Kopf. Wahrscheinlich sollte er darüber gar nicht weiter überrascht sein, doch er ist es trotzdem.

»Selbst wenn wir Doyle finden«, sagt er, »können wir ihn ohne Zeugen nicht mit den Morden in Verbindung bringen. Es ist nicht mal gesagt, dass wir ihm seine Mitgliedschaft in der Bruderschaft nachweisen können.«

»Ja, ja, sicher, aber mir geht es weniger um das, was er getan hat, wie abscheulich es auch gewesen sein mag, als darum, was er als Nächstes vorhat. Sie meinten doch, er sei in Manchester, um ernsthaften Schaden anzurichten.«

»Ja. Ich wüsste nicht, was er hier sonst wollte.«

»Das mit Ihrem Notizbuch zeigt, dass er gerissen ist, die beiden

Toten zeigen, dass er keine Skrupel hat. Wer weiß, was für ein Blutbad er noch anrichtet, wenn wir nicht langsam unsere Ärsche in Bewegung setzen. Tote Fenians sind ja schon ärgerlich, aber wenn er Engländer ermordet, brennt hier die Luft.«

O'Connor wirft einen Seitenblick zu Sullivan, dann sieht er sich im Zimmer um, als läge in irgendeinem Möbelstück ein Ausweg aus diesem Irrsinn versteckt.

»Wir könnten die Soldaten noch mal anfordern«, schlägt er vor. »Sie vor allen öffentlichen Gebäuden postieren und in den Straßen patrouillieren lassen.«

»Das geht nicht«, erwidert Maybury. »Wir brauchen Informationen. Das wissen Sie doch.«

»Wir haben schon alles geklärt, Jimmy«, schaltet Sullivan sich ein. »Ich gehe zur Bierstube und sage, ich hätte Geld für Daniel Byrne, Spielschulden, die ich ihm persönlich zurückzahlen muss. Wenn ich ihn treffe, behaupte ich, ich hätte darüber nachgedacht, was er auf dem Schiff gesagt hat, über das mit dem ›Waffen erheben‹. Ich tue so, als wollte ich bei denen mitmachen.«

O'Connor blickt Maybury an.

»Sie glauben doch nicht ernsthaft, dass Doyle seine Pläne einfach mir nichts, dir nichts einem Jungspund auf die Nase bindet, den er kaum kennt?«

»Vielleicht nicht sofort«, räumt Sullivan ein, »aber wenn ich erst mal sein Vertrauen gewonnen habe …«

»Michael ist nicht auf den Mund gefallen«, sagt Maybury. »Er kann ziemlich überzeugend sein.«

O'Connor überlegt.

»Die werden rausfinden, dass er mein Neffe ist.«

»Das haben wir bedacht. Wir haben ihm ein Zimmer besorgt, damit er nicht bei Ihnen wohnt. Er soll behaupten, er hätte eine Bürgschaft aus New York bekommen – genug, um seine Schulden zu bezahlen und ihn ein, zwei Wochen über Wasser zu halten, bis er eine Anstellung findet.«

»Mr Maybury verspricht mir Kost und Logis und obendrein noch hundert Pfund Belohnung, wenn alles glattgeht«, fügt Sullivan hinzu. »Eine schöne Stange Geld.«

»Und hat er dir auch von den zwei Männern erzählt, die wegen genau so einer Sache gerade umgebracht wurden?«

Sullivan blickt Maybury an, und der nickt.

»Ich habe Michael von Ihrem Schnitzer mit dem Notizbuch erzählt«, sagt er, »und ihm versprochen, dass nichts, was er für uns tut, schriftlich festgehalten wird. In dieser Hinsicht hat er also nichts zu befürchten.«

»Ich habe keine Angst vor diesem Kerl«, verkündet Sullivan. »Die Sorte kenne ich. Solange ich kühlen Kopf bewahre, wird mir schon nichts passieren.«

»Viel zu gefährlich«, widerspricht O'Connor. »Und selbst wenn Doyle sich einwickeln lässt, wird es Monate dauern, bis wir verwertbare Informationen bekommen. Warum sollte er so lange warten, jetzt, wo die Spitzel tot sind? Er muss ja wissen, dass wir hinter ihm her sind.«

»Dann müssen wir uns eben was einfallen lassen, um die Sache zu beschleunigen«, erwidert Maybury.

»Ich muss mir gar nichts einfallen lassen«, sagt O'Connor. »Ich will damit nichts zu tun haben.«

Maybury stützt die hohe Stirn auf seine Fingerspitzen, sieht O'Connor gereizt und enttäuscht an. Dann wendet er sich lächelnd an Michael Sullivan.

»Würden Sie bitte kurz draußen warten?«, sagt er. »Ich muss unter vier Augen mit Ihrem Onkel sprechen.«

Sullivan steht auf und zieht die Tür hinter sich zu. O'Connor denkt darüber nach, wie viel ihm wirklich an dem Jungen liegt.

Wenigstens genug, um ihn nicht tot sehen zu wollen, und damit deutlich mehr als Maybury.

»Es muss noch eine andere Lösung geben«, sagt er.

»Ach ja? Und welche?«

»Sie dürfen meinen Neffen nicht zwingen.«

»Zwingen? Er kann's doch kaum erwarten!«

»Ich könnte ja mal mit ihm ins Spital gehen, ihm zeigen, was von Flanagans Gesicht noch übrig ist. Vielleicht vergeht ihm dann die Ungeduld.«

Maybury nimmt seinen Federhalter vom Tisch, betrachtet ihn einen Moment, legt ihn wieder ab.

»Wir können das mit Ihnen oder ohne Sie machen, O'Connor. Mit Ihnen wäre es natürlich etwas leichter, und wahrscheinlich sicherer für Ihren Neffen.«

»Ich soll ihn auch noch anspornen?«

»Nein, nein – nur beraten, anleiten. Aufpassen, dass er keine Dummheiten macht oder unnötige Risiken eingeht. Er ist ein aufgeweckter Bursche, aber noch etwas grün hinter den Ohren.«

»Aufgeweckt würde ich ihn nicht gerade nennen.«

»Noch ein Grund, ihn nicht allein zu lassen.«

»Das geht doch niemals gut. Doyle ist zu gerissen, der wird das Spiel sofort durchschauen.«

»Gerissenheit ist auch nicht alles. Vergessen Sie nicht, dass er ein Fanatiker ist. Das trübt ihm den Blick. Wenn man's richtig anstellt, kann man sich bei solchen Leuten immer einschmeicheln.«

»Mag sein, aber ich werde Ihnen sicherlich nicht dabei helfen, aus Michael Sullivan einen Spitzel zu machen. An meinen Händen klebt genug Blut.«

»Wenn Doyle Erfolg hat, wird bestimmt noch mehr dran kleben, meinen Sie nicht? Ohne Ihre Spitzel haben wir keine Chance, ihn aufzuhalten.«

»Ich kann das nicht«, beharrt O'Connor, leise, angespannt, beherrscht. Sein Versagen kratzt ihm im Hals wie eine verschluckte Fischgräte.

»Sie fühlen sich Ihrer Familie verpflichtet. Ich verstehe schon: Blut ist dicker als Wasser und so weiter. Ist er der Sohn von Ihrem Bruder?«

»Von meiner Schwägerin.«

»Ah, schon wieder die verstorbene Gattin. Das macht es Ihnen nicht leichter, was?«

»Wahrscheinlich nicht, nein.«

»Sie können auf ihn aufpassen. Und wer weiß, vielleicht macht er sich ja sogar richtig gut. Er meinte, er wäre gern ein Polizist wie Sie.«

»Er ist Banker, er hat nicht den leisesten Schimmer, worauf er sich da einlässt. Er hält das alles für ein Spiel.«

O'Connor ist wütend, aber er darf es nicht zeigen. Er hat ohnehin schon genug Ärger am Hals.

Maybury nickt, was jedoch keine Zustimmung bedeutet. Er lehnt sich ein Stück zurück, bevor er antwortet.

»Chief Constable Palin ist ziemlich sauer über die jüngsten Morde, das können Sie sich denken. Er glaubt, die jüngste Entwicklung wirft ein schlechtes Licht auf seine Amtsführung, und er hätte Sie am liebsten sofort wegen Pflichtverletzung gefeuert und nach Dublin zurückgeschickt. Ich war dagegen. Ich habe ihm gesagt, dass Sie Ihre Chance auf Wiedergutmachung sicherlich ergreifen werden.«

Eine einfache, naheliegende Drohung, trotzdem spürt O'Connor ihre Macht. Wenn man ihn entlässt und nach Hause schickt, ist es aus mit ihm.

»Jetzt setzen Sie sich doch wenigstens wieder hin«, sagt Maybury, deutet auf einen Stuhl.

O'Connor zögert kurz, dann gehorcht er.

»Sie haben einen Fehler gemacht, jetzt müssen Sie eben den Preis dafür bezahlen. Könnte schlimmer sein.«

O'Connor nickt.

»Ich brauche Zeit, um das Ganze mit Michael zu besprechen«, sagt er. »Und wir sollten Späher rund um die Schenke aufstellen, Leute, die die Fenians noch nicht kennen.«

»Ich kann ein paar Männer aus Bolton anfordern. Kein Problem.«

»Und das Geld, haben Sie das schon? Die hundert Pfund, die sie Michael versprochen haben?«

Maybury zuckt die Achseln.

»Versprochen ist ein bisschen viel gesagt. Eher als Möglichkeit in Aussicht gestellt.«

»Dann halten wir das doch erst mal schriftlich fest. Summe und Fälligkeitsdatum.«

Maybury runzelt die Stirn.

»Sind Sie jetzt plötzlich Anwalt geworden?«, fragt er. »Vertrauen Sie mir etwa nicht?«

O'Connor sagt nichts, weicht Mayburys Blick jedoch nicht aus. Starre, eisige Stille macht sich zwischen den beiden Männern breit. Nach einer langen halben Minute greift Maybury kopfschüttelnd nach seinem Füller.

Achtes Kapitel

Am nächsten Tag sitzt Michael Sullivan an einem Ecktisch in Jack Rileys Bierstube in der Rochdale Road vor einem halb vollen Glas Porter. Schon eine Stunde ist er da, und langsam wird er unruhig. O'Connor hat ihm eingebläut, er solle in Ruhe sein Bier trinken, den Mund halten und abwarten. Kein Kegeln, kein Domino, keine Kartenspiele, und wenn jemand grüßt, soll er nur freundlich nicken. Die übertriebene Zurückhaltung kommt Sullivan furchtbar unnatürlich vor. Wenn er nicht auffallen soll, wieso sich nicht einfach normal verhalten? Wer bitte geht in eine Kneipe, um den ganzen Nachmittag allein in der Ecke zu sitzen? Doch Jimmy hat darauf bestanden, und in seiner Stimme lag ein Hauch von Furcht oder von Wut, was Sullivan überzeugte, ihn ausnahmsweise ernst zu nehmen. Man hat ihm die Zeitung gebracht, aber darin geht es nur um Leute und Orte, von denen er noch nie gehört hat. In diesen Augenblicken sehnt er sich zurück nach New York, zurück zu seinen Freunden, aber was geschehen ist, ist nun einmal geschehen, und für alle Freuden muss man irgendwie bezahlen, und so sitzt er allein in einem Pub in Manchester und bläst Trübsal über seinem Bier.

Nach einer Weile taucht Jack Riley hinter der Theke auf, die Ärmel hochgekrempelt, die Weste aufgeknöpft. Er ist dünn und blass, hat das dunkle Haar mit Öl gekämmt und trägt einen Backenbart. Oben fehlt ihm ein Zahn, die Nase ist von irgendeiner

Rauferei verbogen. Sullivan nimmt einen Schluck Porter und sieht sich um. Kurz nach Mittag und fast niemand ist da – drei Männer spielen Domino vor dem Kamin, vier, fünf weitere unterhalten sich und rauchen Pfeife. Je weniger, desto besser, so war es geplant; als Zeugen brauchen sie letztlich nur Riley. Sullivan sieht auf die Uhr, reckt den Kopf, um aus dem Fenster zu spähen. Nichts. Wie lang kann das denn dauern? Ob die ihn vergessen oder den Plan geändert haben? Noch einmal schaut er in die Zeitung, liest die Regionalnachrichten – Selbstmord mit Gift in Warrington, eine Messerstecherei in Clitheroe, in Worsley wird ein Corporal namens Cabusac angeklagt, weil er betrunken eine Kuh erschossen hat. Na gut, dann trinkt er eben noch ein Glas. Es zählt ja keiner mit, und solange er brav seine Rolle spielt, kommt es darauf ja nicht an. Er trinkt das Bier aus und geht an die Theke.

»Noch ein Porter?«, fragt Jack Riley.

Sullivan nickt, und Riley nimmt das leere Glas entgegen.

»Hab ich Sie nicht irgendwo schon mal gesehen?«, fragt er. »Sind Sie nicht dieser Freund von Arthur?«

»Einen Arthur kenn ich nicht«, erwidert Sullivan. »Bin grade mit dem Dampfer aus New York gekommen.«

Riley zapft das Bier und nickt.

»Familie in Manchester, was? Onkel? Vetter?«

»Nein«, sagt er. »Ich kenn hier keinen.«

»Die meisten, die kommen, haben hier Familie. Was führt Sie her?«

Sullivan zuckt mit den Schultern.

»Ich hatte zu Hause Scherereien. Musste weg. Jemand hat mir einen Job in Liverpool versprochen, aber daraus wurde nichts, drum versuche ich's jetzt hier.«

Die Tür geht auf und ein uniformierter Polizist mit gezücktem

Knüppel nimmt seinen Helm ab und tritt ein. Riley beäugt ihn misstrauisch.

»Was will der denn hier?«, raunt er.

Sullivan dreht sich um. Es ist Fazackerley. Ein kurzer Blick, dann kommt er langsam auf die Theke zu, lässt sich alle Zeit der Welt, damit auch jeder seine Ankunft mitbekommt. Wurde auch Zeit, denkt Sullivan.

Riley klappt den Durchgang an der Theke auf und wischt sich die Hände an einem Tuch ab. Fazackerley betrachtet seelenruhig die Szene: Michael Sullivan, ein frisches Glas Porter vor sich auf dem Tresen, und Jack Riley, mit grimmigem Gesicht.

»Sind Sie der Wirt?«, erkundigt Fazackerley sich.

»Und wenn ich's wär?«, blafft Riley.

»Es gab eine Beschwerde.«

»Was ist mit Rawes?«

»Constable Rawes ist krank. Ich heiße Magee.«

Riley bleibt skeptisch.

»Ich klär so was immer mit Rawes«, sagt er. »Wir haben eine Abmachung, wir beide.«

»Wie gesagt, Rawes liegt krank im Bett, Sie müssen wohl mit mir vorliebnehmen. Es heißt, sie schenken hier Gin ohne Lizenz aus.«

Riley lacht verächtlich.

»Gin?«, sagt er. »Was für ein Humbug.«

»Die Anschuldigung ist eine ernste Sache. Wenn das stimmt, machen wir den Laden dicht. Ich bin hier, um Sie festzunehmen. Sie müssen mit mir nach Knott Mill.«

»Sie wollen mich wohl verarschen. Im ganzen Leben hab ich keinen Gin verkauft. Da können Sie jeden hier fragen. Die bürgen alle für mich, stimmt's, Jungs?«

»Unsere Zeugen schwören das Gegenteil.«

»Dann lügen Ihre Zeugen eben.«

»Das können Sie ja dann dem Richter erklären.«

»Schauen Sie doch im Keller nach«, schlägt Sullivan vor. »Wenn er Gin ausschenkt, müssten Flaschen da sein. Sind keine da, ist das der Beweis, dass es nicht stimmt.«

Fazackerley sieht ihn an.

»Ich bin nicht hergekommen, um im Keller rumzuwühlen. Wir haben Zeugen.«

»Und der Wirt sagt, diese Zeugen lügen.«

Fazackerley legt den Knüppel auf den Tresen.

»Wer sind Sie überhaupt?«, fragt er.

»Bloß ein Gast.«

»Name?«

»Das tut nichts zur Sache. Wichtig ist nur, dass Sie im Keller nachschauen, dann wissen Sie, wer lügt.«

»Dafür muss ich nicht erst in den Keller. Und wenn Sie mir nicht sofort sagen, wie Sie heißen, nehme ich Sie auch gleich mit, bloß auf Verdacht.«

Sullivan lacht.

»Was denn für ein Verdacht? Ich bin ja erst seit einer Woche in der Stadt.«

Fazackerley rückt näher.

»Sie sind Amerikaner, das hör ich Ihnen an. Wir suchen einen Amerikaner, der eben erst hier angekommen ist. Einen Stephen Doyle. Sind Sie das?«

»Ich heiße nicht Doyle.«

Fazackerley sieht Sullivan eindringlich an.

»Aber ein Fenian sind Sie, nicht wahr?«

Sullivan schweigt.

»Was hätten Sie sonst in einer Fenian-Kneipe verloren?«

»Hier ist jeder willkommen«, wirft Riley ein. »Wir fragen unsere Gäste nicht nach ihrem Glauben, bevor sie ihr Bier eingeschenkt kriegen.«

»Ich bin bloß zufällig vorbeigekommen«, sagt Sullivan.

Diesmal lacht Fazackerley. Dann zieht er seine Handschellen hervor.

»Sie kommen jetzt beide mit«, erklärt er. »Dann gehen wir der Sache auf den Grund.«

»Was soll denn dieser Affenzirkus?«, ruft Riley. »Der Junge hat doch nichts gemacht!«

»Ach, Sie bürgen für ihn, was?«, erwidert Fazackerley. »Ein Freund von Ihnen, ja?«

»Hab ihn noch nie zuvor gesehen.«

»Ja, das sagen Sie vielleicht, aber ich hab das Gefühl, hier stinkt was. Ich glaube, hier ist was im Busch.« Er greift nach Sullivans Arm, doch der weicht aus.

»Sie haben kein Recht, mich zu verhaften«, sagt er.

»Lassen Sie den Jungen in Ruhe«, bellt Riley.

Fazackerley schnappt sich seinen Knüppel, zeigt damit auf Sullivan und Riley.

»Sie kennen sich doch«, sagt er. »Das seh ich Ihnen an, ich bin ja nicht blöd.«

Sullivan wirft Riley einen Blick zu, der hoffentlich kameradschaftliche Verwirrung ausdrückt. Riley schüttelt den Kopf.

»Mir sind ja schon ein paar selten dämliche Copper untergekommen«, sagt er zu Fazackerley, »aber Sie schießen den Vogel ab.«

»Entweder Sie kommen jetzt beide freiwillig mit, oder ich gehe raus und pfeife nach Verstärkung. Ihre Entscheidung.«

Einen Augenblick steht die Zeit still. Die Domino-Spieler spielen nicht mehr, alle warten stumm ab, was passiert. Sullivan macht sich bereit, mit klopfendem Herzen und von heißer Angst erfüllt. Fazackerley zückt theatralisch die Handschellen.

»Die Arme her«, befiehlt er.

»Sie dürfen mich nicht festnehmen«, erwidert Sullivan. »Dazu haben Sie kein Recht.«

»Ich mache, was ich will«, sagt Fazackerley, tritt vor und packt Sullivan am Ellbogen. Einen Moment blicken sie einander tief in die Augen, die Gesichter nur zwei Handbreit auseinander. Riley steht hinter ihnen, kann sie nicht sehen. »Los«, wispert Fazackerley, »jetzt.« Sullivan riecht Kaffee und Mottenkugeln, sieht Rotz und Nasenhaar. Er holt aus und schlägt Fazackerley mit voller Wucht aufs Jochbein. Der Polizist stöhnt auf, stolpert rückwärts an den Tresen, lässt den Knüppel fallen und schlägt bei seinem Sturz das volle Porterglas in Stücke. Sullivan macht einen Schritt nach vorn, als wollte er zum nächsten Schlag ausholen, doch Riley tritt dazwischen.

»Das reicht«, sagt er. »Genug jetzt, Menschenskind.«

Fazackerley kommt wieder auf die Beine. Im Gesicht hat er ein rotes Mal, unter dem einen Auge klebt ein Tropfen Blut. Er zeigt auf Sullivan.

»Na warte, du Scheißkerl«, keift er. »Wehe, du haust ab.«

Er rennt auf die Straße und bläst dreimal lang in seine Polizeipfeife. Riley blickt Sullivan erstaunt an.

»Stille Wasser, was?«, feixt er.

»Er hätte mich nicht anfassen sollen«, entgegnet Sullivan. Er zittert, die Worte bleiben ihm im Hals stecken.

»Versteck dich besser. Wenn die Bullen die Pfeife hören, kommen sie aus allen Ecken.«

»Ich geh einfach hinten raus.«

»Damit rechnen die. Bleib lieber hier. Unten ist ein Lagerraum. Ich schiebe ein paar alte Fässer vor die Tür. Da finden die dich nie, wenn sie überhaupt dort suchen.«

»Ich will keine Umstände machen«, sagt Sullivan.

»Machst du nicht«, erwidert Riley. »Ich find's gut, wenn einer sich nicht rumschubsen lässt.«

Den Rest des Tages verbarrikadiert Sullivan sich in dem leeren Lagerraum. Der Boden ist aus hartem Lehm, Fenster gibt es keine. Riley lässt ihm drei Kerzen da, dazu einen Krug Bier und etwas Schweinspastete als Verpflegung. In der Ecke steht ein Holzeimer, falls er mal muss. Er isst die Pastete, trinkt das Bier und schläft ein. Als er zitternd wieder aufwacht und ihm einfällt, wo er ist, packt ihn eine Mischung aus Aufregung und Angst. Jimmys Plan ist besser aufgegangen als erhofft, doch von nun an muss er selbst zurechtkommen. In Gedanken geht er noch einmal die Vorbereitung durch – was er sagen und verschweigen soll, wem er glauben darf und wann er besser Leine zieht. Er ist ganz dicht dran an Doyle. Wenn er Rileys Vertrauen gewinnen kann, werden die anderen ihn auch annehmen. Vor Riley fürchtet er sich zwar nicht, denkt aber doch darüber nach, was für Fragen er noch stellen, welches Misstrauen er hegen könnte.

Als die Bierstube gegen Mitternacht schließt, schiebt Riley die Fässer von der Lagerraumtür und führt Sullivan zurück nach oben in die dunkle Wirtsstube. Er legt etwas Kohle nach und lässt Sullivan Platz nehmen.

»Du hast doch hoffentlich irgendwo ein ordentliches Dach über dem Kopf, oder?«

»Ich hab ein Bett in einer Herberge in der Pump Street.«

»In der Pump Street? Was Besseres war nicht zu kriegen?«

»Ich suche noch nach Arbeit.«

»Diesem Magee hast du ganz schön eins auf die Mütze gegeben. Zack, saß er auf dem Hosenboden, das dumme Großmaul.«

»Sucht er noch nach mir?«

Riley verneint.

»Jetzt sind nur noch die normalen Streifen auf der Straße. Die wissen nicht, wie du aussiehst, und Magees gekränkter Stolz ist ihnen ziemlich sicher herzlich wurst.«

»Und das mit dem Gin?«

»Ach, alles Unfug. Die Zeugen sind erfunden. Die wollen mir nur Ärger machen. Fast jede Woche kommen die mit was anderem an. Ich bin ein freiheitsliebender Ire, das ist denen ein Dorn im Auge.«

Sullivan nickt, blickt zum Kamin, wartet einen Moment ab. Wenn er zu schnell vorprescht, wird Riley vielleicht misstrauisch.

»Ich hab mit Politik nicht viel am Hut«, sagt er. »Aber trotzdem hab ich von den Dreien gehört, die man aufgehängt hat. Fand ich nicht in Ordnung.«

»War's auch nicht. Eiskalter Mord war das, sonst nichts. Drei anständige Männer, Witwen, Waisen, aber das ist denen ja egal. Die interessiert nur ihre Rache.«

»Für den toten Polizisten? Wie hieß der noch?«

»Charles Brett.«

»Brett, genau.«

Sullivan nickt, schiebt schnell ein Lächeln nach. Freundlich, aber nicht *zu* freundlich, hat Jimmy gesagt. Immer nur so viel wie nötig.

»Wie heißt du eigentlich?«, fragt Riley.

»Michael Sullivan. Geboren in Dublin, in der Ash Street, aber '56 sind wir weg.«

»Und erinnerst du dich noch an Irland?«

»Kaum.«

»Siehst du, genau da liegt die Misere. Wir werden aus unserem Land verjagt und in alle Winde verstreut.«

»Ich würde ja zurück, aber es heißt, in Dublin findet keiner mehr Arbeit.«

»Ja, weil die Briten uns noch den letzten Tropfen Blut aussaugen. Wie soll's mit einem Land auch aufwärts gehen, wenn man ihm allen Wohlstand stiehlt.«

»Eine Schande«, pflichtet Sullivan bei. »Dachte ich mir auch schon.«

Riley steht auf.

»Gleich wieder da«, sagt er.

Er verschwindet in die Küche und kommt mit einer Flasche Whiskey und zwei großen Gläsern wieder. Er stellt die Gläser aufs Kaminsims, füllt sie zur Hälfte auf und reicht eines davon Sullivan.

»Auf dein Wohl«, sagt er. »Gott schütze Irland.«

»Gott schütze Irland«, spricht Sullivan ihm nach. Der Whiskey brennt ihm auf der Zunge und treibt ihm die Tränen in die Augen. Er holt Luft und wartet, dass das Gefühl abklingt.

»Danke für die Hilfe«, sagt er. »Die hätten mich bestimmt geschnappt. Dann würde ich jetzt hinter Schloss und Riegel sitzen.«

Riley winkt ab. »Du hast nichts Unrechtes getan, hast dich nur wie ein Mann verteidigt. Leute wie dich können wir hier gebrauchen.«

Sie setzen sich wieder. Das Feuer erwacht zu neuem Leben, die dunkle, frische Kohle knistert in dem Haufen fahler Asche.

»Du fragst dich vielleicht, was mich hergeführt hat«, sagt Sullivan. »Dem Polizist hab ich gesagt, es wär reiner Zufall gewesen, aber das ist nicht die ganze Wahrheit. Auf dem Dampfer aus New York hab ich einen Kerl namens Byrne kennengelernt, der meinte, ich finde ihn vielleicht in Rileys Bierstube in der Rochdale Road. Ich schulde ihm ein bisschen Geld und dachte, er hat vielleicht Arbeit für mich.«

»Byrne?«, fragt Riley. »Sagt mir nichts. Wie sieht er denn aus?«

»Er ist Amerikaner, so wie ich. Um die dreißig, strenger Blick, dunkles Haar, Narben auf der Wange.«

Riley mustert ihn einen Moment.

»Narben, sagst du?«

»Hier und hier.« Er zeigt sich aufs Gesicht. »Ziemlich tief.«

»Und was war das für ein Schiff?«

»Die *Neptune*, aus New York.«

Riley schüttelt den Kopf, trinkt einen Schluck Whiskey.

»Ich kenne keinen Byrne«, bekräftigt er. »Aber ich kann mich ja mal umhören.«

»Dachte nur, er weiß vielleicht, wo ich ein bisschen Geld verdienen kann.«

Riley nickt.

»Ich höre mich mal um.«

Sullivan hofft noch auf mehr, auf etwas Wichtiges vielleicht, doch Riley schweigt. Eine Weile lang sagen beide nichts. Die flackernden Flammen werfen diffuse, weiche Schatten über Dielen und Wände.

»Er meinte, er sei Tuchhändler«, fährt Sullivan auf einmal fort, »aber ich weiß nicht, ob das stimmt. Sah jedenfalls nicht nach einem aus. Eher wie ein alter Veteran, mit den Narben und der wilden Mähne. Nach dem Krieg gab's in New York so einige von dieser Sorte. Nach all dem Kämpfen wissen die nicht mehr, wohin mit sich. So was wie die sieht man nicht alle Tage.«

Rileys Augen verengen sich zu Schlitzen, seine Züge werden härter. Kurz fragt Sullivan sich, ob er einen Fehler gemacht hat, doch dann schüttelt er die Sorge wieder ab.

»Warum sollte einer lügen, wenn er sagt, er sei ein Tuchhändler?«, fragt Riley. »Warum sollte sich das jemand ausdenken?«

»Ich mein ja nur, er sah nicht aus wie einer.«

Riley nickt, blickt in sein Glas, trinkt aus.

»Was für eine Arbeit suchst du denn?«, fragt er.

»Oh, ich mach alles«, sagt Sullivan. »Ganz egal.«

»Na, vielleicht kann ich ja helfen. Ich hab viele Freunde. Am besten bleibst du heute hier, ist sicherer. Ich mach dir ein Bett im Keller, und wir reden morgen weiter.«

Riley kramt eine Strohmatratze und ein paar Decken heraus, und sie gehen wieder hinab in den kalten, feuchten Keller, wo es nach Schimmel stinkt. Sie schaffen etwas Platz auf dem Steinboden und breiten das Bett aus.

»Nicht grade das Queen's Hotel«, sagt Riley, »aber sicher nicht schlechter als die Flohkisten in der Pump Street.«

»Mir genügt's«, sagt Sullivan. »Danke.«

Sie verabschieden sich mit Handschlag. Riley will schon gehen, da hält er noch mal inne.

»Und diesem Byrne schuldest du also Geld?«

»Wir haben auf dem Schiff gepokert. Nur um Kleingeld, aber bis Liverpool wurden daraus ein paar Dollar, und die hatte ich nicht bei mir.«

»Und er hat dir diese Adresse gegeben?«

»Er meinte, wenn ich nach Manchester komme, könnte ich das Geld hier hinterlegen.«

»Ganz schön vertrauensselig, was?«

»Ich hatte das Gefühl, er hatte Wichtigeres im Kopf. Irgendwas, bei dem ein paar lausige Dollar nicht weiter ins Gewicht fallen.«

Riley lächelt, nickt. »Na, mit Tuch kann man bestimmt ganz gut verdienen.«

»Muss wohl so sein.«

»Sofern er nicht gelogen hat.«

»War nur ein Gefühl. Gut möglich, dass ich mich getäuscht habe.«

Riley geht wieder hinauf in die Wirtsstube und zum Kamin. Wind pfeift durch den Schlot, Regen trommelt an die Fensterscheiben. Was soll er mit diesem Michael Sullivan anfangen? Eine Weile grübelt er vor sich hin, dann muss er daran denken, wie der großmäulige Bulle sich mühsam wieder auf die Beine hievte, die Uniform voll feuchtem Sägemehl, die blanke Mordlust in den Augen. Er grinst. Einen jungen Kerl wie den, mit so viel Schneid und Feuer, könnten sie in ihrer Mitte wirklich gebrauchen.

Neuntes Kapitel

Robert Neill, der Bürgermeister von Manchester, ist breitschultrig und specknackig, hat neugierige, schmale Augen und einen breiten, lippenlosen Affenmund. Sein Glück hat er als Bauunternehmer gemacht, mit schäbigen, schnell aus dem Boden gestampften Reihenhäusern in Ancoats und Hulme, und trotz des schwarzen Gehrocks und des Kaschmirs hat er noch immer was von einem Bauarbeiter. Man sieht es daran, wie er sich bewegt – rastlos, gebeugt und zielstrebig –, und an seinen Händen, den breiten Fingern und dicken Knöcheln, die braun sind und knorrig wie Walnüsse. Es ist, als könnte er jederzeit den Federhalter weglegen oder das Weinglas abstellen und wieder zur Maurerkelle greifen. Mit dem Messer kommt man so einem nicht bei, denkt Doyle, das würde er einem womöglich sogar abringen. Für den braucht man eine Pistole. Die zu beschaffen, wird zwar dauern, alles teurer und komplizierter machen, aber jetzt, wo die Spitzel tot sind, gibt es keinen Grund mehr zur Eile; sie können in aller Ruhe planen, die Risiken abwägen, den richtigen Moment abwarten.

Doyle sitzt in Skellys alter Droschke, auf der Cross Street, gegenüber der Dissenters' Chapel, gerade dicht genug an der Kreuzung mit der King Street, um die Rathaustür zu sehen, ohne selbst bemerkt zu werden. Es ist bereits nach sieben, und im Bürgermeisterzimmer brennt noch Licht. Vermutlich muss Neill noch eine Rede halten, oder er ist zu einem Dinner eingeladen. Schon fast eine Woche beobachten sie ihn, ohne wirklich zu einem Ergebnis gekommen zu sein. Sie müssen ihn allein erwischen, irgendwo, wo es keine Zeugen gibt, aber wenn er nicht gerade in der Kutsche unterwegs ist, hat er stets jemanden bei sich. Natürlich könnten sie den Einspänner überfallen, aber dafür wären mindestens vier oder fünf Männer nötig, und Doyle kennt noch nicht viele hier in Manchester, denen er so etwas zutraut. Skelly schlägt mit dem Knauf seiner Pferdepeitsche auf das Dach der Droschke, und Doyle lehnt sich aus dem Fenster.

»Da ist er, zu Fuß«, sagt Skelly. »Da drüben. Das ist er, jede Wette.«

Er deutet auf eine untersetzte Gestalt, die vor dem Rathaus die Straße überquert, einen Zylinder auf dem Kopf, einen schwarzen Regenschirm im böigen Nieselregen.

»Warum geht der zu Fuß?«, wundert sich Doyle. »Wo ist die Kutsche?«

Skelly zuckt mit den Schultern.

Doyle steigt aus. Fuhrwerke und Omnibusse rattern vorbei, Gaslaternen zischen, schwacher Kloakengeruch hängt in der Luft. Er stellt den Kragen auf und kneift die Augen zusammen.

»Warte hier«, weist er Skelly an. »Halt die Augen auf, ob seine Kutsche auftaucht. Wenn nötig, folgst du ihr.«

Er geht hinüber zur King Street. Etwa dreißig Meter trennen ihn von dem Mann mit dem Zylinder. Doyle beschleunigt seinen Schritt, schließt dicht genug auf, um sich zu vergewissern, dass es der Bürgermeister ist, dann schlüpft er in einen Hauseingang. Er kramt das Klappmesser aus seiner Jacke, klappt die kurze Klinge aus, streicht mit dem Daumen über die Schneide, denkt kurz nach und klappt es wieder ein. Er tritt aus dem Eingang und blickt nach rechts. Der Bürgermeister ist noch immer hügelaufwärts unterwegs, in Richtung Brown Street und Spring Gardens. Sein nasser

Regenschirm fängt das Silberlicht einer Laterne ein und lässt es wieder los. Etwas geht vor sich, doch Doyle hat noch nicht die geringste Ahnung, was genau und wie wichtig es ist. Neill bleibt kurz stehen, blickt auf seine Taschenuhr, geht weiter. Er lässt die grelle Fassade des Queen's Theatre links liegen und biegt in die düstere, enge Milk Street ein. Auf halber Länge der Straße bleibt er vor einem dunklen Laden stehen und blickt hoch. Die Fenster über dem Geschäft sind verschlossen, doch hinter einem halb offenen Fensterladen brennt ein Licht. Doyle tritt in eine Gasse und linst um die Ecke. Hätte er eine Pistole, könnte er es sofort hinter sich bringen, aber er hat nur das kleine Messer. Er sieht sich um nach einem Balken, einem Ziegelstein, kann jedoch nichts Brauchbares entdecken. Neill lässt den Regenschirm sinken, klopft an die Glasscheibe der Ladentür. Kurz darauf wird ihm geöffnet, er nimmt den Hut ab und tritt ein. Doyle wartet fünf Minuten ab, ob er wieder herauskommt, dann tritt er aus der Gasse und besieht sich das Geschäft. Im Schaufenster sind Hauben, Taschentücher und kunstvoll drapierte Stoffmuster ausgelegt. Auf dem Schild darüber steht »Elizabeth Stokes, Damenschneiderin und Modistin«. Doyle nickt, bewegt stumm die Lippen, als spräche er ein kurzes Gebet, dann macht er kehrt und geht zurück zur Cross Street, wo Skellys Droschke wartet.

»Er hat eine Geliebte«, berichtet Doyle. »Sie hat einen Laden in der Milk Street, Nummer zwölf.«

Skelly pfeift leise und grinst. Sein wettergegerbtes Gesicht ist ein Strang aus feinen Falten, die verbliebenen Zähne haben die Farbe von Käserinde.

»Sieh mal an, der alte Schlawiner«, sagt er.

»Fahr hin. Finde heraus, wann er aufbricht und wo er danach hingeht. Schreib alles auf.«

»Sieht aus, als hätten wir ihn«, sagt Skelly.

»So sieht es aus, ja.«

»Jetzt wird er für seine Sünden bezahlen.«

Doyle stutzt kurz, dann fällt ihm die Hinrichtung wieder ein. Skelly ist ein guter Mann, zuverlässig und auf seine Art auch nützlich, doch manchmal missversteht er, worum es eigentlich geht.

»Wir befinden uns im Krieg«, mahnt Doyle.

Skelly nickt, lüftet die Mütze.

»Im Krieg, klar«, sagt er. »Weiß ich doch.«

»Schreib unbedingt auf, wann er das Haus verlässt«, mahnt Doyle. »Das ist das Wichtigste.«

Er lässt sich von Skelly an der Market Street absetzen und geht von dort entlang der Oldham Street nach Ancoats. Der Regen tropft von seiner Hutkrempe und lässt das Pflaster schimmern. Nach zwei vergeblichen Versuchen im Two Terriers und im Cheshire Cheese findet er Peter Rice bei einem Glas Gin im Blacksmith's Arms. Neben Jack Riley steht er an der Theke, sein breites Gesicht erstrahlt in rotem Glanz, die weit auseinanderstehenden Augen sind feucht gelacht. Doyle nickt ihnen zu und setzt sich an einen Tisch neben der Tür.

Peter Rice trinkt aus, wischt sich den Mund am Ärmel ab. Er raunt Jack Riley etwas zu, dann schlurft er zu Doyle herüber und lässt sich auf einen Hocker sinken. Sie stecken die Köpfe zusammen, und Doyle berichtet, was er in der Milk Street gesehen hat.

»Ich brauche so schnell wie möglich zwei Pistolen«, sagt er.

»Saubere Pistolen sind schwer zu beschaffen.«

»Je eher das erledigt ist, desto eher seid ihr mich wieder los.«

»Ich wüsste da schon jemand, in Birmingham, aber das dauert mindestens eine Woche, vielleicht länger.«

Noch etwa zehn Minuten sprechen sie über die Kosten, darüber, wer nach Birmingham fahren und die Waffen holen soll, dann steht Doyle auf und streckt Rice die Hand hin.

»Eins noch, bevor Sie wieder gehen«, sagt Rice. »Jack Riley hat da eine Frage.«

Rice winkt Riley herbei, und der setzt sich zu ihnen an den Tisch, erzählt von Michael Sullivan und der Handgreiflichkeit mit Magee am Vortag.

»Der Junge behauptet, er kennt Sie. Vom Schiff, meint er. Angeblich haben Sie gesagt, er soll in der Bierstube Geld für Sie hinterlegen. Stimmt das?«

Doyle nickt. »Wenn er was getrunken hat, schwatzt der einen halb zu Tode, aber er ist harmlos. Zumindest, soweit ich das sehen konnte.«

»Dann haben Sie nichts dagegen, wenn wir ihm Arbeit in der Gerberei geben?«, fragt Rice. »Seit Jones krank ist, müssen Neary und Slattery alles allein machen.«

»Gibt's denn keinen anderen dafür?«

»Die Arbeit ist schwer und schmutzig, und die Bezahlung schlechter als in den Fabriken und Spinnereien. Die meisten Leute rümpfen über eine Stelle in der Gerberei die Nase, aber Sullivan war Feuer und Flamme.«

Doyle zuckt die Achseln. »Ein großes Licht ist er nicht, aber wenn ihr meint, nur zu. Mir ist bloß wichtig, dass ihr mich da raushaltet. Wenn er nach mir fragt, sagt ihm, Mr Byrne hätte gesagt, er kann das Geld behalten.«

»Mir gefällt er«, erwidert Riley. »Er hat Mumm, das kann nie schaden.«

Doyle steht auf, knöpft seinen Mantel zu.

»Ach, trinken Sie doch noch einen mit uns«, fordert Rice ihn auf. Er lächelt, trotzdem klingt die Einladung höhnisch.

»Ich muss wieder zu Skelly.«

»Was haben Sie denn vor mit Skelly, diesem alten Pestfetzen?«, fragt Riley.

»Besser, Sie wissen es gar nicht«, antwortet Doyle. »Das ist sicherer für alle Beteiligten.«

»Jack können Sie ruhig vertrauen«, wendet Rice ein. »Der ist kein Verräter.«

»Ich sage ja auch gar nicht, dass er einer ist. Aber je weniger Bescheid wissen, desto besser.«

Eine Pause. Rice schüttelt den Kopf. Um sie herum brummt das Stimmengewirr des Pubs.

»Die haben's auf den Bürgermeister abgesehen«, erklärt Rice, an Riley gewandt. »Abknallen wollen sie ihn.«

»Den Bürgermeister?!«, staunt Riley. »Heiliger Bimbam, wie wollt ihr das denn anstellen?«

Doyle blitzt Rice an, und der hält seinem Blick stand, als wäre nichts gewesen. Doyle denkt an die Pistolen. Die braucht er noch. Irgendwann wird er es ihm heimzahlen, aber nicht jetzt.

»Alle, die den Plan kennen, stecken so tief mit drin wie der Mann am Abzug«, sagt er schließlich. »Denken Sie daran. Mitgefangen, mitgehangen, und zwar wörtlich.«

»Jack und ich können den Mund schon halten«, erwidert Rice. »Nur keine Sorge. Wir stehen auf derselben Seite. Tun Sie Ihre Pflicht für Irland, und wir tun unsere.«

Rice reicht ihm die Hand, doch Doyle schaut sie nur regungslos an.

»Über Pflicht«, sagt er, »sprechen wir, sobald ich die Pistolen habe.«

Zehntes Kapitel

Am frühen Nachmittag des nächsten Tages beendet Rose Flanagan ihre Frühschicht im Spread Eagle Hotel in Hanging Ditch. Sie setzt sich eine dunkle Wollhaube auf und wickelt sich gegen die feuchte Dezemberkälte ein großes Tuch um. Schon vor dem Morgengrauen ist sie zu Hause aufgebrochen; jetzt ist sie müde und ihr schmerzt der Kopf, doch die Vorstellung, in die Thompson Street zurückzukehren, zum flehenden Blick und verweinten Gesicht der Mutter, zu dem ätzenden Gemisch aus Trauer und Scham, das seit Tommys Tod wie Rauch in allen Zimmern hängt, ist keine Freude. Die Nachbarn schauen sie nicht einmal mehr an. Die Kinder unterbrechen ihre Spiele und rufen ihr Schimpfnamen hinterher, wenn sie vorbeigeht. Ein Fenster hat man ihnen eingeworfen, die Wände mit Kreide beschmiert. »Reicht es nicht aus, einen Mann zu ermorden und zu verstümmeln?«, hätte sie am liebsten gefragt. »Muss man noch seiner trauernden Familie nachstellen? Gibt es denn kein bisschen Anstand mehr auf dieser Welt?« Sie müssen weg aus Manchester, so viel ist klar, aber wohin? Hier und da hat sie Verwandte, aber deren Antworten auf ihre Briefe waren ernüchternd. Alle wissen offenbar von Tommys Vergehen, die Nachricht hat sich wie ein Lauffeuer verbreitet; selbst wer für die Bruderschaft nichts übrighat, will mit einem Verräter lieber nichts zu tun haben. Hätte Rose auch nur die leiseste Ahnung gehabt, was Tommy so trieb, sie hätte es augenblicklich unterbunden. Sie hätte ihn am Kragen gepackt und ihn geschüttelt wie ein dickköpfiges Kind, denn genau das war ihr Bruder schließlich: ein närrischer Junge, der sich auf sich und seine Schläue zu viel einbildete, um je für möglich zu halten, dass irgendwer ihm auf die Schliche kommen könnte.

In der Bäckerei gegenüber kauft sie sich ein Brötchen. Es ist noch warm, und der Duft tut ihrer Seele gut. Sie muss heiraten, einen anderen Ausweg gibt es nicht, aber wer würde sie jetzt noch nehmen? Gewiss niemand aus Angel Meadow oder Ancoats. Dann also ein Fremder; so weit haben Tommys Gier und Dummheit sie gebracht. Als sie aus dem Laden kommt, steht dort der Polizist O'Connor. Er nickt ihr zu, tippt an die Krempe seiner Melone.

»James O'Connor«, sagt er. »Vielleicht erinnern Sie sich noch?«

Sie blickt ihn wortlos an, weiß nicht, was sie sagen soll, wendet sich schließlich ab.

»Ich wollte Sie sprechen«, fährt er fort. »Aber besser nicht bei Ihnen zu Hause, dachte ich.«

»Ich habe der Polizei nichts zu sagen. Sie haben uns genügend Ärger eingebrockt. Sie sollten sehen, wie meine Mutter leidet. Es würde mich nicht überraschen, wenn sie das nicht überlebt.«

»Das tut mir leid«, sagt O'Connor. »Wirklich.«

»Sie hätten ihn jederzeit aufhalten können«, erwidert Rose. »Aber das wollten Sie wohl nicht.«

»*Er* kam zu *mir*. Er *wollte* reden.«

»Sie hätten ihn jederzeit aufhalten können«, wiederholt sie.

»Ich habe ihn gewarnt, aber mit dem, was nun passiert ist, habe ich nicht gerechnet. Niemand hat das.«

Er spricht leise, damit niemand sie hört. Passanten blicken sie an. Ein Mann in weißer Schürze stellt ein Tablett mit frischem Brot ins Bäckereifenster.

»Was wollen Sie von mir?«, fragt Rose.

»Nur rausfinden, ob Sie irgendwas wissen. Wir suchen noch immer die Täter.«

»Mein Bruder wurde ermordet«, blafft sie. »Mehr weiß ich auch nicht.«

»Hier in der Nähe gibt es ein Lokal«, erwidert O'Connor ruhig. »In der Thomas Street. Dort könnten wir ungestört reden. Ich habe ein paar Fragen.«

Roses Brötchen ist immer noch ein wenig warm. Ihr einziger Grund, mit ihm zu reden, ist ihre Neugier. Sie will wissen, was er weiß.

»Was haben Sie ihm eigentlich bezahlt?«, fragt sie.

»Nicht viel. Mal fünf Schilling, mal zehn. Ein- oder zweimal auch ein Pfund, aber nicht oft.«

»Das hat er wohl alles verspielt.«

»Wahrscheinlich, ja.«

Einen Augenblick lang überkommt sie eine sonderbare Eifersucht beim Gedanken an die beiden, an diesen Mann und ihren Bruder.

»Ich wäre schon früher gekommen, aber der Herr Pfarrer …«

»Der Herr Pfarrer ist ein Nichtsnutz«, unterbricht sie ihn. »Dem sitzt doch nur die Angst im Nacken.«

O'Connor sieht sie nachdenklich an.

»Vielleicht kann ich was für Sie tun«, sagt er. »Wenn Sie mir sagen, was Sie brauchen.«

Sie mustert ihn erneut. Er ist groß und dünn, auf seine Art nicht unattraktiv, doch auch seltsam träge und traurig, als bedürfte jeder seiner Gedanken, jedes seiner Worte sorgfältiger Vorbereitung.

»Sie können gar nichts für mich tun«, entgegnet sie. »Ich muss los. Meine Mutter wartet.«

Eine Pause. Sie erwartet, dass er widerspricht, darauf beharrt, dass sie mit ihm kommt, doch er tut nichts dergleichen.

»Ich habe einen Fehler gemacht«, sagt er schließlich. »Als wir bei Ihnen waren und nach Tommy gefragt haben, war mir das noch nicht bewusst.«

»Was für einen Fehler?«

»Hier kann ich das nicht erklären. Zu viel los. Lassen Sie sich zu einer Tasse Tee einladen. Das Lokal ist ruhig und sauber, und wenn Sie nicht wollen, müssen Sie nicht lange bleiben.«

Sie zögert einen Augenblick, dann lenkt sie ein. Soll man sie doch mit ihm sehen, denkt sie, was macht das jetzt schon noch aus?

Sie setzen sich an einen Tisch ganz hinten, neben der Küche. Dann erzählt O'Connor ihr von dem Notizbuch. Sie versteht nicht gleich, also erklärt er es noch einmal.

»Das war der Fehler, den ich meinte«, sagt er.

»Das heißt, ohne dieses Notizbuch wäre Tommy vielleicht noch am Leben?«

»Höchstwahrscheinlich, ja.«

Ihr Blick schweift über die Tischplatte, dann auf den Glühstrumpf an der Wand über O'Connor.

»Früher oder später hätten die ihn sowieso entlarvt. Er hätte besser einen großen Bogen um die Polizei gemacht, aber er wollte ja nicht hören. Ein schlauer Bursche war er, unser Tommy, aber nicht schlau genug.«

Der Tee wird serviert, dazu ein Teller Haferplätzchen und ein Kännchen Milch. O'Connor nimmt den Deckel von der Kanne und rührt um.

»Wir können die Leute schnappen, die ihn umgebracht haben, aber nicht ohne Hilfe. Können Sie mir vielleicht sagen, was in den Irenvierteln so geredet wird?«

Sie lacht.

»Ich bin die Letzte, die das wüsste. In den Läden werde ich nicht mehr bedient. Zweimal bin ich schon auf der Straße angespuckt worden. Seit herauskam, dass Tommy ein Spitzel war, zeigen mir alle die kalte Schulter.«

O'Connor nickt. Das überrascht ihn nicht. Spitzel ermordet man nicht zuletzt deshalb, um alle anderen einzuschüchtern.

»Hat Tommy irgendwas von diesem Stephen Doyle gesagt, bevor er verschwunden ist? Ihn je erwähnt?«

Sie verneint.

»Ich wusste nur, dass Tommy in der Bruderschaft war. Er hat nie davon erzählt, ich habe nie nachgefragt.«

»Warum ist er beigetreten?«

»Zum Spaß, nehme ich an. Und um sich wichtig zu machen. Hat Tommy je etwas aus anderen Gründen getan?«

»Er war noch jung.«

»Er ist gerade erst einundzwanzig geworden, im Juni«, sagt sie. »Wie alt sind Sie, Constable O'Connor?«

»Fast fünfunddreißig.«

»Und noch kaum ein graues Haar.«

»Nur ein oder zwei.«

Sie wirkt müder als zuvor, denkt er, angeschlagen und zermürbt, ansonsten hat der Tod des Bruders sie nicht verändert. Noch immer ist sie klug, auf ihre Weise, und hübsch, mit diesen grünen Augen und dem Lächeln.

»Was ist das für ein Lokal hier?«, fragt sie und blickt sich um.

»Enthaltsamkeitsbewegung.«

»Sie sind Abstinenzler? Lange schon?«

»Nein, erst seit Kurzem.«

Sie beißt in einen Haferkeks. Ihre Zähne sind klein, die Lippen blass. Ein dunkler Krümel bleibt ihr im Mundwinkel hängen, und sie wischt ihn weg.

»Wie kommen Sie ohne Tommy zurecht? Verdienen Sie im Hotel genug für die Miete?«

Sie schüttelt den Kopf.

»Nicht einmal annähernd, aber hier können wir sowieso nicht bleiben. Niemand spricht mehr mit mir. Sogar meine Freunde haben Angst. Mein ganzes Leben hab ich hier gelebt, und jetzt komme ich mir vor wie eine Fremde. Meine Mutter begreift noch immer nicht, was vor sich geht. Jeden Tag sitzt sie im Wohnzimmer, wartet, dass jemand kommt, um ihr sein Beileid auszusprechen. Wenn ich sage, dass niemand kommen wird, glaubt sie mir nicht.«

»Vielleicht ziehen Sie wirklich besser weg«, sagt O'Connor. »Nach Liverpool, Glasgow oder Birmingham. Ein neuer Anfang, mit neuen Freunden.«

Sie sieht ihn skeptisch an.

»Wir haben nichts Falsches getan, und trotzdem werden wir bestraft. Das ist doch nicht gerecht.«

Gerecht? Erwartet sie das wirklich?

O'Connor denkt an seine Kindheit in Armagh, an die Hütte und das steinige Stück Pachtland, an das Schwein, das sie im Winter mästeten, um den Haferbrei im Sommer zu bezahlen. Er war erst zwölf, als sein Vater jemanden im Streit totschlug und dann verurteilt und weggebracht wurde. Im Jahr darauf erlag die Mutter dem Schweißfieber, und O'Connor und seine Schwester Norah mussten zu ihrer Tante Ellen nach Dublin ziehen, in eine heruntergekommene Zweizimmerwohnung unweit der Meath Street.

Norah trauerte, doch O'Connor war froh, das Land hinter sich gelassen zu haben. Trotz Schmutz und Gestank war die Stadt ihm lieber. Er besuchte zwei Jahre die Schule, lernte Grammatik und Geschichte sowie etwas Latein und Griechisch, dann ging er bei Schneider James O' Reilly in die Lehre. Mit siebzehn wollte er sich zu den Füsilieren melden. Er ging zur Kaserne in Arbour Hill, wurde jedoch abgewiesen. Warum, das sagte man ihm nicht, doch auf dem Heimweg fragte er sich, ob das Verbrechen seines Vaters wohl bekannt war, ob in der Kaserne irgendwo eine dicke Akte im Regal stand, auf der Paul O'Connors Name prangte, versehen mit einem schwarzen Warnzeichen. Die bloße Vorstellung machte ihn wütend. Tags darauf beim Schneider ließ er sich auf einen Streit mit einem Kunden ein und wurde verwarnt. Als der Vorfall sich eine Woche später wiederholte, musste er gehen.

Er fand Arbeit als Bierkutscher bei der Brauerei O'Connell. Eines Tages, er ging gerade durch die kalte Finsternis zurück zu seiner Tante, die beschlagenen Stiefel noch an den Füßen und die Schürze umgebunden, begegnete er seinem alten Schulmeister Felix Nugent, einem Mann aus Kerry, der ihn einmal für seinen klugen Kopf gelobt und gesagt hatte, vielleicht tauge er sogar fürs Priesterseminar. Sie unterhielten sich eine lange Weile. Vor dem Abschied sagte Nugent ihm, er sei zu klug, sein Leben mit körperlicher Arbeit zu vergeuden, und solle sich etwas Besseres suchen. Er meinte, einer seiner Schwager sei Inspector bei der Polizei in Dublin, und wenn O'Connor wolle, würde er ihm schreiben. O'Connor berichtete von dem Vorfall bei den Füsilieren, doch Nugent glaubte nicht, dass es so eine Akte gab. Selbst wenn es die gäbe, meinte er, sei sein Schwager ein unvoreingenommener Mann, der niemandem die Fehler eines anderen zur Last legte.

»Stimmt, gerecht ist das nicht«, pflichtet O'Connor bei. »Natürlich nicht. Aber wenn wir diesen Stephen Doyle fänden, könnten wir dem allem ein Ende setzen.«

»So einen findet man nur, wenn er gefunden werden will.«

»Glauben das die Leute?«

»Ich habe keine Ahnung, was die Leute glauben, das sagte ich doch schon.«

O'Connor nickt, nimmt einen Schluck Tee.

»Selbst wenn Sie diesen Doyle schnappen und aufhängen würden, wäre es nicht ausgestanden«, erklärt Rose. »Der Nächste käme sofort nach.«

»Die wollen, dass Sie das glauben, aber es stimmt nicht. Wir können unseren Gegner schlagen, versprochen.«

»Sie brauchen mir nichts zu versprechen«, erwidert sie. »Für mich kommt es sowieso aufs selbe raus.«

»Sie sind verbittert«, sagt er. »Das würde mir nicht anders gehen, an Ihrer Stelle.«

Plötzlich blitzt sie ihn an, dann kommen ihr die Tränen. O'Connor betrachtet sie. Die düstere, unanfechtbare Logik ihrer Trauer droht ihn wie eine Springflut zu überspülen, und er wappnet sich dagegen. Er blickt auf seine Hände, blassrosa und grau auf der lasierten Tischplatte, und dann ins Leere. Rose schluchzt, trocknet sich die Augen mit dem Halstuch, schnieft.

»Schauen Sie mich an«, verlangt sie. »Schauen Sie mir gefälligst in die Augen!«

Es ist, als wäre sie kurz weg gewesen und jetzt wieder aufgetaucht. Er schenkt ihr Tee nach, schiebt ihr die Tasse hin.

»Ich könnte Ihnen Geld besorgen«, sagt er. »Im Rathaus wissen alle, was Tommy für die Polizei getan hat. Ich werde das mal ansprechen.«

»Mit fünfzig Pfund könnte ich irgendwo einen Laden aufmachen.«

»So viel wird es nicht werden, aber ich will sehen, was ich tun kann.«

Es ist ein törichtes Versprechen. Maybury wird ihn vermutlich auslachen. Aber er möchte helfen, und was sonst hat er anzubieten?

Noch einmal trocknet sie sich die Augen, trinkt den Tee. Sie wirkt gefasster, gut gelaunt beinahe. Wie stark doch manche Menschen sind, denkt er. Er war das nie. Nur Catherine hielt ihn aufrecht, und als sie starb, kam ihm die Trauer doppelt so groß vor, weil sie ihn nicht mehr trösten konnte.

Sie sprechen noch etwas über das Geld, und er sieht ihr an, dass sie es in Gedanken bereits ausgibt.

»Mehr als fragen kann ich nicht«, sagt er. »Möglich, dass nichts daraus wird. Ich melde mich, sobald ich mehr weiß. Ich warte wieder auf Sie, so wie heute.«

»Sagen Sie denen, er wäre nicht umsonst gestorben. Wenn wir noch etwas davon hätten, meine ich, und sei es noch so wenig.«

»Das werde ich.«

Eine lange Pause, dann blickt Rose zur Wanduhr, sagt, sie müsse jetzt gehen, sonst mache ihre Mutter sich Sorgen. O'Connor geht zum Bezahlen an die Theke, und als er wiederkommt, ist sie bereits aufgestanden. Ihre grünen Augen sind ganz rot geweint.

»Ihr Gesicht sieht besser aus«, bemerkt sie. »Fast wieder der Alte, was?«

»Fast«, erwidert er, »aber nicht ganz.«

Beim Abschied würde er sie am liebsten berühren, am Ellbogen vielleicht oder an der Schulter, nur ganz leicht, zum Trost, doch er lässt es bleiben. Stattdessen nickt er knapp und tritt zur Seite. Als sie an ihm vorübergeht, atmet er den schweren Duft ihrer Arbeit ein – Karbolseife und weißer Essig – und darunter, wie eine fast vergessene Erinnerung, den zarten Dunst menschlicher Haut.

Elftes Kapitel

Peter Rices Gerberei lieg am Ostufer des Irk, gleich hinter der Ducie Bridge, in der Nähe der Gegend, die alle Gibraltar nennen. Links und rechts davon befinden sich eine Schlachterei und eine Leimmanufaktur. Michael Sullivan wurde als Hofarbeiter eingestellt. Wenn die frischen Rinderhäute angeliefert werden, sind sie an der Unterseite faserig und blutverschmiert, und die Hörner und Schwänze hängen noch daran. Sie müssen zugeschnitten und gekalkt werden, ehe man mit dem langen, stumpfen Scherdegen die Haare abschaben kann. Dann werden sie in Taubenkot gebeizt, bis sie weich genug zum Gerben sind. Draußen auf dem Hof gibt es zwölf in Mauern eingefasste Gruben, angeordnet in drei Viererreihen. Die Häute durchlaufen die drei Reihen, bis sie dunkel genug sind, dann kommen sie zum Trocknen und zur Veredelung in den Schuppen. Sullivans Aufgabe besteht darin, die Gerbgruben zu leeren und zu füllen, die Eichenrinde für die Lohe zu schälen und Kot zu schaufeln. Das tut er zehn Stunden täglich und erhält für seine Mühen fünfzehn Schilling pro Woche sowie einen Schlafplatz auf einer Pritsche im feuchten, muffigen Keller.

Die Arbeit ist schmutzig und beschwerlich, und nach zwei Wochen ist er Stephen Doyle noch kein Stück nähergekommen. Er hat den anderen aufmerksam zugehört, hat selbst Gespräche angestoßen, doch niemand hat je den Namen Doyle erwähnt, und es gibt nirgends eine Spur von ihm. Peter Rice kommt er nicht nah genug, um etwas zu erfahren, und wenn er Riley auf die Spielschulden anspricht, rät der ihm nur achselzuckend, nicht mehr daran zu denken. Der Amerikaner ist wie vom Erdboden verschluckt. Als hätte es ihn nie gegeben.

Langsam kommen Sullivan die ersten Zweifel an O'Connors Plan. Die hundert Pfund kann er wohl in den Wind schreiben. Muss er seine Taschen eben anders füllen. Dann, eines Morgens, als er gerade die erste Fuhre Lohe zu den Gruben karrt, fällt ihm plötzlich auf, dass Neary, der sonst immer vor ihm anfängt, nicht da ist. Er erkundigt sich bei Slattery, dem Vorarbeiter, und erfährt, dass Rice ihn losgeschickt hat, um etwas zu erledigen. Im Lauf des Tages soll er wiederkommen. Als er dann auftaucht, dämmert es schon fast. Er hat ein in braunes Papier gewickeltes Bündel unter dem Arm und raucht eine billige Zigarre. Sullivan ruft ihm zu, fragt ihn, wo er war, und Neary antwortet, in Birmingham sei er gewesen, mit dem Zug, in Peter Rices Auftrag. Als Sullivan auf das Bündel zeigt und fragt, was er da mitgebracht habe, meint Neary, das sei ein Geheimnis.

Während sie reden, taucht Peter Rice in der Bürotür auf und ruft Neary zu sich. Etwa eine Viertelstunde bleibt er dort und kommt dann ohne das Bündel wieder heraus. Wenig später, nachdem er sein Tagwerk vollbracht, sich gewaschen und umgezogen hat, verlässt Sullivan die Gerberei, überquert die Ducie Bridge und biegt auf die Long Millgate. Es ist dunkel, und die Gaslaternen brennen. Er zählt sie im Vorbeigehen, und an der siebten rechts, gleich gegenüber einer Fleischerei, bleibt er stehen und sieht sich um. Überzeugt, dass niemand ihn beobachtet, zieht er ein Stück Kreide aus der Tasche, bückt sich, als wollte er seinen Schuh nachschnüren, und malt ein weißes Kreuz und eine Zahl an die Mauer. Dann steht er auf und geht auf demselben Weg zurück.

Kurz vor Mitternacht trifft er O'Connor vor dem Armenfriedhof. Es ist kalt und trocken, und zu hören ist nichts als der Wind, der durch die kahlen Äste pfeift, sowie das ferne Quietschen und Schnaufen der Züge im Bahnhof Victoria. Sullivan erzählt von Neary und dem Bündel.

»Wie groß war es?«

»Ungefähr so.«

»Hm, könnten Pistolen sein. Hat Rice es mitgenommen, als er die Gerberei verließ?«

»Ich glaube nicht. Zumindest hatte er nichts bei sich, als ich ihn gesehen hab.«

»Dann ist das Bündel höchstwahrscheinlich noch im Büro.«

Sullivan nickt. Er friert und ist müde, säße lieber drinnen vor einem Feuer, als hier im Dunkeln neben all den toten Gebeinen zu stehen.

»Höchstwahrscheinlich«, sagt er.

»Wenn die Bruderschaft Pistolen kauft, werden sie bald zuschlagen, was immer sie auch planen. Kannst du ins Büro gehen und nachsehen?«

»Es gibt nur einen Schlüssel, und den hat Rice in seiner Westentasche. Ich müsste eine Scheibe einschlagen.«

O'Connor winkt ab.

»Das lass mal lieber bleiben. Du musst Rice genau im Auge behalten, sehen, was er mit dem Bündel anstellt, darauf achten, wem er es übergibt. Wenn das wirklich Pistolen sind, wette ich, Stephen Doyle hat sie bestellt.«

»Wie lang soll das alles noch dauern, Jimmy?«

»Das weiß ich nicht. Aber du kannst jederzeit aussteigen.«

»Ich will die hundert Pfund.«

O'Connor reibt sich das Kinn und seufzt. Der Dreiviertelmond breitet ein dichtes Netz aus Schatten über sie. Es riecht nach Schimmel, Laub und Herbstfäulnis.

»Dann hab Geduld«, sagt er. »So war das nicht geplant, ich weiß. Wir dachten, du findest Stephen Doyle, wir nehmen ihn fest, und das war's. Jetzt ist es eben anders, könnte aber trotzdem funktionieren.«

Sullivan wirkt plötzlich ernsthaft, düster. Als wäre ihm etwas eingefallen, das er lieber vergessen würde.

»Diese verfluchten Gerbgruben … Wie leicht kann man da reinfallen und jämmerlich ersaufen …«

»Nicht, wenn man gut aufpasst«, erwidert O'Connor. »Nicht, wenn man genau das tut, was man tun soll, und sonst nichts.«

Am nächsten Vormittag schaufelt Sullivan gerade Mulch aus einer der Gruben, als wütendes Geschrei aus dem Walkraum dringt. Kurz darauf stürmt Slattery, der vierschrötige, ungelenke Vorarbeiter, auf den Hof. In großen Schritten eilt er an den Gerbgruben vorbei und hämmert an die Bürotür. Rice kommt heraus, die beiden reden kurz, dann folgt Rice dem Vorarbeiter in den Walkraum. Mehr Geschrei und Kraftausdrücke sind zu hören. Sullivan legt die Schaufel weg und lauscht. Er hört Rice, Slattery und einen Dritten, vermutlich Kirkland, einen der Walkleute, aber worum es geht, versteht er nicht. Er klettert aus der Gerbgrube und schiebt die Schubkarre zum frostbedeckten Mulchhaufen. Zurück auf dem Hof erzählt er Neary, der Rindenschaber sei schon wieder verstopft und jemand müsse sich das mal ansehen. Als Neary weg ist, schiebt er die leere Schubkarre einmal um den Hof zur unverschlossenen Bürotür. Er stellt die Karre ab und sieht sich um. Der Hof ist leer, im Walkraum wird noch immer laut gestritten. Er fasst sich ein Herz, öffnet die Tür und schlüpft hinein.

Im Büro ist es still und warm. Auf dem Boden liegt ein schmutziger Flickenteppich, an einer Wand steht ein leerer Kohleneimer neben einem gusseisernen Ofen. Auf dem Schreibtisch liegt nichts außer einem in Leder gebundenen Kontenbuch und einer gefalteten Zeitung. Dahinter stehen Regale voller Bücher und Akten. Am Fenster steht ein Schrank, an dessen Tür ein Kalender hängt. Nearys Bündel ist nirgendwo zu sehen. Sullivan öffnet die Schranktür: Riemen, Zaumzeug und Ledermuster in verschiedenen Braun- und Schwarztönen. Kurz linst er aus dem Fenster, um zu sehen, ob jemand kommt, dann durchsucht er die Schreibtischschubladen. Bündelweise verschnürte Quittungen, Füllfedern, Kerzenstummel, ein Beutel Nägel, ein Bund rostiger Schlüssel, leere Tabakdosen, ein Nussknacker, ein Maßband, ein Lineal. Die unterste, größte Schublade ist verschlossen. Sullivan versucht, sie mit dem Klappmesser aufzubrechen, doch sie gibt nicht nach. Dann probiert er die Schlüssel aus der anderen Schublade. Einer passt, lässt sich aber nicht drehen. Er probiert noch mal die anderen, dann wieder den passenden. Behutsam ruckelt er ihn hin und her, hofft, dass er sich doch noch drehen lässt. Nach einer Minute steht er auf und sieht sich erneut im Büro um, sucht nach einem anderen, leichter zugänglichen Versteck, das er bisher übersehen hat, doch findet keines. Also versucht er es noch einmal mit dem Schlüssel. Als er gerade aufgeben will, dreht er sich endlich doch.

In der Schublade liegt eine mit einem kleinen Vorhängeschloss gesicherte Stahlkiste – und daneben zwei Revolver, jeweils eingeschlagen in ein Wachstuch. Sullivan wickelt einen davon aus und nimmt ihn in die Hand. Die Waffe ist neu, riecht nach Metall und Öl. Schwer ist sie und liegt gut in der Hand. Sullivan hält sie weit vor sich, kneift ein Auge zu und zielt über den schwarz-blau glänzenden Lauf, als wollte er jemanden erschießen. Wenn ich erst die hundert Pfund habe, denkt er, kaufe ich mir auch eine schöne Pistole, besser noch als diese hier. Er besieht sich die Waffe noch ein wenig, dann legt er sie zurück. Noch einmal muss er mehrere Minuten mit dem Schlüssel nesteln, um die Schublade wieder zu verschließen, dann tritt er ans Fenster und späht hinaus. Er sieht die Gerbgruben und den Eingang zum Schuppen, aber keine Spur von Neary oder irgendjemandem sonst. Jimmy wird Augen machen, wenn er ihm erzählt, was er getan hat. Er öffnet die Tür und geht hinaus in die Kälte. Ein paar Meter zu seiner Linken kommen Rice und Slattery gerade aus dem Walkraum. Sie haben ihn genau im Blick.

Schnell packt er die Schubkarre, macht kehrt und will davonlaufen, aber Slattery ruft ihm zu, er solle stehen bleiben. Er stellt die Karre ab und wartet.

»Taschen raus und Mütze her«, befiehlt Slattery.

Peter Rice steht stumm an seiner Seite, stiernackig und mit stechendem Blick. Beide sind noch immer sichtlich verärgert über das, was sich im Walkraum abgespielt haben muss. Sullivan tut, wie ihm geheißen, doch in den Taschen hat er nur ein Stück Kreide, zwei Pennys, eine Schachtel Streichhölzer und ein Klappmesser, und auch in der Mütze hat er nichts versteckt. Rice will wissen, was er im Büro zu suchen hatte.

»Ich wollte Sie nur mal was fragen, Mr Rice«, antwortet Sullivan. »Die Tür war offen, also dachte ich, Sie sind am Schreibtisch. Ich war nur ganz kurz drin. Als ich gesehen hab, dass Sie nicht da waren, bin ich gleich wieder raus. Ich hab nichts angerührt, ehrlich.«

»Und warum hast du nicht geklopft?«

»Hab nicht dran gedacht. Die Tür war ja offen.«

»Was hast du überhaupt mit Mr Rice zu bereden?«, raunzt Slattery. »Wenn du Fragen hast, frag mich.«

Sullivan kratzt sich am Kopf, blickt zu Rice.

»Es ging um was Privates«, sagt er.

Slattery schnaubt verächtlich.

»Klauen wolltest du, und dann hast du uns gesehen und wolltest ausbüchsen. Gib's lieber zu.«

»Nein, Sir«, wehrt er ab, »das ist nicht wahr.«

»Warte hier«, sagt Rice und verschwindet ins Büro.

Sullivan und Slattery sehen von außen zu, wie er sich umsieht, prüft, ob irgendetwas angefasst wurde. Er holt einen Schlüssel aus der Westentasche und bückt sich zu den Schreibtischschubladen. Sullivan zieht sich der Magen zusammen.

»Fehlt was?«, fragt Slattery.

Rice steht auf, schüttelt den Kopf.

»Haben wir ihn also rechtzeitig erwischt«, stellt Slattery fest.

Rice tritt wieder vor die Tür, baut sich dicht vor Sullivan auf und blickt ihm direkt in die Augen.

»Wolltest du mich beklauen, Michael Sullivan?«, fragt er. »Die Wahrheit, wenn's recht ist.«

»Nein, Sir, ehrlich. Ich wollte nur mit Ihnen reden.«

»Über was?«

Sullivan zögert kurz, blickt auf den Boden. »Über die Bruderschaft«, sagt er. »Ich will den Eid ablegen.«

Rice wirkt erst überrascht, dann amüsiert. Er wirft einen Blick zu Slattery, dann sieht er wieder Sullivan an.

»Wie kommst du drauf, dass ich was von der Bruderschaft weiß?«, fragt er.

»Jack Riley hat gesagt, Sie und er gehören dazu.«

»Und hast du Jack Riley auch schon wegen dieses Eids gefragt?«

»Damals hat mich das nicht interessiert, aber jetzt seh ich das anders. Unten im Keller, wo ich schlafe, liegen jede Menge alte Zeitungen – der *United Irishman*, die *Nation*. Die hab ich vor dem Schlafen alle durchgelesen. Alles über die Hungersnot und den Mietwucher. Einfach alles eben. Das hat mir die Augen geöffnet.«

Rice bläst die Backen auf, schüttelt den Kopf. Dann schickt er Slattery wieder an die Arbeit.

»Überlass das ruhig mir, Frank«, sagt er.

Slattery verschwindet in Richtung Schuppen. Der Himmel sieht aus wie eine grau-weiß gesprenkelte Fliese, aus den Gerbgruben steigt schwacher Dunst. Rice bückt sich, zieht einen rostigen Nagel aus dem platt gedrückten Kies, betrachtet ihn kurz und wirft ihn wieder weg.

»Man klopft, bevor man eintritt«, mahnt er. »Hat man dir das in New York nicht beigebracht?«

»Ich hab nicht dran gedacht«, wiederholt Sullivan.

»Was weißt du von der Bruderschaft?«

»Dass sie für Irlands Freiheit kämpft.«

»Und du hast Lust auf einen schönen Kampf, ja?«

»Ich will nur meinem Land helfen«, sagt er. »Meinen Beitrag leisten.«

»Das ist kein Spiel. Man kann dabei getötet werden – umgebracht, gehängt.«

»Weiß ich.«

»Jack Riley meint, du hättest Mumm.«

»Ich werd Sie nicht enttäuschen, ganz bestimmt nicht.«

»Was, wenn man dir befiehlt, jemanden umzubringen?«

Sullivan sieht ihn an, will sich vergewissern, ob er das ernst meint. Offenbar tut er das.

»Dann würd ich diesen Jemand umbringen«, antwortet er.

»Ohne zu zögern, nicht mal eine Minute?«

»Nicht mal eine Minute.«

Rice mustert ihn von Kopf bis Fuß, während Sullivan versucht, ganz ruhig zu bleiben unter seinem stummen Blick.

»Ich rede mit Jack«, sagt Rice. »Mal sehen, was der dazu sagt. Jetzt aber zurück an die Arbeit.«

Sullivan bedankt sich und nimmt die Schubkarre auf. Er will gerade losgehen, als Rice ihm nachruft.

»Jack meinte, du kommst aus den Liberties, in Dublin. Ich kenn da einen George Sullivan, der in der Park Street gewohnt und an der North Wall gearbeitet hat. Und eine Martha McCord hat er geheiratet, aus dem Dorf in Clare, aus dem mein Vater kommt. Ist der mit dir verwandt?«

»Das müsste mein Vetter George sein«, antwortet Sullivan. »Der Sohn von meiner Tante Sheelah. Mein Vater war der Mittlere von neunen.«

»Dann bist du wohl weniger fremd, als ich dachte.«

»George und Martha hab ich nicht mehr gesehen, seit ich klein war. Keine Ahnung, wo die heute wohnen.«

»Und hier in Manchester hast du niemanden?«, fragt Rice. »Keine Tanten oder Vettern?«

»Nein, niemanden«, sagt er. »Keine Menschenseele.«

Auf dem Weg zurück über den schmalen Pfad zwischen den Gerbgruben atmet Sullivan erleichtert auf. Er ist stolz auf seine Geistesgegenwart: Wenn die ihn in die Bruderschaft aufnehmen, ist er sowohl an Stephen Doyle als auch an den hundert Pfund ein ganzes Stück dichter dran. Slattery und Rice haben ihm einen gehörigen Schrecken eingejagt, aber es ging ja alles gut aus.

Erst später, nachdem er O'Connor am Friedhof von den Waffen und der Sache mit dem Eid erzählt hat und zurück in dem nasskalten, trostlosen Keller auf dem einzigen, wackligen Stuhl sitzt und seine Stiefel aufschnürt, dämmert ihm, dass es womöglich falsch war zuzugeben, dass George Sullivan mit ihm verwandt ist. Ob er Rice noch sagen soll, dass er sich getäuscht hat? Nein, das würde nur Aufmerksamkeit erregen und ihn erst recht misstrauisch machen. Besser, er belässt es dabei und vertraut darauf, dass Rice zu viel zu tun hat, um sich mit solchen Kleinigkeiten aufzuhalten. Dann streift er die Stiefel ab und legt sich auf die Pritsche. Er zieht sich die Decke über die Schultern, schließt die Augen und fällt, vom leisen Murmeln des verseuchten Irk beruhigt wie ein Säugling, rücklings in traumlosen Schlaf.

Zwölftes Kapitel

Tommy Flanagan besucht O'Connor in der Nacht. Das halbe Gesicht ist weggeschossen, doch ein schwarzer Schleier verbirgt kunstvoll die Wunde. Er spricht mit einer Frauenstimme. »Hast du mich etwa vergessen?«, fragt er. »Denkst du gar nicht mehr an mich, Jimmy O'Connor?« O'Connor will antworten, bringt aber kein Wort heraus. Er sabbert und grunzt, seine Zunge ist wie angeschwollen. Zusammen sitzen sie an einem Tisch, und als Tommy aufsteht, ist er nackt; sein Leib ist weiß und unbehaart, ohne Schwanz und Eier. »So sehen Heilige aus, wenn sie in den Himmel fahren«, sagt er. »Hast du dir das nicht denken können?« Begierde lodert in O'Connor auf, und als er nähertritt und den schwarzen Schleier lüftet, ist darunter gar nicht Tommy, sondern Rose. »Vergib mir, Rose«, sagt O'Connor. »Ich habe es nicht gewusst.«

Am nächsten Morgen fällt spärliche Wintersonne durch das Schiebefenster in Mayburys Büro und wirft gelbe Rechtecke auf Wand und Boden. Das Licht liegt auf O'Connors Schenkel wie eine heiße Hand. Er berichtet von der Entdeckung der Revolver, und sie diskutieren, ob man Peter Rice sofort verhaften oder erst abwarten sollte. Wenn sie warten, könnten sie zu spät kommen, doch wenn sie gleich zuschlagen, könnte Doyle vielleicht entwischen. O'Connor würde lieber schnell handeln, ehe Michael Sullivan sich noch tiefer in all das verstrickt, aber Maybury beschließt, die Dinge vorerst laufen zu lassen. Wenn sie ein ausgewachsenes Komplott zerschlagen und Doyle und die anderen festsetzen, wäre das ein großer und vorzeigbarer Erfolg, der den Vorfall mit Sergeant Brett ein wenig ausgleichen würde. Inzwischen will Maybury die Zahl der Fußstreifen in der ganzen Stadt erhöhen und Wachen vor allen öffentlichen Gebäuden postieren. O'Connor weist er an, ihn über sämtliche Neuigkeiten umgehend zu informieren, dann wendet er sich mit dem Federhalter in der Hand wieder seinen Akten zu, um anzuzeigen, dass das Gespräch beendet ist.

»Ich wollte noch etwas anderes ansprechen«, sagt O'Connor da. »Tommy Flanagans Schwester.«

Maybury blickt auf, legt den Federhalter weg.

»Flanagan hatte eine Schwester?«

»Ja, eine Schwester namens Rose und eine alte Mutter. Seit bekannt ist, dass Tommy für uns gearbeitet hat, haben die Nachbarn sich gegen sie verschworen. Man bestraft sie für Tommys Sünden, und wenn die Leute in dieser Gegend es auf einen abgesehen haben, dann ist das Leben wahrlich kein Vergnügen mehr.«

»Reicht denen der tote Bruder nicht?«

»Offenbar nein.«

Maybury schüttelt den Kopf.

»Ich habe gestern mit ihr gesprochen«, fährt O'Connor fort. »Sie will weg aus Manchester, irgendwo neu anfangen, aber ihr fehlt das nötige Geld. Ich dachte, man könnte ihr vielleicht eine Kleinigkeit zukommen lassen. Nur so viel, um ihr selbst und ihrer Mutter wieder auf die Beine zu helfen. Sofern der Chief Constable einverstanden ist.«

Maybury schürzt die Lippen. »Wir haben Tommy Flanagan für seine Informationen bezahlt, oder? Da stehen doch keine Schulden mehr aus?«

»Wenn er etwas Hilfreiches wusste, bekam er das bezahlt, ja.«

»Und hat die Schwester auch Informationen für uns?«

»Ich glaube nicht, nein.«

»Warum sollten wir sie dann bezahlen?«

»Als Wiedergutmachung für Tommys Tod.«

»Haben Sie das Tommy versprochen? Haben Sie gesagt, wenn ihm was zustößt, bekommt seine Schwester Geld von uns?«

»Nein, Sir, aber angesichts der Umstände sind wir ihr etwas schuldig, finde ich.«

»Ich fürchte, Sie verstehen etwas anderes unter Schuldigkeit als ich. Die Polizei ist kein Wohlfahrtsverband für Frauen in Not. Das Beste, was wir für Flanagans Familie tun können, ist, seine Mörder zu schnappen. Ansonsten sind wir niemandem etwas schuldig.«

»Auch eine kleine Summe würde helfen. Könnten Sie den Chief Constable nicht wenigstens fragen?«

»Der Chief Constable ist ein viel beschäftigter Mann. Der wird sich bedanken, wenn ich mit so was seine Zeit verschwende.«

O'Connor verkrampft, wendet den Blick ab. Mit einer Hand reibt er sich übers Hosenbein, sieht zu, wie die Staubpartikel in der hellen Luft schimmern.

»Zwanzig – oder sogar fünfzig – Pfund tun Palin doch bestimmt nicht weh«, sagt er.

Maybury beäugt ihn misstrauisch. »Warum liegt Ihnen daran so viel? Haben Sie etwa ein Auge auf die Schwester geworfen?«

O'Connor zögert. »Nein, so ist das nicht.«

Maybury winkt ab. »Hier bei uns in England zahlt jeder selbst für sein Privatvergnügen. Besser, Sie gewöhnen sich daran.«

Die Chance ist verflogen, das ist O'Connor klar. Vielleicht hat es auch nie eine gegeben. »So ist das nicht«, sagt er noch einmal.

Maybury greift wieder zum Füller, deutet damit auf die Tür. »Sie dürfen gehen«, sagt er. »Für einen Polizisten sind Sie wirklich ein erbärmlich schlechter Lügner.«

Den restlichen Vormittag geht O'Connor wie immer seiner Arbeit nach, doch er ist nicht bei der Sache. Kurz nach Mittag bricht er auf nach Hanging Ditch und wartet am Hinterausgang des Spread Eagle Hotel. Als Rose Flanagan herauskommt, tritt er auf sie zu und grüßt. Sie hat ein Tuch um den Kopf gebunden und ist in Begleitung eines zweiten Hausmädchens. Zweimal muss er ihren Namen rufen, bis sie ihn bemerkt.

»Sie schon wieder«, sagt sie.

»Ich muss Sie sprechen, wegen des Gelds.«

Das andere Dienstmädchen ist klein und dunkel, hat ein breites Gesicht und buschige Brauen. Eine Italienerin vielleicht, oder eine Griechin.

»Das ist Gabriella«, stellt Rose sie vor. »Die einzige Freundin, die mir noch geblieben ist.«

O'Connor legt die Finger an die Hutkrempe.

Rose grinst, als hätte sie einen Witz gemacht. Sie wirkt dünner als zuvor und abgespannt, aber ihre Augen strahlen immer noch.

»Können wir uns irgendwo in Ruhe hinsetzen?«, fragt er. »Hier ist es viel zu kalt.«

»Nur nicht wieder in diesen schrecklichen Enthaltsamkeitsschuppen.«

»Dann eben woandershin. Sie entscheiden.«

Sie führt ihn zu einer kleinen Teestube nahe der Market Street. Drinnen ist es voll und dunstig, es riecht nach Röstzwiebeln und verbranntem Toast. Sie warten, bis der Kellner einen Tisch abgewischt hat, dann nehmen sie Platz. O'Connor sammelt sich. Roses wache, hoffnungsvolle Miene zeigt ihm, dass sie gute Nachrichten erwartet. Es war töricht, Versprechungen zu machen, die er nicht halten kann.

»Ich habe heute mit Superintendent Maybury gesprochen«, setzt er an. »Ich habe ihm von Ihren Schwierigkeiten erzählt, aber er meint, er kann Ihnen kein Geld geben. Die Polizei sei nicht verantwortlich für das, was Tommy zugestoßen ist, meint er.«

Sie wirkt zuerst verwirrt, dann wütend, als ihr aufgeht, was seine Worte bedeuten.

»Es tut mir leid«, sagt O'Connor. »Ich dachte, es gäbe eine Chance, aber da lag ich offenbar falsch.«

»Das passiert Ihnen in letzter Zeit wohl öfter.«

»Ich habe Fehler gemacht«, gibt er zu. »Das lässt sich nicht abstreiten.«

»Tommy ist tot, weil er mit Ihnen geredet hat, und wir sind die Leidtragenden. Findet Ihr Superintendent nicht, dass wir ein wenig Unterstützung verdient hätten?«

»Das habe ich ihn auch gefragt. Ich habe alles versucht, aber er wollte nicht hören. Es tut mir leid.«

»Und wenn Sie noch mal mit ihm sprechen? Wir bräuchten ja nicht viel.«

»Wenn ich eine Chance sähe, ihn umzustimmen, würde ich's versuchen. Aber er ist stur wie ein Ochse. Der gibt nicht nach, und wenn ich mich noch so krummlege.«

Rose schürzt die Lippen. Rote Flecken machen sich auf ihren fahlen Wangen breit. O'Connor weiß, dass er sie enttäuscht hat. Er denkt an Mayburys Geringschätzung, wird plötzlich wütend über Roses Lage – und darauf, dass er zu ihr beigetragen hat.

»Die hören nicht auf mich«, erklärt er. »Haben sie noch nie. Die haben mich aus Irland geholt, um sich von mir beraten zu lassen, aber sie hören mir nicht zu. Sie machen einfach, was sie wollen.«

»Wenn es Ihnen hier nicht gefällt, gehen Sie doch zurück nach Dublin«, blafft sie. »Wenn die Engländer Sie nicht wollen, warum bleiben Sie dann hier?«

Er reibt sich die Lippe, gießt ein Schlückchen Milch in seine leere Tasse.

»Meine Frau ist letztes Jahr gestorben, in Dublin habe ich nichts mehr.«

Rose blitzt ihn noch einmal an, dann seufzt sie. Als sie wieder spricht, ist alle Härte aus ihrer Stimme gewichen, und alles ist wieder wie vorher. Schnell verärgert, schnell besänftigt, denkt er. So ist sie wohl.

»Ihre Frau muss noch recht jung gewesen sein.«

»Achtundzwanzig. Sechs Jahre waren wir verheiratet.«

»Und keine Kinder?«

»Wir haben einen Jungen mit neun Monaten an die Pleuritis verloren, danach konnte Catherine keine Kinder mehr bekommen. Ich weiß nicht, wieso. Heute frage ich mich, ob sie da schon krank war, ohne dass wir davon wussten.«

»Schrecklich. Mein herzliches Beileid.«

»Nach ihrem Tod habe ich angefangen zu trinken. Eine Weile lang war es sehr schlimm. Eigentlich hätte man mich entlassen müssen, aber die hatten Mitleid und haben mich stattdessen hierher versetzt. Selbst wenn ich wollte, könnte ich also nicht zurück. Die wollen mich nicht mehr.«

Sanft blickt sie ihn an, voll Mitgefühl, als wäre sein Schmerz auch der ihre, und ihn überkommt ein sonderbares, geradezu absurdes Hochgefühl.

»Dann sitzen wir hier also beide fest«, sagt sie.

»Ja«, sagt er. »Das tun wir wohl.«

O'Connor schenkt sich Tee ein, führt die Tasse an die Lippen. Er war ein einfacher Constable und wohnte in der Polizeikaserne in der Kevin Street, als er vom Tod seines Vaters erfuhr – erschlagen bei einer Kneipenschlägerei in einem Ort südlich von Sidney. Der Brief eines Magistrats des Städtchens erläuterte, dass Paul O'Connor, gebürtig aus County Armagh, auf Bewährung entlassen worden und aus Melbourne angereist sei, vermutlich, um ein Stückchen Land zu kaufen. Sein Mörder, der im Gefängnis saß und voraussichtlich gehängt werden würde, war ein Ire namens Dominick Lanigan. Man ging davon aus, dass die beiden früher eng befreundet gewesen waren, sich aber über einen Geldbetrag zerstritten hatten. Der Magistrat erklärte, man habe nach dem Tod des Vaters ein paar Gegenstände von möglicherweise sentimentalem Wert in dessen Unterkunft gefunden, und bat O'Connor, schriftlich seinen Anspruch auf das Erbe anzumelden. O'Connors Schwester Norah war inzwischen verheiratet und lebte auf einer Farm in Quebec. Er schrieb ihr noch am selben Tag, um ihr die Neuigkeit mitzuteilen, und er schrieb auch dem Magistrat, um ihm für seine Mühen zu danken und ihn zu bitten, etwaige Besitztümer des Vaters zu verkaufen und den Erlös zu spenden, sich jedenfalls Aufwand und Kosten einer Verschickung nach Irland zu sparen.

Als er am Abend seine übliche Runde durch Dublin machte, stieß O'Connor auf zwei Betrunkene, die sich in einer Gasse prügelten. Ihre Gesichter glänzten vor Schweiß, ihre Augen waren blutunterlaufen. O'Connor rief sie zur Ordnung, doch sie beachteten ihn gar nicht, und als er dazwischengehen wollte, beschimpften und bespuckten sie ihn. Er zögerte kurz, dann hob er den Knüppel und zog ihn einem der beiden brutal über den Kopf. Der Mann ging stöhnend in die Knie, und O'Connor schlug noch einmal zu. Es gab keinen guten Grund für diesen zweiten Schlag, außer seiner alles verzehrenden Wut, die er nicht anders auszudrücken wusste. Der Mann kippte zur Seite und blieb flach auf den Steinen liegen, bewusstlos und mit einer blutenden Kopfwunde. O'Connor sah sich um und blies dann dreimal seine Pfeife. Der zweite Mann war längst getürmt, und sonst hatte niemand das Geschehen beobachtet. Falls jemand fragte, würde er behaupten, man habe ihn angegriffen. Niemand könnte ihm das Gegenteil beweisen. Er ging in die Hocke, legte dem Mann die Finger auf die Lippen, um sich zu vergewissern, dass er noch atmete. Bald spürte er einen leisen Lufthauch an den Fingerspitzen, erst kühl, dann langsam wärmer. Noch immer strömte Blut aus der Kopfwunde, und der Geruch des hingestreckten Körpers war kaum zu ertragen. O'Connor dachte an seinen Vater, der auf dem Boden einer Kneipe in New South Wales verblutet war. Seine Wut war verraucht, und er konnte sich kaum noch erklären, weshalb er diesen Mann so malträtiert hatte. Was für ein Mensch musste man sein, um so etwas zu tun?

Regen prasselt an die beschlagenen Fenster der Teestube. Die Leute, die draußen vorbeigehen, wirken wie verwaschene Schatten ihrer selbst, wie körperlose Seelen, verloren und verwirrt. Drin wird geredet und gelacht, die Pfanne brutzelt; Kellner tänzeln zwischen den Tischen umher, tragen Wurstplatten und Teekessel auf.

»Ich habe selbst ein wenig Geld gespart«, sagt O'Connor. »Keine fünfzig Pfund, vermutlich nicht mal zehn, aber Sie können es gern haben.«

»Ich kann kein Geld von Ihnen annehmen, Mr O'Connor. Ich kenne Sie ja kaum.«

»Bitte, nennen Sie mich James«, sagt er. »Oder Jimmy.«

»Gut, dann Jimmy«, sagt sie. »Ich heiße Rose.«

Er wartet einen Augenblick, dann nickt er.

»Falls Sie das Geld irgendwann brauchen, sagen Sie einfach Bescheid.«

»Meine Mutter findet, ich sollte mir einfach einen Mann suchen. Sie versteht nicht, was mich davon abhält, ganz gleich, wie oft ich ihr sage, dass kein Ire aus Manchester mich jetzt noch haben will. Nicht nach der Sache mit Tommy. Ich bringe jedem nur Ärger ein.«

»Das kann ich kaum glauben«, sagt er.

»Glauben Sie es ruhig. Sie sollten mal sehen, wie die mich jetzt alle anschauen.«

Ihre Tapferkeit überrumpelt ihn immer wieder aufs Neue. Er wüsste durchaus etwas zu sagen, bezweifelt aber, dass er dazu den Mut aufbringt.

»Meine Mutter hat mit sechzehn geheiratet«, erzählt er, »und meine Großmutter mit fünfzehn. Das waren noch andere Zeiten.«

»O ja. Wie oft sag ich zu meiner Mutter: Ma, wir leben nicht mehr auf der Farm in Fermanagh. Aber sie versteht nicht, was ich damit meine.«

Als der Tee getrunken ist, bezahlt er und sie gehen wieder nach draußen. Es ist kälter geworden, und es riecht nach Regen. Er bietet an, sie nach Hause zu begleiten, doch sie lächelt nur und sagt, es sei auch so schon schwer genug mit ihren Nachbarn.

»Werden Sie je den Kerl erwischen, der unseren Tommy umgebracht hat?«, fragt sie. »Wie hieß er noch gleich?«

»Stephen Doyle. Ich glaube schon, aber ich weiß nicht, wann.«

»Ich hoffe, Sie schnappen ihn, bevor er jemand anderes Bruder oder Sohn ermordet.«

»Das hoffe ich auch.«

Sie zieht sich das Tuch über den Kopf, lächelt ihn kurz an, dann geben sie einander zum Abschied die Hand. Auf dem Rückweg zum Rathaus muss O'Connor an seinen Traum denken, und die Erinnerung schnürt ihm die Brust zu.

Dreizehntes Kapitel

Jack Riley hat das schwarzgraue Haar mit einem nassen Kamm zurückgestrichen, sein kragenloses Hemd ist bis ganz oben zugeknöpft. Langsam und mit priesterlichem Ernst spricht er Zeile für Zeile den Eid der Fenians vor und lässt Michael Sullivan ihn wiederholen. Neben ihnen auf dem Tisch liegt eine zerlesene Bibel, auf die Sullivan die rechte Hand legt. Als er sich einmal verspricht, fangen sie von vorn an. Sie stehen in der schäbigen Wohnung über der Bierstube in der Rochdale Road. Slattery, Rice und die anderen sind unten und trinken, hin und wieder dringen ihre rauen Stimmen durch die Ritzen in den Dielen.

»So wahr mir Gott helfe, Amen«, sagt Riley.

»So wahr mir Gott helfe, Amen.«

Riley streckt Sullivan grinsend die Hand hin, und Sullivan ergreift sie. Echt ist nur, was man berühren oder schmecken kann, denkt er, alles andere sind bloß Worte. Sie umarmen sich. Riley ist knochendürr und riecht wie eine Aschengrube.

»Jetzt gehen wir einen heben«, verkündet er.

Der Eid soll streng geheim bleiben, weshalb unten niemand jubelt oder ihnen auf die Schulter klopft, obwohl alle genau wissen, was sich oben abgespielt hat. Riley zapft Sullivan ein Bier und versichert ihm, er habe etwas Großartiges für sich und für sein Land getan. Slattery kommt herüber und gibt ihm die Hand.

»Ich hab gleich gewusst, dass er ein guter Kerl ist«, erklärt Riley.

»War mir sofort klar, als er den Bullen auf die Bretter geschickt hat. Das hättet ihr sehen sollen!«

Sullivan trinkt das halbe Glas in einem Zug und fühlt sich sofort besser. Er betrachtet die anderen Männer im Raum. Der Gedanke daran, was sie mit ihm anstellen würden, wenn sie die Wahrheit wüssten, macht ihn nervös. Die Sache ist verflucht riskant, aber zurück kann er nicht mehr. Irgendwie muss er da durch. Riley redet immer noch. Darüber, wie die Bruderschaft in letzter Zeit zwar ein paar Rückschläge habe verkraften müssen, aber nie geschlagen werden könne, weil nämlich Freiheitsliebe heilig sei und alle noch so dicken Lügen der Briten nie gegen die Wahrheit ankämen. Slattery nickt.

»Früher oder später machen wir sie fertig«, sagt er.

»Auf jeden Fall«, pflichtet Riley bei.

Sullivan trinkt sein Bier aus, stellt das leere Glas ab.

»Sind alle hier mit dabei?«, fragt er.

»Ja, alle«, bestätigt Riley. »Und einen besseren Haufen wirst du nirgends finden. Komm mal mit.«

Er zapft ihm noch ein Bier und führt ihn an den Tisch von Peter Rice. Rice bietet ihm einen Stuhl an und stellt die anderen am Tisch vor. Die nicken kurz, ohne ihre Unterhaltung zu unterbrechen. Sullivan wiederholt die Namen in Gedanken, falls Jimmy ihn später danach fragt – Bryce, Costello, McArdle, Devine. Sie reden über einen Boxkampf in Rochdale, über ein Pferd, das zum Verkauf steht, und über einen Mann, der festgenommen wurde, weil er Gammelfleisch verkauft hat. Kein Wort über Stephen Doyle, die Waffen oder irgendein Komplott. Als Peter Rice zur Theke geht, wendet Sullivan sich an den Mann neben ihn, Willy Devine.

»Ist eigentlich irgendwas geplant?«, fragt er. »Ich hab da was läuten gehört.«

Willy Devine streckt kurz den Hals durch und blickt dann trübsinnig in sein halb leeres Bier, als könnte ihm die scheckige Oberfläche wie Teeblätter oder Innereien irgendeine tiefe Wahrheit offenbaren.

»Wir geben hier nichts auf Gerüchte«, brummt er schließlich.

»Also hast du nichts von einem Plan gehört?«

Devine blickt ihn an. Sein Bart ist schmutzig, die Augen sind verklebt. Er legt den tabakgelben Finger auf die bierfeuchten Lippen und zwinkert ominös.

»Überhaupt nichts hab ich gehört, mein Lieber«, sagt er, »und du auch nicht.«

Rice kommt mit einem Tablett Bier zurück und reicht Sullivan ein Glas.

»Der Yankee fragt, ob was Geheimes geplant ist«, lässt Devine ihn wissen.

Sullivan nimmt einen Schluck Bier und stellt das Glas zittrig wieder ab.

Rice stutzt. »Unsere geheimen Pläne binden wir nicht jedem sofort auf die Nase. Weißt du doch, Willy.«

»Komm schon, Pete, kannst du ihm nicht einen kleinen Tipp geben? Er will doch nur schnell lernen.«

Rice lehnt sich zurück und lässt den Blick über die Runde schweifen, als suchte er Rat bei den anderen. »Na schön, warum nicht«, sagt er und wendet sich an Sullivan. »Von welchem Plan soll ich zuerst erzählen?«

»Es gibt mehrere?«

»Na klar!«, ruft Devine aus. »Hast du geglaubt, wir hätten bloß einen?«

»Dann irgendeinen, ganz egal«, antwortet Sullivan. Er ist jetzt froh, dass er es mit Devine hat drauf ankommen lassen. Zaghaftigkeit bringt einen nicht weiter. Die Leute spüren, wenn man Angst hat, und verwenden es nur gegen einen.

»Dann fangen wir doch vorn an. Was meinst du Willy, welcher Geheimplan ist der wichtigste?«

»Die sind alle kolossal«, gibt er zur Antwort. »Aber am besten find ich den, die Königin abzumurksen, das alte Miststück.«

»Stimmt«, sagt Rice. »Wir wollen die Königin vergiften, ihr irgendwas in den Sherry kippen.« Er sieht Sullivan an. »Was hältst du davon, Kleiner?«

»Die Königin?«, staunt Sullivan.

»Höchstpersönlich.«

»Donnerwetter.«

»Ein guter Plan ist das«, sagt Devine.

»Und wann soll das passieren?«, hakt Sullivan nach.

»Na ja, wir müssen erst noch das passende Gift beschaffen, und dann müssen wir's nach London bringen, das wird dauern. Aber bald, würde ich sagen.«

»Wie kommt ihr so dicht an sie ran? Hat sie keine Wachen?«

»Das macht der Butler«, erklärt Rice. »Der Butler der Queen kommt aus Kilkenny, Seamus O'Malone heißt er. Hat er natürlich geändert, jetzt nennt er sich Brown.«

»Und den Akzent hat er sich abgewöhnt«, ergänzt Devine. »Klingt jetzt wie der Duke of Clarence, der alte Fuchs!«

»Aber ihr wollt wirklich bloß Gift nehmen?«, fragt Sullivan. »Keine Pistolen?«

»Genau, aber es gibt natürlich noch Pläne für danach. Die Königin kaltzumachen ist ja nur der Auftakt.«

Sullivan blickt zu den anderen. Die nicken einträchtig, doch er denkt an die Waffen in der Schublade.

»Ist das auch wahr?«, fragt er. »Ganz ehrlich?«

Rice runzelt die Stirn, verschränkt die Arme über dem dicken Bauch. Dann nimmt er einen großen Schluck Ale und leckt sich den Schaum von den Lippen.

»Aber sicher. Das sind unsere Geheimpläne. Und die verraten wir nicht jedem.«

»Du bist was Besonderes, Kleiner«, fügt Devine hinzu. »Kannst dich glücklich schätzen.«

Sullivan nickt. »Das tue ich.«

»Da bin ich froh«, sagt Rice.

»Und was kommt nach der Queen?«

Rice blickt fragend zu Devine, als wäre ihm der nächste Plan gerade entfallen.

»Nach der Queen kommt der Prince of Wales«, springt Devine ein. »Wir wollen den alten Dreckskerl entführen und Lösegeld für ihn verlangen.«

»Genau«, sagt Rice. »Und danach wollten wir die Kronjuwelen stehlen, oder Willy? Und dann Dublin Castle niederbrennen.« Er zögert. »Hab ich noch einen Plan vergessen?«

»Was ist mit Premierminister Gladstone? Dem wollten wir doch einen dicken, fetten, heißen Schürhaken in den Arsch schieben«, sagt er. »Hast du das schon erwähnt?«

Devine verstummt einen Moment, dann lacht er schallend auf und streckt die Zunge heraus, und plötzlich lachen sie alle. Rot glänzende Gesichter, offene Münder, schiefe Zähne. Sie kreischen vor Lachen wie die Affen im Zoo, und bei Sullivan fällt endlich der Groschen.

»Der Schürhaken!«, johlt Rice. »Menschenskind, ich wusste doch, dass ich noch was vergessen hatte!«

Wiehernd schlagen sie die Fäuste auf den Tisch, als hätten sie noch nie einen so großartigen Witz gehört.

»Nicht schlecht, Leute«, sagt Sullivan, als der Lärm langsam verstummt. »Da bin ich euch wohl sauber auf den Leim gegangen.«

Spielt keine Rolle, denkt er. Sollen sie ruhig ihren Spaß haben. Besser, sie halten ihn für einen Kasper als für einen Verräter. Rice klopft ihm auf die Schulter, beugt sich zu ihm. Sein Atem stinkt nach roher Zwiebel, sein Gesicht ist breit und borstig wie ein Schweinearsch.

»Wir nehmen die Neuen immer gern auf die Schippe«, erklärt er. »Nimm's nicht persönlich. Dein nächstes Bier geht auf mich.«

Später spielt jemand mit einer Fidel auf, und Willy Devine tanzt mitten in der Wirtsstube einen plumpen, schlurfenden Jig, während die anderen ihn klatschend und stampfend anfeuern. Als Devine mit seinen Faxen fertig ist, steht ein gewisser Boyce auf und singt in festem, wohlklingendem Bariton »The Croppy Boy«. Danach singt Peter Rice – betrunken, aber trotzdem tonsicher – »As I Roved Out«. Als sie Sullivan zum Singen auffordern, ziert er sich erst, doch das lassen sie ihm nicht durchgehen. Schließlich singt er »The Rose of Tralee«, eine Hand auf die Theke gestützt und die Augen halb geschlossen, weil er sich so konzentrieren muss. Anfangs zittert seine Stimme, dann wird sie langsam fest und sicher, und am Ende ist er ganz zufrieden, findet, er hat sich zumindest nicht blamiert. Seine Großmutter hat ihm das Lied damals in der Ash Street beigebracht. Die Erinnerung liegt ihm schwer und finster auf dem Herzen, und einen Augenblick lang wünscht er sich fort von hier, fort von der Gefahr, entdeckt und gelyncht zu werden.

Ein leuchtendes Glas Whiskey in der Hand lehnt Jack Riley an der Theke, lässt den Blick über sein Reich schweifen und sieht fast aus wie ein Herzog. Sullivan bedankt sich bei ihm, will nach Hause, doch da richtet Riley sich zu voller Größe auf und blickt ihn tadelnd an.

»Nichts da, fürs Bett ist's viel zu früh«, sagt er. »Der Abend fängt grade erst an. Du setzt dich jetzt schön dahin, und ich schenk dir was von diesem feinen Zeug hier ein.«

Sullivan nimmt auf einem Hocker Platz und trinkt den Whiskey, und als das Glas leer ist, bekommt er sofort nachgeschenkt. Er hat bereits sechs oder sieben Porter intus, und der harte Alkohol trifft ihn wie ein Schlag auf den Kopf. Riley spricht inzwischen über Politik, über die Heuchelei der irischen Priester und die Feigheit der Reformer in Westminster. Sullivan driftet kurz ab, reißt sich wieder zusammen. »Genau«, sagt er. »Recht hast du. Wirklich wahr, Herrgott.« Sie trinken die ganze Flasche aus, aber Riley hat noch mehr im Keller. Während er Nachschub holt, wankt Sullivan auf den Hinterhof, knöpft die Kniebundhose auf und pisst schaukelnd gegen eine Mauer. Grauer Dampf steigt um ihn auf, warm und duftend wie ein heißes Vollbad. Er blickt auf zum silbrig am Himmel hängenden Mond und denkt: Das ist derselbe Mond, den man auch in New York, Paris und Dublin sieht, und der überraschende Gedanke treibt ihm eine Träne ins Auge, lässt ihn staunen über die Schönheit und Weite der Welt.

Zurück in der Wirtsstube lässt Riley gerade die Flasche herumgehen und bringt einen Trinkspruch auf die jüngst Verstorbenen aus.

»Mögen die tapferen Seelen, die man in Salford aufgehängt hat, in Frieden ruhen, und möge man ihr Opfer nicht vergessen, solange irgendeiner von uns noch ein bisschen Leben im kümmerlichen Leib hat«, brüllt er. »Und Gott schütze Irland!«

»Gott schütze Irland!«, antworten alle im Chor, heben die frisch gefüllten Gläser und stürzen den Whiskey in einem Zug herunter. Dann singt Riley die ersten Verse von »A Nation Once Again«, und alle stimmen fröhlich ein, werfen die Köpfe in die Nacken und brüllen den Text in die verrauchte Luft. Die ganze Stube donnert unter ihren rauen Stimmen. Sullivan sieht stumm zu und verspürt ein heißes, heftiges Brennen in der Brust, das vielleicht Entsetzen, aber ebenso gut Liebe sein könnte, so ganz sicher ist er sich da nicht.

Die Nacht vergeht, und die Männer machen einer nach dem anderen schlapp, brechen nach Hause auf, bis nur noch Sullivan und Riley vor einer fast schon leeren Flasche Whiskey sitzen, blutergussblaue Schwaden von kaltem Pfeifenrauch matratzendick über den Köpfen. Riley redet noch immer, auch wenn seine Stimme längst nicht mehr so fest ist wie zuvor, und manchmal verliert er den Faden, muss neu ansetzen oder Sullivan bitten, ihm auf die Sprünge zu helfen.

»Du warst bei den Männern, die man aufgehängt hat«, lallt Sullivan. Der Alkohol vernebelt ihm das Hirn. Er schläft zwar nicht, aber wach ist er auch nicht mehr. Die Kinnlade hängt ihm herunter, und er muss die Augen zukneifen, um scharf zu sehen.

»Genau!«, ruft Riley. »Prima Kerls, alle drei, das sag ich dir, stolz und tapfer. Und die ham sie umgebracht wie Tiere … wie *Tiere*, sag ich dir, im Schlachthaus! Verstehst du das, Michael Sullivan? Verstehst du das?«

Wütend blickt er Sullivan an. Weiße Spucke hängt ihm in den Mundwinkeln, das Bulldoggengesicht glänzt rosa, und er keucht wie nach einem Dauerlauf.

»Ja«, antwortet Sullivan. »Klar versteh ich das.«

Über den vollgestellten Tisch hinweg greift Riley nach Sullivans Arm und drückt ihn kräftig.

»Du hast den heiligen Eid geleistet«, sagt er. »Du bist jetzt einer von uns, und wenn man uns zu den Waffen ruft, stehen wir Seite an Seite wie Brüder, stimmt's?«

Sullivan nickt. Jetzt bloß nicht nachlassen, denkt er, nicht jetzt.

»Wann wird das denn sein?«, fragt er.

»Vielleicht heute, vielleicht morgen«, antwortet Riley. »Weiß man nicht. Aber eins sag ich dir …« Er lässt Sullivans Arm los und lehnt sich zurück. »Da ist was Großes in der Mache. Was ganz Großes.«

»Darauf fall ich nicht noch mal rein.«

»Nee, ich mein's wirklich ernst!«

»Und, ist es die Königin?«, lacht er. »Oder doch der Prince of Wales?«

»Viel näher an zu Hause. Viiiel näher.«

»Soll heißen?«

Riley zögert. Er wischt sich die Nase am Ärmel ab und nimmt einen langsamen Schluck.

»Eigentlich darf ich's nicht verraten«, sagt er dann.

»Ich hab den Eid geschworen«, erinnert ihn Sullivan.

»Ich weiß.«

Riley schiebt sein Whiskeyglas über den Tisch, als wollte er einen Namen damit schreiben.

»Schon gut, wenn du's nicht verraten willst, verrätst du's eben nicht«, sagt Sullivan.

Riley schüttelt den Kopf, beugt sich nach vorn.

»Doch, ich verrat's dir«, sagt er. »Scheiß drauf. Um den Bürgermeister geht's. Die wollen den Bürgermeister von Manchester abknallen. Der hat heimlich eine Hure in der Milk Street, da wollen sie ihn kriegen. Gestern hat einer die Pistolen aus Manchester geholt. Das wird die Rache für die Jungs am Galgen.«

Er verstummt, und einen Augenblick hört Sullivan nur seinen eigenen, flachen, aufgeregten Atem in der schweißfeuchten Luft.

»Den Bürgermeister!«, wiederholt Riley dann. »Na, wie findst du das?«

»Kriegen die das wirklich hin?«

»Na, aber sicher. Die Spitzel sind alle hinüber, und ohne die tappen die Bullen im Dunkeln. Wer soll uns da noch aufhalten?«

Sullivan hört ihm an, dass er die Wahrheit sagt, hört es am stolzen, genüsslichen Klang seiner Stimme.

»Und erschießen wollen die ihn?«

»Mitten ins Herz.«

Riley streckt den Finger aus wie eine Pistole. »Peng«, macht er und grinst. »Genau so.«

Sullivan zuckt zusammen, stützt sich auf die Tischkante. Speichel läuft ihm im Mund zusammen, eins seiner Ohren pfeift. Plötzlich ist ihm eisig kalt.

Riley legt den Kopf zur Seite. »Wird dir übel?«

»Könnte sein.«

»Dann geh mal besser an die frische Luft.«

Sullivan steht auf, taumelt zur Tür. Die Straße ist dunkel und verlassen. Grüne Pferdeäpfel sprenkeln das Pflaster, wie immer stinkt es nach nasser Asche und Urin. Er stützt die Hände auf die Knie, stöhnt zweimal laut, dann speit er sich sein Besäufnis vor die Füße, dass es spritzt. Der Schweiß drängt ihm aus allen Poren, seine Kehle brennt. Die Häuser ringsherum schaukeln und stampfen wie Boote bei Sturm, der Nachthimmel droht wegzukippen. Alles ist aus den Fugen. Er lehnt sich an die Wand der Bierstube, betet um festen Boden, doch der Boden wird nicht fest. Eine Minute bleibt er japsend stehen, dann erbricht er sich noch einmal.

Riley kommt heraus und mustert ihn.

»Himmel«, sagt er. »Du siehst ja hundeelend aus.«

Sullivan spuckt aus, richtet sich auf.

»Geht schon«, lallt er.

»Du siehst aus wie irgendwo vergraben und frisch ausgebuddelt.«

»Geht schon«, wiederholt er.

Riley bietet ihm eine Matratze an, aber Sullivan erwidert, der Spaziergang werde ihm guttun. Riley umarmt ihn – wieder diese Knochen, der Geruch –, dann reichen sie sich zum Abschied die Hand.

Als er es zur Angel Street geschafft hat, biegt er nicht rechts ab in Richtung Irk und Gerberei, sondern nach links, in Richtung Shude Hill. Ein Fuß vor den anderen, wie eine verängstigte Katze. Er schwankt, bleibt aber auf den Beinen. Die Rebellenlieder hallen ihm im Ohr wider, und wenn er die Augen schließt, sieht er grüne Wiesen und Hügel vor sich – und die marschierenden Männer von '98, mit kurzem Haar und blitzenden Spießen. High Street, Fountain Street, Cooper. Er hat Erbrochenes auf den Stiefeln und den Hosenbünden. Ihm brennt die Kehle, und die Laternen sind fast unerträglich hell. Noch heute Nacht muss er Jimmy O'Connor finden, sonst gibt es eine Katastrophe, aber wie kommt er von hier zur George Street? Er sieht sich um. Geradeaus, dann links hinter der Brücke? Nein, besser entlang des Pferdesteigs am Wasser. Der wird ihn direkt nach Chorlton Mill führen.

Vorsichtig steigt er die steilen Steinstufen zum Kanal hinab. Wenn Jimmy das erfährt, trifft ihn der Schlag. Den Bürgermeister wollen die umbringen! Zuzutrauen wär es ihnen. Diese hitzköpfigen, wahnsinnigen, skrupellosen Bastarde. Hätte er doch niemals diesen Eid geschworen. Besonders fromm war er ja nie, aber trotzdem, mit der Hand auf der Bibel … Wohl ist ihm nicht bei dem Gedanken. Vielleicht kann er ja Buße dafür tun? Oder hilft da ein Gebet? Bei Gelegenheit wird er einen Priester fragen. Der Pferdesteig ist eng und steinig. Die Boote fahren Tag und Nacht, aber im Augenblick ist keins zu sehen. Es ist totenstill, und das Wasser ist glatt und schwarz wie Teer. Er ist so müde, dass er sich an Ort und Stelle schlafen legen könnte, wenn es nicht so kalt wäre und er nicht etwas Dringendes zu tun hätte. Jimmy trifft der Schlag, denkt er erneut, der wird seinen Ohren nicht trauen. Er gähnt, blinzelt, kratzt sich den Hintern, fragt sich kurz, ob er die falsche Richtung eingeschlagen hat. Ein Blick zurück, dann geht er weiter. Langsam, schwankend, jeder Schritt kostet ihn Kraft; er muss sich konzentrieren, um nicht allzu stark zu schlingern.

Als er die nächste Schleuse erreicht, beschließt er, sie zu überqueren. So wird er bei Chorlton Mill schon auf der richtigen Kanalseite sein. Es gibt ein hölzernes Geländer, an dem er sich festhalten kann, allzu schwer kann das nicht werden. Am Geländer zieht er sich hinauf. Wasser strömt unter dem Balken hindurch, er hört es rauschen, sieht es in der Kammer unter sich schäumen. Wie er da so steht, von kaltem Wind umweht, fühlt er sich steif und ungeschützt. Er hebt den rechten Fuß, hält ihn kurz erhoben und setzt ihn dann an derselben Stelle wieder ab. Besser doch umkehren? Nein, zusammenreißen. Nur vier, fünf rasche Schritte, je schneller er es hinter sich bringt, desto besser. Das schwarze Wasser strömt weiß über das Schleusentor, donnernd wie ein vorbeifahrender Charabank. Vier, fünf Schritte, weiter ist es nicht. Der erste Schritt sitzt, der zweite auch, doch in der Mitte, wo die beiden Tore aufeinandertreffen, ist eine Lücke im Geländer. Er zögert kurz, und das bringt ihn aus dem Konzept. Der nächste Schritt geht daneben, sein Fuß rutscht ab vom Balken. Er greift nach dem Geländer, doch verfehlt es. Mit einem Schrei stürzt er vom Schleusentor ins dunkle Wasser des Rochdale Canal – kein Wort, kein »Hilfe«, sondern ein kurzer, angsterfüllter Klagelaut, wie von einem verschreckten Tier oder einem aus einem Albtraum erwachenden Kind.

Vierzehntes Kapitel

Der nächste Abend, kurz nach zehn. Neary und Doyle sitzen in Skellys klappriger Droschke am nördlichen Ende der Milk Street. Draußen ist es bitterkalt, und in der Luft wabert brauner Nebel, klamm und modrig wie die Ausdünstungen eines Sumpflochs. Sie haben den Bürgermeister inzwischen lang genug beobachtet, sind vertraut mit seiner Routine. Immer mittwochs oder donnerstags verlässt er gegen neun zu Fuß das Rathaus, bleibt bis Mitternacht bei dieser Frau, kehrt selig grinsend zurück in die King Street und lässt sich mit der Kutsche nach Hause bringen. Erschießen werden sie ihn auf dem Rückweg, so der Plan, unter der Laterne an der Ecke Marble Street. Neary von vorn, Doyle von hinten. Jeweils ein Schuss sollte genügen, aber falls nötig haben sie noch je fünf weitere Patronen in der Trommel. Bevor irgendwer Alarm schlägt, werden sie über alle Berge sein.

Die Waffen sind Tranter-Revolver mit einfachem Abzug. Sechsschüssig, Kaliber .38. Nicht neu, aber sauber und einsatzbereit. Doyle mag zwar die Zielgenauigkeit von Colts, hat aber von Kavalleristen gehört, der Tranter oder gar der Beaumont-Adams seien insgesamt die besseren Waffen, und die müssen es ja wissen. Bevor er aufgebrochen ist, hat er beide geladen, spannt jetzt aber trotzdem noch einmal den Hahn und dreht die Trommel, um sich zu vergewissern. Dann streckt er Neary einen hin, und der nimmt ihn nickend entgegen.

»Jetzt heißt es abwarten«, sagt Doyle.

Neary legt den Revolver neben sich und späht durch das halb beschlagene Fenster.

»Wir könnten uns drüben im Shakespeare ein Bierchen genehmigen«, schlägt er vor. »Solange der Bürgermeister sich zum letzten Mal vergnügt.«

»Wir bleiben, wo wir sind«, erwidert Doyle. »Besser, wir werden hier nicht gesehen.«

»Na gut«, lenkt Neary ein.

Doyle legt den Kopf in seine Ecke der Droschke und schließt die Augen. Er fürchtet sich nicht vor dem, was der Abend bringen könnte. Im Krieg hat er gelernt, dass Hoffnungen und Sorgen unnütz sind, dass ein dunkles, unergründliches Chaos die Welt regiert, ein Chaos, dem man sich als Mensch bestenfalls anpassen kann. In der Hitze des Gefechts leert sich der Kopf, und man weiß nicht mehr, wer man ist. Das ist der Grund, aus dem er weiterkämpft, der wahrste, tiefste Grund – nicht für den Ruhm oder die gemeinsame Sache, sondern für diese Augenblicke außerhalb der Zeit, seien es Minuten oder Stunden, in denen die Welt wild ihre Trommel schlägt und er sich ohne jedes Nachdenken ganz auf ihren Takt einlässt.

Als er nach Amerika kam, war er erst dreizehn; seine Eltern und drei Brüder hatte der Typhus dahingerafft. Mit zwei Dollar in der Tasche ging er von Bord des Dampfers – und mit einem Brief von seinem Onkel Fergus, der eine grob gezeichnete Karte und eine lange Reihe Anweisungen enthielt. Fergus hatte zehn Jahre im Kohlerevier von Pennsylvania geschuftet und genug Geld gespart, um eine Farm im Lebanon Valley zu kaufen, etwa dreißig Kilometer nordwestlich von Harrisburg. Die Farm war nicht sehr groß, aber der Boden war fruchtbar und gründlich entwässert.

Schafe und Rinder grasten in den unteren Weiden, weiter oben wuchsen Mais, Weizen und Roggen. Statt sich eine Frau zu nehmen, hatte Fergus einen Polen namens Lazlo angestellt – und Anna, eine dünne, stille Holländerin, die kochte, nähte und auf einer Pritsche neben dem Ofen schlief. Sie wohnten in einem Blockhaus mit zwei Zimmern und einem backsteinernen Kamin. Daneben standen eine Schindelscheune, ein Hühnerstall und ein umzäunter Schweinepfuhl.

Das Land war noch bewaldet, mit großen Tupelos und Schwarzbirken, und Doyle fiel die Aufgabe zu, einen Teil davon zu roden. Jeden Morgen zog er mit Axt und Bügelsäge los und kam bedeckt von Sägemehl und Erde zurück, mit vor Erschöpfung leerem Blick. Abends nach dem Essen las Fergus aus den Harrisburger Zeitungen vor, und Lazlo spielte Akkordeon und sang traurige Lieder in einer Sprache, die niemand außer ihm verstand. Zu Beginn war Doyle verunsichert und ängstlich, weil alles noch so neu war, doch er gewöhnte sich rasch an dieses Leben und wurde selbstbewusster. Manchmal träumte er von Irland und seinen toten Angehörigen, doch er vergaß die Träume schnell wieder, und die Trauer, die sie in ihm auslösten, hielt nie lange vor.

Mit fünfzehn begann er, die Holländerin Anna mit anderen Augen zu sehen. Er beobachtete sie bei der Arbeit, stellte sich ihre Rundungen unter der Kleidung vor, den Geruch und Geschmack ihrer nackten Haut. Wann immer er konnte, setzte er sich an den Küchentisch und unterhielt sich leise mit ihr. Er fragte sie nach ihrer Lebensgeschichte. Sie sagte, sie sei einmal verheiratet gewesen und habe ein Kind gehabt, doch ihr Mann habe sie sitzen lassen und das Kind sei jung gestorben. Sie war alt genug, um seine Mutter zu sein, doch das entmutigte ihn nicht. Ihm gefiel die blasse, straffe Haut an ihrem Hals und ihren Unterarmen, die Art, wie ihre Sehnen sich darunter abzeichneten, während sie in der

Küche zugange war, fast wie die Fasern eines Seils. Jeden Abend vor dem Einschlafen dachte er an ihren Körper. Er stellte sich vor, wie er sie und sie ihn berührte. Sie fand, er sei zu klug, um auf der Farm zu bleiben, solle sich lieber Arbeit in Harrisburg oder Philadelphia suchen. Dort könne er ein Handwerk lernen, meinte sie, Böttcher oder Stellmacher zum Beispiel. Sie sagte, sein Onkel Fergus sei ein großer Lügner, der nur leere Versprechen mache, und dass man ihm nie glauben dürfe. »Wenn ich ein Mann wäre«, sagte sie, »würde ich ein schönes Haus mit einer hohen Mauer drumherum bauen und dort ganz allein wohnen. So lebt es sich am besten.«

In einer schwülen, windstillen Augustnacht, in der er vor Hitze kein Auge zubekam, stand er aus seinem Bett in der Scheune auf, um sich Wasser aus der Küche zu holen. Anna schlief wie immer auf der Pritsche neben dem Ofen. Ihr Nachthemd war bis zu den Schenkeln hochgerutscht, und unter dem schweißfeuchten Musselin zeichneten sich deutlich ihre Brüste ab. Er nahm einen Schluck Wasser aus dem Eimer, dann stand er eine lange Weile da und sah sie an. Ihr Gesicht war von ihm abgewandt, die Arme und Beine ausgebreitet. Draußen im Wald surrten Zikaden, hin und wieder schrie ein Nachtvogel. Nach einer weiteren Minute hob er ihr Nachthemd ein Stück an, um das Büschel grauschwarzes Haar zwischen ihren Beinen besser zu sehen, dann knöpfte er seine Hose auf und zupfte an sich herum. Anna brummte, drehte sich auf die Seite und zog die Knie an. Doyle drückte die nackten Zehen fest auf die staubigen Dielen, sein Atem klang hohl und heiser. Wie gern hätte er gehabt, dass sie die Augen öffnete, ihn ansah und bewunderte, doch sie rührte sich nicht, und er wagte nicht, sie zu berühren oder einen Mucks von sich zu geben. Als er fertig war, wischte er sich mit einem Lumpen ab und ging wieder in die Scheune. Der Mond schien silberhell, und vorn auf der

Veranda, zweigeteilt von den schrägen Schatten, stand Fergus und beobachtete ihn stumm.

Am nächsten Morgen, auf dem feuchten, halb gerodeten Feld, inmitten abgesägter Stämme und ausgerissener Stümpfe, schlug Fergus ihn rückhaltlos zusammen. Während er seine Hiebe austeilte, japste und keuchte er wie ein alter Mann beim Stuhlgang. Doyle begriff zwar, was ihm widerfuhr, fand dafür jedoch keine Worte: Sein fehlgeleitetes Begehren wurde mit Gewalt zurückgestutzt, ihm in den Leib zurückgetrieben wie Nägel in ein Bahngleis. Als Anna beim Abendessen das getrocknete Blut und die blauen Flecke auf seinem Gesicht sah und wissen wollte, was passiert sei, wiegelte er ab, und als sie ihn mitfühlend berührte, schob er sie brüsk von sich. Kein Wort wollte er mehr mit ihr sprechen, und sogar ihr Anblick, alt und hässlich, widerte ihn an. Noch am selben Abend packte er seine Siebensachen in ein Bündel und kehrte der Farm den Rücken. Er ging die acht Kilometer bis zur Kreuzung und wartete dort auf die erste Kutsche in Richtung Westen.

Den Herbst und Winter blieb er noch in Harrisburg und arbeitete im Bahndepot, dann trieb es ihn weiter nordwärts durch das Susquehanna Valley bis New York. Nie blieb er lang am selben Ort. Vier Jahre schlief er Kopf an Fuß mit Juden und Chinesen, unter feuchten, stinkenden Decken in billigen Absteigen. Wenn er etwas Geld hatte, gab er es für Alkohol und Huren aus, wenn nicht, klaute oder hungerte er. Seite an Seite mit Griechen und Polen schuftete er auf Bunkerkais und Eisweihern, in Tunnels und Eisenbahndurchbrüchen, schippte und schleppte in der kalten, harten Finsternis vor Morgengrauen und in der zähen, gelben Tageshitze. Er sah mit an, wie Männer von Felsen zermalmt und von Maschinen zerfetzt wurden, wie man sie in Kneipen und Gassen erstach oder bewusstlos schlug, doch der Anblick ließ ihn kalt. Er besaß nichts außer den Stiefeln und Kleidern, die er am Leib trug, und hatte keine nennenswerten Freunde. Wenn er sprach, zuckten seine grauen Augen hin und her, und er klang leise, zögerlich, als greife er nach Worten, die er nie ganz erreichen konnte.

Der Rekrutierungs-Sergeant in Albany bot jedem, der sich für drei Jahre verpflichtete, ein kaltes Bier und fünfundzwanzig Dollar. Er meinte, wenn die verräterischen Südstaatler gewännen, fiele das ganze Land in die Barbarei zurück, und all die schwer erarbeitete Größe sei beim Teufel. Dann grinste er, zeigte auf Doyle und sagte, er sehe doch aus wie ein unerschrockener Bursche, der sich im Kampf zu behaupten wüsste. Vielleicht wolle er sich gleich als Erster eintragen? Doyle interessierte sich nicht für Politik, hatte von Kriegskunst keine Ahnung und auch nicht viel für die Darkies übrig, aber dieser Sergeant, mit dem gewichsten Schnurrbart und den glänzenden Knöpfen am Mantel, der gefiel ihm, und fünfundzwanzig Dollar waren mehr Geld, als er im ganzen Leben je gehabt hatte.

Man gab ihnen ungetragene Stiefel und Uniformen und setzte sie in einen Zug nach Süden. Im Stützpunkt wurde jeden Morgen drei Stunden ohne Pause exerziert: Hundert Mann bewegten sich wie einer, die ganze Kompanie funktionierte wie ein dressiertes Tier oder eine gut geölte Maschine, sie machten auf Kommando kehrt, marschierten, kreisten, blieben stehen. Doyle kam das alles ziemlich sinnlos vor, doch er tat, was man ihm sagte. Fürs Erste reichte ihm, dass er ein warmes Plätzchen und etwas zu essen hatte. In der Armee würde er nur bleiben, solange es ihm passte. Wenn die Älteren ihre Kriegsgeschichten erzählten, hörte er zu, aber glaubte ihnen kein Wort. Prahlhänse, einer wie der andere, dachte er. Mit Kampf und Blutvergießen kannte er sich aus, warum sollte es hier eine Überraschung geben?

Doch Fredericksburg änderte alles. In dieser Schlacht begriff er, dass Krieg auf eine Weise wahrer und realer war als alles andere. Während er im Kugelhagel der Rebellen Marye's Hill stürmte und Männer links und rechts von ihm tot umfielen – manche stumm wie betäubtes Vieh, andere mit lautem Wehgeheul –, verlor er jedes Gefühl von sich selbst als einzigartigem, besonderem Geschöpf. Er war zugleich überall und nirgends: in seinem Körper, aber auch daneben; in den Leichen der Gefallenen und in den Schreien und Flüchen der Lebendigen; im Krachen der Granaten über ihm und in der zertrampelten, blutgetränkten Erde unter ihm. Es war wie eine Vision, auch wenn das nicht das rechte Wort war, denn es gab kein rechtes Wort für das, was da geschah. Als der Rauch sich legte und die Schlacht vorüber war, verspürte er darüber eher Trauer als Erleichterung.

Hinterher wurde er zum Sergeant befördert, später dann zum Captain. Er befolgte die Vorschriften des Militärs wie ein Mönch die Regeln seines Ordens. Die Disziplin war eine Möglichkeit, die Wahrheit zu beschwören, das Mysterium zur Wirklichkeit werden zu lassen. Er überlebte Chancellorsville, Gettysburg und die blutige Schlacht bei Spotsylvania, und als Petersburg belagert wurde, war er der altgedienteste Soldat in seinem Regiment. Seine blaue Uniform war ausgebleicht und abgerissen, seine Stiefelsohlen waren mit Draht zusammengebunden und seine ziellose Waisenjugend war nur noch ein schwereloser Traum.

Er erwacht vom Stundenschlag einer Kirchenglocke, reibt sich die Augen, richtet sich auf. Neary nickt ihm lächelnd zu, als kehrte er gerade von einer Reise zurück.

»Der Nebel ist dichter geworden«, sagt er. »Man sieht kaum noch drei Meter weit.«

Doyle blickt hinaus in die trübe Finsternis und wirft dann achselzuckend einen Blick auf seine Taschenuhr.

»Skelly soll ein Stückchen fahren«, weist er Neary an. »Dann soll er uns in Piccadilly rauslassen, und wir gehen zu Fuß zurück.«

Neary öffnet die Tür und gibt die Anweisungen weiter. Skelly lässt die Zügel schnalzen, und die Kutsche setzt sich klappernd in Bewegung. Ein paar Minuten später biegen sie in die Mosley Street, vorbei an den Banken, Geschäften und Baumwolldepots. Der Nebel hält sie fest im graubraunen Griff – Kutschen tauchen aus dem Nichts auf und verschwinden wieder, dunkle Gestalten wabern vorbei wie Schatten an einer Kellerwand.

Neary hat ein längliches Gesicht, ein kantiges Kinn, eingesunkene, leichenhafte Augen. Besonders klug ist er nicht, aber verlässlich, und Doyle vertraut ihm. Die anderen – Rice, Riley und Konsorten – denken immer noch wie Kinder. Sie saufen ihren Whiskey, grölen ihre traurigen Balladen und träumen von einem Bauernheer, das mit Pieken und Sensen über die Wicklow Mountains zieht. Erst vor neun Monaten stand Doyle um Mitternacht oben auf dem Tallaght Hill, als hundert oder mehr dieser tollkühnen Gesellen beim Anblick eines halben Dutzends Polizisten ihre Enfields fallen ließen und flohen wie die Hasen – er weiß also, wie weit es mit diesen Träumen her ist. Auf offenem Feld kann man die Briten nicht schlagen, das weiß jeder, der nur halbwegs bei Verstand ist, aber wenn man es richtig anstellt, kann man sie zumindest bluten lassen. Irgendwann, wenn ihnen das alles zu viel wird, wenn der nagende, unsägliche Schmerz ihnen den Schlaf raubt, dann werden sie einknicken, und der Krieg wird endlich vorbei sein, und wenn dieser Tag kommt, wird das nicht den Predigern und Redenschwingern zu verdanken sein, sondern Leuten wie Patrick Neary, die im Dunkeln gewartet und ohne zu murren getan haben, was immer Finsteres zu tun war.

Sie drehen eine weitere Runde, um die Zeit totzuschlagen, dann hält Skelly vor dem Spital und seine Passagiere steigen aus. Den

Blick gesenkt, den Kragen aufgestellt, gehen sie zurück zur Milk Street. Der Nebel ist ein Segen. Er wird die Schüsse dämpfen und etwaige Zuschauer verwirren. Bis die Bullen mitbekommen, dass eine neue Gräueltat verübt wurde, werden die Täter längst über alle Berge sein.

O'Connor sitzt an seinem Stammplatz im Commercial Coffee House in der Oldham Street. Die Abendzeitung liegt aufgeschlagen vor ihm auf dem Tisch, doch in Gedanken ist er anderswo. Schon fast den ganzen Tag denkt er an Rose Flanagan. Hätte er ihr nur sein Geld nicht angeboten. Leichtsinnig war das. Wenn sie darum bittet, muss er sein Versprechen halten, doch was heißt das dann? Einfach nur, dass sie ihm leidtut und seine Hilfe braucht? Oder wären sie dadurch auf neue Art verbunden? Und welche Art Verbindung impliziert so ein Geschenk? In Zukunft wird er vorsichtiger sein, wird den Schnabel halten und erst einmal richtig nachdenken.

Einen Augenblick später klingelt das Türglöckchen: Frank Malone tritt ein und sieht sich um. Als er O'Connor in der Ecke entdeckt, nickt er ihm zu und kommt herüber. Malone ist ein fröhlicher Bursche, er redet gern und hört sich gern selbst dabei zu. Man könnte ihn wohl eingebildet nennen, aber es gibt Schlimmere als ihn.

»In solchen Läden krieg ich immer fürchterlichen Brand«, verkündet er. »Sobald ich durch die Tür komme.«

Er reicht O'Connor einen Brief.

»Für Sie«, sagt er. »Kam heute Nachmittag, von der Wache in Knott Mill. Der Sergeant meinte, das interessiert Sie vielleicht.«

Der Umschlag ist zugeklebt. O'Connor wirft einen Blick auf die Handschrift, dann reißt er ihn auf. Er liest den Brief – einmal, und dann sofort ein zweites Mal.

»Schlechte Nachrichten?«, fragt Malone.

»Die haben einen meiner Spitzel eingesperrt«, antwortet O'Connor. »Er wurde letzte Nacht betrunken aus dem Rochdale Canal gefischt. Inzwischen ist er halbwegs ausgenüchtert und behauptet, die Fenians planen einen Mordanschlag auf den Bürgermeister. In der Milk Street, sagt er, weiß aber nicht, wann.«

Malone blickt skeptisch. »Und wie kommt er auf so was?«

»Davon steht hier nichts.«

»In der Milk Street gibt's nur ein paar alte Häuser und ein Hutgeschäft. Was soll der Bürgermeister da zu suchen haben? Das ergibt doch keinen Sinn.«

»Vielleicht hat er den Namen verwechselt.«

»Wenn er besoffen genug war, in den Kanal zu fallen, hat er wahrscheinlich alles nur geträumt.«

»Ich muss trotzdem mit ihm sprechen. Rausfinden, ob was dran ist an der Sache.«

O'Connor steckt den Brief ein und steht auf, bringt die Zeitung zurück zum Ständer. Bei den Treffen am Friedhof hat er Sullivan jedes Mal zu Vorsicht und Zurückhaltung ermahnt, aber der Junge ist leichtsinnig und töricht. Jeden Monat werden Leichen aus dem Kanal gefischt. Er hätte leicht ertrinken können, aber für junge Leute wie ihn ist der Tod eben nicht real. Nur eine Vorstellung, weniger noch: nur ein Wort, ein Geräusch. Da kann man warnen, wie man will, und es nutzt trotzdem nichts. Während er bezahlt und Hut und Mantel vom Ständer nimmt, wird ihm bewusst, dass sich so wohl die Vaterschaft angefühlt hätte, wäre sein Sohn David nicht gestorben: die ständige, nagende Angst, das Gefühl, dass ein wesentlicher Teil des eigenen Lebens woanders gelebt wird, im Geheimen, von jemandem, den man vielleicht liebt, dem man aber kein Stück trauen kann. Natürlich liebt er Michael Sullivan nicht, er kann ihn nicht einmal besonders leiden. Der Junge ist ein

Narr und Taugenichts, doch bis diese Sache ausgestanden ist, sind ihre Leben – ob sie wollen oder nicht – untrennbar verbunden.

»Da ist bestimmt nichts dran«, wiegelt Malone erneut ab. »Wenn diese Fenians getrunken haben, spucken sie große Töne, aber meistens sind das am Ende doch nur Märchen. Das wissen wir doch beide.«

»Wie weit ist es von hier zur Milk Street?«, fragt O'Connor.

»Fünf Minuten«, sagt Malone. »Höchstens.«

»Dann sehen wir da doch unterwegs mal nach dem Rechten.«

Der Nebel hat die Farbe wässeriger Grütze, die Luft schmeckt bitter und abgestanden. An der Milk Street angekommen, gehen sie ein Stück die Straße entlang und bleiben an einer Laterne stehen. Es ist genau, wie Malone gesagt hat: ein paar einfache Häuser, dunkel und verriegelt, und das Geschäft einer Modistin. Nichts rührt sich, nichts ist zu hören, nichts wirkt ungewöhnlich. O'Connor will schon gehen, als irgendwo ein Pfiff ertönt, wie ein Vogel, nur lauter. Er sieht Malone an.

»Könnten Einbrecher sein«, sagt der. »Das Wetter ist perfekt für die.«

»Sehen Sie was?«

Malone schüttelt den Kopf.

O'Connor sieht sich um. Undurchdringlicher Nebel umwabert sie wie geisterhafte Palisaden. Wahrscheinlich kein Grund zur Sorge. Der Bürgermeister schläft bestimmt friedlich in seiner Villa in Higher Broughton, und sie stehen hier in einer menschenleeren Straße und lauschen auf die üblichen Geräusche der nächtlichen Stadt.

»Vielleicht bloß Ratten«, sagt O'Connor. »Oder eine rollige Katze.«

Malone schweigt. Über O'Connors Schulter hinweg späht er in die Finsternis.

»Da hinten in dem Hauseingang, da steht einer«, flüstert er. »Grade hat er sich bewegt.«

»Nur einer?«, fragt O'Connor.

»Soweit ich sehe, ja.«

O'Connor dreht sich um.

»Polizei!«, ruft er. »Wer ist da?«

Keine Antwort, nichts bewegt sich. Vielleicht hat Malone sich ja getäuscht?

»Wir wissen, dass Sie da sind«, ruft Malone. »Kommen Sie raus.«

Angestrengt spähen sie zum Hauseingang und warten. Wahrscheinlich nur ein Bettler, denkt O'Connor, oder ein Betrunkener. Er tastet nach seinen Handschellen.

Malone geht auf den Eingang zu, doch noch bevor er ihn erreicht, tritt ein Mann daraus hervor. Er trägt einen abgewetzten Tweed-Mantel und eine Melone, vergräbt die Hände in den Taschen und zieht die breiten Schultern hoch gegen die Kälte.

»Wer sind Sie?«, fragt Malone. »Wie heißen Sie?«

Die Augen unter der Melone sind dunkel und hellwach, der Mund des Manns ist halb geöffnet. Bevor er antwortet, blickt er nach rechts und links, dann sieht er Malone an, als überlegte er, wie viel er wirklich sagen muss.

»Harrison heiß ich«, gibt er zur Auskunft. »Ich bin zu Besuch in der Stadt.«

»Und warum haben Sie sich da versteckt?«

»Nicht versteckt«, erwidert er, »nur gewartet.«

»Auf was?«

Der Mann zögert kurz. »Auf *wen*«, sagt er dann. »Auf eine Frau. Annie Soundso. Abends trifft man sie meistens im The Swan.«

Malone blickt zu O'Connor.

»Annie Smith«, sagt er. »Kenne ich.«

O'Connor erkennt den Fremden wieder: Es ist der Mann, mit dem Tommy Flanagan beim Trauerzug gesprochen hat, der mit den Narben im Gesicht. Ein kalter Schauder läuft ihm über den Rücken.

»Ich habe Sie schon mal gesehen«, sagt er. »Und Ihr Name ist nicht Harrison.«

Der Mann schüttelt den Kopf. »Da müssen Sie sich irren, Sir. Ich heiße Harrison. Ich bin Tuchhändler, aus New York.«

»Die Hände hoch«, befiehlt O'Connor. »Mal sehen, was Sie in den Taschen haben.«

Der Mann rührt sich nicht. Stattdessen sieht er Malone verdutzt und Hilfe suchend an, als glaubte er, mit ihm könne man am ehesten vernünftig reden.

»Ist es jetzt schon ein Verbrechen, irgendwo vor einer Tür zu stehen?«, fragt er.

»Sie lügen«, sagt O'Connor. »Zeigen Sie uns Ihre Taschen.«

»Ich habe nichts in meinen Taschen.«

»Dann kann's ja nicht schaden, wenn wir nachsehen.«

Er rührt sich noch immer nicht.

Malone sieht O'Connor an. Eine Hälfte seines Gesichts liegt im Dunkeln, die andere im schwachen Licht der Laterne. Neblige Finsternis umfließt die Männer wie schwarzes Wasser einen Felsen.

»Sie kennen ihn?«, flüstert Malone.

»Das ist Doyle.«

»Wirklich?«

O'Connor nickt, behält Doyles noch immer tief in den Manteltaschen vergrabene Hände im Auge.

»Die Straße ist umstellt«, lügt er. »Sie kommen hier nicht raus.«

»Ich bin Tuchhändler, und ich heiße Harrison«, wiederholt Doyle, aber diesmal spöttisch und gelangweilt, wie ein Kind, das lustlos sein Abendgebet herunterleiert. Offensichtlich ist er die Scharade leid.

»Schluss jetzt mit den Faxen«, brummt Malone.

Er holt die Handschellen hervor und greift nach Doyles Arm, doch der weicht aus und reißt die rechte Hand nach oben. Als O'Connor den Revolver erkennt und sieht, wie die Trommel und der stählerne Lauf im gelben Laternenlicht aufblitzen, weiß er, dass es schon zu spät ist, dass die Entscheidung gefallen, die instinktive Tat bereits getan ist. Ein Mündungsblitz, ein lauter Knall. Malone stöhnt auf und schnappt nach Luft, als hätte ihn jemand in den Magen getreten, dann klappt er zusammen, greift sich an den Bauch, als versuche er vergeblich, etwas festzuhalten, das nicht festgehalten werden will.

Während Malone blutend und stöhnend aufs Pflaster sinkt, setzt Doyle die Pistole auf O'Connors Stirn. Ringsum wirbeln Schatten, Nebel hängt schwer wie nasse Wäsche in der stillen Luft. Hier ist der Tod, denkt O'Connor. Nicht bloß sein Werkzeug oder Abbild, nicht nur ein Widerhall diesmal, sondern der Tod selbst, faulig und stinkend. Rot und heiß drückt er O'Connor auf Gesicht und Brust, als stünde er direkt vor einem Waldbrand. Nur ein Zentimeter näher, dann wird er Feuer fangen und lodernd vergehen.

Doyles Augen sind wie zwei schwarze, aus der Dunkelheit geschälte Löcher.

»Welches Schwein hat uns verpfiffen?«, zischt er O'Connor an. »Wer war das?«

»Niemand. Wir sind rein zufällig hier.«

»Ich könnte Sie auf der Stelle erschießen«, sagt er.

»Ich weiß.«

»Dann raus mit der Wahrheit.«

Wimmernd und japsend wie ein Neugeborenes windet Malone

sich auf dem schmutzigen Pflaster. Irgendwo hinter O'Connor geht quietschend ein Schiebefenster auf, dann eine Tür.

»Verschwinden Sie besser, solange Sie noch können«, sagt er. »Ihnen bleibt nicht mehr viel Zeit.«

»Den Namen!«, schnauzt Doyle. »Sonst knall ich Sie ab.«

»Sie entkommen nicht«, sagt O'Connor. »Zu spät.«

»Ich frage jetzt nur noch ein einziges Mal, dann schieße ich Sie tot, das schwöre ich.«

O'Connor spürt die heiße Mündung an der Stirn. Alles, was wir je erleben, denkt er, ist nur ein einziger Augenblick, nur dieses eine Jetzt; die Finsternis entlässt uns und umfängt uns wieder, und wenn nicht nackte, jämmerliche Angst uns weiterleben lässt, was dann?

»Wer ist der Verräter?«, fragt Doyle erneut.

»Rice«, sagt O'Connor. »Peter Rice.«

Doyle presst die Lippen aufeinander, verzieht das Gesicht, sagt jedoch kein Wort und lässt den Arm nicht sinken. Das war meine letzte Chance, denkt O'Connor, die letzte Chance, hier lebend rauszukommen.

»Peter Rice«, wiederholt Doyle, aber weniger als Frage denn als Echo, so als wollte er den Namen noch einmal aus eigenem Munde hören, ihn selber auf der Zunge haben, um zu sehen, ob er richtig schmeckt.

O'Connor nickt. »Ja«, sagt er. »Er hat mir von dem geplanten Anschlag auf den Bürgermeister erzählt. Alles hat er mir erzählt.«

Aus der Market Street ertönt der lange Pfiff einer Polizeipfeife, dann, kurz darauf, ein zweiter. Doyle blickt sich rasch um und wendet sich dann wieder an O'Connor.

»Die Handschellen«, sagt er, zeigt auf den Boden. »Eine um Ihr Handgelenk, die andere um das Ihres Freunds. Sofort.«

Malones linke Hand ist schwarz und nass von Blut. Er ist halb bewusstlos, die Augen sind nach oben verdreht. Als die Handschellen einrasten, winkt Doyle nach dem Schlüssel, und O'Connor gibt ihn ihm.

»Dafür werden Sie hängen«, sagt er.

Doyle schüttelt den Kopf.

»Das glaube ich nicht«, höhnt er. »Gehängt werden nur die Dummen, und ich bin nicht dumm.«

Er steckt den Revolver wieder in die Manteltasche, macht kehrt und geht davon, ohne Hast und ohne Arg, als unterschieden dieser Ort und dieser Augenblick sich nicht von jedem anderen auf der Welt, wären nicht besser und nicht schlechter. Der feuchte Nebel nimmt ihn auf und schließt sich hinter ihm wie eine Tür.

Fünfzehntes Kapitel

Dixon schläft, als irgendwer an seine Tür hämmert; Victor der Rattler liegt lang und breit neben ihm im Bett. »Ich komme«, ruft er, zieht die Stiefel an und geht hinauf. Nearys Gesicht kommt ihm bekannt vor, aber sein Name fällt ihm nicht mehr ein.

»Ah, der Kumpel von Doyle«, sagt er. »Wissen Sie eigentlich, wie spät es ist?«

Über Nearys Schulter hinweg sieht er am Ende der Gasse Skellys klapperige Droschke unter der Laterne – und davor Doyle, eine Pistole in der Hand, mit zornesbleicher Miene. Neary erklärt, sie bräuchten heute Nacht den Bahnbogen und wollten einen Sovereign dafür bezahlen, dass er sie hinbringt. Dixon fragt, was die Pistole soll, und Neary erwidert schniefend, manche Dinge wisse Dixon besser nicht. Dixon überlegt, will erst den Sovereign sehen, und Neary zeigt ihm das Geldstück. »Ich hole die Schlüssel«, sagt er und geht wieder in den Keller. Rasch zieht er sich etwas an und nimmt ein Schlüsselbund vom Nagel. Victor seufzt und zuckt im Schlaf, und Dixon legt ihm eine Hand auf die Brust, wispert ihm ein Kosewort ins pelzige Ohr.

In der Droschke fahren sie über die Stanley Street auf das morastige Uferland, wo das Bahnviadukt über den Bolton Canal führt. Der Nebel ist so dicht, dass Skelly mehrmals das Pferd zügeln und sich vergewissern muss, dass sie noch auf der Straße sind. Am Bahnbogen steigen sie aus. Neary streicht ein Zündholz an, Dixon öffnet das Vorhängeschloss an der Tür. Im Bahnbogen ist es kalt und duster wie in einer Höhle. In der Nähe der Tür stehen eine Werkbank voller rostigem Werkzeug, ein gusseiserner Ofen, ein Schrank, ein Tisch und ein paar uralte Sessel, aus deren abgerissenen Bezügen Rosshaar quillt. Weiter hinten in den Schatten türmen sich mannshoch Staub und Knochen, daneben – und genauso hoch – alte Bretter und kaputte Möbel. Ab und an tropft Regen aus den Spalten im Mauerwerk auf den zementierten Boden. Dixon findet eine Petroleumlampe, wischt den Staub ab und entzündet sie.

»Die Droschke müsst ihr im nächsten Bahnbogen verstecken«, sagt er. »Wenn ihr sie hier draußen stehen lasst, sieht man sie, sobald es hell wird. Vom Bunkerkai, gegenüber. Pferdefutter gibt's hier nicht, aber ich kann euch welches aus den Ställen beschaffen.«

»Nein, Sie bleiben hier«, sagt Doyle. »Skelly kümmert sich schon um den Gaul.«

Dixon nickt. »Ist ruhig hier«, sagt er. »Niemand findet Sie, wenn Sie's nicht wollen.«

Doyle hält noch immer den Revolver in der Hand. Er betrachtet ihn, dreht ihn hin und her, als überlegte er, wie viel er dafür kriegen könnte, dann steckt er ihn ein.

»Wir hatten Ärger heute Abend«, erklärt er. »Jemand wurde angeschossen.«

»Einer von euch?«, fragt Dixon. »Ein Bruder?«

»Nein«, sagt Doyle, »ein Polizist. Glaube nicht, dass er das überlebt.«

Dixon sieht ihn mit großen Augen an.

»Das geht nicht!«, platzt er hervor. »Ihr könnt hier nicht bleiben, wenn ihr grade einen Bullen umgelegt habt. Die knüpfen euch auf, und mich gleich mit!«

Doyle verzieht keine Miene. Im Licht der Petroleumlampe

glänzt das Weiß in seinen Augen wie poliertes Elfenbein. Sein aufgeblähter Schatten zittert hoch auf dem Gewölbe.

»Nur zwei Tage«, sagt er. »Ich zahle gut, und je besser Sie uns unterstützen, desto schneller sind wir wieder weg.«

Dixon reibt sich den Hals, macht ein mürrisches Gesicht.

»Das ist nicht mein Krieg«, brummt er. »Ich bin keiner von euch.«

»Wenn Sie ruhig bleiben und tun, worum ich Sie bitte, sind wir im Handumdrehen wieder verschwunden. Und Sie können vergessen, dass wir jemals hier waren.«

»Ich bin kein Mörder.«

»Und Sie sollen auch keiner werden.«

Dixon blickt zu Neary, doch der zeigt keine Regung.

»Ihr seid doch vollkommen verrückt, alle miteinander«, ruft Dixon.

Doyle wartet kurz, dann tritt er einen Schritt nach vorn und legt Dixon die Hand auf die Schulter.

»So«, sagt er. »Jetzt müssen Sie mir einen Gefallen tun. Es geht um einen Mann namens Peter Rice. Er hat eine Gerberei an der Scotland Bridge. Morgen früh gehen Sie dahin und suchen ihn. Sobald Sie wissen, wo er ist, kommen Sie wieder, geben uns Bescheid, und wir erledigen den Rest.«

»Das ist alles?«

Doyle nickt. »Eins sollten Sie noch wissen – nur für den Fall, dass Sie darüber nachdenken, zur Polizei zu gehen, statt Peter Rice zu suchen.«

»Darüber denke ich bestimmt nicht nach.«

»Nur für den Fall. Der Mann, den wir damals zusammen überfallen haben, war ein Detective, ein gewisser James O'Connor. Wenn der Sie zu Gesicht kriegt, werden Sie wegen Beteiligung an einem Mordkomplott verhaftet. Sie mögen ja glauben, dass

Sie nicht zu uns gehören, aber ein Gericht wird das wohl anders sehen.«

Dixon blickt auf Doyles Hand auf seiner Schulter. »Wir haben einen Bullen ausgeraubt?«, fragt er.

»Ich hätte es Ihnen auch sagen können, aber es tat nichts zur Sache.«

Neary geht nach draußen, um Skelly mit der Droschke und dem Pferd zu helfen; Doyle sucht Kleinholz zusammen und heizt den Ofen an. Neary und Skelly kommen mit Decken und einer Flasche Whiskey zurück. Sie setzen sich auf die kaputten Sessel und lassen die Flasche kreisen, bis sie leer ist, und Skelly stimmt ein Lied an. Irgendwann nach Mitternacht schläft Dixon ein. Als er aufwacht, ist es noch dunkel. Die Lampe brennt, Neary schnarcht und Doyle steht an der Werkbank, sortiert eine Schachtel rostiger Nägel, trennt die guten von den schlechten.

»Sie sind schon ein merkwürdiger Vogel«, stellt Dixon fest. »Die Polizei dreht doch bestimmt jeden Stein nach Ihnen um. Jeder normale Mensch hätte sich längst verdünnisiert, und Sie sind immer noch hier.«

Doyle wendet sich von der Werkbank ab und sieht ihn an.

»Ich bin Soldat. Wenn ich einen Auftrag habe, bringe ich ihn auch zu Ende.«

»Für mich wär das ja nichts. Durch die Gegend marschieren und Befehle befolgen. Für kein Geld der Welt würd ich das machen.«

»Glauben Sie, als Dieb sind Sie ein freier Mann?«

Dixon seufzt, kratzt sich. »Über so was denk ich nicht groß nach«, sagt er. »Ich tu einfach, was ich will.«

Ein Zug rattert über sie hinweg. Das ferne, dumpfe Grollen lässt die Dunkelheit erzittern. Skelly flucht leise vor sich hin und rutscht auf dem kaputten Sessel herum.

»Sie machen also nur, worauf Sie Lust haben, ja?«, fragt Doyle. »Lassen sich von Ihren Begierden leiten, ohne sich den Kopf über die Folgen zu zerbrechen?«

»So ungefähr.«

Doyle nickt. »Ich weiß noch, wie das ist. Ich dachte selbst mal so, dann habe ich mich verändert. Ich bin in den Krieg gezogen und habe ein, zwei Dinge gelernt.«

»Was denn für Dinge?«

»Dass ein einzelnes Leben nicht viel bedeutet. Mit einem Wimpernschlag kann es vorbei sein.«

Er wendet sich wieder der Werkbank zu, nimmt einen krummen Nagel aus der Schachtel. Dixon sieht schweigend zu, wie er zweimal mit dem Hammer daraufschlägt, den Nagel noch einmal überprüft und ihn dann zu den guten legt.

»Sie sollten wirklich abhauen«, wiederholt Dixon. »Wenn Sie bleiben, enden Sie bestimmt am Galgen.«

Doyle dreht sich diesmal gar nicht erst um. Er nimmt einen weiteren Nagel, mustert ihn im schummerigen Licht der Petroleumlampe. Sein weißer Atem bildet gespenstische Schemen in der eisig schwarzen Luft.

»Wenn die mich hängen, kommt eben ein anderer«, erklärt er. »Irgendeiner, der meinen Namen kennt, der weiß, wer ich war und was ich hier wollte. Darum geht es bei dem allen. Es gibt immer einen anderen.«

Sechzehntes Kapitel

Am Morgen sitzen dreißig Fenians hinter Schloss und Riegel in der Wache Swan Street, fünfzehn weitere in der Livesey Street. O'Connor geht die Namenslisten durch: Neary fehlt, und Skelly ebenfalls. Mit zitternden Händen durchblättert er die Akte. Jemand bietet ihm einen Brandy für die Nerven an, doch er bittet stattdessen um Tee. Die aufgebrochene Handschelle hat er noch in der Tasche, Hemdaufschlag und Mantelärmel sind voller Blut. Er wünschte, er wäre bei Malone im Spital geblieben. Der Gedanke daran, wie sein Kollege vor sich hin leidet, unbewacht und einsam, schmerzt ihm in der Brust. Er blickt auf die Wanduhr und nimmt sich fest vor, innerhalb der nächsten Stunde wieder hinzugehen.

Fazackerley berichtet von ersten Befragungen der Verdächtigen, die aber noch nichts Nützliches ergeben haben.

»Peter Rice weiß garantiert Bescheid«, erklärt O'Connor. »Wenn einer was weiß, dann er.«

»Das glauben wir auch.«

»Wo ist Michael Sullivan?«

»Zelle drei. Hat geflucht wie ein Rohrspatz, als er gebracht wurde, aber ein Blick von mir hat ihn beruhigt.«

»Besser, wir lassen ihn ein Weilchen da unten. Vielleicht hört er was von den anderen.«

Fazackerley nickt.

O'Connor nimmt einen Schluck Tee und sieht sich um. Das Dienstzimmer ist voller Polizisten, die ihn anstarren und sich schnell abwenden, wenn er in ihre Richtung blickt. Er spürt ihre Wut, ihre Angst, die Fragen, die sie ihm gern stellen würden.

Er wendet sich an Fazackerley.

»Glauben die alle, das sei meine Schuld?«, fragt er.

»Unsinn«, antwortet Fazackerley. »Warum sollten die das glauben?«

»Wartet Maybury schon irgendwo auf mich?«

»Oben, im Arztzimmer. Ich bringe Sie hin.«

Das Zimmer ist schmucklos und klein: drei Stühle, ein schmaler Schreibtisch, ein Waschbecken mit Spiegel in einer Ecke und ein Medizinschrank. Maybury sitzt am Tisch und schreibt. Er blickt auf und bedeutet O'Connor und Fazackerley, sich hinzusetzen.

»Peter Rice wird gleich hier reingeführt«, sagt er. »Wir stellen ihn da drüben in die Ecke, und Sie sagen ihm, was Sie Doyle erzählt haben. Wenn er singen soll, müssen wir ihm richtig Angst einjagen. Schaffen Sie das?«

O'Connor nickt.

»Ich tue, was ich kann«, sagt er. »Ich vermute, Rice und Doyle sind nicht gerade dicke Freunde, aber ob Rice auch glaubt, dass Doyle ihn töten würde, steht auf einem anderen Blatt. Und selbst wenn, weiß er nicht unbedingt, wo Doyle sich versteckt – falls er nicht längst geflohen ist. Vielleicht ist er schon fast in Frankreich.«

»Sie meinten doch, er würde in Manchester bleiben, bis er den Verräter aufgespürt hat. Sagten Sie doch, oder?«

»Vermutlich, ja, aber wirklich wissen kann ich das natürlich nicht. Vielleicht liege ich falsch. Seit Flanagan und die anderen tot sind, fehlt mir jede sichere Grundlage.«

Maybury reißt die Augen auf, schüttelt ungeduldig den Kopf,

wendet sich an Fazackerley. »*Vermutlich*?«, sagt er. »Himmelherrgott, was für eine elende Schlamperei!«

O'Connor sieht aus dem Fenster. Der Morgenhimmel hat die Farbe von Staub und Asche.

Frank Malone liegt im Sterben, denkt er, und Tommy Flanagan ist tot; auf meinen Schultern lastet genug Schuld für ein ganzes Leben, was macht es da schon aus, wenn Maybury noch eine Schippe drauflegt?

»Wenn Sie mich nicht mehr brauchen, hätte ich noch Wichtigeres zu tun«, sagt er.

Mayburys Miene verfinstert sich. »Sie gehen erst, wenn ich es Ihnen erlaube«, bellt er.

»Wir sind alle durch den Wind wegen Malone«, beschwichtigt Fazackerley. »Ist doch ganz natürlich. Mr O'Connor ist nur etwas durcheinander.«

»Ich bin überhaupt nicht durcheinander«, widerspricht O'Connor.

Nach einigen Sekunden angespannten Schweigens klopft es an der Tür, und Peter Rice wird in Handschellen hereingeführt. Maybury schickt den Constable wieder weg und fragt Rice nach Namen, Adresse und Beruf, notiert alles gewissenhaft, als wären diese Angaben ganz neu und ungeheuer wichtig. Dann fragt er ihn, wo er letzte Nacht gewesen sei und ob er etwas über einen Amerikaner namens Stephen Doyle wisse. Rice sagt aus, er habe neben seiner Frau im Bett gelegen und geschlafen, und nein, von einem Stephen Doyle habe er noch nie gehört, aber in Donegal kenne er einen Willy Doyle, falls das irgendwie weiterhelfe. Maybury macht eine theatralische Pause, dann erklärt er, sie wüssten ganz genau, dass er lügt, und wenn er nur für fünf Penny Verstand habe, solle er jetzt besser zuhören, da vielleicht sein Leben davon abhänge.

Rice wirkt gefasst und unbeschwert. Mit beiden Händen reibt er sich den Kopf und gähnt demonstrativ. Die eingerollte Zunge sieht aus wie eine kleine Niere, die stumpfen Finger sind ganz braun von der Gerbbrühe. Er deutet auf O'Connor, fragt, wessen Blut das sei auf seinem Hemd, und als O'Connor es ihm sagt, nickt er und lächelt, als hätte er es schon gewusst, sich aber noch mal vergewissern wollen. »Eine Schande«, sagt er. »Da hat der arme Kerl wohl ganz schönes Pech gehabt.« O'Connor sagt, es sei kein Pech gewesen, sondern Mord, und Rice sei sehr wahrscheinlich als Nächstes an der Reihe. Rice stutzt, wirkt verblüfft. O'Connor berichtet ihm, was sich in der Milk Street zugetragen hat, wie Stephen Doyle ihn mit vorgehaltener Waffe nach dem Verräter fragte.

»Und wissen Sie, welchen Namen ich ihm genannt habe, Peter?«, fragt er und steht auf, blickt Rice aus nächster Nähe in die Augen, riecht seinen Tabakatem und den Moschus seiner ungewaschenen Haut. »Ihren.«

Kurze Stille, dann prustet Rice los, als hätte O'Connor einen Witz gemacht.

»Ich kenn keinen Stephen Doyle«, wiederholt er. »Und er kennt mich nicht. Ich bin ein ehrbarer Gerber, und wie Sie auf die Idee kommen, einem mordlustigen Fenian meinen Namen zu nennen, ist mir völlig schleierhaft.«

»Hm, das ist wirklich merkwürdig«, erwidert O'Connor. »Denn als ich ihm den Namen sagte, schien er ziemlich zufrieden, so als wäre ihm plötzlich etwas klar geworden, über das er sich schon lang den Kopf zerbrochen hat. Er hätte mich einfach erschießen können. Hat er aber nicht. Weil er mir glaubte. Denken Sie darüber ruhig mal nach.«

O'Connor mustert Rice aufmerksam. Hinter der dreisten Fassade scheint etwas Neues aufzukeimen.

»Und warum sollte der Mann einem Bullen glauben?«, fragt Rice.

»Ach, Peter. Weil ich der Bulle bin, mit dem die Spitzel reden, natürlich. Wenn einer den Namen des Verräters kennt, dann ich.«

Rice schüttelt den Kopf. »Das hat alles nichts mit mir zu tun«, brummt er. »Überhaupt nichts.«

»Sagen Sie uns, wo Doyle sich versteckt«, schaltet Maybury sich ein. »Das ist Ihre einzige Chance. Wenn wir ihn nicht kriegen, kriegt er Sie. Sie wissen, dass ich recht habe.«

Rice knirscht mit dem Kiefer, seine Miene spannt sich an.

»Ich verpfeife niemanden«, sagt er. »Hab ich noch nie.«

»Doyle sah ziemlich wütend aus, als ich ihm Ihren Namen gegeben habe«, legt O'Connor nach. »Den Bürgermeister umzubringen, das war sein großer Plan, nicht wahr? Und jetzt ist er gescheitert, und Doyle sucht einen Sündenbock. Schon möglich, dass Sie sich da rausreden können, aber das glaube ich eigentlich nicht. Mit Spitzeln springt Doyle nicht grade gnädig um. Sagen Sie uns einfach, wo er steckt, dann sind Sie aus dem Schneider.«

Konzentriert reibt Rice sich das stoppelige Kinn. Eine Weile blickt er an die Decke, schnieft, seufzt, dann sieht er O'Connor wieder an.

»Dieselben hehren Versprechungen haben Sie bestimmt auch Tommy Flanagan gemacht, oder? Dass Sie auf ihn aufpassen, wenn er Ihnen sagt, was Sie wissen wollen. Und wie ging das aus für ihn, für den armen Tommy? Halb totgeprügelt hat man ihn, und dann mit der Schrotflinte erledigt, richtig?«

O'Connor schweigt. Maybury knirscht mit den Zähnen, blickt auf die Tischplatte. Rice verzieht den Mund zu etwas, das fast wie ein Grinsen aussieht.

»Auf Ihre Art sind Sie nicht dumm, Jimmy«, sagt er, »und offensichtlich wissen Sie, wie Sie Ihre Herrn und Meister glücklich machen. Aber eins können Sie mir glauben: Sie wären der Letzte hier in Manchester, dem ich ein Geheimnis anvertraue, der Allerletzte.«

O'Connor lässt den Blick sinken, um sich zu fassen. Dann will er antworten, doch Maybury kommt ihm zuvor.

»Wir sprechen uns noch, Peter Rice«, sagt er. »Glauben Sie bloß nicht, das hier sei erledigt.«

»Wenn Sie mich brauchen, ich bin in der Gerberei«, antwortet Rice. »In Gibraltar, bei der Schlachterei. Fragen Sie einfach nach mir. Die kennen mich dort alle.«

Fazackerley ruft den Constable herein, lässt ihn den Gefangenen zurück nach unten in die Zelle bringen und Michael Sullivan heraufholen. Die Männer warten stumm, bis die Schritte der beiden verhallen, dann lässt Maybury eine wütende Tirade los.

Sullivan ist blass und zerzaust. Das halbe Gesicht ist schlimm verschrammt, der linke Jackenärmel fehlt, die Naht ist ausgerissen. Noch immer riecht er nach Kanal. Maybury bietet ihm einen Stuhl an, und er lässt sich langsam niedersinken, dann gähnt er und reibt sich die Augen wie ein Kind, das gerade aus einem Nickerchen erwacht ist. Sie fragen ihn, wie es ihm geht, ob er einen Arzt braucht, doch er zuckt nur die Achseln. Maybury schickt den Constable nach einer Kanne Tee und greift nach seinem Federhalter.

»Bitte, erzählen Sie uns alles, Michael«, sagt er. »Wie haben Sie von dem Komplott erfahren?«

Sullivan berichtet vom Gespräch mit Riley in der Bierstube, erläutert, wie er sofort danach zur George Street aufgebrochen ist, um O'Connor zu besuchen, aber unterwegs ausrutschte und in den Kanal fiel.

»Bin mit dem Kopf ans Schleusentor geknallt und war bewusstlos«, sagt er und zeigt auf das lädierte Gesicht. »Wäre nicht zufällig ein Polizist in der Nähe gewesen, wäre ich wahrscheinlich ertrunken.«

Maybury will wissen, weshalb er den Beamten in der Wache von Knott Mill nicht sofort von dem geplanten Mordanschlag erzählt hat, und Sullivan antwortet, er sei zu benebelt gewesen, habe kaum ein Wort herausgebracht.

»Als ich am nächsten Tag aufgewacht bin, fiel mir alles wieder ein«, sagt er. »Da hab ich denen gleich gesagt, sie sollen Jimmy benachrichtigen. Erst wollten sie nicht, meinten, ich rede nur wirres Zeug, aber ich hab gesagt, wenn der Bürgermeister stirbt, nur weil sie keine Lust hatten, eine Nachricht zum Rathaus zu schicken, kriegen sie gewaltigen Ärger. Dann haben sie's doch gemacht.«

»Wenn ich die Nachricht gleich bekommen hätte, hätten wir denen eine Falle stellen können«, sagt O'Connor.

»Die Nachricht war nicht als dringend gekennzeichnet«, erklärt Fazackerley. »Das war der Fehler. Hätte man ganz leicht vermeiden können.«

Maybury verzieht das Gesicht, fragt Sullivan, wer außer Jack Riley noch von den Plänen wusste.

»Da bin ich nicht sicher. Er tat, als wäre alles streng geheim, als wüssten es sonst nur die hohen Tiere: Peter Rice, Willy Devine, Costello, McArdle.«

»Charlie McArdle war auch dabei?«

Sullivan nickt. »Alle waren da … alle außer Doyle natürlich, und außer Neary und Skelly. Die haben gefehlt.«

»Wenn Jack Riley Ihnen von Doyles Plan erzählt hat, vertraut er Ihnen offenbar«, stellt Maybury fest. »Sie müssen so schnell wie möglich noch mal mit ihm sprechen, rausfinden, ob er weiß, wer noch damit zu tun hatte und wo die anderen sich nun verstecken. Wir haben nicht viel Zeit.«

Sullivan schüttelt den Kopf. »Auf keinen Fall«, sagt er. »Ich habe genug gespitzelt, Mr Maybury. Ich hab alles getan, was Sie wollten. Ich hab Ihnen von dem Plan erzählt, und es ist nicht meine Schuld, dass Sie Stephen Doyle nicht auf frischer Tat ertappt haben, wie Sie's hätten tun sollen.«

Maybury sieht ihn an. »Sie haben gute Arbeit geleistet, Michael. Aber fertig sind Sie noch lange nicht.«

»O doch. Weitermachen wäre zu gefährlich. Das sind Mörder. An dem Abend in der Bierstube hab ich's in ihren Augen gesehen.«

»Und die hundert Pfund? Haben Sie die schon vergessen? Die gehören Ihnen, aber erst, wenn wir Stephen Doyle gefunden haben.«

»Vergessen hab ich die bestimmt nicht, aber im Grab kann ich mir davon nichts kaufen.«

Maybury wendet sich an O'Connor. »Sprechen Sie mit ihm«, verlangt er. »Bringen Sie ihn zur Vernunft. Frank Malone liegt im Sterben, Rückzieher sind jetzt nicht drin.«

O'Connor betrachtet Sullivan, der ihm mit fest verschränkten Armen gegenübersitzt. Er denkt an damals, in der Ash Street, als dieser Junge beim Spielen auf dem Rücken seines Bruders ritt und die beiden lachten und krakeelten wie zwei kleine Teufelchen.

»Michael hat recht, Sir«, verkündet er. »Es ist zu gefährlich, und er ist zu jung, um zu sterben. Bis jetzt hat er mit viel Glück überlebt, aber dieses Glück hält sicher nicht auf ewig vor. Wenn er aussteigen will, sollten wir ihn lassen.«

»Ach, und gibt es noch einen anderen Spitzel hier, von dem ich bloß nichts weiß?«, ätzt Maybury. »Jemanden, der uns verrät, was die als Nächstes planen?«

O'Connor schüttelt den Kopf. »Nein, Sir.«

»Gar keinen?«

»Gar keinen.«

»Wie können wir dann auf Sullivan verzichten? Die Mörder laufen frei herum, die ganze Stadt ist in Aufruhr, und er ist der Einzige, der uns vielleicht sagen könnte, was unsere Feinde denken. Wir brauchen ihn dringender als je zuvor.«

»Sie können mich nicht zwingen«, entgegnet Sullivan. »Mir reicht's.«

»Wir können ihm nichts vorschreiben«, pflichtet O'Connor bei. »Er kann tun und lassen, was er will.«

Maybury zögert kurz, reibt sich das Kinn, dann schlägt er eine Akte auf und nimmt ein Schreiben heraus. Er überfliegt es, um sich zu vergewissern, dass es das richtige ist, dann reicht er es O'Connor.

»Ganz so ist es leider nicht. Das hier ist ein Telegramm der New Yorker Polizei, von letzter Woche. Nach Ihrem Neffen wird gefahndet, weil er als Kassierer bei der Elling Brothers Bank tausend Dollar unterschlagen hat. Die glaubten, er hätte sich vielleicht nach Dublin abgesetzt. An Manchester hatten die gar nicht gedacht, aber über meine Nachricht haben sie sich sehr gefreut.«

O'Connor nimmt das Telegramm und liest. Er empfindet eher Scham als Wut, so als hätte man ihn selbst statt Sullivan entlarvt und einer dummen Lüge überführt. Er gibt das Schreiben weiter an Fazackerley.

Sullivan glotzt auf seine Füße und dann an die Decke.

»Was hast du mit den tausend Dollar angestellt?«, fragt O'Connor. »Wo hast du die gelassen?«

»Hauptsächlich auf der Rennbahn. Und am Kartentisch. Ich hatte eine unglaubliche Pechsträhne.«

Fazackerley legt das Telegramm auf den Tisch, Maybury bedankt sich und heftet es wieder ab.

»New York wünscht sich, dass ich Sie ausliefere«, fährt Maybury fort. »Die haben ausdrücklich darum gebeten. Als das Telegramm kam, habe ich sofort erklärt, dass Sie hier was Wichtiges für uns erledigen und deshalb unabkömmlich sind, aber wenn Sie aussteigen, habe ich keinen Grund mehr, denen Ihre Bitte abzuschlagen.«

»Verstehe«, antwortet Sullivan mürrisch. »Sie haben mich in der Zange.«

»Wir müssen rausfinden, wo Doyle sich versteckt. *Sie* müssen das rausfinden. Wenn Ihnen das gelingt und wir ihn verhaften, bekommen Sie nicht bloß die hundert Pfund, sondern ich lege obendrein in New York ein gutes Wort für Sie ein. Wenn Sie uns geben, was wir brauchen, können Sie vielleicht zurück nach Hause und dort weiterleben wie zuvor. Versprechen kann ich das natürlich nicht. Was meinen Sie, Michael?«

Sullivan blickt zu O'Connor, hilflos und verunsichert. Er ist noch ein Kind, denkt O'Connor, ein habgieriger Geck, der bisher glaubte, die ganze Welt sei nur zu seinem Vergnügen da, und jetzt erstaunt und viel zu spät feststellt, dass er sich da wohl getäuscht hat.

»Was soll ich tun, Jimmy?«, fragt Sullivan. »Soll ich weitermachen?«

»Ich habe dich gewarnt. Ich hab dir gleich gesagt, das ist viel zu gefährlich.«

»Ich weiß.«

»Ich kann nichts mehr für dich tun, Michael«, sagt er. »Das musst du selbst entscheiden.«

Später, auf dem Weg durch die Tib Street zum Spital, vorbei an Karren voller Rüben, Zwiebeln und Salzfisch, schmerzt O'Connor der Kopf, und er verspürt ein stetiges, widerliches Brennen in Hals und Magen. Als er in Dublin den Polizeidienst antrat, hielt er das für eine Chance, dem finsteren Chaos seiner Vergangenheit zu entfliehen, die Erinnerung an das Verbrechen seines Vaters mitsamt allen Folgen abzuwaschen und neu anzufangen, doch jetzt fragt er sich, ob das finstere Chaos in Wahrheit aus ihm selbst kommt, ob er eigentlich sich selbst entfliehen wollte. Nein, das kann nicht sein, ermahnt er sich, doch allein die Möglichkeit macht ihn schon schwermütig.

Als er im Spital ankommt, ist Malone bereits gestorben. Die schmale Pritsche ist leer, und die Schwester teilt ihm mit, dass man den Toten in die Leichenkammer im Keller gebracht hat. O'Connor wartet eine Weile auf dem Flur, steif und innerlich ganz wund vor Reue, überlegt, was nun zu tun ist. Dann steht plötzlich ein untersetzter Mann in Arbeitskleidung vor ihm und stellt sich als Malones Schwager Alfred Patterson vor, eben mit dem Zug aus Ashton angekommen. O'Connor berichtet, was passiert ist. Patterson wirkt eher überrascht als traurig, meint, er müsse Franks Leiche unbedingt mit eigenen Augen sehen, weil seine Frau ihm sonst daheim nicht glauben werde. Sie fragen einen Dienstmann nach dem Weg und gehen hinab in die Leichenkammer. Der große, weiße Raum ist kalt und fensterlos; ringsum an den Wänden sind tiefe Holzregale angebracht, auf denen jeweils vier, fünf Leichen übereinanderliegen. Erst nach mehreren Minuten finden sie Malone. Er liegt ganz unten, unter einer dürren, grauhaarigen Frau mit gelblicher Haut und Blutergüssen im Gesicht. Patterson geht in die Hocke, um sich zu vergewissern, dann reibt er sich das Kinn, steht wieder auf.

»Gut verstanden haben wir uns nie«, sagt er. »Ich konnte ihn nicht besonders leiden, ich fand, er war ein Gernegroß, aber meine Frau, die wird das treffen.«

»Das alles war ein großer Fehler. Er hätte an dem Abend gar nicht dort sein dürfen.«

Patterson zuckt die Achseln. »Es kommt, wie es kommt«, sagt er. »Sein Ende kann man sich genauso wenig aussuchen wie seinen Anfang.«

Patterson ist Zimmermann. Seine Tage verbringt er mit Hämmern und Sägen, mit dem Verlegen von Dielen und dem Einsetzen von Fenstern und Türen. Während sie im Nebenraum auf den Totenschein warten, erzählt er von Spindeln und Scharnieren, Rahmen und Flügeln, von der unterschiedlichen Beschaffenheit von Eiche und Kiefer. O'Connor hört ihn sprechen, aber die Worte kommen nicht bei ihm an. Die Kälte der Leichenhalle ist ihm tief ins Mark gekrochen, und vom Anblick von Malones leerer Hülle, steif und leblos wie eine Wachsfigur, ist ihm flau und etwas schwindlig. Die vor ihm liegenden Stunden und Tage kommen ihm unendlich und unmöglich vor, wie ein Auftrag, den er weder aufgeben noch jemals abschließen kann.

Als alle Papiere ausgestellt und unterschrieben sind, gehen sie den Hügel hinauf zum Bahnhof London Road, vorbei an den wartenden Droschken. Dunkle Wolken ziehen vorüber, der raue Wind zerrt mit Gewalt an ihnen. Laut Abfahrtstafel fährt der nächste Zug nach Ashton erst in einer halben Stunde, also setzen sie sich an einen Ecktisch in den Albion Refreshment Rooms. Das Lokal ist voll und laut, es riecht nach nassen Mänteln. O'Connor bestellt eine Flasche Stout und ein Schinkensandwich für Patterson und für sich selbst ein Ginger Beer. Das Sandwich sieht kläglich und uralt aus, doch Patterson findet es köstlich. Trotz des traurigen Anlasses scheint er geradezu in Urlaubsstimmung, froh über einen Grund, die Werkzeuge mal einen Tag lang wegzulegen und seine Geschichten einem neuen Zuhörer zu erzählen.

»In Ashton kenn ich ein paar Iren«, sagt er. »Fast alle Maurer. Wie hießen die noch gleich?« Er überlegt. »Patrick Devlin? Joseph O'Toole? Sagen Ihnen die was?«

O'Connor schüttelt den Kopf.

»Oder John McDonell?«

»Auch nicht.«

Patterson wirkt überrascht. »Die sprechen alle genau wie Sie«, sagt er. »Exakt gleich.«

O'Connor sieht auf die Uhr, fragt Patterson, ob er noch etwas trinken will.

»Die nächste Runde geht auf mich«, verkündet er, steht bereits auf. »Gleich wieder da.«

Er geht zur Bar und kommt mit zwei Gläsern billigem Brandy zurück. Er setzt sich, stellt O'Connor eins der Gläser hin und erhebt das andere zu einem Toast.

»Auf den armen Frank Malone«, sagt er. »Möge er in Frieden ruhen, und möge der liebe Gott ihm seine vielen Sünden vergeben.«

»Danke«, sagt O'Connor. »Aber ich trinke nicht.«

Patterson lächelt. »Ach, kommen Sie«, sagt er. »Für Frank. Ist ja nur ein kleines Gläschen.«

O'Connor betrachtet das Glas, kreisförmig hebt sich der braune Brandy von dem dunklen Tisch ab. Er zögert, dann hält er sich das Glas unter die Nase. Es ist, als täte sich vor ihm ein großes Tor auf. Wie lang ist das schon her? Und was hat der Verzicht ihm überhaupt genützt?

»Auf Frank«, sagt er.

Er nimmt einen ersten, schnellen Schluck, dann trinkt er ohne nachzudenken aus. Ihm brennt der Mund, und die Welt um ihn herum wird lauter und heller.

Siebzehntes Kapitel

Das Zimmer ist kalt und schmutzig, durch die Ritzen zwischen den Dielen steigt aus O'Shaughnessys Fleischerei, die sich im Erdgeschoss befindet, der Geruch von Räucherfleisch und Innereien. Riley ist schon da, sitzt vor dem kalten Kamin und pafft seine Pfeife, als wäre nichts geschehen. Auf dem Tisch liegt ungelesen eine Ausgabe der *Manchester Times*. Rice nimmt den Hut ab, tritt ans Fenster und schiebt den Vorhang ein kleines Stück zur Seite. Kurz vergisst er, nach wem er eigentlich Ausschau hält, dann fällt es ihm wieder ein.

»Wo sind die anderen alle?«, fragt er.

»Ein paar Leute sitzen noch in der Swan Street ein. Der Rest ist zu Hause oder sucht nach Doyle.«

»Irgendeine Spur von Neary oder der Droschke?«

»Nicht die geringste.«

Rice schüttelt den Kopf. »Das heißt, falls sie noch in der Stadt sind, verstecken sie sich vor uns.«

»Wenn du mich fragst, sind die längst verduftet«, erwidert Riley.

Rice lässt den Vorhang los und tritt vom Fenster weg. Seine Stirn liegt in tiefen Falten.

»Ich kann mir sowieso nicht vorstellen, dass er hinter dir her ist«, sagt Riley. »Der wird doch nicht so hirnverbrannt sein, ohne den winzigsten Beweis einfach Jimmy O'Connor zu glauben.«

Rice blickt den freien Stuhl an, bleibt aber stehen.

»Doyle glaubt, bei uns wimmelt es nur so vor Spitzeln«, sagt er. »Danach hat er mich zuallererst gefragt, als er hier ankam. ›Wo sind die Spitzel? Warum habt ihr die nicht längst alle erledigt?‹ Weißt du noch?«

»Diese verdammten Yankees müssen eben immer alles besser wissen«, knurrt Riley. »Sonst würden sie auch keinen Stephen Doyle vorbeischicken, damit er uns an die Hand nimmt wie die Kleinkinder.«

»Das mit Tommy Flanagan und den anderen war kein übler Einstieg, das muss man ihm lassen, aber mit dem Bürgermeister hat er sich überhoben. Und jetzt ist er stinksauer und sucht einen, dem er die Misere in die Schuhe schieben kann. Ich weiß doch, wie das läuft.«

»Man kann nicht den Bürgermeister umlegen und einfach damit durchkommen wollen. Das reinste Himmelfahrtskommando. Hätte ich ihm gleich gesagt, wenn er mal gefragt hätte.«

»Weißt du noch, wie er sich im Blacksmith's aufgeplustert hat? Letzte Woche noch? Wie er auf uns runtergeschaut hat, als wären wir keinen Penny wert? Hat sich für besonders schlau gehalten. War er aber nicht. Jetzt liegt noch ein Bulle mehr in der Leichenhalle, und wir dürfen's ausbaden. Irgendwer kommt dafür an den Galgen, das versprech ich dir, und solang's ein Ire ist, wird niemand Fragen stellen.«

»Fahr doch mal nach Glasgow«, schlägt Riley vor. »Sprich mit Murphy. Soll er das auseinanderklauben, schließlich hat er jetzt das Sagen.«

»Ja, vielleicht mache ich das.«

Die beiden Männer schweigen einen Augenblick. Auf der Straße bellt ein Hund, gedämpfte Stimmen dringen aus dem Laden unter ihnen. Rice nimmt die *Times* vom Tisch und betrachtet die Titelseite. Laut dem Bericht der Zeitung stieß Detective Francis

Malone von der E-Division gegen Mitternacht in der Milk Street zufällig auf Stephen Doyle, erkannte ihn als den berüchtigten, gesuchten Fenian und wurde beim tapferen Versuch, ihn zu verhaften, tödlich in den Bauch getroffen. Kein Wort über O'Connor, den Bürgermeister oder seine Hure. Der Vorfall wird als jüngste Gräueltat der irischen Verräter beschrieben, begangen im Glauben an ihre törichten und aussichtslosen Ziele.

»Wenn wir Doyle vor den Bullen finden, können wir ihn vielleicht zur Vernunft bringen«, sagt Riley.

»Wenn so einer nicht gefunden werden will, findet man ihn auch nicht.«

»Ein Fuchs ist er schon. Und brutal, wenn nötig.«

»Ich schlaf heut Nacht jedenfalls in meinem Bett«, verkündet Rice nach kurzer Pause. »Ich verstecke mich vor niemandem.«

»Recht hast du. Du bist Gott weiß besser als wir alle, du brauchst dir nichts vorwerfen zu lassen.«

Rice nickt, setzt sich nun endlich doch. Er holt seine Pfeife heraus und klopft ihren Kopf gegen den Tisch.

»Kann man hier vielleicht mal ein ordentliches Feuer kriegen?«, fragt er und sieht sich um. »Oder eine Tasse Tee?«

»Ich frage mal O'Shaughnessy«, sagt Riley und steht auf. »Normalerweise ist der nicht so langsam.«

Er geht nach unten und kommt kurz darauf mit einem Eimer Kohle und etwas Anmachholz zurück.

»Tee kommt auch gleich«, erklärt er. »Der Junge geht gerade Milch holen.«

Rice sieht Riley zu, wie der ein Feuer im Kamin entzündet. Blaugraue Rauchschnörkel züngeln durch die Kohlen, dann kleine, orangene Flämmchen, die noch keine Wärme spenden. Rice reibt sich die Schenkel und lehnt sich zurück. Der Stuhl knarzt, das Anmachholz knistert und zischt.

»Irgendeiner hat geredet«, stellt er fest. »Woher hätte O'Connor sonst wissen sollen, wann und wo er auftauchen musste? Wenn wir wüssten, wer das Maul aufgemacht hat, könnten wir Doyle den Kopf zurechtrücken.«

Riley hockt noch immer vorm Kamin, begutachtet das Feuer. Er legt den Kopf zur Seite, nickt, steht auf. »Das würde die Sache wohl klären«, pflichtet er bei.

»Wer außer Doyle, Neary und uns beiden könnte von dem Plan gehört haben? Hast du jemandem in der Bierstube davon erzählt? Oder was von den anderen gehört?«

»Ach, wenn's spät wird, gibt's immer viel Gerede«, antwortet Riley. »Du kennst das doch, da kann man nichts machen. Trotzdem sind das alles prima Kerls. Ich leg für jeden meine Hand ins Feuer.«

Rice kratzt sich den Hals und nickt. »Erzähl weiter.«

Riley antwortet nicht gleich. Kurz zuckt er zusammen, als wäre er nach einem Geheimnis gefragt worden, das er lieber für sich behalten hätte.

»Dieser Sullivan, der Junge aus der Gerberei«, sagt er. »Als der den Eid abgelegt hat, ähm, na ja, da hab ich ihm vielleicht ein kleines bisschen von Doyles Plan erzählt, nur ein winziges bisschen, damit er sich nicht ausgeschlossen fühlt. Aber der war das garantiert nicht.«

»Wieso nicht?«

»Der ist doch noch ein halbes Kind. Und erst so kurz hier in der Stadt. Warum sollte der jemandem von uns erzählen?«

»Konnte euch sonst noch wer hören, oder wart ihr zu zweit?«

»Wir waren zu zweit. Aber geredet wird immer, das bleibt eben nicht aus.«

Rice verzieht das Gesicht und wendet sich ab.

»Du darfst mit den Rekruten nicht so offen sprechen, Jack«, sagt er. »Du kennst doch die Regeln, verdammt.«

»Klar, aber dieser Sullivan, der ist in Ordnung. Für die Bullen hat der ganz bestimmt nichts übrig. Hättest mal sehen sollen, wie er den einen umgewemst hat.«

»Wissen wir denn sonst was über ihn?«

Riley schüttelt den Kopf. »Ärger in New York hat er gehabt. Jemand war hinter ihm her. Darum ist er jetzt hier. Er hat noch einen Bruder in Brooklyn und Verwandte irgendwo in Dublin. Im Coombe, glaube ich.«

»Im Coombe, stimmt«, erinnert sich Rice. »Einen Vetter namens George hat er da, hat er erzählt, der ist verheiratet mit einer aus dem Dorf von meinem Vater.«

»Dann weißt du ja Bescheid.«

»Wen kennen wir noch aus der Gegend?«

Riley denkt nach.

»Tom MacRae ist aus der Cork Street«, sagt er. »Das ist ganz in der Nähe.«

»Dann sprich mal mit ihm. Finde raus, ob er was über die Sullivans weiß.«

»Was soll er denn wissen? Michael ist eine ehrliche Haut. Daran gab's nicht den geringsten Zweifel, sonst hätt ich ihn weggeschickt. Wer auch immer mit O'Connor geredet hat, er war's unter Garantie nicht.«

Der Junge kommt mit einer Kanne Tee, zwei Tassen und einem Kännchen Milch. Riley nimmt ihm das Tablett ab und stellt es auf den Tisch.

»Hmm«, macht Rice. »Heute auf der Wache, als Maybury und O'Connor ihre Spielchen mit mir spielten, haben sie gleich danach Michael Sullivan kommen lassen. Sofort nach mir. Warum interessieren die sich für so ein kleines Licht, frage ich mich.«

Riley zuckt die Achseln. »Bestimmt nur Zufall, weiter nichts«, sagt er. »Hier, bitte.«

Er hält Rice eine Tasse hin, und der steht auf und nimmt sie entgegen. Rice pustet, nippt zweimal und stellt die Tasse aufs Kaminsims. Dann reibt er sich die Hände und hält sie vors Feuer.

»Sprich trotzdem mal mit Tom MacRae«, sagt er. »Mal sehen, was er weiß. Schaden kann's ja nicht.«

Achtzehntes Kapitel

O'Connor blickt Alfred Patterson nach, bis er auf dem Bahnsteig außer Sicht ist, dann macht er kehrt und geht zurück ins Albion. Der Wirt – geöltes schwarzes Haar, aufgerollte Hemdsärmel, gestärkte Schürze – blickt ihn von der Seite an, und O'Connor leckt sich die Lippen und zeigt auf die Brandy-Flaschen. Jede noch so notwendige Regel, denkt er, muss ihre Grenzen haben, und nach dieser fürchterlichen Nacht wird mir ein kleiner Drink nicht schaden. Nur ein Tropfen, um die geschundenen Nerven zu beruhigen, mehr nicht. Man müsste schon sehr herzlos sein, mir das jetzt zu verübeln.

Mit zitternder Hand hebt er das Glas. Noch immer hängt ihm der widerliche Geruch der Leichenkammer in der Nase, noch immer sieht er, wenn er die Augen schließt, Malones bleichen Vogelscheuchenleib vor sich, schlaff und leblos auf der Holzpritsche. Vor allem die Einsamkeit des Todes macht ihm Angst. Nicht der Schmerz, sondern die Einsamkeit. All die vertrauten kleinen Dinge verschwinden zu sehen, die Orte und Menschen, zu wissen, dass sie für immer fort sind, das ist das wahre Grauen, nicht Teufelsgabeln oder Höllenfeuer. Es ist natürlich Blasphemie, so etwas zu denken, sich einzubilden, man könnte das Jenseits und all seine Mysterien verstehen, aber genau so fühlt es sich eben an für ihn.

Er trinkt noch einen Brandy, dann bezahlt er und geht. Die Nachricht von Malones Tod hat inzwischen sicher die Runde gemacht. Die Abendzeitungen werden berichten, man wird in Gängen, Pubs und Wohnzimmern darüber reden, flammende Leserbriefe werden bei den Redakteuren eingehen und entschlossene Reden im Parlament geschwungen. Wie lang wird es diesmal vorhalten? Eine Woche, einen Monat, oder ein Jahr? Dann kommt die nächste, noch schrecklichere Gräueltat, die irgendwie trotzdem dieselbe ist. Wir stecken alle fest im selben, großen, sich langsam drehenden Hamsterrad, denkt er. Wir glauben, wir kommen voran, aber in Wahrheit geht es immer nur im Kreis.

Unterwegs kehrt er im Feathers ein, dann im Brunswick, dann im Shakespeare in der Fountain Street. Erst spätnachmittags kommt er am Rathaus an. Die Dunkelheit bricht schnell herein, der Vollmond hängt am schimmlig-schwarzen Himmel wie eine faule Frucht. O'Connors Laune hat sich geändert. Müdigkeit und Trübsinn sind verschwunden, neue Kraft wogt in ihm auf, fiebrig und diffus streitlustig. All die Spitzen und Beleidigungen, die er seit seiner Ankunft in Manchester über sich ergehen lassen musste, fallen ihm jetzt wieder ein. Immer wurde er nur schlechtgemacht, er ist ein Opfer von Ignoranz und Vorurteilen der Engländer. Wäre die Welt vernünftig eingerichtet, denkt er, würde man mich schätzen und angemessen entlohnen, stattdessen werde ich verspottet.

Im Rathaus brodelt die Gerüchteküche. Leute wollen Doyle an so entlegenen Orten wie Burnley und Southport gesehen haben; ein Mann, auf den seine Beschreibung passt, wurde soeben in Crewe verhaftet. Manche glauben, er habe sich in Manchester verkrochen, andere sind sicher, dass er längst die Grenze überquert hat, getarnt als Priester oder Diener, oder in einem Fass versteckt. Fazackerley meint, seit Mitternacht träten Polizisten in ganz Ancoats die Türen ein, und es sei sonnenklar, dass niemand einen Schimmer habe, wo Doyle steckt, nicht einmal die anderen Fenians.

»Wo haben Sie sich eigentlich rumgetrieben?«, fragt er. »Wir haben Sie gesucht.«

O'Connor winkt ab, als wäre die Frage absurd.

»Ich hatte zu tun«, sagt er nur.

Fazackerley mustert ihn genauer, beugt sich vor und schnuppert. »Ach du Schande«, sagt er, weicht zurück.

»Nur ein kleiner Brandy für die Nerven«, sagt O'Connor. »Das werden Sie mir ja wohl gönnen?«

»Selbstverständlich«, antwortet Fazackerley. »Gott weiß, an Ihrer Stelle würd ich es nicht anders machen. Aber hier haben Sie so nichts verloren. Sie kennen die Vorschriften. Gehen Sie nach Hause. Legen Sie sich schlafen, kommen Sie morgen wieder. Falls wir Doyle aufspüren, holt Sie jemand in der George Street ab. Aber ich glaube sowieso nicht, dass wir ihn finden, wenigstens nicht heute Nacht.«

O'Connor gibt keine Antwort. Sein Blick ist leer und abwesend, und als er schließlich doch spricht, klingt es wie ein Selbstgespräch.

»Nachdem Doyle Malone erschossen hat, war ich sicher, dass er mich als Nächsten abknallt. Als er mir diesen Revolver an die Stirn hielt, dachte ich, jetzt ist es aus. Mit Angst kenne ich mich ganz gut aus, aber das war etwas völlig anderes. Ich weiß nicht, welches Wort dazu passt. Vielleicht gibt es gar keins.«

»Schlimme Sache«, sagt Fazackerley. »Ich weiß. Mir setzt das auch zu. Uns allen. Aber wir dürfen jetzt nicht schlappmachen, wir haben noch zu tun.«

O'Connor richtet sich auf und blinzelt. Er will noch nicht nach Hause. Die Vorstellung, allein mit seinen strudelnden Gedanken im Bett zu liegen, ist entsetzlich.

»Wo ist Rice?«, will er wissen. »Habt ihr ihn beschattet wie besprochen?«

»Er ist bei Jack Riley, über der Fleischerei in der Tib Street. Barton ist in einem Laden gegenüber postiert, falls Doyle dort aufkreuzt. Was er wohl kaum tun wird.«

»Ich könnte ja mal vorbeischauen. Barton ein bisschen Gesellschaft leisten.«

»Barton braucht keine Gesellschaft, Jimmy. Gehen Sie nach Hause. Wir sprechen morgen über alles.«

O'Connor schüttelt den Kopf, wendet sich ab. Durchs Fenster sieht er Franklin, den Laternenanzünder, wie er sich mit dem krummen Rücken, der Leiter und dem langen Stab die King Street entlangarbeitet. Mir reicht's, denkt er, ich lass mich nicht mehr rumschubsen. Er blitzt Fazackerley an, als wäre der die Wurzel all seines Leids.

»Wenn ihr mir Michaels Nachricht gleich geschickt hättet, wäre Frank Malone womöglich noch am Leben. Gütiger Gott, der Junge riskiert Kopf und Kragen, und wenn er euch bringt, was ihr wollt, dann sitzt ihr auf euren Ärschen und vertrödelt die Zeit.«

Er ist lauter geworden, schreit beinahe, und fuchtelt mit den Händen. Sanders, der ganz in der Nähe über einem Bericht sitzt, legt den Stift weg und blickt auf. Fazackerley erwidert seinen Blick und schüttelt den Kopf.

»Jimmy ist nur etwas mitgenommen«, sagt er. »Ist schon in Ordnung.«

»Er könnte etwas mehr Respekt zeigen«, erwidert Sanders.

Fazackerley klopft O'Connor lächelnd auf die Schulter. »Na los, gehen Sie nach Hause«, sagt er.

O'Connor wehrt ab. Ich habe schon zu lang den Mund gehalten, denkt er, mich von den anderen übertönen lassen. Immer mehr Worte, gallig und unvermeidbar, drängen ihm auf die Zunge.

»Ach, Sanders«, seufzt er und dreht sich um. »Was zur Hölle wissen Sie denn schon?«

»Nur, dass Frank Malone in der Leichenkammer liegt, mit einer Fenian-Kugel im Bauch, und Sie fast ohne einen Kratzer davongekommen sind. Und dass ihr verfluchten Iren zusammenhaltet wie Pech und Schwefel.«

O'Connor atmet langsam aus. Lippen und Zunge sind dunkel von Speichel, er schwitzt, obwohl es nicht warm ist. Das Kinn auf der Brust blickt er Sanders an wie ein Schulmeister den Klassentrottel.

»Ich habe weiß Gott schon ein paar saublöde Rindviecher getroffen im Leben«, sagt er. »Aber Sie sind ganz sicher das blödeste.«

Wütend reißt Sanders die Augen auf. Er springt auf O'Connor zu, packt ihn mit beiden Händen am Hals. Kurz ringen sie linkisch, grunzen und keuchen, kratzen und schlagen mit den Hacken auf die Bodendielen, dann gehen die anderen dazwischen. Sie drücken Sanders auf seinen Stuhl, und Fazackerley zerrt O'Connor hinaus auf den Flur.

»Sanders ist ein Arschloch«, sagt er, »aber der Unruhestifter hier sind Sie, verdammt. Gehen Sie jetzt endlich heim, und lassen Sie sich erst wieder blicken, wenn Sie halbwegs beieinander sind.«

O'Connor bereut nichts. Er ist froh, dass die Karten endlich auf dem Tisch liegen.

»Doyle ist noch immer in der Nähe«, sagt er. »Ganz sicher. Der gibt so schnell nicht auf.«

»Überlassen Sie den mal getrost uns.«

»Ich habe ihn gesehen. Mit ihm gesprochen, schon vergessen? Er stand so dicht vor mir wie Sie jetzt grade.«

»Und Sie glauben, deshalb verstehen Sie ihn jetzt besser?«

»Er ist auch nur ein Mensch, so wie wir beide.«

»Ach du liebe Zeit«, ruft Fazackerley aus. »Lassen Sie das bloß die anderen nicht hören.«

»Sollen die doch denken, was sie wollen. Ich bin hier sowieso erledigt, das wissen Sie so gut wie ich.«

Fazackerley lässt seinen Arm los, sieht ihn an. »Sie nehmen das alles zu schwer, Jimmy«, stellt er fest. »Das tun Sie immer. So kann man doch nicht leben.«

»Aha, jetzt bin ich also auch noch selbst schuld?«

»Das habe ich nicht gesagt.«

O'Connor dreht sich weg. Regen prasselt gegen das Fenster, der Glühstrumpf an der Wand zischt leise wie ein halb hörbares Flüstern.

»Bis ihr was rauskriegt, wird es zu spät sein«, sagt er. »Doyle ist dann garantiert über alle Berge.«

»Das werden wir ja sehen.«

Gemeinsam gehen sie nach draußen, Fazackerley setzt ihn in eine Droschke und schickt sie in die George Street. Nach ein paar Hundert Metern beugt O'Connor sich nach draußen und lässt den Kutscher anhalten. Er bezahlt und lässt die Droschke fahren. Der Abend ist kalt, der stetige Regen verleiht den schlammigen Pflastersteinen und rauchschwarzen Wänden einen dumpfen Glanz. Nach einem Abstecher ins Unicorn geht O'Connor weiter in die Tib Street. Der Drink hat ihm den Kopf freigeputzt, ihm neue Kraft geschenkt. Von jetzt an, denkt er, tu ich nur noch, was ich selbst für richtig halte – ich hab mich lange genug untergeordnet, jetzt lass ich mich von keinem mehr an die Kandare nehmen.

An der Ecke Whittle Street hält er Ausschau nach Barton. Er findet ihn am Fenster der Apotheke gegenüber von O' Shaughnessys Fleischerei sitzend, das Gesicht halb verborgen hinter ein paar Flaschen Haaröl und verstaubten Schachteln Bittersalz und Seife.

»Wachablösung«, trällert er. »Sie können nach Hause gehen.«

Barton stellt keine Fragen. Er ist jung, frisch verheiratet und freut sich sicher auf sein Abendessen.

»Irgendwas Neues zu vermelden?«

Barton verneint. »Riley ist vor ein paar Stunden gegangen, aber Peter Rice ist immer noch da oben.«

»Allein?«

»Soweit ich weiß, ja.«

»Geben Sie mir die Pistole«, sagt O'Connor, in der Annahme, dass Barton eine bei sich trägt.

Barton gibt sie ihm, und O'Connor vergewissert sich, dass sie geladen ist, ehe er sie in die Jacke steckt.

»In der King Street braucht man Sie erst morgen wieder«, lügt O'Connor. »Fazackerley weiß Bescheid.«

»Dann hat man ihn noch nicht gefunden?«

»Noch nicht, aber bald. Nur eine Frage der Zeit.«

Als Barton weg ist, legt O'Connor seine Jacke ab und nimmt auf dem Stuhl Platz. Fast eine Stunde hält er Wache. Im Fenster über der Fleischerei brennt Licht, sonst gibt es kein Lebenszeichen. Der Apotheker – klein, mittelalt, strähniges graues Haar, zwielichtiger, lebensmüder Blick – steht hinter dem Tresen, presst Tabletten und füllt sie in Fläschchen ab. O'Connor fragt ihn, ob er schon mal gesehen habe, wie ein Mann erschossen wird. Stirnrunzelnd verneint der Apotheker und ergänzt, er hoffe, das auch niemals zu erleben.

»Wäre schon möglich, dass Doyle sich kampflos ergibt«, sagt O'Connor. »Ausgeschlossen ist das nicht.«

»Oder er taucht gar nicht erst auf. Ihr Kollege, Barton, meinte, er sei sicher längst über alle Berge. Das hier ist bloß ein Nebenschauplatz, meinte er, das wahre Drama spielt sich ganz woanders ab.«

O'Connor schüttelt den Kopf. »Der kommt. Da bin ich mir ganz sicher.«

»Hat er Ihnen wohl versprochen, was?«

»Nur so ein Gefühl.«

Der Apotheker schnaubt verächtlich. »Gefühle sind was für alte Weiber«, sagt er.

»Der kommt«, wiederholt O'Connor. »Und wenn er kommt, sind Sie mein Zeuge.«

»Ich sollte Miete für den Stuhl verlangen«, sagt der Apotheker. »Sechs Pence die Stunde, was meinen Sie?«

»Das besprechen Sie mal besser mit Chief Constable Palin«, antwortet O'Connor. »Ein sehr angenehmer Zeitgenosse, werden Sie ja sehen, und obendrein spendabel.«

»Ach ja?«

O'Connor lacht. Kopfschüttelnd widmet der Apotheker sich wieder den Tabletten. Kurz darauf läutet das Türglöckchen, und eine junge Frau tritt ein, eine Fabrikarbeiterin mit Kopftuch und in einem schmutzigen blauen Kleid, die etwas gegen ihren pochenden Kopfschmerz braucht. Der Apotheker stellt ihr ein paar Fragen, dann füllt er ihr ein Fläschchen ab und nimmt dafür einen Schilling. Als sie fort ist, steht O'Connor auf und zieht die Jacke wieder an. Er ist rastlos, und von der stickigen Luft in der Apotheke wird ihm flau.

»Ich gehe mal kurz vor die Tür«, sagt er. »Etwas frische Luft schnappen.«

Neunzehntes Kapitel

Als Riley von O'Connor unbemerkt zurückkommt, ist es kurz nach neun. Peter Rice schnarcht mit offenem Mund vor dem Kamin, inmitten eines wüsten Haufens Teller, Zeitungen und Tassen.

Riley schüttelt ihn wach, berichtet, was er bei seinem Ausflug erfahren hat. Rice hört zu, richtet sich schließlich im Stuhl auf und bittet Riley, alles noch einmal zu wiederholen, aber langsamer diesmal.

»Und du bist ganz sicher?«, fragt er, als Riley geendet hat.

Riley nickt. »So sicher ich nur sein kann.«

»Wenn das stimmt, haben wir zwei uns ganz schön verarschen lassen«, sagt Rice.

Riley verzieht das Gesicht. »Ich kann's selbst kaum glauben«, grämt er sich. »Nicht zu fassen.«

»Und wo steckt er jetzt?«

»Wissen wir nicht, aber ein paar Jungs suchen nach ihm. Wenn sie ihn haben, bringen sie ihn gleich zur Gerberei. So hab ich's ihnen aufgetragen.«

Peter Rice rutscht unruhig herum und greift mit finsterem Blick nach seiner Pfeife.

»Himmelherrgott«, flucht er. »Ausgerechnet der.«

»Ich weiß.«

»Du hättest ihm erst gar nicht glauben dürfen. Schneit einfach bei dir rein, der Kerl, und du vertraust ihm sofort. Nicht mal die Uhrzeit hättest du ihm sagen sollen!«

»Nur wegen dieser Sache mit dem Bullen. Darum war er mir sympathisch.«

»Verfluchter Mist.«

»Könnte immer noch ein Zufall sein, wer weiß.«

»O'Connors *Neffe*? Nie im Leben ist das Zufall. Nein, nein, nein. Nicht nach dem, was letzte Nacht los war.«

»Und was jetzt?«

Rice steht auf, geht hin und her, pafft blauen Pfeifenrauch und kratzt sich den borstigen Kopf, als hätte er die Skrofeln.

»Überwacht jemand Jimmy O'Connor? Wenn der Junge Verdacht schöpft, läuft er sicher sofort zu ihm.«

»Der schöpft keinen Verdacht«, erwidert Riley. »Zumindest vorerst nicht.«

»Was ist mit Doyle und den anderen? Irgendeine Spur?«

»Bis jetzt nicht. Wenn du mich fragst, sehen wir die nie wieder.«

Rice wirft Riley einen wütenden Blick zu. »Ich frag dich aber nicht. Nach dem Fiasko wirst du mir verzeihen, wenn ich auf deine Meinung keinen Pfifferling mehr gebe.«

Riley blickt zerknirscht. »Er hat uns alle reingelegt, der durchtriebene kleine Bastard.«

Rice nimmt wieder Platz. Er wischt sich etwas Asche vom Hosenbein und schüttelt den Kopf. »Die müssen uns für ganz schön dämlich halten, so einen Milchbart auf uns anzusetzen.«

»Das war Glück, sonst nichts. Reiner Zufall, dass er das mit dem Plan rausgekriegt hat.«

»Wenn ich eins hasse«, knurrt Rice, »dann Verräter. Der Feind ist der Feind, da weiß man, woran man ist, aber Verräter ... Wie eine schleichende Seuche. Als ob man von innen langsam verfault und es erst viel zu spät bemerkt.«

»Hinterlistige Schweine«, flucht Riley.

»Wir müssen rausfinden, was er sonst noch weiß, was er denen erzählt hat, und dann werden wir sie dafür bluten lassen.«

»Die Jungs finden ihn sicher bald«, sagt Riley. »Jede Wette. Wahrscheinlich betrinkt er sich gerade irgendwo.«

Rice nickt, kaut nachdenklich auf seiner Lippe. »Dann gehen wir jetzt zur Gerberei und warten«, sagt er. »Ich will dabei sein, wenn sie das Schwein anschleppen.«

Durch die Hintertür verlassen sie das Haus. Raus in den Hof, vorbei am Klohäuschen, dann durch das Tor in die verschlammte Gasse. Rice stolpert in der Dunkelheit und flucht. Riley wartet ein paar Schritte weiter vorn auf ihn.

»Wir könnten bei New Cross eine Droschke nehmen«, schlägt er vor. »Geht schneller.«

»Wir gehen zu Fuß«, erwidert Rice. »Bin schon den ganzen Tag nur rumgesessen.«

Sie gehen durch die Angel Street, vorbei am Friedhof von St Michael, als sie plötzlich von hinter der niedrigen Mauer eine Stimme hören. Jemand ruft Rices Namen. Sie werfen sich einen kurzen Blick zu, dann drehen sie sich um.

»Wer ist da?«, ruft Rice zurück. »Was wollen Sie von mir?«

Keine Antwort. Birkenzweige rascheln im Wind. Grau ragt der viereckige Kirchturm vor dem schwarzen, wolkendurchzogenen Himmel auf. Die erste, schiefe Reihe Gräber können sie noch sehen, mehr aber nicht.

»Verflucht, man sieht ja kaum die Hand vor Augen«, brummt Riley.

»Wer ist da?«, ruft Rice erneut.

Kurz darauf tritt Patrick Neary aus den Schatten und nickt ihnen zu.

»Ich bin's nur, Peter«, sagt er.

»Wo ist Doyle? Ist er bei dir? Da hinten irgendwo?«

»Nein«, sagt Neary. »Aber ich bring dich zu ihm. Er will mit dir reden.«

Neary tritt näher, damit sie sehen können, dass er allein ist. Er zeigt ihnen die leeren Hände.

»Was soll der mit mir zu bereden haben?«, fragt Rice.

»Er braucht deine Hilfe, um hier wegzukommen. Es wimmelt überall von Bullen. Nach letzter Nacht steht die ganze Stadt Kopf.«

»Angeblich glaubt er, ich hätte ihn verpfiffen.«

»Wer ihn verpfiffen hat, ist ihm herzlich egal. Er will nur weg. Will nicht am Galgen enden wie die anderen.«

»Na, dann kannst du ihm bestellen, ich bin's nicht gewesen. Aber wir wissen jetzt, wer's war. Wir haben's grade rausgefunden.«

Neary nickt, gibt aber keine Antwort.

»Warum seid ihr nicht sofort verduftet?«, fragt Riley. »Nachdem ihr diesen Kerl erschossen habt, mein ich. Ihr könntet längst auf einem Schiff nach Dublin sein.«

»Lief alles nicht ganz wie geplant«, antwortet Neary.

Riley rümpft die Nase. »Den Bürgermeister abknallen wollen und stattdessen einen Bullen umbringen? Ja, kann man wohl sagen, das lief nicht wie geplant.«

»Wenn Stephen Doyle was von mir will, soll er zu mir kommen«, sagt Rice. »Ich bin in der Gerberei. Wir sind grade auf dem Weg.«

Neary schüttelt stirnrunzelnd den Kopf. »Zu gefährlich. Die Bullen haben überall Augen. Ich riskier schon meinen Hals, um euch beide hier zu treffen.«

»Dann sag uns, wo Doyle sich versteckt, und wir kommen dahin.«

Wieder schüttelt Neary nur den Kopf. »Das geht nicht, Peter«, sagt er.

Rice blickt ihn an und nickt. »Aha. So ist das also.«

»Er will sich nur unterhalten.«

»Dann soll er zur Gerberei kommen. Ich warte dort auf ihn.«

Rice sieht Neary noch einmal kurz an, dann wendet er sich ab und geht. Riley schließt sich ihm an.

»Gut gemacht«, flüstert er. »Wenn das keine Falle ist, fress ich 'nen Besen. Diesem Neary hab ich sowieso nie über den Weg getraut.«

»Folgt er uns?«, fragt Rice.

Riley wirft einen Blick zurück. »Zu dunkel. Ich kann ihn nicht erkennen.«

»Woher wussten die, dass wir hier langgehen?«, sagt Rice. »Hast du dich das mal gefragt?«

Riley stutzt. »Stimmt, woher eigentlich?«

»Weil sie uns den ganzen Tag über beobachtet haben, natürlich.«

Riley bleibt stehen, will etwas sagen, doch Rice packt ihn am Arm und zieht ihn weiter. Ein paar Sekunden später hält direkt vor ihnen eine Droschke, und ein dürrer, dunkel gekleideter Mann steigt aus und blickt sich um. Weder Rice noch Riley erkennen ihn. Er wendet sich von ihnen ab, greift in die Tasche, und als er sich wieder umdreht, hält er eine Pistole in der Hand. Er richtet sie auf Rice und Riley und weist sie an, stehen zu bleiben.

»Wer ist denn das jetzt schon wieder?«, fragt Riley.

Noch ehe der Mann antworten kann, tritt Neary von hinten heran und zieht Riley einen Knüppel über den Kopf. Riley geht stöhnend in die Knie, und Neary zieht ihm noch eins über. Der Mann mit der Pistole befiehlt Rice, die Hände hochzunehmen, und Neary legt ihm Handschellen an. Dann ziehen sie ihm einen Mehlsack über den Kopf und schieben ihn in die Droschke. Im Handumdrehen ist alles vorbei, und der einzige Zeuge ist Riley, der mit dem Gesicht nach unten bewusstlos und blutend auf dem Pflaster liegt. Als die Kutsche anfährt, faucht eine Katze im Gebüsch und die Kirchturmuhr zählt bis zehn, langsam, wie ein zurückgebliebenes Kind.

Zwanzigstes Kapitel

Das Old Fleece liegt gleich um die Ecke von der Apotheke. O'Connor tritt ein und bestellt ein Tuppenny-Ale und einen Rum. Lang will er nicht bleiben, aber die Warterei zehrt an den Nerven, und ein kleiner Drink wird die Zeit schneller vergehen lassen. Er leert den Rum in zwei Schlucken und setzt sich mit dem Ale an einen Tisch. Ein paar Minuten lang starrt er ins Feuer, in die orangerot zwischen den pechschwarzen Kohlen zuckenden und züngelnden Flammen, dann nimmt er einen großen Schluck Bier, leckt sich die Lippen und seufzt. Wenn er die Augen schließt, verschwindet die Welt, doch sobald er sie wieder öffnet, kommt sie mit Macht zurück, mit all ihren Farben und Geräuschen, wie Wasser, das durch einen Deich bricht. Die Männer am Nebentisch streiten über den Schinkenpreis. Noch ein großer Schluck, und noch einer. Das Pintglas ist leer, und plötzlich fühlt er sich verloren und allein.

An der Theke unterhält sich eine Frau mit dem Wirt. Ihre runden Wangen glänzen im Gaslicht, ihre braunen Augen strahlen voller Lust. Die beiden lachen. O'Connor stellt das leere Glas auf den Tresen, und der Wirt fragt, ob er noch eins möchte.

»Nein, danke«, wehrt er ab. »Ich muss wieder.«

Die Frau lächelt ihn an, als würden sie einander kennen.

»Ach, eins kann doch nicht schaden«, sagt sie. »Hat es mir jedenfalls nie.«

»Und du bist ja auch ein prächtiges Vorbild«, feixt der Wirt.

Die Frau schneidet ihm eine Grimasse und winkt ab. »Trinken Sie trotzdem noch was«, sagt sie, blickt O'Connor freundlich an und berührt ihn leicht am Unterarm. »Das haben Sie sich bestimmt verdient.«

»Gut, ich nehm noch einen Rum«, sagt er.

Der Wirt greift nach der Flasche, O'Connor wirft einen prüfenden Blick aufs Glas der Frau.

»Und noch einen Gin für die Dame.«

Sie dankt ihm lächelnd. Ihr Gesicht ist breit, viereckig beinahe, die lebhaften Augen stehen weit auseinander. Sie ist ungefähr so groß, wie Catherine war, aber etwas breiter um Schultern und Hüften. Ihre Ärmel sind hochgekrempelt bis zum Ellbogen, ihre Unterarme sind bedeckt von Sommersprossen und feinem, hellem Flaum. Sie sagt, ihr Name sei Mary.

Der Wirt schenkt ihnen ein und lässt sie allein.

»Hab ich Sie hier schon mal gesehen?«, fragt sie.

O'Connor schüttelt den Kopf. »Ich bin zum ersten Mal hier.«

»Nette Abwechslung, hier mal ein hübsches Gesicht zu sehen.«

Ein hölzerner Einsteckkamm bändigt ihr braunes, gewelltes Haar. Unter einem Daumennagel hat sie etwas Schmutz, von ihren Ohren baumeln silberne Ringe. Am Kinn hat sie eine kleine, u-förmige Narbe. O'Connor weiß, was sie für eine ist, doch es ist ihm egal. Sie ist hübsch, ein kleines bisschen verbraucht vielleicht, aber nicht so abgestumpft und verzweifelt wie manche andere.

»Arbeiten Sie in der Fabrik? Die meisten Männer, die hier trinken, arbeiten entweder dort oder auf dem Smithfield Market.«

»Weder noch. Ich bin Detective.«

Sie reißt die Augen auf.

»Und suchen Sie nach jemandem? Jetzt grade, meine ich?«

»Bis eben noch, ja«, sagt er, »aber jetzt nicht mehr. Jetzt ruh ich mich ein Weilchen aus von der ganzen Mühe.«

»Dann sind Sie auch nicht anders als die anderen hier.«

Darüber muss O'Connor lächeln. »Vielleicht, ja.«

»Sie sehen traurig aus, aber ich wüsste da schon was, um Sie ein bisschen aufzuheitern.«

»Ich bin nicht traurig«, sagt er. »Nur müde.«

»Sie arbeiten zu viel.«

Recht hat sie, denkt er, ich arbeite zu viel – und wofür? Wie sehr ich mich auch plage, Verbrecher wird es immer geben. Wenn Doyle gefangen und gehängt wird, kommt der Nächste nach und dann der Übernächste. Es gibt keine wahre, dauerhafte Ordnung, keinerlei Gesetz, nur Trieb und Gegentrieb in alle Ewigkeit. Warum soll ich da nicht einfach aufgeben, akzeptieren, dass ich nur ein Mensch bin, so dumm wie alle anderen? Das ist doch keine Schande, denkt er. Ein Mensch zu sein ist keine Schande.

Eine Pause, dann nickt er, hebt sein Glas, und sie hebt ihres. Wieder lächelt sie, blickt ihm direkt in die Augen, völlig ungeniert, als läge irgendwo ganz tief in ihnen eine sonderbare, streng geheime Leere, die zu füllen sie sich geschworen hat.

Später, nachdem sie noch etwas mehr getrunken haben, ziehen sie sich zurück in ihr kleines Zimmer am Diggle's Court. Mary zündet einen Kerzenstumpf an und legt ein paar Kohlen nach, dann entkleidet sie sich rasch und schlüpft unter die Decke. Sie bewegt sich heiter und unbeschwert, ihre Haut wirkt zart und rein im schwachen Licht, eher wie ein Traum als wie die Wirklichkeit. Als O'Connor sich auf die dünne Matratze legt und in sie eindringt, ist es, als gleite er gänzlich aus der Zeit, als verschwämmen die Grenzen zwischen Vergangenheit, Gegenwart und Zukunft, und es bliebe nur ein einziger Augenblick, ohne Form und ohne Worte. Danach, als er wieder zu sich kommt, zurück zur jämmerlichen Oberfläche seines Körpers und den deprimierenden Ecken und Kanten des Alltags, ist ihm fast schlecht vor Scham, so als hätte er einen feierlichen Eid gebrochen. Mary streichelt ihm den Arm und tröstet ihn. Sie küsst ihn auf die Wange, lächelt, als ob nichts geschehen und nichts falsch wäre.

»Woran du auch denkst«, sagt sie, »vergiss es einfach.«

»Das kann ich nicht«, erwidert er.

»Jetzt bist du hier. Bei mir.«

»Ja«, sagt er. »Ich weiß.«

Sie hat weiche, runde Schultern und kleine Brüste mit dunklen Warzen. Es würde Jahre dauern, ihr alles zu erklären, ein ganzes Leben oder länger.

»Du kannst bleiben, wenn du willst«, bietet sie an. »Ich gehe heute nirgendwo mehr hin.«

»Hast du irgendwas zu trinken?«

»Nein, aber an der Ecke ist ein Laden. Wenn du mir Geld gibst, gehe ich was holen.«

»Lass nur, ich mach schon«, sagt er.

Sie unterhalten sich noch eine Weile, dann steht er auf und zieht sich an. Draußen prasselt endlos der Regen, leise und beständig, wie Maschinenbrummen oder ein Gebet. Eine ungeschmierte Achse knarrt, ein Kettenhund bellt tief und knurrig. Der Mann hinter der Theke wirkt schläfrig, er schlurft durch den Laden, kratzt sich den zerzausten Kopf und murmelt irgendetwas vor sich hin. O'Connor kauft eine Flasche Gin, einen kleinen Laib Brot, Butter, Käse und eine Viertelunze Tabak. Der Mann fragt, ob er den Gin mit allem anderen einpacken oder einzeln lassen soll, und O'Connor sagt, einzeln sei in Ordnung. Er steckt die Flasche in die Jackentasche, zahlt und trägt das braune Päckchen zurück zu Mary. Sie liegt noch da wie vorher. Als er hereinkommt, dreht sie sich nach ihm um und lächelt.

»Kommst du jetzt zurück ins Bett?«, fragt sie.

»Ja, gleich.«

Die Kerze brennt auf dem Kaminsims und die Kohle glüht noch, doch der Rest des Zimmers liegt in tiefen Schatten. Er legt das Päckchen auf die Kommode, wickelt es auf und schneidet mit dem Klappmesser zwei Scheiben Brot ab. Dann bestreicht er sie mit Butter und reicht eine davon Mary, teilt auch den Käse auf und gibt ihr die Hälfte.

»Sehr gut«, sagt sie. »Ich habe heute noch so gut wie nichts gegessen.«

Lächelnd klappt sie ihre Brotscheibe zusammen, beißt hinein, kaut, schluckt. O'Connor dreht den Korken aus der Flasche und trinkt. Der brennende Geschmack trifft ihn unvorbereitet, und er muss husten. Er reicht Mary die Flasche, auch sie nimmt einen Schluck, gibt sie zurück. Mit dem Handrücken wischt sie sich Brotkrümel und Butter aus dem Mundwinkel und streift sich eine lose Strähne hinters Ohr. Ganz oben am Arm hat sie einen Bluterguss, grob gerändert und fast schwarz, so als hätte jemand sie gepackt oder geschlagen.

»Tut das weh?«, fragt er.

»Ach«, sagt sie, »nicht weiter wild. Da hat nur einer etwas übertrieben.«

Er schneidet noch zwei Scheiben Brot ab und bestreicht sie dick mit Butter.

»Meine Güte, heute Nacht sind wir wohl Königin und König, was?«, sagt sie.

»Könnte man meinen, ja.«

Er zieht sich wieder aus, steigt zurück zu ihr ins Bett. Sie riecht warm und dunstig, und ihr Mund schmeckt nach Gin. Die Tib Street hat er längst vergessen, und auch Stephen Doyle. Dieses Zimmer ist eine Welt für sich, umfassend und unabhängig, und alles außerhalb davon – Gebäude und Menschen, die dunkle, weite Erde und der weinende Himmel – enthält kaum mehr Wahrheit als ein Traum.

»Geht's dir besser?«, fragt sie. »Hast so bedrückt gewirkt, vorhin. Als ob dir irgendwas Sorgen macht.«

»Alles in Ordnung«, sagt er. »Nichts, was ein anständiger Drink nicht aus der Welt schaffen könnte.«

»Ein anständiger Drink kann fast alles aus der Welt schaffen«, pflichtet sie ihm bei. »Wer das nicht glaubt, ist selber schuld.«

Er greift ihr zwischen die Beine. Sie drückt sich gegen seine Hand, streckt sich, seufzt und rollt sich auf ihn. Das zweite Mal ist wie das erste, nur leichter und vertrauter, so als wären sie jetzt alte Freunde und alles Wichtige zwischen ihnen seit Langem verhandelt. Danach trinken sie den Gin aus und schlafen ein, ihre vier blassen Glieder ineinandergeschlungen wie die Fäden auf einem Webstuhl.

Einundzwanzigstes Kapitel

O'Connor erwacht vom Gellen der Fabrikglocken. Er trinkt einen großen Schluck Wasser aus dem Metallkrug, zieht sich in Ruhe an und macht sich bereit zu gehen. Mary öffnet halb die Augen, doch er streichelt ihr die Hand und sagt ihr, sie solle weiterschlafen. Inzwischen regnet es nicht mehr, aber ein kalter, feuchter Wind bläst aus dem Westen. Vom Gin ist O'Connor etwas wacklig auf den Beinen, und sein Geist ist noch benebelt. Statt nach Hause oder ins Rathaus geht er in die öffentliche Badeanstalt in der Miller Street und bezahlt sechs Pence für ein Bad und eine Rasur. In der langen Kupferwanne, das heiße, harte Wasser auf der Haut, fühlt er sich wie ein neuer Mensch. Es ist, als wäre ihm etwas über sich selbst wieder eingefallen, das er selbst vergessen oder die Zeit verschüttet hatte. Das ist mein Leib, denkt er, und meine Knochen. Seht mich an, hier liege ich.

Hinterher kauft er ein Fläschchen Rum im Turk's Head und geht zum Spread Eagle Hotel. Im Vestibül schreibt er eine Nachricht für Rose Flanagan, dann bestellt er ein Kännchen Kaffee und setzt sich in einen der Sessel. Er gießt sich etwas Rum in den Kaffee, trinkt und schläft nach einer Weile ein. Im Traum soll er für ein schlimmes Verbrechen bestraft werden, von dem er genauso wenig weiß wie von der Strafe, die ihm blüht. Als er aufwacht, steht Rose vor ihm und legt ihm die Hand auf die Schulter. Ihr Gesicht ist bleich und knochig, ihre grünen Augen leuchten. Sie beschwert sich, weil er sie bei der Arbeit stört, meint, wenn der Geschäftsführer Mr Bryant höre, dass ein Polizist sie sprechen wollte, werde das ganz sicher ihrem Ruf schaden. Was überhaupt so wichtig sei, möchte sie wissen, und er sagt, das könne er so zwischen Tür und Angel nicht erklären, sie müsse sich aber keine Sorgen machen. Sie verabreden sich am selben Ort, an dem sie sich das letzte Mal getroffen haben.

Während er in die Teestube hinübergeht und dort allein wartet, denkt O'Connor an die Nacht bei Mary, an ihren Duft und ihre weiche Haut, und fragt sich, was Rose Flanagan wohl von ihm hielte, wenn sie davon wüsste. In Dublin, vor seiner Hochzeit mit Catherine, hatte er Freunde bei der Polizei, die samstags nach dem Pub öfter zu Mrs Gleeson und ihren Mädchen in die Duke Street gingen, aber er ging nie mit, sosehr sie ihn auch drängten. Stattdessen kehrte er allein zurück in die Kaserne, las ein Buch oder putzte seine Stiefel. Sie lachten ihn aus, fragten, ob er nicht doch noch Priester werden wolle. Vielleicht hielt er sich für besser als die anderen, vielleicht hatte er nur Angst. Damals war er noch so jung, so voll von Gedanken und Gefühlen, die er nicht verstand. Jetzt ist er älter und sieht alles klar. Es gibt keine Rätsel mehr zu lösen, keine verborgenen Wahrheiten mehr zu ergründen. Er muss dankbar sein für jedes bisschen Freundlichkeit, das er bekommen kann.

Als Rose eintrifft, sieht sie ihn ungeduldig an und fragt erneut, was er so dringend zu bereden habe.

»Ich höre bei der Polizei auf«, sagt er. »Quittiere den Dienst. Das ist nicht mehr das Richtige für mich. Ich wollte, dass Sie es zuerst erfahren.«

»Ich hoffe, das hat nichts mit dem zu tun, was unserem Tommy zugestoßen ist. Wie gesagt, Sie können nichts dafür und sollten sich nicht schuldig fühlen.«

»Nein, das ist es nicht.«

Sie betrachtet ihn genauer. Irgendwas an ihm ist anders, etwas in den Augen, daran, wie er sich bewegt. Irgendwie sanfter, weniger bestimmt.

»Dann haben Sie es einfach satt? Ist das der Grund?«

»Haben Sie gehört, dass vorgestern Nacht schon wieder ein Polizist ermordet wurde? Frank Malone? Erschossen, in der Milk Street?«

»Natürlich. Die Zeitungen sind voll davon.«

»Ich war dabei, stand keine drei Meter entfernt.« Er deutet auf die Blutflecke auf seinem Ärmel, und Rose reißt schockiert die Augen auf.

»Dann hätten Sie ja auch erschossen werden können, oder?«, fragt sie.

»Ich habe fest damit gerechnet. Der Mann hielt mir die Waffe an den Kopf, hat aber nicht abgedrückt. Dass ich jetzt hier sitze, ist reines Glück, sonst nichts.«

Als er den Tee umrührt, bemerkt sie seine zittrige Hand. Er riecht nach Alkohol, und sie ahnt, was das bedeutet. Es rührt sie an, ihn so zu sehen, so klein und so verletzlich, wo er doch zuvor immer versucht hat, hart und streng und selbstsicher zu wirken.

»Sie fragen sich bestimmt, weshalb ich Sie von der Arbeit hole, um Ihnen all das zu erzählen«, fährt er fort. »Sie wundern sich vollkommen zu Recht, was Sie das angeht.«

»Sie haben etwas Furchtbares mitangesehen«, sagt sie. »Jemand wurde vor Ihren Augen umgebracht.«

»Bei unserer letzten Unterhaltung hatte ich den Eindruck, ich könnte mich Ihnen anvertrauen. Sie haben Ihren Bruder verloren, ich meine Frau. Das ist natürlich nicht dasselbe, das weiß ich schon. Aber am Ende ist es vielleicht doch nicht so verschieden.«

Sie zuckt die Achseln, schenkt ihm ein verhaltenes Lächeln. »Nicht zu ändern. Nichts von alledem. Wir können das Leben nur ertragen. Das sagt meine Mutter jeden Tag, und sie hat recht.«

»Aber es ist besser, man erträgt es nicht allein. Wenn das irgendwie geht. Finden Sie nicht?«

»Doch, natürlich«, sagt sie. »Geteiltes Leid, halbes Leid.«

Einen Augenblick lang sehen sie einander an, dann wendet O'Connor den Blick ab. Draußen regnet es wieder, durchs Fenster dringt nur wenig trübes Licht.

»Was haben Sie jetzt vor?«, fragt sie. »Wenn Sie bei der Polizei aufhören, meine ich. Wo wollen Sie hin?«

Er schüttelt den Kopf, als wäre das die falsche Frage. »Ich wünschte, ich hätte Ihnen das Geld beschaffen können«, sagt er. »Die fünfzig Pfund. Ich wünschte, ich hätte mehr für Sie tun können.«

»Das ist schon in Ordnung«, sagt sie. »Wir kommen schon irgendwie zurecht.«

Er nickt, seufzt, reibt sich das Gesicht. »Ich kann Ihnen noch immer helfen, Rose«, sagt er. »Wenn Sie mich lassen. Anders, besser. Wir könnten uns gegenseitig helfen. Wissen Sie, was ich meine?«

Über den Tisch hinweg ergreift er ihre Hand, drückt sie kurz und lässt sie wieder los.

Rose blickt in ihre halb leere Teetasse. Zwei rote Flecken breiten sich auf ihren hohen Wangen aus. Sie schüttelt den Kopf, sieht ihn wieder an, sagt aber nichts.

Er fragt sich, ob er etwas falsch gemacht, etwas Wesentliches missverstanden hat. Mit Frauen war er immer ungeschickt, außer bei Catherine. Und selbst bei ihr hat er es im Grunde vermasselt, war zu vergesslich, bekam Dinge zu oft in den falschen Hals.

»Heiraten, meine ich«, erklärt er.

»Ich weiß schon, was Sie meinen.«

Das Gespräch bleibt einen Moment stecken, und O'Connor betrachtet Rose, während ihr Blick durch den Raum schweift. Sie fragt sich, warum dieser Antrag sie so überrascht, wieso sie ihn nicht kommen sah, sich besser darauf vorbereitet hat.

»Was halten Sie von mir?«, fragt er.

Sie sammelt sich einen Moment, bevor sie antwortet. »Was ist denn das für eine Frage?«, sagt sie.

»Ich will es nur wissen.«

»Ich halte Sie für einen netten, klugen und recht attraktiven Mann, aber auch für einen traurigen. Und ich glaube, Sie sind durcheinander wegen dieses grauenhaften Mords, haben die ganze Nacht kein Auge zugetan und zu viel getrunken, und jetzt wissen Sie nicht genau, was Sie eigentlich reden.«

»Doch, das weiß ich.«

»Wie sollte das denn aussehen, wenn wir verheiratet wären? Wohin würden wir gehen?«

»Wohin Sie wollen.«

»Man riecht sogar, dass Sie getrunken haben.«

»Ach, gar nicht so viel«, wehrt er ab. »Wirklich nicht. Nur ein Schlückchen für die Nerven.«

Sie schüttelt den Kopf. »Ich muss zurück zur Arbeit, sonst ziehen die mir die Zeit vom Lohn ab.«

Die beiden stehen auf – Tassen klappern auf dem Tisch, Stuhlbeine scharren über den Boden. O'Connor wirkt verwirrt und durcheinander, und Rose hat Mitleid mit ihm und seiner Unbeholfenheit.

»Denken Sie wenigstens darüber nach?«, fleht er.

»Besuchen Sie mich Sonntag nach der Messe«, sagt sie. »Zu Hause. Meine Mutter hält dann ihren Mittagsschlaf, und wir können ungestört reden.«

»Wenn Sie nicht wollen, werde ich das verstehen. Ich nehme es Ihnen nicht übel.«

»Bitte, kommen Sie am Sonntag«, wiederholt sie. »Ich brauche etwas Zeit zum Nachdenken.«

Am Nachmittag geht O'Connor in die Dienststelle und legt Bartons Pistole in den Waffenschrank. Kurz darauf, als er im Pausenraum sein Kündigungsschreiben aufsetzt, entdeckt ihn Fazackerley und tritt entschlossen auf ihn zu.

»Um wie viel Uhr hat Peter Rice das Zimmer über O'Shaughnessys Laden verlassen?«, will er wissen. »Und wo ist er danach hin? Ich will doch schwer hoffen, dass Sie ihm gefolgt sind?«

»Ich weiß weder, wann, noch, wohin er gegangen ist. Ich hab ihn nicht beobachtet.«

»Sie haben Barton abgelöst. Er hat's mir eben erzählt. Ich hätte Sie geschickt, sagt er. Außerdem haben Sie ihm die Waffe abgenommen.«

»Ich bin nur bis neun in der Apotheke geblieben, dann bin ich auf einen Drink rüber ins Old Fleece. Eigentlich wollte ich wieder zurück, bin ich aber nicht.«

»Dann war also die ganze Nacht kein Mensch dort? Stephen Doyle hätte auf der Straße Polka tanzen können, und keiner hätte es gesehen?«

»Fragen Sie doch mal den Apotheker.«

»Wo waren Sie, Jimmy?«

»Spielt doch keine Rolle, wo ich war. Ich quittiere den Dienst, und die Sache ist erledigt.«

Er hält ihm das Schreiben hin, Fazackerley liest, flucht, gibt es ihm zornesrot zurück.

»Wenn dieses Schwein entkommt, geht das auf Ihre Kappe«, faucht er.

»Auf die geht schon so allerhand, ich glaube nicht, dass da noch Platz bleibt.«

Er hört Fazackerleys schweren Atem, blickt aber nicht auf. Stattdessen beendet er das Schreiben, unterzeichnet es und faltet es zusammen.

»Würden Sie das bitte Maybury von mir geben?«, sagt er. »Ich schreibe später noch an Dublin Castle.«

Fazackerley dreht den Brief hin und her.

»Jetzt übertreiben Sie mal nicht, Jimmy«, beschwichtigt er. »Gut, Sie haben einen Fehler gemacht, aber das biegen wir schon wieder hin. Wenn in Ihrem Bericht steht, dass Sie die ganze Nacht in der Apotheke waren, unterschreib ich ihn und Schwamm drüber.«

O'Connor schüttelt den Kopf. »Vorhin habe ich Rose Flanagan einen Heiratsantrag gemacht. Sie will darüber nachdenken und mir nächste Woche antworten. Falls sie Ja sagt, gehen wir zusammen zurück nach Dublin. Dort suche ich mir dann eine andere Arbeit.«

Fazackerley blickt ihn fassungslos an, dann schließt er die Augen und reibt sich die Wangen, als trage er eine Salbe auf.

»Rose Flanagan?«, fragt er ganz ruhig. »Die Schwester von Tommy Flanagan?«

»Im April ist Catherines zweiter Todestag«, sagt O'Connor. »Zwei Jahre sind genug. Ich muss endlich neu anfangen.«

Zweiundzwanzigstes Kapitel

Glasgow, The Clyde

Das Schiff entfernt sich langsam von der Mole. Im Gedränge der unteren Decks heulen eng gepuckte Säuglinge, und es riecht nach Salzfisch, Schweiß und Sauerkraut. Stephen Doyle steht allein inmitten der zerlumpten Wogen staunender Reisender – Schweden, Norweger, Deutsche und Polen – und muss daran denken, wie er selbst als kaum dreizehn Jahre alter Knabe zum ersten Mal Irland verließ, wie die Häuser und die Hafenmauer von Kingstown hinter ihm langsam kleiner wurden und die weite, graue See voraus nur immer größer. Seine Eltern und seine drei Brüder hatte der Typhus geholt, und obwohl ihm Angst und Trauer bis zum Hals standen, war er klug genug, das nicht zu zeigen. Wenn man seine Schwächen verbirgt, ihnen weder Licht noch Luft zum Atmen lässt, sterben solche Kindereien ganz schnell ab, und es bleibt nichts als Stärke übrig. Das hat seine Jugend ihn gelehrt: Man muss alles Weiche in sich abtöten, es im Keim ersticken, wenn man nicht später dafür bezahlen will.

Er hätte James O'Connor gleich erschießen sollen, als er die Gelegenheit dazu hatte. Das ist ihm jetzt klar. Was hat ihn daran gehindert? Nur eine Fehleinschätzung? Oder etwas anderes? Das mit Peter Rice war eine schlaue Lüge von O'Connor, und auch eine mutige, angesichts der Waffe an seiner Stirn. Er hätte ihn trotzdem töten müssen! Es gab keinen Grund, ihn zu verschonen, und doch hat er es getan. Irgendwas in seinen Augen, in seiner Miene, ein vager Hauch von Trauer, hat Doyle zaudern lassen. Schwer zu glauben, und eigentlich kaum vorstellbar. Wie viele Männer hat er schon getötet, ohne mit der Wimper zu zucken, obwohl sie flehten, beteten und weinten, auf den Knien um Gnade winselten? Beim nächsten Mal weiß er es besser. Falls er O'Connor wiederbegegnen sollte, wenn die Gelegenheit je wiederkehrt, wird er diesen Fehler nicht noch einmal machen.

Dreiundzwanzigstes Kapitel

Kurz vor Mittag des folgenden Tages – O'Connor liegt dösend auf dem Bett, einen Band aus der Leihbücherei aufgeschlagen auf der Brust – hämmert jemand an die Haustür, und Mrs Walker schlurft grummelnd durch den Flur, um zu sehen, wer das sein mag. Als O'Connor die vertraute Stimme hört, zieht er sich die Jacke an und geht nach unten. Fazackerley nickt ihm von der Tür aus zu, schenkt ihm aber kein Lächeln. Sofern es zwischen ihnen jemals eine Freundschaft gab, ist sie vorübergehend ausgesetzt.

»Sie werden im Rathaus verlangt«, sagt er. »Maybury wurde gestern geschasst, Palin ist heute Morgen zurückgetreten. Ein neuer Mann ist eben aus London angekommen und will Sie befragen.«

Eine Droschke wartet an der Ecke auf die beiden. Der Fahrer ist dick eingemummelt, Dampf steigt von Rücken und Flanken des Pferdes auf. Während der Fahrt berichtet Fazackerley, die Neuen aus London seien überheblich und geheimniskrämerisch, und niemand wisse, was sie wirklich wollen oder denken.

»Was haben Sie denen von mir erzählt?«, erkundigt sich O'Connor.

»Dass Sie seit gestern nicht mehr im Dienst sind und es keinen Sinn hat, Sie zu holen. Aber die haben trotzdem drauf bestanden.«

»Sonst nichts?«

»Die wissen von dem Streit mit Sanders. Und mit Walter Barton haben sie auch gesprochen, glaube ich.«

»Glauben Sie, die suchen einen Sündenbock?«

»Möglich. Wenn die Stephen Doyle nicht finden, brauchen sie was anderes. An Ihrer Stelle würde ich mich an die Fakten halten. Ihre Kommentare sparen Sie sich besser.«

O'Connor nickt, zieht einen Flachmann aus der Tasche, trinkt ihn aus.

Dann schweigen beide. Vor den beschlagenen Fenstern zieht die Welt vorbei wie Bilder in einer Laterna Magica. Erst kurz vor der King Street spricht O'Connor wieder.

»Wissen die Neuen aus London von Michael?«

»Ich hab ihnen alles erklärt, aber jetzt, wo Maybury fort ist, weiß ich nicht, wie viel das noch zählt.«

»Die sollten sich an Mayburys Abmachung halten.«

»Stimmt, aber ob sie das auch tun, steht in den Sternen.«

O'Connor schüttelt den Kopf. Er denkt an die beiden Nächte, die Michael bei ihm auf dem Boden geschlafen hat. An seinen erdigen, vergorenen Geruch und die gleichmäßig kratzende Atmung. Dass er Maybury geholfen hat, diesen Jungen zum Spion zu machen, könnte sich leicht noch als die schlimmste seiner Sünden entpuppen.

»Sie müssen sich jetzt um ihn kümmern. Um Michael. Erinnern Sie sich an das Zeichen, mit dem wir unsere Treffen verabreden?«

»Ein Kreidezeichen an der Laterne in Long Millgate, ich weiß.«

»Wenn Sie ihn treffen, sagen Sie ihm, er soll auf sich aufpassen. Keine Risiken mehr eingehen.«

»Das Gleiche könnte ich Ihnen empfehlen.«

Der Mann aus London ist klein und dick, hat hängende Schultern und einen feisten Stiernacken. Sein dunkles Haar ist mit Öl zur

Seite gekämmt, die frisch rasierten Hängebacken glänzen wurst-rosa. Er stellt sich als Inspector Robert Thompson vor, sagt, er sei unmittelbar Colonel Percy Feilding unterstellt, dem Chef der Sonderermittlungseinheit.

»Sie kommen aus Dublin und sind mit Colonel Feildings Ruf als Fenian-Jäger sicherlich vertraut.«

O'Connor nickt. Der Name sagt ihm etwas.

»Der Colonel selbst wird in London bleiben, aber ich vertrete ihn hier. Ich übernehme die Detective Division, bis ein dauerhafter Ersatz für Superintendent Maybury gefunden ist.«

Sie sitzen in Mayburys ehemaligem Büro. Es ist warm, riecht nach Zigarrenrauch und altem Schweiß. Überall stapeln sich Kisten und Akten.

»Ich habe gestern den Dienst quittiert«, sagt O'Connor. »Soweit ich weiß, hat Sergeant Fazackerley Ihnen das schon mitgeteilt.«

»Ja, und wären Sie uns nicht zuvorgekommen, wären Sie bestimmt entlassen worden.«

Thompson nimmt eine Akte vom Stapel direkt vor sich und liest daraus vor.

»Trunkenheit im Dienst, tätlicher Angriff auf einen Kollegen, Befehlsverweigerung, widerrechtliche Aneignung einer Schusswaffe …«

Er legt die Akte weg und blickt O'Connor an.

»Das klingt schlimmer, als es war«, erwidert der.

»Ach ja?«

O'Connor nickt. Am besten spricht er so wenig wie möglich. Je mehr er sagt, desto länger werden sie ihn hierbehalten.

»Erzählen Sie mir von der Nacht, in der Frank Malone ermordet wurde.«

»Steht alles in meinem Bericht. Irgendwo muss der hier liegen.«

»Was genau hat Stephen Doyle gesagt?«

»Er wollte wissen, wer der Verräter ist, und ich habe gesagt, Peter Rice sei es gewesen.«

»Und hat er Ihnen das geglaubt?«

»Ich bin mir nicht sicher.«

»Aber er hat nicht auf Sie geschossen.«

»Nein. Sonst wäre ich jetzt wohl tot.«

»Also hat er Ihnen geglaubt?«

»Vielleicht.«

»Natürlich hätte er Sie trotzdem erschießen können. Auch wenn er Ihnen geglaubt hat. Das wäre die sicherere Wahl für ihn gewesen. Keine Zeugen.«

»So einer ist der nicht.«

»Ach nein?« Thompson wirkt überrascht. Er legt den Stift ab und beugt sich ein Stück vor. »Und was für einer ist er dann? Ihrer Meinung nach?«

O'Connor zögert. »Das weiß ich auch nicht so genau.«

»Sie haben von Angesicht zu Angesicht mit ihm gesprochen. Wie war das?«

»Ich war sicher, er bringt mich um.«

Thompson nickt, notiert sich etwas, als fände er die Antwort interessant.

»Er hat Ihnen eine Waffe an den Kopf gehalten, Sie aber nicht getötet. Was immer Sie gesagt haben, muss wohl das Richtige gewesen sein.«

»Ich hab Ihnen schon erzählt, was ich gesagt habe.«

»Der Mann ist ein skrupelloser Meuchelmörder, und trotzdem lässt er Sie gehen, als Sie ihm schutzlos ausgeliefert sind.«

»Er wollte den Bürgermeister umbringen, nicht mich.«

»Hat das was damit zu tun, dass Sie beide Iren sind? War es das? Hat er Ihren Akzent erkannt und Sie deshalb laufen lassen?«

Über diese Vorstellung muss O'Connor grinsen.

Thompsons Miene verfinstert sich. Plötzlich wirkt er wütend.

»Ein Mann ist tot, und Sie sitzen hier und grinsen«, zischt er.

»Ich weiß, was passiert ist. Ich war dabei. Ich grinse wegen etwas anderem.«

Thompson blickt ihn schweigend an, als warte er nur darauf, dass O'Connor noch einmal zu sprechen wagt, doch der bleibt stumm.

»Ein Polizist ist tot«, fährt Thompson schließlich fort, »und wie es aussieht, ist sein Mörder ungeschoren davongekommen. Ich bin neu in Manchester, also ist mir vielleicht etwas entgangen. Aber ich frage mich doch, wie es dazu kommen konnte. Wer ihm bei der Flucht geholfen hat.«

»Aus Manchester entkommt man leicht, wenn man es richtig anstellt. Wir können unmöglich sämtliche Straßen und Bahnhöfe überwachen.«

Thompson nickt, notiert sich wieder etwas. Sein Zorn ist schon wieder verraucht, und O'Connor fragt sich, ob er überhaupt echt war.

»Erzählen Sie mir von Ihrem Notizbuch«, verlangt Thompson.

»Jemand hat ein paar Seiten herausgeschnitten. Ich wurde überfallen, an der Gaythorn Bridge. Niedergeschlagen.«

»Und wieso haben Sie die fehlenden Seiten nicht unverzüglich gemeldet?«

»Weil ich nicht gleich gemerkt habe, dass sie nicht mehr da waren.«

»Erst am nächsten Tag?«

»Genau.«

»Und als Sie es gemerkt haben, war es schon zu spät. Die Informanten waren bereits tot.«

O'Connor nickt.

»Wie standen Sie zu Tommy Flanagan? Mochten Sie ihn?«

»Man muss diese Leute nicht mögen.«

»Dann hat es Ihnen gar nichts ausgemacht, dass er ermordet wurde?«

»Ich fühle mich verantwortlich dafür.«

Thompson wirkt verblüfft. »Sie meinten doch, man hat Sie überfallen, bewusstlos geschlagen? Was hätten Sie da also tun sollen?«

»Ich hätte früher merken können, dass jemand an meinem Notizbuch war, aber ich war abgelenkt. Am Morgen nach dem Überfall stand überraschend mein Neffe aus Amerika vor der Tür.«

Thompson blättert eine Seite um, legt den Finger auf den Namen. »Michael Sullivan?«

»Genau.«

»Wer hat Sie überfallen?«

»Das wüsste ich auch gern. Die meisten Fenians aus Manchester kenne ich wenigstens vom Sehen, aber den habe ich nicht erkannt.«

»Und sonst gab es keine Zeugen für den Überfall?«

Thompson zögert vor dem letzten Wort, als ob erst noch zu klären wäre, was genau passiert ist, so als sei der Überfall vielleicht keiner gewesen. O'Connor begreift, dass er ihn provozieren, aus der Deckung locken will, damit er mehr sagt, als er möchte. Wirklich böse werden die es schon nicht mit ihm meinen, egal, was Fazackerley gesagt hat, aber von diesem Spiel hat er die Nase voll.

»Sollten Sie nicht Stephen Doyle suchen, statt Ihre Zeit mit mir zu verschwenden?«

»Sie sagten doch gerade, der sei längst entkommen.«

»Ich sagte, er *könnte* schon entkommen sein.«

»Wissen Sie, wo er ist?«

»Ich weiß genauso viel wie Sie.«

Thompson schmunzelt skeptisch. »Ich weiß so gut wie nichts.

Darum ja meine Fragen. Manchester kenne ich nicht, ich bin erst gestern mit dem Zug aus London gekommen, aber Sie sind schon fast ein ganzes Jahr hier. Zeit genug, um allerlei Freunde zu finden, will mir scheinen.«

Wieder blicken sie einander an.

»Hat noch jemand mitangesehen, was an der Gaythorn Bridge passiert ist?«

»Es war spät. Dunkel. Sonst war niemand da, aber die Blessuren hinterher, die haben einige gesehen. Sie brauchen nur Fazackerley zu fragen … oder Maybury.«

»Verletzen kann man sich auf vielerlei Weisen. Man braucht nur mal ein Glas Whiskey zu viel trinken, sich mit dem falschen Kerl anlegen, und schon …«

»Damals habe ich nicht getrunken«, unterbricht O'Connor.

»Jetzt aber schon, nicht wahr? Man riecht es.«

Er legt den Kopf zurück und schnüffelt demonstrativ.

»Ich bin nicht im Dienst«, erwidert O'Connor. »Ich bin nicht einmal mehr Polizist.«

Thompson nickt zustimmend. Im Ofen verrutscht knisternd Kohle.

»Ich habe schon genügend Trinker erlebt, um mir eine klare Meinung über deren Lebenswandel zu bilden. Soll ich Ihnen sagen, wie die lautet?«

Thompson scheint tatsächlich eine Antwort zu erwarten, doch O'Connor schweigt.

»Meiner Meinung nach sind Trinker zu schwach, sich dem Leben zu stellen. Es mangelt Ihnen an Courage und Charakter. Und sie sind meistens Lügner. Wenn Sie mir also mittags schon nach Fusel stinkend gegenübersitzen und behaupten, Sie wüssten weder, wo der Mörder Stephen Doyle steckt, noch, wie er entkommen konnte, dann muss ich – aufgrund meiner bisherigen

Erfahrungen mit Ihresgleichen – davon ausgehen, dass ich Ihnen nicht unbedingt glauben kann.«

»Ich wurde an der Gaythorn Bridge überfallen. Die Täter haben Seiten aus meinem Notizbuch geschnitten und die darin enthaltenen Informationen benutzt, um zwei Männer zu ermorden. Warum sollte ich mir so was ausdenken?«

»So ganz ohne Zeugen bleibt mir nur Ihre Aussage darüber, was sich – vielleicht, vielleicht auch nicht – an der Brücke abgespielt hat. Wir wissen lediglich, dass die Informanten verraten worden sind und Sie verletzt wurden. Die Geschichte mit dem Überfall und dem Notizbuch klingt reichlich dünn. Wahrscheinlicher scheint mir, dass die Fenians Sie bedroht oder überredet haben und Sie ihnen die Namen der Spitzel nannten. Sie wussten, dass man Ihnen nie mehr trauen würde, wenn die Wahrheit ans Licht käme, also haben Sie sich eine Ausrede überlegt. Und nach dieser ersten Lüge hatten die Fenians Sie in der Hand.«

»Das ergibt doch keinen Sinn«, erwidert O'Connor. »Wenn ich für die Fenians arbeite, wieso verhindere ich dann den Mordanschlag auf den Bürgermeister?«

»Und ob das Sinn ergibt! Sie wollten nicht, dass Maybury Ihren Neffen als Spitzel einsetzt, aber Maybury hat darauf bestanden. Das brachte Sie in die Zwickmühle. Was, wenn Sie den Fenians das erzählten? Wahrscheinlich würden sie Sullivan umbringen, wie das mit Spitzeln so gemacht wird, und selbst wenn nicht, würden Sie kaum einfach gute Miene zum bösen Spiel machen. Also behalten Sie die Sache für sich. Was immer Sullivan herausfindet, erzählt er ohnehin nur Ihnen, sodass Sie es notfalls unterschlagen könnten. Dummerweise erzählt er Ihnen von dem Mordkomplott gegen den Bürgermeister jedoch nicht persönlich, sondern schreibt alles auf. Ich vermute, Frank Malone hat die Nachricht gelesen, ehe er sie Ihnen brachte. Sie behaupten, es sei Ihre Idee gewesen, zur Milk Street zu gehen, aber ich glaube, es war ganz allein seine. Sie wollten ihn wahrscheinlich daran hindern, doch er hörte nicht auf Sie. Doyle erschießt Malone, Sie kommen unversehrt davon. Ich weiß nicht, was genau Sie ihm gesagt haben, aber unter anderem haben Sie bestimmt versprochen, ihn aus Manchester herauszubringen, darauf wette ich.«

Er stochert im Trüben, denkt O'Connor, will sehen, ob ich Schwäche zeige. Mit dieser haarsträubenden Geschichte will er mich nur dazu bringen, ihm irgendwas zu liefern, das er gegen mich verwenden kann.

»Ich weiß, was Sie vorhaben. Stephen Doyle ist entwischt, und eine wichtige Persönlichkeit wie Palin können Sie nicht einfach anklagen, also brauchen Sie einen anderen Sündenbock. Ich bin zwar ganz sicher nicht frei von Sünde, aber ich hab meine Pflicht getan, und das können viele hier bezeugen.«

»Da wäre ich mir nicht so sicher«, entgegnet Thompson. »Die Leute, mit denen ich gesprochen habe, halten nicht gerade viel von Ihnen. Sie mögen weder Ihr Benehmen noch das, was Sie sagen. Sie wissen nicht recht, ob man Ihnen trauen kann.«

»Dann fragen Sie Fazackerley. Der kennt mich am besten.«

»Sergeant Fazackerley meint, Sie hätten den Kopf verloren. Er weiß nicht, was in letzter Zeit in Sie gefahren ist.«

»Aber dass ich kein Verräter bin, das weiß er.«

Thompson lässt das einen Augenblick so stehen, bevor er wieder spricht.

»Sie sind nicht dumm«, sagt er. »Aber auch nicht so schlau, wie Sie meinen. Dachten Sie wirklich, wenn Sie den Dienst quittieren, ginge Sie das alles nichts mehr an?«

O'Connor dröhnt der Kopf. Hat er mit so etwas gerechnet, als er durch diese Tür kam? Mit einer solchen Beharrlichkeit? Er weiß es wirklich nicht mehr. Die Droschkenfahrt hierher scheint ihm schon Monate zurückzuliegen. Könnte er sich doch nur hinlegen, kurz die Augen schließen, aber Thompson lässt nicht locker. Er ist offensichtlich recht zufrieden mit sich, stolz darauf, dass man gerade ihn geschickt hat, um das Chaos zu beseitigen, das unfähigere Leute angerichtet haben. Hinter seiner ruhigen Fassade liegt etwas Brutales, Unbarmherziges. Er wird vor nichts zurückschrecken, um seine Auftraggeber zufriedenzustellen. Er wird eine Wahrheit finden, und wenn es keine gibt, wird er eben eine maßschneidern.

»Was hatten Sie in der Nacht nach dem Mord in der Tib Street verloren, wenn Sie dem Vernehmen nach doch sturzbetrunken waren? Warum haben Sie Walter Barton vorgegaukelt, Sie sollten ihn ablösen?«

»Ich wollte mich an Stephen Doyle rächen und hielt es für möglich, dass er dort nach Peter Rice sucht. Ich war wütend wegen Frank Malone.«

»Und doch haben Sie Ihren Posten nach nur einer Stunde verlassen und wurden erst wieder gesehen, als Sie am nächsten Morgen Ihre Kündigung einreichten.«

»Das Warten wurde mir zu lang. Ich bin ins Old Fleece, um was zu trinken, und habe dann die Nacht mit einer Frau verbracht. Sie heißt Mary Chandler und wohnt am Diggle's Court. Gehen Sie doch zu ihr. Sie wird Ihnen bestätigen, dass ich bei ihr war.«

»Eine Hure, nehme ich an?«

O'Connor nickt.

»Und wie oft treffen Sie sich mit ihr?«

»Das war das erste Mal.«

Thompson sieht ihn ungläubig an, dann schreibt er das Gesagte in aller Ruhe auf. Hin und wieder hält er zwischen zwei Sätzen inne, um sich zu vergewissern, dass alles stimmt.

»Und ist sie ebenfalls Irin, diese Mary Chandler?«, fragt er.

»Engländerin. Mit den Fenians hat sie nichts zu tun.«

»Soll heißen, sie ist unwichtig. Das wollen Sie doch damit sagen. Nur ein bisschen Unterhaltung nach getaner Arbeit. Nachdem Sie Walter Barton losgeworden waren und Peter Rice ungestört den Plan ausführen konnte.«

»Was denn für einen Plan?«

Thompson legt den Stift weg, beugt sich über das Papier und bläst die Tinte trocken.

»Den Fluchtplan natürlich. Ich weiß zwar nicht, was Sie mit Stephen Doyle verabredet haben, aber ich weiß wohl, dass Sie sich alle Mühe gaben, dafür zu sorgen, dass niemand die Schlachterei in der Tib Street beobachtet.«

»Die wurde doch überhaupt nur beobachtet, weil ich Doyle weisgemacht hatte, Rice hätte ihn verraten.«

Thompson nickt. »Offensichtlich gab es eine Planänderung«, sagt er. »Oder etwas kam dazwischen. Peter Rice sollte uns ablenken, so viel ist klar, aber dann wurde er kurzfristig doch noch gebraucht, vermute ich, und Sie mussten seine Beobachter irgendwie loswerden. Bestimmt haben die Fenians Sie im Lauf des Nachmittages kontaktiert und Sie damit beauftragt, wahrscheinlich unter Drohungen. Haben Sie deshalb wieder mit dem Trinken angefangen?«

O'Connor reibt sich das Gesicht, starrt auf den Boden. Ist die Entscheidung etwa schon gefallen? Hat man ihn längst zum Sündenbock erkoren? Nein, das kann nicht sein. So viel Zeit hatten die Londoner gar nicht. Doch selbst die Möglichkeit macht ihm schon Angst. Schweigend sitzt er da und spürt, wie Stärke und Willenskraft ihm wie Schweiß aus allen Poren sickern.

»Malones Tod hat mich schwer getroffen. Es ging mir sehr schlecht. Ich brauchte etwas, um mich zu beruhigen. Deshalb habe ich getrunken. Nur deshalb.«

»Sie fühlten sich wohl schuldig, weil Sie durchaus damit rechneten, dass man Malone erschießen würde, und ihn trotzdem nicht gewarnt haben?«

»Das Ganze war ein Unfall. Ich wusste gar nichts.«

»Sie gingen unbewaffnet in die Milk Street. Was glaubten Sie, was dort passieren würde?«

»Es war ein Fehler«, antwortet O'Connor leise. »Ich habe einen Fehler gemacht, sonst nichts.«

Thompson blickt auf seine Taschenuhr, steht auf und geht zur Tür.

»Wir werden Sie hierbehalten, während wir weitere Nachforschungen anstellen«, verkündet er. »Oben ist ein freies Zimmer, da können Sie warten. Ich postiere einen Constable vor der Tür.«

»Ich habe heute noch zu tun, ich kann nicht hierbleiben.«

»Ich könnte Sie auch festnehmen und in eine Zelle stecken. Aber die Zellen sind noch voller Fenians, also würde ich davon lieber Abstand nehmen.«

»Sie haben keinerlei Zeugen«, stellt O'Connor fest, »keinerlei Beweise. Kein Richter würde Ihre Geschichte ernst nehmen.«

»Darum sollen Sie ja hierbleiben, während wir ermitteln. Wenn wir nichts finden, können Sie gehen.«

Thompson öffnet die Tür. Auf dem Flur wartet ein Uniformierter, den O'Connor nicht erkennt. Er steht auf, ist wütend, aber hat auch Angst. Wenn ihn jetzt nur noch die Wahrheit retten kann, ist er womöglich verloren.

»Sie täuschen sich in mir«, erklärt er. Er steht so dicht neben Thompson, dass er dessen ölig süße Pomade riechen kann. »Ich bin genauso wenig ein Verräter wie Sie.«

»Wenn Sie kein Verräter sind, sind Sie ein großer Narr«, entgegnet Thompson ruhig. »Wir werden bald wissen, was von beidem zutrifft, das verspreche ich Ihnen.«

Vierundzwanzigstes Kapitel

Den Rest des Nachmittags bleibt O'Connor allein. Das Zimmer ist leer, abgesehen von zwei Stühlen, einem wackeligen Tisch und ein paar Teekisten voller kaputter Stiefel und alter Uniformen. Das schmale Fenster geht hinaus aufs Giebeldach des York Hotel. Auf einem der Stühle sitzend raucht O'Connor seine Pfeife. Hin und wieder steht er auf, geht einmal rund ums Zimmer und setzt sich seufzend wieder, oder er schließt minutenlang die Augen, als versuchte er zu schlafen. Der Kamin ist kalt, und O'Connor friert, will den vor der Tür postierten Constable jedoch nicht um Kohle bitten. Bestimmt ist der Spuk schon bald vorbei. Gut, vielleicht mögen ihn die anderen Detectives nicht, aber deshalb würden sie doch nicht falsch gegen ihn aussagen. Und Fazackerley wird ihn bestimmt verteidigen. Sobald Thompson einsieht, wie haltlos seine Theorie ist, wird er woanders weitersuchen. O'Connor denkt wieder an Rose, empfindet eine Traurigkeit und Sehnsucht, die kaum zu der kurzen Zeit passt, die sie einander kennen. Wenn er an sie denkt, denkt er zugleich an Catherine, das ist ihm bewusst. Sollte ihm das peinlich sein, ihn gar beschämen? Entehrt er das Andenken an seine tote Frau, indem er es mit diesen Gefühlen für eine andere, lebendige junge Frau vermengt?

Draußen wird es bereits dunkel, als Fazackerley bei ihm hereinschaut. Bei sich hat er ein Tablett mit Suppe, Brot und einem Becher Tee. Nach einem kurzen Blick ins Zimmer trägt er dem

Constable vor der Tür auf, eine Schütte Kohle und eine Öllampe zu holen, dann stellt er das Tablett ab, wischt mit dem Ärmel den Staub von dem freien Stuhl und setzt sich. O'Connor pustet auf die Suppe und nimmt den verbogenen Löffel in die Hand. Kurz starrt er in den Becher und wünscht sich sehnlichst, es wäre etwas anderes als Tee darin.

»Sind die Neuen aus London alle so?«, fragt er.

»Thompson ist der Schlimmste, finde ich, aber nur um eine Nasenlänge.«

»Sie wissen, was er mir vorwirft?«

»Er war im Paradezimmer und hat Fragen gestellt, also wissen es jetzt alle. Blanker Unsinn, habe ich gesagt.«

Die Suppe ist heiß und salzig. Blasse Rübenstücke und grässliche Fleischfetzen tauchen beim Essen daraus auf wie Treibgut aus brauner, fettiger Flut. O'Connor tunkt die Reste mit dem Brot auf, schlingt es hinunter, dann setzt er die Schale an den Mund und trinkt die letzten Tropfen. Er hatte gar nicht bemerkt, wie hungrig er war; seit dem Gespräch mit Thompson ist er wie betäubt.

»Was ist mit den anderen?«, fragt er. »Was haben die ihm erzählt?«

»Alles, was sie gesehen und gehört haben. Viel ist das nicht. Ein paar würden Sie nur zu gern hinter Gittern sehen, aber sie sind nicht so dumm, dafür einen Meineid zu leisten. Ich schätze, Thompson kommt bald zur Vernunft und merkt, dass er nur seine Zeit verschwendet. Wenn Sie geduldig bleiben und Ihre Zunge im Zaum halten, können Sie vermutlich noch heute Abend gehen.«

O'Connor dankt ihm und reicht ihm die Hand. Fazackerley steht auf, sieht sich in dem schummerigen Zimmer um, als wollte er sich dessen bescheidene Abmessungen einprägen.

»Diese Londoner Gockel machen mir jedenfalls keine Sorgen«,

sagt er dann. »Die Sorte kenne ich. Die sind bald wieder weg, und alles geht seinen gewohnten Gang.«

»Nur ohne mich«, erwidert O'Connor.

»Sie waren hier immer nur zu Gast«, sagt er. »Das wissen Sie so gut wie ich.«

Der Constable kommt mit dem Kohleneimer und der Öllampe und heizt den Kamin an, und Fazackerley verabschiedet sich. Einen Augenblick lang wünscht O'Connor, er hätte ihm mehr von sich erzählt, mehr über Catherine und das Kind, das sie verloren haben, darüber, wie sie jeder auf ihre eigene Art daran zerbrachen, doch jetzt ist es dafür zu spät. Wenn Fazackerley sich später irgendwann an ihn erinnert, wird er nur an den Mann denken, der mitangesehen hat, wie Frank Malone erschossen wurde, der hinterher den Kopf verloren hat und kündigen musste, ehe er hinausgeworfen wurde. Alles andere wird schnell vergessen sein.

Das Feuer brennt inzwischen, und die sanfte Wärme macht ihn schläfrig. Er raucht noch eine Pfeife, dann schläft er auf dem Stuhl ein. Stunden später wird er wach von Stimmen auf dem Flur und der sich quietschend öffnenden Tür. Er rechnet damit, dass Thompson oder einer seiner Männer kommt, um ihm zu sagen, dass er gehen kann, stattdessen steht Sanders in der Tür, angespannt und angriffslustig. Er trägt weder Hut noch Kragen, die Hemdsärmel sind hochgekrempelt, das verkniffene Gesicht ist eine griesgrämige Mischung aus Verachtung und Belustigung.

»Ich soll Sie abholen, O'Connor«, grient er. »Sie kommen runter in die Zelle.«

Auf dem Flur ist Bewegung zu hören, und O'Connor fragt sich, wer dort noch wartet und warum. Weiß Thompson, dass Sanders hier ist, oder ist das nur ein schlechter Witz, den die anderen sich ausgedacht haben?

»Wer hat Sie geschickt?«, fragt er.

»Inspector Thompson. Ich befolge nur seinen Befehl. Er will Sie in der Zelle haben.«

»Das mache ich nicht mit. Ich wurde nicht verhaftet, also gibt es keinen Grund, mich einzusperren.«

»Das kommt schon noch.«

O'Connor schüttelt den Kopf. »Wo ist Fazackerley?«

»Der hat Feierabend.«

»Dann will ich mit Thompson sprechen. Gehen wir in sein Büro.«

»Mein Befehl lautet, Sie in die Zelle zu bringen.«

»Da gehe ich aber nicht hin, das sagte ich doch.«

Sanders ist spürbar erregt, begierig darauf, den Plan in die Tat umzusetzen, fürchtet, dass die Gelegenheit ihm durch die Finger schlüpft, dass ihm durch irgendeine Trickserei oder Verwicklung doch noch sein Triumph gestohlen wird.

»Wir wissen, wer Sie sind«, sagt er. »Maybury haben Sie an der Nase rumgeführt, aber der ist jetzt nicht mehr da, und die Neuen sind ein ganzes Stück schlauer als er. Die durchschauen Ihre Lügen.«

»Das ist alles nicht wahr. Ich bin genauso wenig ein Verräter wie Sie.«

Sanders läuft auf einen Schlag puterrot an. »Frank Malone war ein guter Freund von mir«, keucht er. »Und ihr verfluchten Irenschweine habt ihn umgebracht. Kaltblütig abgeknallt. Unschuldig und unbewaffnet, wie er war. Also wagen Sie's ja nicht, mich einen Verräter zu nennen.«

Die Tür geht wieder auf, und die zwei Männer, die draußen gewartet haben, treten ein. O'Connor erkennt nur einen der beiden: Payne, ebenfalls Detective. Ob Sanders Hilfe brauche, will er wissen.

»Er will nicht in die Zelle. Will erst mit Thompson sprechen.«

»Dann kriegt er eben Handschellen«, sagt Payne gelassen. »Auch um die Fußknöchel. Wenn nötig, tragen wir ihn runter, mit dem Arsch voraus. Wollen Sie das wirklich?«

Er zeigt O'Connor die Handschellen. Groß und dünn ist er, krumme Nase, schmale Augen, und er ist bekannt für seine Faulheit und sein Kartenpech.

»Nicht nötig«, sagt O'Connor. »Ich komme mit.«

Er steckt die Pfeife weg und steht auf. Offenbar ist Thompson mit seinem Latein am Ende. Er will ihm sicher nur einen Schreck einjagen. Alles nur ein Witz, ein Spiel. Besser, er macht mit, statt sich zu widersetzen.

Die vier Männer gehen den engen Flur entlang und hinab über eine grau gestrichene Metalltreppe. O'Connor weiß nicht genau, wo sie sind, aber vermutlich irgendwo im Rückgebäude. Sie steigen hinab bis in den Keller und durchqueren eine Reihe schwach beleuchteter Gänge. Schließlich erreichen sie die Zellen, warten, während Sanders einen Schließer sucht. Aus irgendeinem Zimmer dringt Geschrei, es stinkt nach Pisse und Karbol. Der Steinboden ist feucht, die grüne Wandfarbe unter der Holzvertäfelung befleckt mit trockenem Blut.

»Jetzt sind Sie, wo Sie hingehören«, höhnt Payne. »Hinter Gittern mit ihren Fenian-Freunden.«

Der andere – der, den O'Connor nicht kennt – grinst über die Bemerkung und ergänzt, wenn es auf der Welt auch nur ein Fünkchen Wahrheit und Gerechtigkeit gäbe, würde man O'Connor aufhängen für seine Taten.

»Wer sind Sie überhaupt?«, fragt O'Connor. »Was wissen Sie denn schon von mir?«

»Grayling heiß ich. Und ich weiß, was ich gehört hab, das reicht mir vollkommen.«

Sanders kommt mit einem Schlüssel zurück, sie schließen die leere Zelle auf und schieben O'Connor hinein. Links steht eine Holzpritsche, hinten in der Ecke ein verzinkter Eimer. Die grauen Wände sind beschmiert mit Dreck und vollgeritzt mit gnostischen Sinnsprüchen der zuletzt hier Eingekerkerten. Kurz fragt sich O'Connor, wie es je so weit hat kommen können, dann ruft er sich in Erinnerung, dass diese Haft nicht lange dauern kann, dass Thompson nichts gegen ihn in der Hand hat und Fazackerley schon morgen wieder da sein wird. Bevor die drei Männer ihn einschließen, beschimpfen sie ihn nochmals als Verräterschwein, das endlich kriegt, was es verdient. Als sie fort sind, legt er sich auf die Pritsche und versucht zu schlafen, doch die Kälte fährt ihm in die Glieder, und ab und zu reißt ihn das Geschrei aus den Nachbarzellen aus dem Schlaf.

Am nächsten Tag bekommt er morgens Brot und Tee und mittags einen Teller Gerstensuppe. Die Suppe ist wässrig und riecht ein wenig nach Urin, was er vergeblich zu ignorieren versucht. Als er über die Kälte klagt, bringt man ihm eine klamme Decke. Geduldig wartet er den ganzen Nachmittag lang auf Fazackerley, und als der nicht auftaucht, meldet sich die Angst wieder. Suchen die wirklich neue Beweise gegen ihn, wie Thompson behauptet hat, oder halten sie ihn nur aus reiner Bosheit fest, als Rache für seine angeblichen Verbrechen? Wer außer Sanders, Payne und Grayling weiß überhaupt, dass er hier unten ist? Und wer wird nach ihm suchen, wenn er nicht mehr auftaucht? Er muss ruhig bleiben, darf nicht vergessen, dass Recht und Vernunft da draußen noch immer existieren, auch wenn er sie hier unten nirgends sehen oder spüren kann.

In der Zelle gibt es weder Lampe noch Kerze, und nur durch die schmale Scheibe an der Eisentür fällt ein wenig Licht. Am späten Nachmittag des ersten Tages kauert O'Connor mit angezogenen

Knien in der Düsternis und versucht, den Geruch des Toiletteneimers und die zunehmenden Schmerzen in Hüften, Hals und Rücken zu verdrängen, als die Tür aufgeht und Sanders hereinkommt.

»Es reicht«, sagt O'Connor. »Langsam ist das nicht mehr lustig. Sie wissen genau, dass nichts gegen mich vorliegt und es keinen Grund gibt, mich hierzubehalten. Ich wurde ja nicht mal festgenommen. Sie müssen mich sofort entlassen.«

»Entlassen?« Sanders lacht, als hätte er einen Witz gehört. In der Hand hält er einen Knüppel. Sein Bart ist voller Kuchenkrümel, und er riecht nach Bier und Zwiebeln. »Thompson hat alle Beweise, die er braucht«, erklärt er fröhlich. »Mehr als genug, um Sie aufzuknüpfen. Bald bringt man Sie ins Gefängnis von Belle Vue.«

»Sie lügen«, sagt O'Connor. »Thompson weiß vermutlich nicht mal, dass ich hier bin.«

»Wieso soll er das nicht wissen? Er hat es doch selbst angeordnet.«

»Wo ist Fazackerley? Warum war er noch nicht bei mir?«

»Fazackerley? Der steht selbst unter Verdacht. Er ist Ihr Freund, also wusste er wahrscheinlich Bescheid über Ihre Machenschaften. Möglich, dass noch andere eingeweiht waren. Maybury vielleicht, oder sogar Palin. Wir wissen noch nicht, wie weit die Verschwörung reicht.«

O'Connor schüttelt den Kopf. Diese haarsträubenden Räuberpistolen können wohl kaum Sanders Spatzenhirn entsprungen sein.

»Ich muss sofort mit Thompson sprechen«, sagt O'Connor. »Wir müssen dem ein Ende setzen, bevor es wirklich zu weit geht.«

»Wollen Sie etwa gestehen? Falls ja, bring ich Sie gern sofort zu ihm.«

»Es gibt nichts zu gestehen«, sagt O'Connor. »Ich bin unschuldig.«

Sanders macht einen schnellen Schritt nach vorn, hält den Knüppel quer in beiden Händen und drückt ihn O'Connor mit Wucht gegen die Luftröhre. O'Connors Hinterkopf schlägt an die Zellenwand, seine Augen quellen vor. Sanders drückt weiter, bis O'Connors Miene erste Anzeichen von Panik zeigt, dann tritt er zurück.

»Ihr ach so unschuldiger Hals ist schnell gebrochen«, sagt er. »Zack und durch. Vergessen Sie das nicht.«

O'Connor braucht einen Moment, bis er wieder Luft bekommt. Er reibt sich Hals und Kiefer und blitzt Sanders an. »Warum sind Sie überhaupt hier?«, fragt er »Was wollen Sie von mir?«

Sanders nickt, als wäre er dankbar für die Erinnerung. »Ich brauche Ihre Börse, Ihre Hosenträger und Ihre Stiefel. Sie sind jetzt Häftling, das ist Vorschrift.«

O'Connor weiß sehr gut, dass es eine solche Vorschrift nicht gibt und nie gegeben hat, doch eine Diskussion wird ihm kaum weiterhelfen. Draußen stehen Wachen, und wenn er sich weigert, wird Sanders ihm die Dinge mit Gewalt abnehmen.

»Wann komme ich nach Belle Vue?«, erkundigt er sich.

»Wann immer es uns in den Kram passt.«

Wenn die ihn verlegen wollen, müssen sie ihn erst vor einen Richter bringen, und wenn sie das tun, müssen sie einen Anwalt zu ihm lassen. Dann wird er dieser Vorhölle entkommen und in die Welt zurückkehren.

»Morgen?«, hakt er nach.

»Wann immer es uns passt«, wiederholt Sanders.

Höhnisch grinsend hebt er O'Connors Stiefel auf, streckt die Hand nach Hosenträgern und Börse aus.

Kaum ist Sanders fort, legt O'Connor sich hin und schließt die

Augen. Als er wieder aufwacht, schmerzen ihm Kehle und Ohren und irgendetwas drückt und brennt in seinem Bauch. Er steht auf, öffnet die Hosenknöpfe und hockt sich über den Eimer in der Ecke. Den Rücken an die Wand gestützt, strengt er sich an, sich zu entleeren. Kurz fühlt er sich befreit, beinahe glücklich, dann kommt die nächste Welle, lauter und ergiebiger als die erste, und dann noch eine dritte. Als es vorbei ist, quält er sich wieder auf die Pritsche und zieht sich die braune Decke über. Er schwitzt, obwohl es kalt ist. Der Schmerz im Bauch hat sich gelöst, doch er fühlt sich schwach und flau, Beine und Rücken sind steif und tun ihm weh. Ein paar Minuten vergehen, dann dreht er sich um und kotzt auf den Steinboden. Er wischt sich den Mund am Ärmel ab, spuckt die letzten Bröckchen aus und ruft nach Wasser, doch niemand antwortet. Vermutlich ist es schon nach Mitternacht. Kein Mucks ist auf dem Gang zu hören, nur der gelbe Schein der Gaslampen dringt durch den schmalen Sehschlitz. Erneut schließt er die Augen, zieht die Beine an die Brust und verschränkt die Arme, um sich aufzuwärmen.

Zwei Tage hält die Übelkeit an. Ihm ist schwindlig vor Fieber, er schwitzt und zittert, driftet immer wieder ab in ruhelosen Schlaf. In seiner Verwirrung glaubt er sich manchmal zurück in Armagh, oder in der Wohnung in der Kennedy's Lane. Wenn er Stimmen auf dem Gang hört, denkt er, es sei Catherine, die dem Baby vorsingt, oder seine Eltern, die sich streiten. Er will nach ihnen rufen, sie um Hilfe bitten, aber es ist, als hätte er vergessen, wie das geht. Statt Worten bringt er nur heisere, kehlige Laute hervor, spitze Schreie und Gekläff wie das krude Kreischen eines Schwachsinnigen oder eines verängstigten Affen. Obwohl er weiß, was er sagen will, bringt er es nicht über die Lippen, wie sehr er sich auch anstrengt. Die Kehle wird ihm eng, die Zunge dick und unbrauchbar. Die draußen lauschenden Wachen schütteln nur die Köpfe und lachen über sein plumpes Kauderwelsch. »Die Fenian-Sau O'Connor singt wieder ihr Latein«, spotten sie.

Als das Fieber nachlässt und er wieder klarer denken kann, bittet er um Wasser, Seife und ein Tuch, um sich zu waschen. Erst das Gesicht, dann Arme, Brust und Bauch. Sein Körper kommt ihm wie ein Haus vor, in das er nach langer Reise wiederkehrt, wie ein Freund, dessen Namen er vergessen hat. Er wringt das Tuch aus, zieht die Hose runter und fährt mit der Waschung fort. Er hat sich im Schlaf besudelt, sein Hinterteil ist verkrustet und wund. Behutsam, mit den Fingerspitzen, entfernt er den angetrockneten Kot und wischt sich mit dem Lappen ab. Dann wäscht er Schenkel und Geschlecht und schließlich seine Füße. Das graue Wasser ist eiskalt, von der Bewegung kommt er außer Atem. Als er fertig ist, wickelt er sich in die braune Decke ein und legt sich wieder auf die Pritsche. Seine verschmutzten Kleider liegen auf dem Boden, doch er ist zu erschöpft, sie aufzuheben.

Als Thompson eine Stunde später in die Zelle kommt, rümpft er die Nase und ruft nach den Wachen. Er wartet auf dem Gang, bis sie den Eimer geholt und den Boden gewischt haben. Bleich und nackt, unrasiert und hohläugig, liegt O'Connor unter der verwanzten Decke und sieht schweigend zu. Dann tritt Thompson wieder ein, hat sich gegen den Gestank eine Zigarre angezündet.

»Ich habe gehört, Sie waren krank«, sagt er. »Geht es Ihnen wieder besser?«

O'Connor zaudert. Er denkt an die Träume, an die verstümmelten Worte, die ihm den Hals verstopften. Thompson beugt sich ein Stück vor und mustert ihn genauer.

»O'Connor? Hören Sie mich?«

»Es geht«, antwortet er auf Thompsons erste Frage. »Nur etwas geschwächt.«

»Das wird schon wieder, wenn Sie was gegessen haben. Suppe und Brot. Das bringt Sie im Handumdrehen wieder auf die Beine.«

»Ich bin jetzt vier Tage hier, ohne Verhaftung oder Anklage. Sie haben kein Recht, mich gegen meinen Willen festzuhalten. Überhaupt kein Recht.«

Thompson nickt. »Es hat länger gedauert als erhofft, aber ein besonderer Fall wie Ihrer lässt sich eben nicht so einfach aufklären. Das alles ist ungewöhnlich kompliziert. Ich weiß zwar, dass Sie höchstwahrscheinlich ein Verräter sind, habe aber noch keine Beweise, und wenn ich Sie laufen lasse, finden wir Sie niemals wieder. Was soll ich also tun? Gestern habe ich Colonel Feilding wegen dieses Dilemmas geschrieben und heute Morgen seine Antwort erhalten. Der Colonel ist ein kluger Mann und hat mir einen guten Rat gegeben. Er meinte, ich soll an die Waffe denken. Die Waffe ist die Lösung, schreibt er. Ich habe nicht sofort verstanden, was er meinte, aber dann fiel es mir wie Schuppen von den Augen.«

»Welche Waffe?«, fragt O'Connor.

»Bartons Waffe. Die Sie ihm gestohlen haben. Sie waren nicht befugt, sie ihm abzunehmen, haben es aber dennoch getan. Haben ihn angelogen. Das ist Diebstahl, und der Diebstahl einer geladenen Schusswaffe ist kein Kavaliersdelikt.«

»Ich hab sie gleich am nächsten Tag zurückgegeben. Sie in den Waffenschrank gelegt.«

Thompson nickt. »Laut Aufzeichnungen lag sie mittags um halb eins wieder im Waffenschrank. Barton schätzt, Sie haben sie ihm gegen acht Uhr des Vorabends abgenommen, was bedeutet, sie war mindestens sechzehn Stunden in Ihrem Besitz. In sechzehn Stunden kann man mit einer geladenen Waffe allerhand anrichten.«

»Ich war betrunken. Sie war die ganze Nacht in meiner Tasche, ich hatte sie vollkommen vergessen.«

»Und Sie glauben, Ihre Trunkenheit macht die Sache besser? Eher im Gegenteil, möchte ich meinen.«

Thompson tritt genauso auf wie schon beim letzten Mal: selbstzufrieden, hinterlistig, unaufhaltsam. Er nimmt einen langen Zug von der Zigarre, lässt den Rauch durch die breiten Nasenlöcher strömen.

»Morgen früh werden Sie vor dem Polizeigericht wegen Diebstahls einer Schusswaffe angeklagt«, fährt er fort. »Wir haben natürlich Zeugen – Barton, den Apotheker und Fazackerley. Das wird ein schnelles Urteil.«

»Ich wollte Stephen Doyle töten, deshalb habe ich die Waffe genommen. Ich war außer mir vor Wut.«

»Barton sagt aus, auf ihn wirkten Sie ruhig und nüchtern. Er sagt, er wollte Ihnen die Waffe erst nicht überlassen, aber Sie hätten ihn dazu gezwungen.«

»Das stimmt nicht. Er hat sie mir sofort gegeben.«

»Barton ist ein braver Junge, sauber und integer. Wenn er vor Gericht aussagt, wird man ihm glauben.«

»Wozu soll das alles gut sein?«

»Um Sie unter Kontrolle zu halten. Sie sind ein Risikofaktor, ein Feind der Krone, eine Gefahr für die Öffentlichkeit. So bleiben Sie zumindest sicher hinter Schloss und Riegel.«

»Ich bin keine Gefahr, für niemanden«, erwidert er. »Ich bin ein Mann wie jeder andere, loyal und anständig.«

»Wir wissen inzwischen, dass Sie in Dublin in Ungnade gefallen sind, dass man Sie hierhergeschickt hat, um Ihnen eine zweite Chance zu geben. Das war natürlich ein Fehler. Wenn jemand wie Sie vom rechten Weg abkommt, findet er nie mehr zurück. Vollkommen unmöglich. Ist die Schwäche erst offenbar geworden, bleibt nur noch die eine Richtung. Maybury hätte das längst erkennen sollen, hätte Ihnen nie vertrauen dürfen. Das war sein Fehler. Aber jetzt liegt alles klar zutage. Jetzt wissen wir, wer Sie sind.«

»Gar nichts liegt zutage«, platzt O'Connor atemlos hervor. »Überhaupt nichts. Sie werfen mir Verrat vor, aber wer verraten wird, bin ich. Das ist hier der wahre Verrat: die falschen Vorwürfe, die lächerlichen Lügen.«

»Sie sind ein gewöhnlicher Säufer. Da zumindest sind wir uns wohl einig.«

»Ich … hatte … mit einem Verlust zu kämpfen«, stammelt O'Connor. »Meine Frau.«

Thompson nickt selbstgefällig. »Catherine«, sagt er. »Wissen wir, aber auf mein Mitleid hoffen Sie vergebens. Ich spare meine Tränen für die Opfer Ihrer Fenian-Freunde auf.«

O'Connor wendet sich kopfschüttelnd ab. Vom Fieber ist er immer noch verwirrt und schwach. Für eine Antwort fühlt er sich zu unsicher. Thompson wartet noch einen Moment, dann tritt er den Zigarrenstummel aus und öffnet die Zellentür. Kurz strömt gelbes Licht herein, auf dem Flur pfeift glockenhell ein Mann, dann schlägt die Tür zu und die Welt ist wieder still und finster.

Fünfundzwanzigstes Kapitel

Sie wünscht sich Glück und Sicherheit, Kinder und ein Heim, doch was will eigentlich er? Trost, vermutet Rose, und irgendeine Art von Liebe, einen Ausweg aus all seinem Kummer. Sie braucht seine Hilfe, er braucht ihre, also werden sie sich eben gegenseitig helfen. So perfekt wie in den Liedern wird es nicht werden, aber man muss im Leben eben auch mal etwas riskieren, und egal, wie lange man auch nachdenkt und sich bespricht, am Ende kann man doch nur beten und auf das Beste hoffen. Und genau das wird sie tun. Wenn er kommt, wann immer das auch sein wird, wird sie sein Angebot annehmen. Sie wird lächeln und Ja sagen, und wenigstens für den Moment wird es so sein, als hätte die Vergangenheit sich aufgelöst, als finge die Welt aus dem Nichts von vorn an.

Es ist nach neun Uhr am Sonntagabend, und Rose Flanagan hat eben ihre Mutter ins Bett gebracht, als es an der Tür klopft. Endlich, denkt sie, besser spät als nie. Sie rechnet damit, dass James O'Connor vor der Türe steht, nervös, erwartungsvoll, oder auch beides, doch stattdessen trifft sie dort jemand völlig anderes: ein alter, ganz in Schwarz gekleideter Mann mit ungepflegtem grauem Schnurrbart und trüben Austernaugen. Er stellt sich vor als Harold Newly, Rechtsanwalt, und reicht ihr seine Karte. Sie meint, sie brauche keinen Anwalt, und er erklärt ihr lächelnd, er vertrete

Mr James O'Connor, der ihn gebeten habe, Miss Rose Flanagan eine Nachricht zu überbringen.

»Sind Sie denn Miss Flanagan?«, fragt er.

Sie nickt.

»Dürfte ich kurz eintreten?«

Rose zögert. Erneut betrachtet sie die Karte, fragt sich, was das alles zu bedeuten hat.

»Warum sollte ein Polizist einen Anwalt brauchen?«, will sie wissen. »Das ergibt doch keinen Sinn.«

Wieder lächelt Newly, sagt, die Lage sei tatsächlich ungewöhnlich, doch er könne alles aufklären, wenn sie es erlaube. Er spricht langsam und beschwichtigend, als wäre er gewohnt, dass man ihn nicht mag und ihm misstraut. Sie tritt zur Seite und lässt ihn ein. Das Feuer im Wohnzimmer ist bereits erloschen, also gehen sie in die Küche. Er legt seinen Hut auf den Tisch und lehnt den Regenschirm gegen die Wand. Rose bietet ihm einen Stuhl am Ofen an, und er nimmt Platz. »Tee?«, fragt sie, doch er lehnt dankend ab.

»Wo ist Jimmy? Wieso kommt er nicht selbst?«

Newly nickt, wie um einzuräumen, dass ihre Frage nicht unbegründet ist. Sein Gesicht ist staubtrocken und zerfurcht, die dünnen Lippen sind außen blass und innen dunkel. Er erinnert Rose an einen Kirchenorganisten oder einen verlotterten Schulmeister.

»Das wird Sie sicher überraschen«, sagt er, »aber Mr O'Connor ist derzeit im Gefängnis New Bailey inhaftiert, in Salford. Er wird des Diebstahls einer Dienstwaffe beschuldigt. Der Fall soll im Frühjahr vor den Richter kommen. Ich bin zuversichtlich, dass er dann freigesprochen wird, zumal es keine wirklich ernst zu nehmenden Vorwürfe gegen ihn gibt, aber einstweilen ist er laut den Vorschriften als Straftäter zu behandeln. Seine Freiheit ist erheblich eingeschränkt: Außer seinem Rechtsbeistand darf er keinen Besuch empfangen, Briefe darf er weder schicken noch erhalten.«

Rose sieht ihn sprachlos an. Was dieser Mann da redet, klingt derart absonderlich, dass sie fast lachen muss. »Wie kann man einen Polizisten ins Gefängnis werfen?«, fragt sie. »Ist das nicht ungesetzlich?«

»Nun ja, genau genommen ist Mr O'Connor kein Polizist mehr. Er hat den Dienst quittiert. Aber selbst wenn er einer wäre, wäre er vor Strafe nicht gefeit. Verbrechen ist Verbrechen, egal, wer es begeht. So will es das Gesetz.«

Rose kann es immer noch nicht glauben. Das O'Connors Schicksal sich so schnell gewendet haben soll, kommt ihr unvorstellbar vor, doch dann denkt sie daran, was er in der Teestube über Maybury und die anderen erzählt hat – wie sie alle nichts auf seinen Rat gaben und ihn behandelten wie Dreck.

»Dann hat es irgendwer wegen seiner Herkunft auf ihn abgesehen. Er hat mir erzählt, wie es im Rathaus zugeht. Dass er dort keine Freunde hat, die Engländer ihn für minderwertig halten. Bestimmt ist irgendwas passiert. Irgendjemand hat sich nicht an die Vorschriften gehalten, und er muss es jetzt ausbaden.«

»Das ist nicht ganz falsch«, stimmt Newly zu. »Dafür, was Mr O'Connor getan hat, würde jeder andere höchstens aus dem Dienst entlassen, vielleicht sogar nur getadelt werden, aber sicher nicht ins Gefängnis gesteckt. Seit den jüngsten Fenian-Morden ist die Stimmung allerdings ein wenig überhitzt. Vergeben und Verständnis sind heutzutage Mangelware. Es heißt, er hätte eine Pistole gestohlen, dabei hat er sie in Wahrheit nur geliehen, ohne vorschriftsmäßig die Erlaubnis dazu einzuholen. Dass er dabei nicht ganz nüchtern war, ist uns zwar keine große Hilfe, aber es ist ja nichts passiert und niemand kam zu Schaden. Ein dummer Fehler, nichts weiter, aber wenn man im gegenwärtigen Klima einen Sündenbock sucht, kann man so etwas leicht künstlich aufblasen.«

»Wann soll das passiert sein?«

»Letzten Sonntag. Am Abend, als alle nach den Mördern von Constable Malone suchten.«

»Ich habe ihn tags drauf getroffen. Er kam zu mir in die Arbeit, im Spread Eagle Hotel. Er sprach darüber, dass er bei der Polizei aufhören, den Dienst quittieren wollte, aber von Ärger hat er nichts gesagt.«

»Da wusste er ja auch noch nichts davon. Er kam nichts ahnend zurück ins Rathaus, wurde befragt, und als er gehen wollte, warf man ihn in die Zelle. Hinter all dem steckt ein Inspector aus London, ein gewisser Thompson. Er hat die fixe Idee entwickelt, Mr O'Connor stecke unter einer Decke mit den Fenians, kann das aber nicht beweisen. Außer diesem Diebstahl kann er ihm nichts anlasten. Dieser Thompson macht einigen Eindruck, heißt es, und hat den Haftrichter leicht überzeugen können, aber die Hauptverhandlung ist eine andere Geschichte. Ein guter Anwalt wird den Inspector dort sicher in die Schranken weisen.«

Rose blickt immer ungläubiger. Sie denkt an den Blutfleck auf O'Connors Mantelärmel. Er hat für diese Leute sein Leben riskiert. Umgebracht hätte er werden können, und jetzt schimpft man ihn einen Verräter. Ein schöner Dank.

»Wie geht es ihm?«, fragt sie.

»Er hatte Fieber, und er ist sehr niedergeschlagen. So ein Gefängnis ist ein fürchterlicher Ort, Miss Flanagan. So soll es ja auch sein, nur dazu ist es da. Mr O'Connor leidet, wie jeder ehrliche Mann dort leiden würde, aber er bat mich, Ihnen zu bestellen, dass er viel an Sie denkt und ihn das oft tröstet.«

»Ist das seine Nachricht an mich?«

»Ein Teil davon. Der Rest ist etwas spezieller.«

Rose presst die Lippen aufeinander. Sie denkt an das Gefängnis, wie es vom Ufer des Irwell aufragt, finster und gewaltig, als wollte es das Leid der Stadt für alle sichtbar machen. Selbst, wenn sie ihn gehen lassen, wie dieser Newly verspricht, wird er geschwächt bleiben, als wäre die Erfahrung wie ein unsichtbares Gift in ihn eingedrungen. All sein bisheriger Kummer wird noch größer und viel tiefer sein.

»Als Sie eben geklopft haben, dachte ich, das wäre er«, sagt sie.

Newly nickt, kneift mitfühlend die Augen zu.

»Es tut mir leid, dass ich Sie enttäuscht habe«, sagt er. »Ich bin bestimmt ein äußerst dürftiger Ersatz.«

»Was hat er Ihnen von mir erzählt?«

»Er sagte, er habe um Ihre Hand angehalten, und Sie wollten darüber nachdenken. Angesichts der nun veränderten Umstände, meint er, sollen Sie sich keinesfalls sofort zu einer Antwort verpflichtet fühlen. Sobald man ihn entlässt, will er Sie erneut aufsuchen und seinen Antrag wiederholen. Gleich als Allererstes. Er hofft, Sie werden ihm dann antworten, und dass Ihre Antwort positiv ausfällt, doch bis dahin sollen Sie sich völlig frei fühlen. Das lässt er Ihnen ausrichten.«

»Frei zu was?«, stutzt sie.

»Soweit ich weiß, ist Ihr Bruder tot und Ihre Mutter gebrechlich. Falls jemand anders Ihnen seine Hilfe anbietet, sollten Sie nicht gleich Nein sagen. Ich glaube, das will er Sie wissen lassen.«

Rose richtet sich auf, bestürzt von der Gefühlskälte des Angebots.

»So leicht will er mich aufgeben?«

»Er meint es nur gut. Sein Pech soll Ihnen nicht zum Schaden werden.«

Rose betrachtet ihre Hände – die abgebrochenen Nägel, die roten, von der Arbeit groben Finger. Wohin sie sich auch wendet, erwartet sie nur neuer Schmerz. Die Ungerechtigkeit fährt ihr bis in die Knochen. Sie seufzt, streicht sich über den Rock, sieht Newly wieder an.

»Wann genau soll der Fall verhandelt werden?«, will sie wissen.

»In drei Monaten, im April.«

»Und was, wenn er verurteilt wird?«

»Das ist höchst unwahrscheinlich. Dieser Thompson spielt nur Spielchen, wenn Sie mich fragen.«

»Und wenn doch?«

Newly hält inne, streicht mit der knochigen Hand über die Tischplatte. »Dann bekommt er mindestens ein Jahr Gefängnis, womöglich sogar mehr.«

Nachdem Newly gegangen ist, setzt Rose sich in die Küche, schaut ins Feuer. Sie ist noch jung, und noch ist nichts entschieden. Sie kann tun und lassen, was sie will. Lang denkt sie darüber nach, dann steht sie auf, entzündet eine Kerze und geht damit nach oben. Tommys Zimmer ist noch immer leer und dunkel. Seit dem Mord hat niemand es betreten. Kein Untermieter will es haben, sie selbst bekäme nie ein Auge darin zu. Im anderen Schlafzimmer schnarcht ihre Mutter. Rose zieht sich rasch aus, streift ihr Nachthemd über und schlüpft zu ihr ins kalte Bett.

Sechsundzwanzigstes Kapitel

Immer im Kreis gehen sie, Diebe und Erpresser, Sodomiten und Zuhälter, Veruntreuer, Würger, Taschendiebe und Geldschrankknacker – alle verschieden und doch alle gleich. O'Connor betrachtet die gebeugten Schultern des Manns vor sich und hört den hinter sich spucken und husten. Die Gefängnisholzschuhe klappern auf dem nassen Asphalt. Neben dem Pfad, da, wo die Wachen stehen, ist das winterliche Gras zu Matsch zertrampelt. Sprechen ist strengstens untersagt, jeder Blick und jedes Lächeln werden bestraft. Nach dem Hofgang geht es in die Kapelle, dann in die Gefängniswerkstatt – Spulen wickeln, Tüten kleben, der Geruch von Teeröl, die kalte, braune Luft voll Staub.

Jeden zweiten Mittwoch trifft er Newly zur Besprechung in einem Schuppen zwischen dem Torhaus und dem Büro des Direktors. Sie sprechen über die geladenen Zeugen, die Beweise, die voraussichtlichen Anwälte, darüber, was die Richter sagen könnten. Newly benimmt sich immer gleich: Er ist sorgfältig, auf fast langweilige Art gelassen, spricht langsam und schweift nie vom Thema ab, aber hinterher, wenn die zugeteilte Zeit vorüber ist und sie sich verabschieden, verspürt O'Connor jedes Mal eine rohe, unbändige Traurigkeit, als trennte man ihn von einer Geliebten oder einem guten Freund.

Nachts hört er Schreie aus den umliegenden Zellen, Schluchzen, schnelle Schritte und das Schlagen von Metalltüren. Die schmale Zelle ist kalt wie ein Grab, und die Finsternis liegt schwer wie eine Faust auf ihm. Wenn er träumt, träumt er von Catherine, aber meistens liegt er nur verängstigt wach, und die Gedanken und Erinnerungen schneiden ihm durchs Hirn wie Stahlklingen.

An manchen Tagen ist er wütend und empört, fühlt sich missbraucht; nur mit Mühe kann er seinen Zorn dann zügeln. An anderen versinkt er in schlaffe, hilflose Trägheit. Er denkt an alles, was er getan und unterlassen hat, an seine Fehlschläge und seine schmerzhafte Geschichte, und er fragt sich, ob er die Strafe nicht vielleicht verdient hat. Hat dieses Schicksal ihn vielleicht schon längst erwartet? Ist das das wahre Erbe seines Vaters? Zwei Monate sitzt er schon im New Bailey ein, und manchmal fürchtet er, den Verstand zu verlieren.

Eines Morgens nach dem Frühstück taucht unangekündigt Fazackerley auf. O'Connor putzt gerade seine Zelle, fegt den Schieferboden, rollt Decken und Matratze ein, als plötzlich die Tür aufgeht. Fazackerley wirkt müde und bedrückt, seine blauen Augen sind grau umrandet. Er tritt in die Zelle, nimmt die verbeulte Melone ab und streicht sich das dünne Haar aus der breiten Stirn.

»Ich wäre schon früher gekommen«, sagt er, »aber die haben mich nicht gelassen. Eine Schande, was die Ihnen angetan haben, wirklich eine Schande. Das hab ich auch Thompson gesagt. Ins Gesicht hab ich es ihm gesagt.«

»Und was hat er geantwortet?«

Fazackerley schüttelt den Kopf. »Er ist eben der neue Besen. Je schlechter er uns hinstellt, desto besser steht er selbst da. Er will Mayburys Posten, jede Wette.«

»Superintendent?«

»Genau. Gut möglich, dass er ihn auch kriegt. Im Rathaus sind alle völlig kopflos.«

O'Connor bietet Fazackerley den Hocker in der Ecke an, rollt die Matratze fertig ein und setzt sich auf die Bettkante. Die Zellentür steht immer noch weit offen, auf dem Gang gegenüber stapeln die Küchenhilfen leere Essenstabletts. In der Luft hängt der übliche Morgengeruch von Hafersuppe und Nachttöpfen.

»Ich hab Ihnen was zu rauchen mitgebracht«, sagt Fazackerley. »Hier, bitte.« Er gibt O'Connor den Tabak, und der riecht daran und nickt. »Hätt ich gekonnt, hätte ich all das verhindert, Jimmy. Das wissen Sie hoffentlich. Aber mir waren die Hände gebunden.«

»Sie haben mich vor Thompson gewarnt. Das habe ich nicht vergessen.«

»Ich hätte Ihnen raten sollen, zu verschwinden, solange Sie's noch konnten.«

»Newly meint, Sie wollen für mich aussagen.«

»Ja. Selbstverständlich. Falls es so weit kommt, tu ich, was ich kann.«

Fazackerley sieht sich in der Zelle um, kratzt sich mit dem Kinn den Handrücken.

»In Belle Vue ist man besser dran als hier«, sagt er. »Da ist es sauberer, und man darf seine eigenen Klamotten behalten. Sie sollten um Verlegung bitten. In Ihren eigenen Sachen fühlen Sie sich bestimmt wohler.«

»Die Klamotten sind nicht das Problem.«

Fazackerley lächelt kurz, wird aber sofort wieder ernst. Er legt die Melone auf dem Boden ab, reibt sich die Schenkel, als wäre ihm kalt. Sein Mantel ist noch regennass, er riecht nach Tabakrauch und Winterluft.

»Wir holen Sie hier raus, so oder so«, verkündet er.

Warum ist er hier?, fragt sich O'Connor. Er muss einen Wärter bestochen oder Erlaubnis vom Magistrat eingeholt haben, also hat er mir wohl etwas mitzuteilen, etwas, das er nicht Newly übermitteln lassen kann.

»Hat man Stephen Doyle gefunden?«, fragt er. »Soll ich mit ihm reden?«

Überrascht von dieser Wendung des Gesprächs lehnt Fazackerley sich auf dem niedrigen Hocker zurück. Er schüttelt den Kopf, zupft an einem Ohrläppchen herum.

»Die suchen ihn zwar noch, aber er könnte inzwischen überall sein.«

»Ich bin der Einzige, der ihn kennt. Der Einzige, der ihn wirklich gesehen hat. Das wissen Sie doch noch?«

»Ja, das weiß ich noch.«

Fazackerley schnieft und blickt zu Boden. Wenn er nicht wegen Doyle hier ist, denkt O'Connor, warum dann?

»Haben Sie von Michael gehört?«, fragt er. »Haben Sie ihn getroffen?«

Als Fazackerley aufblickt, hat seine Miene sich verändert: düsterer ist sie geworden, angespannter. »Deshalb bin ich hier«, sagt er.

»Steckt er in Schwierigkeiten? Braucht er Hilfe?«

Fazackerley schweigt. O'Connor sieht ihn genau an. Ein Wärter kommt, wirft einen Blick in die Zelle und geht weiter. Der unschuldige Moment wiegt sie sanft in seiner Hand, dann lässt er sie wieder fallen.

»Gestern Morgen wurde auf der Brache bei der Stanley Street eine Leiche gefunden«, fährt Fazackerley fort. »Jemand wollte sie vergraben, hat sich aber nicht viel Mühe gegeben. Dem Aussehen nach zu urteilen, hatten Hunde sich darüber hergemacht. Es tut mir leid, Jimmy.«

»Michael?«

Fazackerley nickt.

»Beim Bunkerkai?«

»Genau. Am Bolton Canal, nicht weit von hier.«

O'Connor kennt dieses Gefühl bereits: erst die Taubheit, dann der Schmerz. Trauer klafft in ihm auf wie eine Felsspalte, tobt in ihm wie ein blindes wildes Tier in einem Käfig.

»Wie wurde er umgebracht?«

»Einmal in den Kopf geschossen, aber davor haben die ihn ziemlich übel zusammengeschlagen.«

»Er hätte besser in New York sein Glück versucht.«

»Wir konnten es nicht wissen.«

O'Connor verschränkt die Arme ganz dicht vor der Brust, beugt sich nach vorn und wartet, dass der Schwindel und die Übelkeit nachlassen. Fazackerley schnieft, zieht ein schmutziges Taschentuch aus der Jacke, wischt sich die Nase ab und steckt es wieder weg.

»Getötet hat ihn Doyle, aber Peter Rice und Jack Riley waren auch dabei. Wir haben Blut in einem der Bahnbögen in der Nähe von Michaels Leiche gefunden. Der Mieter ist ein gewisser Dixon. Erst hat er behauptet, es sei jemand eingebrochen, aber als wir ihm gedroht haben, ihn wegen Mordes aufzuhängen, hat er seine Meinung schnell geändert. Dixon ist ein kleiner Fisch, ein Dieb aus Salford. Doyle ist ihm eines Abends in den Gewölben in der Sidney Street begegnet und hat ihm Geld dafür gegeben, Sie zu überfallen. Später, als sie einen Unterschlupf brauchten, hat er ihn dann noch mal aufgesucht. Er ist kein Fenian, nicht mal ein Ire, aber er war dabei und hat alles gesehen. Laut seiner Aussage hat Doyle Ihre Lüge anfangs noch geglaubt. Er hielt Rice für den Verräter, aber der konnte ihn davon überzeugen, dass es in Wahrheit Michael war. Irgendwie müssen die Ihren Neffen enttarnt haben. Ich weiß auch nicht, wie. Michael hat erst alles abgestritten, sagt Dixon, aber am Ende haben Sie ihn kleingekriegt.«

»Wann war das?«

»Am Abend nach dem Mord an Frank Malone.«

O'Connor verzieht das Gesicht wie unter einem plötzlichen Schmerz. Stöhnend blickt er an die ausgebleichte Decke. Die Glocke zum Hofgang ertönt, die Wachen auf dem Gang rufen die Nummern aus.

»Jack Riley wurde gestern Abend in seiner Bierstube verhaftet. Peter Rice ist abgetaucht, aber weit wird er nicht kommen. Sie kommen beide vor Gericht, wegen Verabredung zum Mord, und dank Dixons Aussage enden sie bestimmt am Galgen. Doyle ist über alle Berge, aber das macht Thompson nicht viel aus. Zwei tote Fenians genügen ihm vollkommen, egal, wer sie sind und was genau sie angestellt haben. Für ihn ist das ein Geschenk des Himmels.«

»Wäre ich an dem Abend in der Apotheke geblieben, hätte ich Michael vielleicht retten können.«

»Die hätten ihn trotzdem umgebracht.«

»Ich hätte sie verfolgen können.«

»Dann hätten die Sie auch getötet, und Sie lägen jetzt neben Michael in der Leichenkammer.«

Ein Wärter teilt Fazackerley mit, er müsse langsam gehen. Fazackerley bedankt sich und wartet, bis sie wieder allein sind.

»Bevor ich herkam, habe ich im Rathaus mit Thompson gesprochen. Er will immer noch nicht zugeben, dass er bei Ihnen falschlag, findet aber, dass die Sache mit der Pistole keine Rolle mehr spielt. Er hat jetzt Wichtigeres zu tun. Er will beantragen, dass Sie auf Kaution freikommen, und wird bei der Verhandlung nichts gegen Sie vorbringen. Ein, zwei Tage kann das wohl noch dauern, vielleicht auch eine Woche, aber bald sind Sie hier raus.«

O'Connor schüttelt den Kopf. Er kneift die Augen zu, öffnet sie wieder. »Das ist alles nicht richtig«, sagt er.

»Es ist niemals richtig, Jimmy. Manchmal ist es besser, manchmal schlimmer, aber richtig ist es nie. Das sollten Sie mittlerweile wissen.«

Eine Seite des Hofs liegt im Schatten, auf die andere fällt schwache Wintersonne. Mit den anderen Häftlingen geht O'Connor langsam im Kreis, hinaus in die Helligkeit und wieder hinein ins Dunkel. Warm, dann kalt, wieder und wieder. Wenn die Wärter nicht hinsehen, flüstert der Mann hinter ihm hastige Fragen: »Ich heiße Ezra«, sagt er, »wie heißt du, Freund? Ich bin Falschmünzer, und du?« O'Connor hört ihn, doch gibt keine Antwort. Sein Vordermann hat ein schlimmes Bein, schaukelt und schwankt bei jedem Schritt. Immer wieder schließt sich der Kreis: erst Schatten, dann Licht, erst Mauern, dann Himmel; brauner Rauch sickert aus Schornsteinen, Holzschuhe klappern auf nassem Asphalt. Krähen kauern auf den Firstziegeln wie Wachposten. Alles ist anders, denkt O'Connor, und doch ist alles gleich. Zeit wird zu Erinnerung, und die Erinnerung wird zu dem Graben, in dem wir ertrinken.

Siebenundzwanzigstes Kapitel

Fünf Tage später wird O'Connor aus New Bailey entlassen, mit zwei Schilling und sechs Pence in einem gelbbraunen Umschlag in der Westentasche. Von der Entlausung ist seine Kleidung noch steif und riecht nach Rauch. In der Worsley Street kauft er an einem Stand eine Fleischpastete und isst sie langsam und genüsslich. Als er aufgegessen hat, kauft er gleich eine zweite, und der Verkäufer witzelt über seinen Appetit. So frei, ohne die Mauern ringsherum und die graue Wolkendecke über ihm, fühlt er sich schwindlig und verwirrt, als wäre er aus einem sonderbaren Traum erwacht oder nach langer Zeit allein auf See wieder zurück an Land. Statt nach der zweiten Pastete über die Albert Bridge ins Stadtzentrum zu gehen, steigt er die ausgetretene Steintreppe zum Anleger hinab und biegt rechts auf den schmalen, schlammigen Fußpfad am Nordufer des Irwell. Er denkt an die Nacht, bevor die Fenians gehängt wurden: an die Wachfeuer und Barrikaden, an die schaulustige Menge vor dem Gefängnis. Tommy Flanagan war da noch am Leben, genau wie Henry Maxwell und Frank Malone. Doyle hat seine Rache bekommen, wenn auch nicht wie geplant. Drei Tote gegen drei Gehängte, Blut gegen Blut, und dabei hätte es auch bleiben können, doch das tut es nun mal nie. Immer bleibt noch eine Rechnung offen, eine Lehre zu erteilen.

Der Pfad wird breiter, ändert die Richtung, und bald ist rechts statt der hoch aufragenden Fabrikmauern nur noch feuchte Au zu sehen, welkes Gras und kümmerliches Unkraut, hier und da durchzogen von befestigten Entwässerungsgräben. O'Connor geht weiter bis zu der Schleuse, wo der Bolton Canal auf den Irwell trifft, und biegt dort auf den Pferdesteig, der zu den Bunkerkais führt. Hundert Meter vor ihm sind die Bahnbögen: roter Backstein, feucht und schwarz von Rauch. Die meisten stehen offensichtlich leer, aber manche sind vernagelt, und einige haben Lattentore oder schmale Türen, über denen Schilder angebracht sind.

Vor einem der Bögen brennt ein Feuer, und zwei Männer laden leere Fässer auf eine Bierkutsche. Einer der beiden pfeift fröhlich vor sich hin. O'Connor stellt sich vor, sagt ihnen, wonach er sucht. Der Pfeifende verstummt, reibt sich den Kopf und zeigt in die Ferne. »Da hinten«, sagt er. »Immer gradeaus, dann können Sie's gar nicht verfehlen.« O'Connor geht ein Stückchen weiter, blickt zurück, und der Mann, der ihm noch nachsieht, winkt ihn weiter. Der nasse Boden ist bedeckt von wirrem, saftlosem Gestrüpp. Welke Disteln haken sich an seine Hosenbeine. Zweimal stolpert er, hält sich aber auf den Füßen. Noch sieht er nicht, wonach er sucht, fragt sich, ob der Mann sich wohl geirrt oder ihn belogen hat, dann bemerkt er es zu seiner Rechten: ein Stück umgegrabener Boden, die frische Erde schimmert dunkel wie eine Wunde durch das graubraune Gewirr aus Dornbüschen und Stacheln. Als er näher tritt, erkennt er das offene Grab, schlampig ausgehoben, schmal, flach und rings von Fußspuren umgeben, das Gras zu beiden Seiten platt getrampelt. Er geht einmal herum, beugt sich hinab, hebt einen Knopf und ein verbranntes Streichholz auf. Leichtsinnig, denkt er, ihn hier zu verscharren, so nah am Bahnbogen, aber das war Doyle in dem Moment wohl egal. Die Beweise gegen ihn genügten ohnehin für den Galgen, da kam es auf eine Leiche mehr nicht an.

Er steht wieder auf und sieht sich um. Die Männer mit der Bierkutsche sind weg, aber ihr Feuer lodert noch. Eine Lokomotive pfeift, und brauner Rauch treibt seitwärts aus den Fabrikschornsteinen. Er hat schon wieder Hunger und schämt sich für dieses prosaische Gefühl. Die Toten haben das Sagen, denkt er, jetzt und in alle Ewigkeit. Jeder Schritt von ihnen weg ist einer auf sie zu, und was wir Liebe oder Hoffnung nennen, ist nur ein kurzes Zwischenspiel, das uns vergessen lässt, wer wir in Wahrheit sind. Vom weichen Rand des Grabs hebt er ein wenig nasse Erde auf, betrachtet es und reibt es sich dann wieder von den Händen. Manche Grausamkeit will er sich lieber nicht ausmalen. Besser, man weiß nicht alles, denkt er. Besser, man stellt sich einfach dumm.

In Newlys Kanzlei wartet ein Brief von Rose Flanagan auf ihn. Sie schreibt, sie sei nach Glasgow gezogen, wo sie in einer Pension für Frauen in Oatlands lebe und in einem der großen Hotels am Bahnhof in der Küche aushelfe. Sie sei glücklich, schreibt sie: Die Herberge sei sauber und gepflegt, und sie habe bereits Freundinnen gefunden. Kurz vor Schluss, als hätte sie es fast vergessen, erklärt sie dann, sie müsse sein freundliches Angebot leider ablehnen. Es sei nicht richtig, schreibt sie. Sein Anblick werde sie nur immer wieder an Tommys grausigen Tod erinnern, und es sei für sie beide eine zu große Belastung, ein neues Leben anzufangen, auf das das alte noch so dunkle Schatten wirft.

Er liest den Brief ein zweites Mal und legt ihn wieder auf den Schreibtisch. Traurig und enttäuscht ist er, das schon, aber auch merkwürdig erleichtert. So ist es einfacher, denkt er. So muss er sich über niemand anderen den Kopf zerbrechen und kann sich ganz in Ruhe seinem eigenen Schmerz widmen.

Der Anwalt fragt, ob die Neuigkeiten schlecht sind, und er zuckt einmal kurz die Achseln und nickt.

»Ich habe nicht damit gerechnet, dass sie auf mich wartet«, sagt er. »Warum hätte sie auch sollen?«

»Ich habe ihr ausgerichtet, was Sie wollten. Offenbar hat sie begriffen, dass Sie es gut mit ihr meinten.«

»Das hat sie wohl, ja.«

»Ich habe gehört, ihre Mutter ist gestorben, und sie musste deshalb so schnell weg. Sie konnte in dem Haus nicht wohnen bleiben, hat es nicht mehr darin ausgehalten. Schreibt sie darüber in ihrem Brief?«

Newly wirkt gelöster als zuvor, gesprächiger. Zufrieden sieht er O'Connor an, als wäre der ein kniffliges Problem gewesen, das sich erstaunlich leicht hat lösen lassen.

Wieder nickt O'Connor. »Im Schlaf gestorben, schreibt sie.«

»Frauen wie Rose Flanagan gibt es wie Sand am Meer«, versichert Newly ihm verkniffen grinsend. »So einzigartig ist sie nicht. Sie haben Ihre Freiheit wieder, können Gottes Luft atmen, wo immer Ihnen danach ist. Das ist doch das Wichtigste.«

Im Gefängnis hat er Newlys Selbstgefälligkeit noch als tröstlichen Hauch Normalität empfunden, aber hier draußen wirkt sie rüpelhaft und fehl am Platz.

»Ich bin nur frei, weil Michael Sullivan ermordet wurde«, sagt O'Connor.

Newly blickt bestürzt. »Nein, Sie hätten gar nicht erst ins Gefängnis gehört; das hatten Sie nur Thompsons Machtspielchen zu verdanken. Wäre der Fall vor Gericht gekommen, hätten keine Jury und kein Richter, die noch recht bei Sinnen sind, Sie jemals verurteilt. Sie mögen von Sullivans Tod zwar profitiert haben, aber nur zufällig und minimal. Schuldig brauchen Sie sich nicht zu fühlen.«

Vorbei an Newly blickt O'Connor auf die Uhr auf dem Kaminsims. In dem geschliffenen Kristall zwischen der Eins und der

Zwei bemerkt er einen kleinen Sprung. Die Uhr tickt langsam, gleichmäßig wie Herzschlag.

»Ich mache mir Gedanken über Doyle«, sagt er.

»Den finden Sie nicht mehr. Scotland Yard hat zwei Männer nach New York geschickt, aber auch die kamen mit leeren Händen wieder.«

»Irgendwo muss er ja sein. Wenn die ihn nicht finden, suchen sie eben an der falschen Stelle.«

»Möglich, aber darüber sollten Sie sich nicht den Kopf zerbrechen. Rice und Riley sitzen in Belle Vue ein, wie gesagt, und man wird sie hängen. Sie sollten in Ruhe trauern und Stephen Doyle anderen überlassen.«

O'Connor schüttelt den Kopf. »Ich habe genug getrauert«, sagt er. »Mehr halte ich nicht aus.«

Später, im Rathaus, sagt man ihm, Thompson sei beschäftigt und dürfe nicht gestört werden, also setzt er sich auf eine Bank im Gang und wartet. Eine Stunde geht vorüber, dann noch eine zweite. Er nickt eine Weile ein, dann schüttelt eine grobe Hand ihn wach. Vor ihm steht Sanders und blickt auf ihn herab. Er wirkt gereizt, voller Verachtung.

»Was wollen Sie?«, fragt er. »Warum sind Sie hier?«

Sanders sieht immer noch genauso aus wie vorher – das lange, schmale Gesicht, der feuchte, angegraute Schnurrbart, die dunklen, gierigen Augen voll stumpfem Hass und Streitlust. O'Connor denkt an die Zelle, an den Knüppel, der ihm die Luft abdrückte. Die Erinnerung sticht ihm ins Herz, und heiße Wut flammt in ihm auf, ohnmächtig und stumm wie ein verschmähtes Begehren.

»Ich warte auf Thompson«, antwortet er. »Ich muss mit ihm sprechen.«

»Aber Thompson nicht mit Ihnen. Worüber auch?«

»Über Stephen Doyle.«

»Doyle ist längst verduftet, den schnappen wir nicht mehr. Außerdem geht Sie das nichts mehr an. Besser, Sie verschwinden, bevor Sie wieder Ärger kriegen.«

»Auf der Überfahrt nach England hat er sich als Tuchhändler aus Harrisburg in Pennsylvania ausgegeben. Das hat Michael Sullivan erzählt. Wenn er sich nicht in New York versteckt, dann höchstwahrscheinlich dort, oder zumindest in der Nähe. Er muss irgendwann in Harrisburg gelebt haben oder jemanden dort kennen. Warum sollte er sonst ausgrechnet auf diese Stadt kommen?«

»Das ist Ihr großartiger Geistesblitz? Deshalb sind Sie hergekommen?«

»Sagen Sie Thompson, er soll jemanden nach Harrisburg schicken.«

»Einen Scheißdreck tu ich. Die Untersuchung von Michael Sullivans Mord ist abgeschlossen. Er ist unter der Erde, und wir haben Wichtigeres zu tun.«

O'Connor steht zu schnell auf. Seine Beine sind wacklig, Rücken und Hüfte noch immer wund von der Gefängnispritsche. Sein ganzer Körper fühlt sich an, als hätte er ihn von einem Älteren und Schwächeren geliehen.

»Das ist Ihre Pflicht!«, schreit er beinahe. »Den Toten gegenüber!«

Sanders kneift die Augen zusammen und legt den Kopf schräg. Seine Antwort gibt er so ruhig und langsam, als spräche er zu einem Kleinkind oder Schwachkopf.

»Inspector Thompson spricht nicht mit Ihnen, O'Connor«, sagt er. »Heute nicht, und morgen auch nicht. Er hat mich geschickt, Ihnen das auszurichten. Sie waren ja schon vorher nicht viel wert, aber jetzt zählen Sie gar nichts mehr. Überhaupt nichts. Merken Sie sich das.«

»Wenn Thompson niemand schickt, fahre ich selbst nach Harrisburg«, erwidert O'Connor. »Ich werde Stephen Doyle aufspüren und töten.«

Sanders wendet sich verächtlich ab, dann blickt er O'Connor wieder an. »Sie können gehen, wohin Sie wollen«, sagt er. »Von mir aus können Sie sich auf den Mond verpissen. Aber wehe, Sie kommen noch mal nach Manchester, dann werden Sie's bereuen, das schwöre ich.«

Achtundzwanzigstes Kapitel

Das Schiff macht in New York fest, und eine Droschke bringt Doyle zu einem Hotel in der Bleecker Street. Das Zimmer ist sauber und nett eingerichtet, am Fenster hängen rote Samtvorhänge, eine volle Flasche Whiskey steht auf dem Kaminsims. Drei Männer sind schon da. Der eine ist William Roberts, die anderen erkennt Doyle nicht. Sie begrüßen ihn herzlich, loben seine gute Arbeit in England; er hat den Angelsachsen Angst und Schrecken eingejagt, mehr kann man nicht verlangen. Die beiden Männer, die er nicht kennt, stellen sich als John O'Neill und Michael Kerwin vor. Sie geben ihm die Hand, bieten ihm einen Sessel an und nehmen selbst auf einem Sofa Platz. Roberts bleibt vor dem Kamin stehen. Die drei strahlen ihn wohlwollend an. Der Bürgermeister von Manchester wäre natürlich ein dicker Fisch gewesen, ein sehr dicker sogar, da sind sie sich einig, aber der Polizist und die Spitzel sind in der Summe fast genauso gut. Roberts zieht ein Bündel Scheine aus der Tasche, gibt es ihm und rät ihm, zunächst ein Weilchen abzutauchen, möglichst weit weg von New York, wo niemand nach ihm suchen wird. Mindestens ein Jahr, meint er, vielleicht auch länger, je nachdem. Dann entkorken sie den Whiskey und stoßen auf ihn an.

Doyle trinkt mit, erklärt dann aber, er wolle umgehend zurück nach England. Er hat neue Pläne, sagt er, hat aus seinen Fehlern gelernt und möchte es noch einmal versuchen. Allein, diesmal, oder mit jemandem aus Amerika, den er schon kennt und dem er traut. So würde niemand ihn verpfeifen können.

Schweigend kratzen sie sich die Bärte und hören ihn an. Als er fertig ist, tauschen sie kurze Blicke aus, dann verkündet Roberts, sosehr sie seinen Mut und seinen Einsatz auch bewunderten, könnten sie doch keinesfalls eine zweite Mission finanzieren.

»Sie müssen unsere Lage verstehen, Stephen«, erklärt Roberts, vollkommen gefasst und ruhig. »Die Bruderschaft soll die Leute zu einem Aufstand aufwiegeln. Nur dafür ist sie da. Waghalsige Einzeltaten können dazu manchmal beitragen, aber ersetzen können sie die Entwicklung im Großen und Ganzen nicht.«

»Ein Aufstand hat keine Chance«, entgegnet Doyle. »Nach dem letzten Mal müsste Ihnen das doch klar sein. Es gibt nicht genug Männer, die für uns kämpfen und sterben würden. Wenn wir gewinnen wollen, müssen wir die Engländer zu Hause treffen. Ihnen Angst einjagen, bis sie nicht mehr schlafen können und ständig fürchten, dass sich hinterrücks ein Ire mit einer Pistole oder einer Bombe anschleicht. Leicht wird das bestimmt nicht, zugegeben, aber wenn wir denen lang und schwer genug zusetzen, werden sie früher oder später aufgeben.«

»Wir sollen unsere Freiheit durch Mord und Brandstiftung gewinnen?«, fragt O'Neill. »Ist das Ihr Ernst?«

»Ich bin Soldat. Mir ist gleich, ob ich meinen Feind auf einem Schlachtfeld töte oder an einer Straßenecke. Am Ende kommt das doch aufs selbe raus.«

»Am Ende, ja, aber auf dem Schlachtfeld ist der Feind bewaffnet und kann sich verteidigen. Da bleiben noch etwas Anstand und Ehre übrig. Ihr Weg dagegen führt in die Barbarei. Wenn wir auf diese Art gewinnen sollten, wäre unsere Freiheit auf alle Zeit besudelt.«

»An Krieg ist gar nichts ehrenhaft und überhaupt nichts anständig«, erwidert Doyle, »und es hilft keinem weiter, wenn man das Gegenteil behauptet. Sie haben mich nach Manchester geschickt, damit ich Rache übe. Ich habe vier Männer umgebracht, und jetzt sagen Sie mir, ich soll damit aufhören? Sie wollen es anders versuchen, schön, aber anders geht es nicht. Haben die Engländer ihr Empire etwa erobert, weil sie so ritterlich waren? Wenn wir Barbaren sind, sind die es schon lange. In der Schlacht sind alle gleich, und man hat geradezu die Pflicht, seine hässlichste Seite zu zeigen.«

O'Neill schnieft, schüttelt den Kopf. »Sie bringen da etwas durcheinander«, sagt er. »Wir kämpfen für Wahrheit und Gerechtigkeit, der Feind für Tyrannei und Lügen. Wer das nicht auseinanderhält, verrät unsere Sache.«

Doyle will antworten, doch William Roberts kommt ihm zuvor.

»Bleiben wir doch bei den Tatsachen«, sagt er. »Jeder Polizist in England hält jetzt nach Ihnen Ausschau. Alle kennen Ihren Namen und Ihre Beschreibung. Wenn Sie zurückgehen, können Sie noch so gut aufpassen und sich noch so gut verkleiden, man wird Sie garantiert verhaften und aufhängen. Und wem ist dann geholfen? Nein, wie man es auch dreht und wendet, Ihr Vorschlag ist nicht durchführbar.«

O'Neill und Kerwin nicken beipflichtend.

»London ist ein Labyrinth«, beharrt Doyle. »Mich da zu verstecken, wäre leicht. Ich würde nur nachts vor die Tür gehen, im Schutz der Dunkelheit.«

»Und wo wollen Sie unterkommen? Was wollen Sie essen? Sie bräuchten Hilfe, nur auf sich gestellt würden Sie nicht überleben. Und jeder, den Sie kennenlernen, könnte Sie verraten. Selbst wenn wir jemanden nach London schicken wollten, dann bestimmt nicht Sie. Nach allem, was passiert ist, wäre das der blanke Unsinn.«

»Ich bin inzwischen erfahren«, wendet Doyle ein. »Das hat kein anderer zu bieten.«

»Sie sind ja nicht mal in New York sicher«, fährt Roberts fort. »Wenn die Briten Druck machen, wird es für Sie hier ganz schnell ungemütlich. Darum raten wir Ihnen ja auch, sich abzusetzen. Irgendwann wächst Gras über die Sache, aber vorerst sind Sie woanders sicherer. Jetzt haben Sie ja genug Geld, um sich irgendwo im Westen ein Stück Land zu kaufen, wenn Sie mögen.«

»Ich bin Soldat«, sagt er, »kein Farmer.«

»Dann eben was anderes, das liegt ganz bei Ihnen. Sie haben Ihre Pflicht getan, unserer Sache tapfer und entschlossen gedient. Jetzt sind andere an der Reihe.«

Doyle blickt ihn schweigend an, gibt sich geschlagen. Roberts und die anderen halten ihn offenbar für einen Narren, für leichtsinnig und nicht für mutig. Sie wollen ihn lieber schnell loswerden, um ihre aussichtslosen Umsturzpläne zu verfolgen. Früher waren sie Soldaten, jetzt sind sie eitel und gefühlsselig. Sie träumen vom Sieg, doch den Preis wollen sie nicht bezahlen. Er leckt sich die Lippen, schmeckt die Reste ihres erstklassigen Whiskeys.

»Und wenn ich auf das Geld verzichte?«, fragt er und streckt ihnen das Bündel Scheine hin. »Wenn ich es zurückgebe und mich um alles selbst kümmere?«

»Wir werden überall bespitzelt«, ruft Roberts ihm kühl ins Gedächtnis. »Das wissen Sie doch. Wie sollten wir Sie denn beschützen, wenn Sie unsere Hilfe ablehnen?«

Doyle bleibt noch über Nacht in dem Hotel und nimmt am nächsten Morgen in der Cortland Street die Dampffähre nach Hoboken und dort den Zug nach Philadelphia. Den ersten Monat Miete für ein Zimmer in einer Pension in den Northern Liberties bezahlt er gleich im Voraus. Er überlegt, sich unter einem falschen Namen wieder zur Armee zu melden und in Texas gegen die Indianer zu kämpfen, aber in der Rekrutierungsstelle beäugt man ihn misstrauisch und stellt Fragen, die er lieber nicht beantwortet. Also beschließt er, zu bleiben, wo er ist, von Roberts' Geld zu leben und abzuwarten, was das Schicksal bringt. Zum Zeitvertreib geht er spazieren oder lungert in Restaurants und Hotellobbys herum, liest Zeitung und trinkt Bier. Die Tage sind bequem und langweilig, und während sie vorüberziehen wie auf Schienen, spürt er, wie er nach und nach verweichlicht, seine soldatische Entschlossenheit verliert. Er denkt daran, wie sein Leben aussah, bevor der Krieg ihn erlöst hat, denkt an die ziellosen, trägen Jahre ohne jeden Glauben, und fragt sich, ob ihm dieses Schicksal abermals bevorsteht, sobald ihm die Fenian-Dollars ausgehen. Wird dieses alte Leben noch einmal sein neues werden und er selbst noch mal derselbe, nur ein wenig älter?

Es ist bereits Ende März, als er Fergus McBride, seinen Onkel, über den Franklin Square gehen sieht. Sein Haar ist grauer, und er geht gebeugter, doch er ist es ohne jeden Zweifel. Doyle sitzt auf einer Bank am Brunnen und raucht seine Pfeife. Der Tag ist kühl und bewölkt, Tauben picken im Staub zu seinen Füßen, Wagenräder rattern übers Pflaster, und der Brunnen rauscht gleichmäßig. An Fergus McBride hat Doyle lange nicht gedacht, und ihn jetzt leibhaftig hier zu sehen, trifft ihn völlig unerwartet. Erst will er ihm einen Gruß zurufen, doch dann lässt er ihn vorbeigehen, um ihm unbemerkt zu folgen. Fergus geht entlang der 5th Street nach Süden und biegt in eine Avenue. Bald darauf bleibt er vor einem schmalen, dreistöckigen Backsteinhaus stehen, mustert kurz die Tür, steigt dann die Treppe hoch und klopft. Doyle schlendert weiter bis zur nächsten Ecke, macht kehrt und geht langsam zurück. Auf einem Messingschild neben der Tür, durch die Fergus verschwunden ist, steht der Name eines Mannes und darunter »Rechtsanwalt«. Sicher irgendwas wegen der Farm, denkt Doyle, oder ein Streit um Geld. Wozu sonst sollte sein Onkel einen Anwalt brauchen? Er blickt auf seine Uhr, beschließt zu warten, bis Fergus herauskommt, und ihn dann anzusprechen. Kein Grund, ein solches Treffen zu vermeiden; er hat ja nichts zu verbergen. Er wird ihm sagen, dass er sich ehrenhaft im Krieg geschlagen hat und dann nach Irland gegangen ist, um dort weiterzukämpfen. Er wird nach Anna, Lazlo und der Farm fragen, aber nicht darüber sprechen, wieso er damals fortgezogen ist. Wut oder Scham verspürt er jetzt nicht mehr, denkt er, zu viele Jahre sind vergangen, und er hat zu viel erlebt. Nach Vergeltung sehnt er sich höchstens noch ein kleines bisschen, das wird er leicht in den Griff bekommen.

Eine Stunde später kommt Fergus wieder heraus. Als er Doyle sieht, nickt er ihm erst zu und wendet sich gleich wieder ab, als wäre er nur irgendein Passant, doch dann stutzt er, dreht sich um und betrachtet ihn erneut.

»Stephen?«, staunt er.

»Ich hab gesehen, wie du da reingegangen bist«, sagt Doyle. »Hab dich sofort erkannt.«

Fergus runzelt die Stirn. Einen Augenblick wirkt er verwirrt, verunsichert, dann reicht er Doyle die Hand. »Wohnst du jetzt hier in der Stadt?«, erkundigt er sich.

»Ich bin nur zu Besuch. Ich wohne nirgends. Ich war im Krieg, dann eine Weile zurück in Irland. Hab ein paar Freunden da geholfen, aber es ging nicht ganz so gut aus wie erhofft.«

Fergus nickt, als überrasche ihn das nicht. »Für junge Leute ist in Irland heute nichts zu holen«, sagt er. »Hier bist du besser dran.«

»Wie geht's der Farm?«

»Oh, der geht's bestens. Wir bauen mittlerweile jede Menge Roggen an, für Whiskey. Bei Harper Tavern gibt's eine große

Brennerei. Die nehmen uns die ganze Ernte ab und zahlen ordentlich dafür.«

»Sind Anna und Lazlo noch bei dir?«

»Lazlo ist weg. Wir haben einen neuen Helfer angestellt. Einen Schwarzen, George Nichols heißt er.«

Doyle deutet auf das Messingschild neben der Tür. »Und hast du Scherereien? Bist du deshalb hier?«

Fergus schüttelt den Kopf. »Peter Phelps ist gestorben. Weißt du noch? Der, dem die Farm auf der anderen Seite vom Tal gehört hat. Ich hab ein Viertel seines Lands ersteigert, aber jetzt gibt's ein Problem mit seinem Testament. Ein entfernter Verwandter erhebt Ansprüche. Ich werde da nicht schlau draus, aber dieser Anwalt meint, das lässt sich schnell klären – natürlich nicht umsonst, versteht sich.«

»Bist ja ein gutes Stück gereist aus Harrisburg.«

Fergus zuckt die Achseln. »Ich hab gutes Geld für dieses Land bezahlt«, sagt er. »Das will ich nicht verlieren, weil irgendeiner was verpatzt.«

»Du siehst genauso aus wie früher.«

»Na, so jung bin ich wohl nicht mehr, aber immerhin gesund. Ich arbeite noch jeden Tag auf dem Feld.«

»Und der Wald, ist der gerodet mittlerweile?«

»Schon lange, ja.«

Doyle schüttelt über die Erinnerung den Kopf. »Schwerer habe ich im Leben nie wieder gearbeitet. Nachdem ich weggegangen bin, hab ich als Kanalarbeiter und bei der Eisenbahn geschuftet, aber nie war ich danach so erledigt wie nach einem Tag in diesem Wald.«

»Das war zu viel für einen Jungen, heute weiß ich das. Du warst nicht stark genug. Das war mein Fehler.«

Doyle betrachtet seinen Onkel erneut. Er ist ein paar Zentimeter kleiner als früher, und die Haut rings um die Augen ist rau und fleckig, aber sein Gesicht erinnert ihn noch immer an das seiner Mutter – diese Nase, und der sanfte Schwung der Braue. Wie ein Stück Vergangenheit, das wieder zum Leben erweckt wurde, wie ein Traum, der beinah wahr geworden ist.

»Fehler macht jeder ab und zu«, sagt Doyle. »Niemand ist vollkommen.«

Fergus nimmt den Hut ab, wischt mit dem Ärmel übers Schweißband und setzt ihn wieder auf. »Schon seltsam, dir hier zu begegnen, Stephen«, sagt er. »Ich hab oft darüber nachgedacht, was zwischen uns vorgefallen ist. Und ich wünschte, es wäre anders abgelaufen.«

»Das ist lange her«, beschwichtigt Doyle. »Ich denke nicht mehr dran.«

»Das freut mich zu hören. An bösen Erinnerungen sollte man nicht festhalten, die vergisst man besser.«

Doyle nickt zustimmend.

»Noch was sollte ich dir sagen«, fährt Fergus nach kurzer Pause fort. »Anna und ich sind verheiratet. Wir haben ein Kind, einen Jungen namens Patrick.«

Doyle schweigt einen Augenblick, fragt sich, wieso die Nachricht ihn erstaunt, weshalb er diese Möglichkeit, die im Nachhinein so offensichtlich scheint, zuvor nie bedacht hat.

»Dann hab ich also einen Vetter«, sagt er. »Wie alt ist er?«

»Nächsten Monat wird er neun. Er wird sich freuen, dich kennenzulernen. Er klagt oft, unsere Familie sei zu klein. Seine Schulkameraden haben jede Menge Verwandte – Brüder, Schwestern, Onkel, Tanten, Großeltern –, aber er hat nur uns beide. Alle anderen sind tot oder leben zu weit weg.«

»Was hast du ihm von mir erzählt?«

»Nicht viel natürlich. Wir dachten ja nicht, dass er dich je kennenlernen würde. Aber falls du uns mal besuchen kommen möchtest, wird das eine schöne Überraschung für ihn. Ich sehe direkt vor mir, wie er große Augen macht.«

»Ich hab hier viel zu tun«, wehrt Doyle ab. »Pläne, du verstehst.«

»Sicher. Die Arbeit geht vor. Aber wenn du doch mal kämst, würden wir uns freuen. Ich erzähle Anna, dass ich dich getroffen habe. Bestimmt will sie genau wissen, wie du aussiehst und was du gesagt hast.« Er tippt sich an die Stirn. »Ich muss mir also alles richtig merken.«

»Ich hab hier ein Postfach«, sagt er. »Falls sie mir schreiben möchte.«

»Ich werd's ihr bestellen.«

Sie geben sich noch einmal die Hand, dann tippt Fergus sich an den Hut und geht.

Der ist heilfroh, dass er mich los ist, denkt Doyle, egal was er behauptet. Er hat sich gut eingerichtet, ist zufrieden und lebt sicher mit Frau und Kind, und dass ich so plötzlich auftauche, beunruhigt ihn. Ich bin die Vergangenheit, die er lieber vergäße.

Er malt sich aus, wie Fergus auf der Farm am Küchentisch sitzt und von Philadelphia erzählt, von der seltsamen Begegnung. Wie der Junge zuhört, Fragen stellt. Anna ist auch dabei, steht neben dem Herd. Wie mag sie jetzt wohl aussehen, wie verändert sind Gesicht und Körper heute? Die Jahre verschonen niemanden, doch was sie bei ihr bewirkt haben könnten, vermag er sich nicht vorzustellen. Das einzige Bild, das er mit Mühe wachrufen kann, ist der in sein Gehirn gebrannte, krude Anblick ihres blassen, schlafenden, von der Nachthitze verschwitzten Körpers, die knochenweißen, weit gespreizten Schenkel und die unverhüllte dunkle Kluft dazwischen.

Eine Woche später findet er im Postamt in der Chestnut Street zwei Briefe vor. In einem warnt ihn William Roberts, dass die Briten eine Belohnung für jegliche Informationen ausgesetzt haben, die zu seiner Ergreifung führen, und dass er Philadelphia, so er denn noch dort sei, besser verlassen und sich irgendwohin flüchten sollte, wo man ihn nicht so leicht erkennen und verraten kann. Der andere ist von Anna:

Liber Stephen ich bin froh zu hörn das du noch lebst und es dir gut get. Es ist ein groser Segen das du diesen schlimmen Krig überlebt hast in dem so viele getötet oder verkrüpelt wurden. Fergus hat dir ja erzällt das wir jetzt verheiratet sind und einen Sohn haben Patrick. Ich bin glüklich und Patrick ist eine Freude. Ich habe oft an dich gedacht und mich gefragt wo du bist und wie es dir get. Ich weiß du hast viel zu tuen aber wenn du uns mal besuchen könntest auch nur für einen Tag dann wär das ser schön. Deine gute Frendin Anna

Doyle geht sofort zurück in die Pension und packt. Lang wird er auf der Farm nicht bleiben, denkt er, höchstens ein, zwei Wochen. Gerade lang genug, um den Jungen etwas kennenzulernen und sich mit Anna wieder anzufreunden. Dann wird er fortziehen, weiter nach Westen oder Süden. Wohin genau er gehen und was er dort tun will, das weiß er jetzt noch nicht, aber es ist gut, denkt er, wenn er die Stadt verlässt, ehe ihre Vorzüge ihm die Knochen aufweichen und das Blut verwässern, bis er am Ende ganz vergessen hat, wer er ist und wofür er lebt.

Neunundzwanzigstes Kapitel

Der Wilderer taucht aus einer Biegung des Bretterpfads auf, in schlammverkrusteten Stiefeln und einem zerlumpten Surcot. Er singt in schlechtem Deutsch aus voller Kehle, klar und kräftig, und verleiht den höheren Tönen ein zittriges Vibrato, aus dem wohl Schalk und gute Laune sprechen. Als er O'Connor sieht, stutzt er erst kurz, dann grinst er und lüftet den zerknautschten Hut zu einem altmodischen Gruß.

»Ich vergess nie 'n Gesicht«, sagt er. »Aber Ihrs hab ich noch nie gesehn. Sie sind nicht von hier, oder?«

»Ich bin auf der Durchreise.«

»Und wohin reisen Sie durch?«

»Nach Westen«, sagt O'Connor. »Harrisburg.«

»Harrisburg?« Der Wilderer verdreht die Augen. »So weit kann doch kein Christenmensch zu Fuß gehn! Spätestens in Allentown sind die schönen Stiefel durchgelaufen.«

»Irgendwie komm ich schon hin. Ich muss.«

»Dienstags kommt 'ne Postkutsche hier durch.«

»Dafür habe ich kein Geld.«

»Wie lang sind Sie denn schon unterwegs?«

»Drei Tage, und ich brauche sicher noch mal drei.«

»Das ganz bestimmt. Wenn's reicht …«

Der Wilderer reibt sich das Kinn und mustert O'Connor. »'ne ehrliche Haut, die bisschen Pech gehabt hat, was?«, fragt er.

»Könnte man so sagen, ja.«

»Schnorrer erkenn ich schon von Weitem, aber Sie sehn mir nicht aus wie einer.«

»Ich bin auch keiner.«

Der Mann nickt, lächelt erneut. »Heut schon was gegessen?«, fragt er.

»Gestern Nachmittag hatte ich was.«

»Sie können hier an jeder Farm um Wasser bitten. Das schlägt Ihnen keiner ab, und wenn Sie bisschen Dusel haben, kriegen Sie noch was dazu. Tasse Kaffee, Scheibe Maisbrot, manchmal sogar mehr, wenn die Sie gern haben. Das ist kein Betteln, sondern Teilen. Hier gibt's jede Menge Leute, die mehr haben, als sie brauchen.«

»Ich kann arbeiten. Ich brauche keine Almosen.«

»Aha, zu stolz«, nickt der Wilderer. »Verstehe.«

»Was machen Sie.denn?«, fragt O'Connor.

»Ich? Ach, alles, was anfällt. Gräben graben, Mauern mauern, Holz hacken. Ein Jahr war ich in den Minen, aber das war nix für mich. Muscheln gesammelt und gefischt hab ich auch schon. Einmal hab ich Moritaten auf dem Jahrmarkt verscherbelt. Gekauft für 'nen Cent, verkauft für fünf.«

»Ein echter Tausendsassa, was?«

»Mhm, könnt man schon sagen.«

Der Wilderer sieht sich um, zupft sich abwesend an den Lumpen. Unter ein paar kahlen Bäumen neben ihnen grast Vieh auf einer sanft ansteigenden Weide, weiter oben glänzt noch etwas Schnee auf dem Gestrüpp.

»Wo wollen Sie denn heute schlafen?«, fragt er. »Ich weiß 'n gutes Plätzchen in der Nähe, wenn Sie mögen. Warm und gemütlich, und ich wüsste noch was anderes, was Sie vielleicht interessiert.«

»Was denn?«

»Eine Gelegenheit, bisschen was zu verdienen.«

»Ich muss weiter«, sagt O'Connor.

»In der Richtung gibt's nicht mal 'ne Mauer oder Hecke, unter die man sich zum Schlafen legen kann. So weit das Auge reicht, bloß Wald und Wiese. Außerdem wird es bald dunkel, und es sieht nach Regen aus. Ich an Ihrer Stelle würde lieber hier bei mir bleiben.«

»Ihr Plätzchen ist hier in der Nähe, sagen Sie?«

»Nicht weit, ja«, sagt er. »Kommen Sie nur mit.«

Der Wilderer führt O'Connor durch den Wald. Der Boden ist durchnässt und schwarz, Frost liegt auf den Stellen, wo das Licht nicht hinkommt. Über ihnen klappern kahle Äste im Wind wie Zähne.

»Sie haben nicht vielleicht 'n Schlückchen Whiskey?«, fragt der Wilderer. »Ich könnt was vertragen.«

O'Connor schüttelt den Kopf.

»Oder Rum?«

»Nichts dergleichen«, sagt er.

Bald weicht der Wald einer schafzerfressenen Weide und einem Wirrwarr aus Schwarzdorn und Apfelbeere. Hinter einer zerfallenen Mauer steht ein Blockhaus: Das grasbedeckte Dach ist schon halb eingestürzt, aber Wände und Kamin sind noch intakt. Die Männer treten ein. Drin riecht es kalt nach feuchter Asche, Moder und Fuchskot. Dicke, graue Spinnweben hängen von den Dachbalken wie monströse Kehllappen, den Boden zieren Glasscherben und Hasenknochen.

»Wenn der Ofen erst mal angeheizt ist, wird's schnell warm, nur keine Sorge«, versichert der Wilderer.

»Ich hab schon Schlimmeres gesehen«, winkt O'Connor ab.

»Glaube ich gern.«

»Schlafen Sie hier immer?«

»Nur manchmal. Wenn's nicht anders geht.«

In einer Ecke stehen ein rostiges Bettgestell und ein paar verdreckte Holzstühle. O'Connor wischt den Staub von einem davon ab und setzt sich. Er hebt einen Knochen auf, reibt ihn sauber und betrachtet ihn. Seit dem Morgen vor vier Monaten, als Fazackerley ihn in der George Street abgeholt hat, hat er keinen Tropfen Alkohol getrunken. Manchmal spürt er noch den Sog, so stark wie eh und je, doch die Erinnerung an das, was in Manchester passiert ist, stützt ihn auf dem schmalen Grat. Während sein Neffe umgebracht wurde, lag er nur knapp zwei Kilometer weiter in Diggle's Court im Bett und trank Gin mit Mary Chandler. Von all den Lügen und Feigheiten, die Michael Sullivan das Leben kosteten, schämt er sich dafür am meisten. Er wird lange genug nüchtern bleiben, um Stephen Doyle zu finden und – wenn er kann – zu töten. Das hat er sich geschworen. Danach, sofern er überlebt, wird er sich Trost holen, wo immer er ihn bekommen kann.

»Die Hasen fang ich mit 'ner Schlinge«, erklärt der Wilderer. »Ein Stück Draht und ein stabiler Pflock, den reib ich mit Erde ein, damit die Hasen ihn nicht sehn. Hätt ich noch ein Gewehr, würd ich sie schießen, aber ich hab meins letztes Jahr verwettet.«

»Und wem verkaufen Sie die?«, fragt O'Connor.

»Die Hasen? Die kauft hier keiner. Kommen alle in den Topf. Fische, die kann ich verkaufen. Schaun Sie mal.«

Aus einem Spalt zwischen Dach und Wand zieht er eine Holzstange hervor, an deren Ende mit dicker Schnur ein großer Eisenhaken festgebunden ist.

»So was schon mal gesehen?«, fragt er.

O'Connor schüttelt den Kopf.

»Das ist das Beste. Manche mögen lieber Netze, aber mit dem Haken fischt sich's leichter. Zu zweit muss man halt dafür sein. Einer lockt die Fische mit 'ner Lampe an, der andre zieht sie raus.«

Er grinst O'Connor an.

»Wir könnten heute Abend fischen. Ist noch früh im Jahr, aber mit 'n bisschen Glück fangen wir genug, um uns selber satt zu essen, und noch was obendrauf.«

»Ich habe noch nie mit Haken gefischt«, sagt O'Connor. »Oder auch nur jemandem dabei zugesehen.«

»Dann halten Sie eben die Lampe. Ich zeig Ihnen, wie's geht.«

O'Connor wirft den Hasenknochen weg. Seit er New York verlassen hat, lebt er von Wasser aus dem Bach und runzeligen Rüben, die er von Feldern stibitzt. Er ist erschöpft vom Gehen, der Fisch würde ihn stärken.

»Essen müsste ich wohl was«, sagt er.

»Das dacht ich mir.«

»Wie weit ist es zum Fluss?«

»Zwei, drei Kilometer. Ein Spaziergang. Wir warten, bis es dunkel wird, dann gehen wir los.«

O'Connor streckt sich unterdessen auf dem rostigen Bettgestell aus. Harrisburg ist nur ein Schuss ins Blaue, sicher, aber warum sollte Doyle ausgerechnet von dieser Stadt gesprochen haben, wenn er nichts mit ihr zu tun hätte? Warum nicht irgendeine der zehntausend anderen?

Zuerst wird er bei den Tuchhändlern nachfragen, dann in den Bars und den Friseurläden, und wenn das alles nichts nützt, wird er nach New York zurückkehren und dort sein Glück versuchen. Irgendwann wird Doyle schon auftauchen. Ganz bestimmt. Einer wie der ist viel zu stolz und zu dreist, um sich auf Dauer zu verstecken.

Der Wilderer vertreibt sich die Zeit, indem er derbe Lieder singt und Stöckchen für den Ofen bricht. Als es so dunkel geworden ist, dass man fast die Hand nicht mehr vor Augen sieht, holt er die Laterne aus ihrem Versteck und zündet sie an. Er hält sie sich vor das furchige Gesicht und zieht eine Grimasse wie ein Hanswurst im Theater.

»Ich bin Wilderer, jawoll«, sagt er, »und ich schäm mich nicht dafür. Die Erde und all ihr Getier hat uns Gott der Herr geschenkt, die kann keiner aufteilen und ganz für sich allein besitzen, egal, was die Reichen sagen.«

»Wer das Geld hat, macht die Regeln«, erwidert O'Connor. »So war es immer, und so wird es immer sein.«

»Vielleicht, aber unsereins bricht deren Regeln, wie's uns passt. Ich werd wildern bis ins Grab, und wenn man im Himmel wildern kann, mach ich da oben weiter.«

O'Connor schüttelt lächelnd den Kopf. »Im Himmel kriegt jeder dasselbe und alle gelten gleich viel. Wildern muss da niemand mehr.«

Die Laterne wirft seltsame, geblähte Schatten auf das Wilderergesicht. Seine Augen leuchten, die pockenvernarbten Züge schmelzen erst wie Wachs, dann werden sie hart wie Stein.

»Na gut, wenn ich das Wildern wirklich an den Nagel hängen muss, von mir aus«, sagt er. »Aber fehlen wird's mir trotzdem, weil ich nichts lieber tu.«

Sie überqueren eine Schafweide und gehen durch ein Gatter in den Wald. Um sie herum verfinstert sich das Zwielicht, zu hören sind nur ihre nassen, schweren Schritte und das Kratzen und Krächzen der Vögel in den Bäumen. Nach einer Weile hören sie Wasser, das auf Felsen stürzt, dann taucht ein Bach zwischen den Bäumen auf, schmal und schnell, die Oberfläche braun mit wirbelnd weißen Flecken und Bändern. In einem Becken unter dem kleinen Wasserfall stehen, wie an Schnüren aufgehängt, drei fette Forellen. Dreimal fester Stoff im Nichts, wie drei Gedanken, die auf ihren Denker warten. Der Wilderer hockt sich ans Ufer und hebt grinsend die Laterne.

»Gib mal den Haken«, flüstert er O'Connor zu.

O'Connor gehorcht, der Wilderer reicht ihm die Laterne und sagt ihm, wohin er sich stellen und was er tun soll.

»Aufgepasst!«, sagt er. »Die Fette ganz hinten, die hol ich mir.«

Er krempelt die Hosenbeine hoch und watet ins flache Wasser, dann senkt er die Stange und wartet. Die Fische bleiben, wo sie sind – drei lange Schatten in der Strömung, in regungslosem Gleichgewicht. Der Wilderer geht etwas in die Knie, streckt den Haken aus, bis er nur Zentimeter von dem dicksten Fisch entfernt ist, dann reißt er ihn aufwärts und zurück. Der Fisch zappelt und windet sich, der Wilderer ruckt nach, damit der Haken festsitzt, dann watet er zurück ans Ufer und zieht die Stange nach. Der Fisch kämpft um sein Leben, kann sich aber nicht befreien. Er zappelt in der todbringenden Luft, erst wild, dann immer träger, das harte Maul weit aufgerissen, der lange Bauch blassgrau auf welkem Farn.

Auf dem Rückweg durch den Wald baumelt die Forelle blutbeschmiert und leeräugig vom Haken. Der Wilderer summt eine unbeschwerte Melodie. Wieder gehen sie durch das Gatter und quer über die zerfurchte Schafweide. Am Himmel – tieflila im Westen, tintenschwarz über dem Satteldach – hängt ein trüber Halbmond inmitten des Gewirrs aus Sternen. Kurz vor der Hütte fängt es an zu regnen, schwere Tropfen fallen ihnen kalt auf Hände und Gesicht. Der Wilderer stößt mit dem Fuß die Tür auf und tritt ein. Das Licht seiner Laterne fällt auf einen großen Mann, der mit einer Schrotflinte am Feuer sitzt und Pfeife raucht. Er trägt einen Ledermantel, eine Cordhose und einen Schlapphut. Als die beiden durch die Tür treten, steht er auf und hebt die Waffe.

»Ich habe dich schon mal gewarnt«, sagt er. Seine Stimme klingt befehlsgewohnt, zugleich gelassen und gewichtig. »Hab dir gesagt, du sollst dich hier nicht wieder blicken lassen, sonst gibt's Konsequenzen. Und jetzt bist du wieder da. Sprech ich etwa Chinesisch?«

»Soll ich vielleicht verhungern?«

»Du sollst dir dein Essen verdienen wie jeder andere auch, mit Schweiß und ehrlicher Arbeit.«

»'n Lohnsklave war ich noch nie, und ich werd auch keiner werden«, entgegnet der Wilderer unerschrocken.

»Bist wohl auch noch stolz auf deine Diebereien.«

»Warum sollte ich mich dafür schämen?«

»Mal sehen, ob du auch vor dem Richter noch so ein großes Maul hast. Dieser Fisch da ist Privatbesitz, genau wie eine Uhr oder ein Geldbeutel, und Wilderei ist nichts anderes als Diebstahl.«

»Wenn dieser Fisch einem gehört, dann jedenfalls nicht Ihnen«, sagt der Wilderer.

»Ich arbeite für den Gutsbesitzer.«

»Ich weiß, für wen Sie arbeiten. Ich bin frei, Sie sind gekauft, das ist der Unterschied zwischen uns beiden.«

Der Wildhüter nickt zu O'Connor. »Und der da?«

»Der ist bloß zufällig vorbeigekommen. Hat nix damit zu tun.«

»Und wieso trägt er dann den Fisch?«

»Ich hab ihn drum gebeten. Er reist bloß durch, nach Harrisburg. Der braucht Sie nicht zu interessieren.«

Der Wildhüter lässt die Flinte sinken und wendet sich an O'Connor. »Wie heißen Sie?«

»O'Connor. Ich bin unterwegs nach Harrisburg. Ich habe diesen Mann auf dem Weg getroffen, und er hat mir eine Mahlzeit angeboten, wenn ich ihm helfe.«

»Sie sind wohl dümmer, als Sie aussehen.«

»Ich hab ihm nur die Laterne gehalten.«

»Sie wissen schon, dass Wilderei verboten ist?«

»Ich war Constable in Irland. Ich kenne das Gesetz.«

»Das irische vielleicht, aber das hiesige? Das Land hier gehört meinem Boss. Jeder Bach und jeder Grashalm gehört ihm, und er hat die Nase voll davon, dass Halunken ihn berauben. Außerdem ist er gut befreundet mit Richter Scoresby aus Allentown, und der hört in solchen Fällen immer auf ihn. Dem letzten Wilderer, den ich erwischt hab, hat er zwei Jahre aufgebrummt, soweit ich weiß. Der klopft jetzt irgendwo Steine.«

»Ich muss nach Harrisburg.«

»Das werden wir ja sehen.«

Sie gehen zurück zur Straße – der Wilderer voran mit der Laterne in der Hand, dann O'Connor und als Letztes der Wildhüter mit dem Gewehr. Am Hügel blöken Schafe, leise murmeln Wind und Regen. Hinter einer Biegung taucht das große Haus auf, sitzt breitschultrig und dunkel auf einer Anhöhe. Die holprige Auffahrt ist von uralten Eichen gesäumt, die schwarzen Äste windgebeutelt und wie Fantasiegebilde. Der Wildhüter klopft an, und ein Mädchen antwortet, schickt sie zur Hintertür. Dort treten sie ein und warten, bis der Gutsbesitzer sie empfängt. Der Wilderer versucht, mit dem Mädchen anzubändeln, doch die zeigt ihm die kalte Schulter, und der Wildhüter verbietet ihm den Mund. O'Connor trägt immer noch den Haken mit dem blutigen Fisch. Er bittet den Wildhüter, ihn ablegen zu dürfen, aber der schüttelt den Kopf.

»Das ist ein Beweis«, erklärt er. »Der Boss wird ihn sicher sehen wollen.«

Oben sitzt der Gutsbesitzer allein an einem leeren Tisch und trinkt Kaffee aus einer filigranen Porzellantasse. Er ist ein beleibter Mann mit breitem, rotem Gesicht und einer dichten, grauen Mähne, die er sich aus der Stirn gekämmt hat. Seine Haut ist schuppig und vernarbt, die Augen groß und blassblau. Beim

Sprechen muss er immer wieder Luft holen. Im Kamin hinter ihm brennt Feuer, auf den Fliesen schläft ein leberbrauner Jagdhund. Über dem Feuer hängt das Bild eines prächtigen, rotbraunen Pferds, das neben einer Ulme steht – ein dunkelhäutiger, rot livrierter Diener hält die Zügel.

»Ach, schau an, den Hengst da kenn ich doch«, ruft der Wilderer aus. »Hab ihn ein-, zweimal beim Springreiten gesehn.«

»Der Hengst geht dich nichts an«, blafft der Wildhüter. »Du redest nur, wenn du gefragt wirst.«

Der Gutsbesitzer mustert sie und fragt, wo sie den Fisch herhaben, und der Wildhüter berichtet, was er weiß.

»Der Mensch muss nun mal essen«, sagt der Wilderer. »Das steht schon in der Bibel.«

»Kannst du denn lesen?«, fragt der Gutsbesitzer.

»Nur 'n bisschen.«

»Woher willst du dann wissen, was in der Bibel steht?«

Der Wildhüter lacht leise. »Jetzt hast du's mit dem Boss zu tun«, sagt er. »Der lässt sich deine Faxen nicht gefallen.«

»Ist das der, der schon einmal verwarnt wurde?«, erkundigt sich der Gutsbesitzer und zeigt mit dem Wurstfinger auf den Wilderer.

»Vor zwei Monaten, ja. Hab ihn in der Johnson's Lane mit zwei toten Kaninchen erwischt und ihm gesagt, beim nächsten Mal kommt er vor Richter Scoresby. Aber auf Warnungen hört so einer eben nicht.«

»Zwei Kaninchen, und jetzt eine dicke Forelle«, brummt der Gutsbesitzer.

»Und wahrscheinlich noch mehr, wo ich ihn bloß nicht erwischt hab«, fügt der Wildhüter hinzu.

»Wahrscheinlich, ja«, pflichtet der Gutsbesitzer bei. »Hat mir wohl schon eine ganze Weile das Essen vom Teller geklaut, was?«

Er trinkt den Kaffee aus, verzieht vom bitteren Geschmack das

Gesicht. Der Wilderer zuckt, kratzt sich, aber bringt keinen Ton heraus. Seine Munterkeit ist jetzt wie weggeblasen, und er wirkt missmutig und ängstlich.

»Heute war es nur ein Fisch, aber was kommt morgen?«, fährt der Gutsbesitzer fort. »Wenn sich erst rumspricht, dass deinesgleichen bei mir nichts zu fürchten hat, frisst man mir bald das letzte Haar vom Kopf.«

»Ich zieh gleich morgen weg«, verspricht der Wilderer. »Nach Westen.«

»Dafür ist es jetzt zu spät. Du wurdest schon verwarnt. Morgen kommst du zu Richter Scoresby, der wird dir geben, was dir zusteht. Scoresby ist gerecht und wird dich anhören, aber eins sag ich dir gleich, von Wilderern hält er nicht viel. Darauf kannst du wetten.«

Der Gutsbesitzer zwinkert dem Wildhüter zu, und der grinst breit zurück.

»Und der hier, was ist mit dem?«

»O'Connor heißt er, sagt er. Und ist auf der Durchreise«, erklärt der Wildhüter. »Nach Harrisburg.«

»Und er hatte den Haken in der Hand?«

»Ja, Sir. Aber angeblich hat er bloß geholfen.«

»Woher kommen Sie denn?«, erkundigt sich der Gutsbesitzer.

»Aus Dublin, aber ich habe eine Weile in Manchester gelebt. Ich war dort Polizist.«

»In Manchester?« Der Gutsbesitzer rümpft die Nase. »Ein widerlicher Ort, was man so hört. Giftige Luft, und die Leute führen sich auf wie die Urwaldwilden.«

»Angeblich ist das die Zukunft«, erwidert O'Connor ruhig. »Früher oder später wird es überall so sein.«

Der Gutsbesitzer schüttelt stirnrunzelnd den Kopf. »Lügen«, sagt er. »Nichts als Humbug. Gott der Herr hat seinen Schwefel über Sodom ausgeschüttet, und mit Manchester wird er dasselbe tun, sobald er es für richtig hält. Sind Sie Papist, O'Connor?«

»Ja, Sir, das bin ich.«

»Und was, meinen Sie, hätte der Heilige Vater in Rom wohl über Wilderei zu sagen?«

»Das weiß ich nicht.«

»So, das weiß er nicht.« Der Gutsbesitzer wendet sich an den Wildhüter. »Kennen Sie sich aus mit Katholiken, Mr Brown? Wissen Sie, woran die glauben?«

»Nicht besonders, Sir, aber es heißt, sie sind recht abergläubisch.«

»Die glauben an Magie, an die Macht von Zehennägeln und alten Knochenstücken. Sie basteln sich Figuren aus Holz oder aus Gips und tun, als wären sie lebendig. Stellen Sie sich das mal vor!«

»Verrückt.«

»Ein rückständiger, heidnischer Glaube.«

Die beiden sehen O'Connor an, doch der versucht gar nicht zu widersprechen. Der Jagdhund erhebt sich träge von den Fliesen, streckt sich, gähnt, dreht sich einmal im Kreis und lässt sich wieder fallen.

»Ich bin auf dem Weg nach Harrisburg«, erklärt O'Connor. »Ich muss dort einen Mann finden. Wenn Sie es bei einer Verwarnung belassen, schwöre ich, Sie sehen mich nie wieder.«

»Und warum sollten wir das glauben? Den da haben wir ja auch verwarnt, und es war ihm egal. Mir scheint, wer dreist genug ist, mir die Fische aus dem Bach zu klauen, ist auch dreist genug, mir ins Gesicht zu lügen.«

»Ich bring gern alle zwei zum Richter, Sir«, bietet der Wildhüter an. »Einer mehr tut mir nicht weh.«

»Ich will Scoresby nicht mehr Arbeit aufhalsen als unbedingt nötig. Er hat sowieso genug zu tun.«

»Ich könnte dem hier auch 'ne Abreibung verpassen und ihn dann zum Teufel jagen.«

Der Gutsbesitzer denkt darüber einen Moment nach.

»Nein, ich weiß was Besseres«, verkündet er schließlich. »Wir schicken ihn eine Woche in die Mine. Nichts hilft besser gegen Sünden als ehrliche Arbeit. Was halten Sie davon, Mr O'Connor?«

»Was denn für eine Mine?«

»Eine Bleimine. Acht Kilometer östlich von hier, auf der anderen Seite vom Fluss. Ein Jahr lang lass ich da schon schürfen, und meine Männer sind gerade auf eine hübsche Ader gestoßen.«

»Hervorragende Idee, Sir«, sagt der Wildhüter. »Das wird ihm eine Lehre sein und Sie gut entschädigen.«

»Sie können mich nicht zur Arbeit zwingen. Das ist ungesetzlich.«

»Ich zwinge Sie ja gar nicht«, erwidert der Gutsbesitzer. »Ich mache Ihnen nur ein Angebot. Entweder die Mine oder Richter Scoresby. Das liegt ganz bei Ihnen.«

»Wenn er's nicht macht, mach ich's«, meldet sich der Wilderer zu Wort. »Wenn Sie wollen, schufte ich auch einen Monat.«

»Du hältst den Mund«, herrscht ihn der Wildhüter an. »Mit dir sind wir fertig.«

»Was werde ich essen?«, fragt O'Connor.

»Sie bekommen abends eine warme Mahlzeit und außerdem einen trockenen Schlafplatz. Garnett, mein Minenaufseher, wird Ihnen alles zeigen und ein Auge darauf haben, dass Sie nicht nur auf der faulen Haut liegen.«

O'Connor blickt sich um, betrachtet die brüchige Holzvertäfelung, den angelaufenen, staubigen Messingkamin und dann wieder die vierschrötigen Menschenfresserzüge des Gutsbesitzers. Ihm ist, als wäre er hier schon einmal gewesen, hätte genau hier schon mal gestanden, dieselben Worte gehört, doch er weiß nicht mehr, wann oder weshalb.

»Eine Woche kann ich arbeiten«, sagt er, »aber nicht länger. Dann muss ich nach Harrisburg.«

»Um diesen Mann zu finden? Wie heißt er denn?«

»Doyle. Er ist ein Fenian. Hat in Manchester meinen Neffen umgebracht.«

Der Gutsbesitzer hebt die struppigen Brauen.

»In Harrisburg gibt's sicher nicht bloß einen Doyle. Hoffentlich erwischen Sie den richtigen«, sagt er.

»Das habe ich vor.«

»Wenn Sie diesen Doyle töten, wird man Sie dafür hängen, selbst wenn er getan hat, was Sie sagen. In Pennsylvania kann man heutzutage nicht mehr ungestraft jemanden umbringen. Ist nicht mehr wie früher. Ich nehme an, das wissen Sie.«

»Das Risiko nehm ich ihn Kauf.«

Der Gutsbesitzer kratzt sich nachdenklich die Stirn.

»Ich habe auch mal einen Mann getötet«, sagt er. »In Texas, bei Fort Mason. Erschossen hab ich ihn, und zwar zu Recht. Er war ein Lügner und ein Dieb, und trotzdem plagt mich seither mein Gewissen. Zwanzig Jahre ist das her, und noch immer wache ich nachts hin und wieder auf und sehe ihn da vor mir liegen und um Gnade winseln. Ein erwachsener Mann, der heult wie ein kleines Kind. So was vergisst man nicht so schnell.«

»Ich vergesse überhaupt nicht viel«, entgegnet O'Connor. »Das ist nicht meine Art.«

»Ein Segen und ein Fluch, würde ich sagen.«

»Und ich würde sagen, da haben Sie recht.«

Der Gutsbesitzer nickt, offenbar zufrieden mit dem Gang der Unterhaltung, dann hustet er und räuspert sich in Richtung Feuer.

»Ihr beiden könnt unten im Keller schlafen«, sagt er dann.

»Anne macht euch was zu essen, wenn ihr wollt. Morgen früh kommt der hier vor den Richter, und wir zwei fahren zur Mine. Ich sage Garnett, wer Sie sind, und er zeigt Ihnen, was zu tun ist. Hoffentlich sind Sie im Bleischürfen besser als im Wildern.«

»Etwa gleich gut, schätze ich.«

»Eine Woche halten Sie schon durch. Wenn's Ihnen gefällt, können Sie gern länger bleiben.«

In dieser Nacht, im Schlaf neben dem schniefenden, sich wälzenden Wilderer, hört O'Connor die Stimmen der Toten. Sie weinen und wehklagen und flüstern ihm zu, wie sehr sie seinetwegen leiden. Einige ereifern sich, andere bitten ihn um Fürsprache. Er versucht, die Ohren vor dem tosenden Gemurmel zu verschließen, doch die Stimmen werden nur noch lauter und beharrlicher. Es ist, als ob ein Damm in ihm gebrochen wäre, durch den die Sturzflut der Erinnerungen strömt und alles Wirkliche und Feste wegspült. Als rächte die Vergangenheit sich bitter an der Gegenwart.

Am nächsten Morgen setzt man ihn auf die Ladefläche eines Heuwagens und fährt ihn über die Hügel zur Mine. Ein graues Gebäude steht dort neben einem schmalen, schnell fließenden Bach. Ein schiefes Holzgleis schlängelt sich vom Mineneingang bis zum Waschwerk. Neben einer leeren Lore steht ein Junge und spaltet Steine mit einem Schrothammer. Vom Gutsbesitzer nach Garnett gefragt, sagt der Junge, der Aufseher sei oben im Wald und sehe nach den Stauschützen, komme aber bald zurück. Der Gutsbesitzer nimmt im Haus Platz, O'Connor bleibt draußen am Fenster stehen und lauscht dem Säuseln des Bachs und dem dumpfen Hall der Hammerschläge. Die feuchte Luft kühlt ihm die Haut, am Himmel hängen dichte Wolken. Sein Blick fällt auf die schwarze Erde unter seinen Stiefeln, und er fragt sich, wie viel mehr er noch ertragen kann.

Dreißigstes Kapitel

Früher hatten sie ein Pony, doch das ist an Wassersucht gestorben, weshalb ein Mann nun seine Arbeit übernehmen muss. Die Loren sind fünf Handbreit hoch, mit Holzwänden und Eisenrädern, und der Mann, der die Ladung schleppt, muss ein Schultergeschirr und einen Stirngurt tragen, um das Gewicht zu stemmen. Mit Ausnahme weniger Wochen im Hochsommer steht unten am Eingang immer Wasser, gut dreißig Zentimeter hoch. Das hält die Firsten weiter oben trocken, macht die Arbeit unten aber nicht angenehmer. Ist man nicht daran gewöhnt, gebückt zu gehen, kann man obendrein leicht mit dem Schädel an die Balken stoßen und sich selbst bewusstlos schlagen. Das passiert nicht selten, und wenn man eine Weile in der Mine war, geht einem die gebückte Haltung bald in Fleisch und Blut über. Die Schienen sind zwar aus robustem Eichenholz, aber passen nicht überall richtig zusammen, sodass die Räder der Lore hin und wieder stecken bleiben, was zusätzlichen Kraftaufwand erfordert. An den besten Tagen füllen die Bergarbeiter vier oder fünf Loren mit Erz oder mit Abraum.

Fast zweieinhalb Kilometer sind es von der Ader bis zum Mineneingang. Für die Aufbereitung muss die Lore ausgekippt und die Ladung in den Steinbrecher geschaufelt werden. Den Steinbrecher bedient der Junge, schaufeln muss der Mann. Wenn genug Zeit ist, soll O'Connor auch am Rüttelsieb aushelfen oder große

Steine mit dem Hammer spalten, aber nur, wenn nicht viel los ist oder der Aufseher es ausdrücklich angeordnet hat. Der Junge ist faul und verlogen, sagt der Aufseher, er bittet um Hilfe, wenn er gar keine braucht. Falls oben schon die nächste Fuhre wartet, soll O'Connor die leere Lore einfach unten stehen lassen. Sonst soll er sie zum Nachfüllen wieder nach oben schleppen.

Aufseher Garnett erklärt O'Connor all das gleich am ersten Tag, nachdem der Gutsbesitzer fort ist. Er zeigt ihm das Geschirr, die Abraumhalde und wie man am besten den Riegel an den Loren löst, um sie zu leeren. Dem Jungen sagt er, O'Connor werde eine Woche lang das Schleppen übernehmen, und als der Junge fragt, wieso, herrscht er ihn an, er solle keine dummen Fragen stellen und wieder an die Arbeit gehen. Garnett ist dürr, hat stechende Augen und eine strenge Miene und trägt einen grauen Schnurrbart sowie eine schmutzige grüne Deerstalker-Mütze. Er teilt O'Connor mit, er werde ihn wie alle anderen behandeln, weder besser noch schlechter, außer, wenn er sich vor der Arbeit drückt oder versucht davonzulaufen – dann werde er seinen Zorn zu spüren bekommen. O'Connor will wissen, ob der Gutsbesitzer schon andere wegen Wilderei in die Mine geschickt hat, und Garnett sagt Ja, aber nicht nur wegen Wilderei, sondern auch wegen ihrer Schulden, unbefugten Betretens seines Grundstücks oder anderer, kleinerer Verbrechen.

Eine Stunde dauert es, eine volle Ladung von der Ader bis zum Eingang zu schleppen. Das Geschirr schneidet O'Connor in die Schultern, sein Rücken schmerzt, die nassen Füße sind durchgefroren. Sind die Schürfgeräusche erst verklungen, ist im Tunnel nichts zu hören außer seinem Keuchen und den durch das abfließende Grubenwasser pflügenden Rädern der Lore. Vor ihm herrscht Finsternis, hinter ihm Dunkelheit. Er zählt seine Schritte, hält bei Tausend an und macht kurz Pause. Schatten flackern in den Augenwinkeln, von der Schachtdecke tropft schwarzes Wasser. Es ist kalt und riecht nach Kalkspat und frischer Erde. Eine Fuhre ist genau wie jede andere. Damit er etwas sieht, ist am Rand der Lore ein Kerzenhalter mit einer Talgkerze befestigt. Wird die Flamme ausgeblasen, ist die Schwärze derart übermächtig, dass sein Leib sich darin auflöst und einen Augenblick nichts von ihm bleibt als seine kümmerliche Seele, weiß und schrumpelig wie eine Made.

Nach der Arbeit essen die Bergleute in Schweinefett gebratenen Kohl und streiten darüber, wie viel sie heute verdient haben und wer am schwersten gearbeitet hat. O'Connor lassen sie zwar größtenteils links liegen, aber manchmal stellt ihm aus heiterem Himmel einer eine Frage: »Wie viele Schweine hast du?«, beispielsweise, oder: »Wie heißt der König von Irland?« Wenn er antwortet, kichern sie und schütteln die Köpfe, als rede er nur Unsinn. Sie alle kommen aus demselben Ort; sie haben denselben Mund, dieselbe Nase, denselben buckeligen Gang. Weil der Junge aus einer anderen, etwa anderthalb Kilometer entfernten Ortschaft kommt, machen sie sich über ihn lustig. Sie denken sich böse Spitznamen für ihn aus, und wenn er etwas sagt, tun sie, als könnten sie ihn nicht verstehen. Die Männer schlafen in Stockbetten im Obergeschoss, O'Connor unten, im ehemaligen Stall des toten Ponys. Garnett sperrt ihn abends ein und schließt erst morgens wieder auf.

Am späten Nachmittag des dritten Tags sieht O'Connor mit an, wie Garnett den Jungen mit dem Ledergürtel verdrischt. Garnett steht bei den Rüttelsieben, der Junge kauert vor ihm, hält die Hände schützend über seinen Kopf. Er erzittert unter jedem Schlag, macht jedoch keinerlei Anstalten, sich zu wehren oder wegzulaufen. Als Garnett fertig ist, schickt er den Jungen wieder an die Arbeit. Der Junge hebt die Mütze auf und wischt sich das Blut vom Mund. Garnett sieht ihm kurz nach, dann zieht er sich den schwarzen Gürtel wieder in die Hose und geht, ohne sich umzublicken, zurück ins Büro. O'Connor schiebt die Lore zum Trichter und kippt sie aus wie immer, der Junge kommt mit der Schubkarre herüber. Auf einer Wange hat er frische Schrammen, die Lippe blutet noch.

»Du solltest hier verschwinden«, rät O'Connor ihm.

»Wenn ich weglaufe, fangen die mich bloß wieder ein und holen mich zurück.«

»Nicht, wenn du schnell und weit genug wegläufst.«

Der Junge nimmt die Schaufel und fängt an zu schippen, langsam allerdings, und wie benommen. Das frische Blut auf seiner Lippe wirkt auf der blassen Haut fast schwarz.

»Wo soll ich denn hin?«, fragt er.

»Es gibt bessere Orte als den hier.«

»Und von was soll ich da leben?«

»Du findest schon was.«

Der Junge schüttelt den Kopf. »Das geht nicht«, wiederholt er. »Wenn ich weglaufe, fangen die mich bloß wieder ein und holen mich zurück.«

Nach dem Abendessen spielen die Männer Rommé. Wie eine Bande schlammverschmierter Nekromanten beugen sie sich über eine umgedrehte Teekiste, zischen oder murmeln Prophezeiungen bei jeder Karte, die abgelegt oder gezogen wird. Garnett will nicht mitspielen, O'Connor wird gar nicht erst gefragt. Stattdessen sitzt er vor dem Fenster und sieht zu, wie die Schatten über die Hügel wandern.

Später, als Garnett ihn für die Nacht einschließen will, fragt O'Connor nach dem Jungen.

»Der hat nichts zu tun, als Steine zu sortieren, und nicht mal das bekommt er hin«, schimpft Garnett. »Dumm und langsam ist der. Kann nicht mal Erz und Masse unterscheiden. Jeden Tag kostet uns seine Faulheit Geld.«

»Wo ist seine Familie?«

»Sein Vater hat sich abgesetzt, die Mutter ist zu arm, ihn zu ernähren, darum gehört er jetzt dem Gutsbesitzer. Bis er groß ist, geht er hier in die Lehre.«

»Lassen Sie mich morgen mit ihm arbeiten und jemand anderen die Lore schleppen. Ich passe auf ihn auf, sorge dafür, dass er ordentlich arbeitet.«

»Das ist meine Aufgabe, nicht Ihre.«

»Warum schlagen Sie ihn?«

»Damit er sich bessert.«

»Und finden Sie, es nützt was?«

»Noch nicht, aber das wird schon.«

»Lassen Sie mich ihm doch helfen. Was kann das schon schaden?«

»Helfen Sie sich lieber selbst. Vergessen Sie den Jungen.«

Im Stall gibt es weder Ofen noch Feuer, aber immerhin ein wenig Stroh und eine Wolldecke. Wenn er von Rose Flanagan träumt, sieht er inzwischen kein Gesicht mehr, sondern nur noch einen Arm, eine Hand oder den Rücken, während sie davongeht. Er weiß genau, dass sie es ist, doch wenn er ihren Namen ruft, dreht sie sich nicht einmal nach ihm um.

Als die Bergleute am nächsten Abend aus dem Schacht kommen, steht niemand an den Rüttelsieben und die letzte Fuhre Erz und Steine steht ungeleert am Trichter. Zuerst nehmen sie an, Garnett habe den Jungen auf einen Botengang zur Schmelzhütte geschickt, oder in den Wald, um nach den Stauschützen zu sehen, doch im Haus stellen sie fest, dass auch Garnett nicht da ist, und auch von dem diebischen Iren O'Connor fehlt jede Spur. Garnetts Büro ist unverschlossen, und sie werfen einen Blick hinein.

Sie nehmen die Bücher und Akten von den Regalen, setzen sich auf Garnetts Stuhl und tun, als gäben sie einander Befehle. Sie tauchen den Füller ins Tintenfass und schreiben nur zum Spaß ihre Namen auf die Schreibtischunterlage. Ohne Garnett fühlt sich alles schöner, freier an, aber der Junge fehlt ihnen als Zielscheibe für ihre Scherze. Nach dem Essen spielen sie noch eine Stunde Rommé, dann gehen sie wie immer schlafen. Am nächsten Morgen ziehen sie Strohhalme darum, wer übers Moor zum Haus des Gutsbesitzers gehen und ihm berichten muss, was los ist. Der mit dem kürzesten Halm bricht sofort nach dem Frühstück auf, die anderen steigen auf den Hügel, um aus der Pulverhütte neues Schwarzpulver zu holen. Kurz vor der Hütte hören sie von drin jemanden schrill und wütend rufen, und als sie die Tür aufschließen, kniet Garnett zwischen den Pulverfässern, die Hände an die Füße gefesselt, ein Auge schwärzlich zugeschwollen, ein Ohr aufgerissen und blutverkrustet.

Einunddreißigstes Kapitel

Als Doyle die Farm erreicht, ist nur Anna zu Hause. Patrick, der Junge, ist noch in der Schule, Fergus ist im Wald, um mit George Nichols, dem Hilfsarbeiter, Holz für Zaunpfähle zu schlagen. Anna erkennt Doyle erst gar nicht, dann schlägt sie überrascht die Hände vor dem Mund zusammen. Älter sieht sie aus, denkt er, aber nicht viel.

»Warum weinst du?«, fragt er.

Ungeduldig schüttelt sie den Kopf, trocknet sich die Augen an der Schürze und lädt ihn ein, den Mantel abzulegen und sich an den Küchentisch zu setzen. Sie wirkt hellwach, und ihre Augen leuchten, als wäre schon sein Anblick die reinste Freude.

»Erzähl mir, wo du warst«, sagt sie. »Ich will alles wissen.«

»Alles weiß ich selbst nicht mehr. Ich war zu lange fort.«

»Dann alles, woran du dich erinnerst.«

Er erzählt vom Krieg und dann von Irland. Manchester und was sich dort zugetragen hat verschweigt er, doch sie wirkt auch so schockiert von seinem Bericht.

»Zu viel Kampf«, sagt sie. »Du hättest sterben können.«

»Das ist vorbei. Ich geh nicht mehr zurück.«

»Und was hast du stattdessen vor? Wohin willst du gehen?«

»Das weiß ich noch nicht.«

Sie fragt, ob er Fergus noch böse sei, und er schüttelt den Kopf, als wäre diese Frage nicht mehr von Belang.

»Er hat mir erzählt, was damals passiert ist«, sagt sie. »Dass du mich im Schlaf beobachtet hast und dass ihn das wütend gemacht hat.«

»Ich wollte nur einen Schluck Wasser trinken. In der Scheune war es viel zu heiß.«

»Er meinte, du hättest mich eine ganze Weile angesehen, aber ich hab ihm gesagt, selbst wenn, wäre das nicht weiter schlimm. Du warst ja noch ein Junge.«

»Wann hast du ihn geheiratet?«

»Kurz nachdem du weg bist. Er hatte mir schon vorher das Blaue vom Himmel versprochen. Als du gingst, hab ich gesagt, dass es mir reicht – entweder sollte er mich heiraten, oder ich würde mir was anderes suchen.«

»Ich war fünfzehn«, sagt Doyle.

»Richtig. Mit fünfzehn hast du uns verlassen.«

Sie lächelt ihn an, und einen Augenblick lang fühlt er sich genau wie vor zehn Jahren: zugleich hochmütig und unbeholfen, als ertrinke sein verkrampfter Leib im trüben Strudel eines halben Dutzends namenloser Triebe.

Als Patrick aus der Schule kommt, stellt Anna ihm ein Stückchen Maisbrot und eine Tasse Buttermilch hin, und der Junge setzt sich an den Tisch, betrachtet Doyle verblüfft und sprachlos. Doyle stellt ihm Fragen, auf die er – wenn Anna ihn nicht auffordert, etwas zu sagen – bloß mit Kopfschütteln und Nicken antwortet. Über seinen Segelohren wallen dichte schwarze Locken wie die Wolle eines Schafbocks; er kommt eindeutig nach seinem Vater. Nachdem er Brot und Milch gegessen und getrunken hat, lässt Anna ihn seine Rechenaufgaben vorrechnen und ein paar Verse aufsagen, erklärt, er sei ein kluger Junge, aus dem eines Tages sicher ein bedeutender Mann werde. Doyle schenkt ihm eine Münze und drückt ihm die Hand.

»Du hast Glück, dass du so eine gute Mutter hast«, erklärt er. »Ich hoffe, du weißt, wie wichtig du ihr bist.«

Patrick nickt und lächelt, doch Doyle sieht ihm an, dass er gar nicht versteht, wovon er spricht, dass für ihn eine Mutter so gut wie die andere ist und sein Leben auf der Farm ihm vollkommen einerlei. Anna küsst ihn auf die Stirn und schickt ihn in den Wald, um seinem Vater mitzuteilen, dass sie einen Überraschungsgast zum Abendessen haben.

Tagsüber arbeitet Doyle mit George Nichols, pflügt den Acker oder repariert Zäune, und abends, nach dem Essen, unterhält er sich mit Anna und spielt mit Patrick in der Küche oder hilft ihm draußen in der Scheune bei seinen häuslichen Pflichten. Nach einer Woche scherzt Fergus, wenn das noch lang so weitergehe, müssten sie ihm ein Gehalt bezahlen, doch kaum, dass er es ausgesprochen hat, schürzt Anna missbilligend die Lippen und versichert Doyle, er gehöre zur Familie und könne selbstverständlich bleiben, solange er nur wolle.

Am nächsten Tag, auf dem Weg vom Haus zu den Feldern, sagt Doyle zu George Nichols, wenn er schlau sei und wisse, was gut für ihn ist, solle er der Farm lieber den Rücken kehren und nach Philadelphia oder New York gehen, wo es viele Schwarze wie ihn und jede Menge gut bezahlte Arbeit gebe. »Dort wärst du glücklicher«, sagt er, »hättest es besser.« Fergus dürfe er nicht trauen, der werde ihn bei der ersten Gelegenheit übers Ohr hauen. »Als ich noch klein war, hat er mich halb totgeschlagen«, fügt er hinzu. »Seinen eigenen Neffen, stell dir das vor.« Nichols ist groß, still und behäbig. Er hört Doyle aufmerksam bis zum Ende zu und erwidert dann, er sei zufrieden auf der Farm, habe schon sein ganzes Leben auf dem Feld gearbeitet und komme in der Stadt nicht gut zurecht.

Abends, als sie sich zum Essen setzen, fragt Fergus, was Doyle eigentlich damit bezwecke, George Nichols einen solchen Floh ins Ohr zu setzen.

»Er meint, du hättest ihm geraten, zu kündigen und sich Arbeit in Philadelphia zu suchen.«

Doyle nimmt einen Löffel Eintopf und pustet, um ihn abzukühlen, bevor er eine Antwort gibt.

»Wenn du mich fragst, wäre er in Philadelphia besser dran. Ein Schwarzer hat da viele Möglichkeiten.«

»George kann auf deinen Rat verzichten. Der weiß selbst am besten, was er will. Ihm geht's hier gut und wir behandeln ihn anständig.«

Doyle wirft einen Blick zu Anna, dann sieht er wieder Fergus an. »Wir haben uns nur unterhalten«, sagt er. »Das ist doch nicht verboten.«

Fergus macht ein finsteres Gesicht und ballt die Faust. Aus den Tellern vor ihnen steigt weißer Dampf; die Öllampe am Dachbalken wirft gleichmäßiges gelbes Licht.

»Du hast gesagt, man könne mir nicht trauen«, zischt er. »Dass ich ein Lügner und Betrüger bin, hast du gesagt.«

Doyle schüttelt den Kopf. »Davon weiß ich nichts. Vielleicht hat er das von jemand anderem gehört.«

Patrick bittet um Brot, Fergus schneidet eine Scheibe ab und gibt sie ihm. »Hier«, schnauzt er. Patrick klappt das Brot zusammen, tunkt es in die Soße und beißt ein Stück ab. Der Junge merkt gar nicht, was vor sich geht, denkt Doyle, er ist zu jung dafür, aber Anna, die versteht.

»Wenn du uns Ärger machen willst, solltest du besser gehen«, fährt Fergus fort.

Doyle zögert seine Antwort heraus, genießt das Gefühl, am Abgrund zu balancieren; als würde etwas, das irgendwem viel wert ist, jeden Moment in tausend Stücke springen. Hinter ihm tickt die Uhr auf dem Kaminsims, und Patricks Löffel kratzt über den fast leeren Teller.

»Deine Frau hat mich eingeladen. Ich gehe, sobald sie das möchte.«

»Stimmt das denn alles?«, fragt Anna ihn. »Hast du das wirklich gesagt?«

»Nein, habe ich nicht.«

»George Nichols schwört das Gegenteil.«

»Und wem willst du nun glauben?«, fragt Doyle ihn. »Einem Nigger aus Kentucky oder deinem eigenen Fleisch und Blut?«

»George Nichols ist ein guter Mann, ehrlich und treu.«

»Und ich, was bin ich?«

Über den Tisch hinweg starren sie einander an, Fergus blass und blutleer, nur auf den Schläfen und über der Nase bilden sich drei dunkle Flecken.

»Bis Sonntag kannst du bleiben«, verfügt er. »Aber keinen Tag länger.«

Doyle stützt die Ellbogen auf den Tisch und beugt sich vor. Seine Stimme klingt jetzt fast wie Flüstern.

»Bist du mir jetzt etwa böse, Fergus?«, fragt er. »Würdest du mich gern wieder blutig schlagen, so wie damals? Du kannst es ja versuchen, wenn du willst.«

»Schluss jetzt, ihr zwei«, ruft Anna. »Bitte, hört auf.«

Früh am nächsten Morgen, noch vor Sonnenaufgang, spannt Fergus den Wagen an und fährt nach Harrisburg, um eine neue Pflugschar zu besorgen. Als er zurückkommt, ist es schon fast dunkel. Statt vor dem Haus zu halten und den Wagen zu entladen, fährt er weiter längs der Felder bis zur Lichtung am Waldrand, wo Doyle gerade Holz hackt. Er macht das Pferd fest und geht durch die Bäume, folgt den trockenen Schlägen der Axt. Als er Doyle sieht, ruft er ihm zu, und Doyle hält inne, dreht sich um. Fergus' Augen funkeln, und er scheint fast zu grinsen. Die Bitterkeit des Vorabends ist etwas anderem gewichen, Neugier vielleicht, oder Freude. Doyle fragt sich, was den Stimmungswandel wohl herbeigeführt hat. Er schlägt die Axt in einen Baumstumpf und wischt sich Holzspäne vom Hosenbein.

»Heute in Harrisburg hab ich mich mit Walter Alger unterhalten«, sagt Fergus. »Der Alte, dem der Futterhandel in der Water Street gehört, weißt du. Der hat mir was erzählt, das dich vielleicht interessiert.«

»Ich kenn keinen Walter Alger.«

»Er kennt aber dich. Meint, ein gewisser James O'Connor zieht durch die Stadt und fragt alle und jeden, ob sie von einem Stephen Doyle gehört hätten. Gestern war er auch im Futterladen. Walter hat gesagt, er kennt keinen Stephen Doyle, aber hinterher ist ihm dann eingefallen, dass ich mal einen Neffen, der so hieß, hier auf der Farm hatte. Drum hat er mich gefragt, was aus dir geworden ist.«

»Und was hast du ihm erzählt?«

»Willst du denn nicht wissen, warum dieser O'Connor nach dir sucht? Bist du gar nicht neugierig? Oder weißt du's sowieso schon?«

Fergus hebt die Braue und wartet auf eine Antwort, doch Doyle bleibt stumm.

»Er sagt, du hättest seinen Neffen umgebracht. Kaltblütig ermordet. Ist eigens aus England hergekommen, um dich aufzuspüren.«

Wieder wartet er ab.

»Willst du dazu gar nichts sagen, Stephen? Willst du mir nicht erzählen, dass du noch nie in England warst? Nie von einem

James O'Connor gehört hast? Dass das alles nur erstunken und erlogen ist?«

»Hast du Alger gesagt, dass ich hier bin?«

Fergus schüttelt den Kopf. »Ich muss schließlich an meinen Ruf denken. Mein Ansehen im County habe ich mir hart verdient, das lasse ich mir nicht von dir verderben. Ich hab gesagt, du wärst vor zehn Jahren gegangen, und ich hätte dich seither nicht gesehen.«

»Hat er dir geglaubt?«

»Ich denke schon, ja.«

»Wo wohnt O'Connor in Harrisburg? Hat Walter Alger das gesagt?«

Fergus sieht ihn einen Augenblick eindringlich an, dann wendet er sich ab. »Du gehst jetzt besser«, sagt er. »Und zwar schnell, bevor ich meine Meinung ändere und zurück nach Harrisburg fahre.«

»Gut, ich gehe morgen früh.«

»Nein, jetzt sofort«, beharrt Fergus. »Ich will dich nicht noch mal bei meiner Frau und meinem Sohn sehen.«

»Ich bin Soldat. Alles, was ich getan habe, habe ich für die Sache getan.«

Fergus schüttelt angewidert den Kopf. »Ich hab immer gewusst, dass die Niedertracht in dir steckt. In deinen Augen hab ich das gesehen. Deiner Mutter zuliebe wollte ich dir helfen, aber manchen Leuten ist nicht zu helfen.«

»Erst musste ich mich halb totarbeiten, dann hast du mich grün und blau geschlagen. Das nennst du helfen?«

»Ich hab dich bei mir aufgenommen«, erwidert Fergus. »Dich durchgefüttert und dir ein Dach über dem Kopf gegeben. Jede einzelne Tracht Prügel hast du dir verdient. Hätte ich dich nur ein wenig mehr geschlagen, hättest du vielleicht sogar was draus gelernt. Wärst vielleicht was Besseres geworden.«

Durch das Geflecht der schwarzen Äste blickt Doyle in den grauen Abendhimmel.

»Meine Sachen sind noch im Haus«, sagt er. »Vielleicht könntest du mir die wenigstens holen.«

Fergus dreht sich um und geht zurück zum Wagen. Wie lange habe ich auf diesen Augenblick gewartet?, denkt Doyle. Wie oft hab ich davon geträumt? Er zieht die Axt aus dem Stumpf und macht drei schnelle Schritte. Das Blatt blitzt schon in weitem Bogen durch die dunkle Luft, als Fergus sich – zu spät – umdreht. Einen kurzen Augenblick, als die schartige Schneide sich in Fergus' Hals und Wirbelsäule gräbt, stehen die zwei Männer sonderbar verbunden auf der Lichtung, die alte Axt und ihr schweißnasser Stiel zwischen ihnen ausgestreckt wie ein blutschwarzes Band.

Zweiunddreißigstes Kapitel

Der Junge weicht ihm niemals von der Seite. Selbst schlafen müssen sie dicht beieinander, damit er nicht in tiefster Nacht von Albträumen gequält erwacht, schreiend und zitternd vor Angst. Was immer ihn plagt, wird ihn nicht so schnell loslassen. Das hat O'Connor mittlerweile eingesehen. Er dachte, wenn sie erst von Garnett und der Mine fort wären, würde es schnell besser werden, wenn nicht sofort, dann doch wenigstens bald, aber jetzt sind sie schon einen Monat lang in Harrisburg, und nichts hat sich geändert. Noch immer ist er schweigsam und verstockt. Wenn nichts zu tun ist, schnieft und glotzt er und kratzt sich wie ein Tier. Dumm ist er bestimmt nicht, vielleicht ist er sogar auf eigene und ungeahnte Weise klug, aber er weiß so gut wie gar nichts – die Grundrechenarten sind ihm ein Buch mit sieben Siegeln, er kennt weder das Alphabet noch die Namen der Monate. Er gehört in eine Schule, damit ein normaler Junge aus ihm wird, doch dafür haben sie beide kein Geld, und selbst wenn sie welches hätten, wäre er bestimmt nicht einverstanden. Manchmal fragt O'Connor sich, weshalb er sich diese zusätzliche Bürde aufgeladen hat, aber die Antwort kennt er längst: Michael Sullivan ist tot, dieser Junge ist lebendig. Beim letzten Mal hat er versagt, nun hat er eine zweite Chance bekommen.

Sie wohnen in einer billigen Pension am Bahndepot. Wann immer sie können, arbeiten sie als Tagelöhner, und wenn es keine

Arbeit gibt, angeln sie am Stausee oder sitzen auf einem der Plätze der Stadt, sehen den Schwarzen zu, die dort für Geld tanzen, und lauschen den Drehorgeln. Sie haben schon mit sämtlichen Doyles im Adressbuch von Harrisburg gesprochen und vergeblich sämtliche Tuchhändler, Bars und Geschäfte der Stadt aufgesucht. O'Connor weiß, er sollte nach New York zurückgehen und noch einmal von vorn anfangen, aber auf ihre Art haben sie sich hier inzwischen eingerichtet, und was macht es schon aus, wenn sie noch einen Monat länger bleiben, oder sogar zwei? Der Zorn, der ihn aus Manchester hergetrieben hat, ist Leere und Unsicherheit gewichen, und manchmal keimt zwischen diesen beiden – wie Unkraut zwischen Bodenplatten – eine zarte, ungereimte Hoffnung auf.

Eines Nachmittags gegen Ende April, der Junge und er gehen gerade durch die Water Street zu ihrer Pension, steht der Besitzer des Futterhandels, ein gewisser Walter Alger, in der halb offenen Ladentür und ruft sie herein.

»Ich hab da was, das Sie bestimmt interessiert«, sagt er. »Etwa dreißig Kilometer von hier lebt ein alter irischer Farmer, Fergus McBride. Er hat einen Neffen, der früher bei ihm auf der Farm gewohnt hat. Seit zehn Jahren hat den keiner mehr gesehen. Ich hab selbst jahrelang nicht mehr an ihn gedacht, gab ja keinen Grund dazu, aber letzte Woche kam Fergus zu mir in den Laden, und da fiel es mir gleich wieder ein.«

Er tippt sich auf die hohe Stirn und zwinkert.

»Was fiel Ihnen wieder ein?«, fragt O'Connor.

»Der Neffe, der hieß Stephen Doyle. War wohl der Sohn der Schwester. Stephen Doyle! Den suchen Sie doch, oder? Das muss er doch sein?«

»Vor zehn Jahren ist der fortgegangen, sagen Sie?«

»Ich glaub, die beiden hatten irgendeinen Streit. Weiß auch

nicht, worum es da ging. Fergus hat's mir nie erzählt, und ich hab nie gefragt.«

»Haben Sie McBride von mir erzählt? Ihm gesagt, dass ich jemand mit diesem Namen suche?«

»Natürlich. Er hat gesagt, sein Neffe sei zwar ein übler Bursche, aber so übel auch wieder nicht. Dass er jemanden umgebracht hat, konnte er sich nicht vorstellen.«

»Woher will er das wissen, wenn er ihn zehn Jahre nicht gesehen hat?«

»Das hab ich auch gedacht, aber ins Gesicht sagen wollte ich's ihm lieber nicht.«

»Meinen Sie, er spricht mit mir, wenn ich zur Farm gehe?«

»Schon möglich, aber ich glaub nicht, dass er viel zu sagen hat. Selbst wenn dieser Neffe der ist, den Sie suchen, weiß Fergus nicht, wo er jetzt steckt. Er könnte überall sein.«

O'Connor kratzt sich am Kopf.

»Vielleicht kann er mir helfen, einen anderen Verwandten zu finden, einen, der womöglich mehr weiß.«

»Könnte sein, ja.«

»Ich hatte schon fast aufgegeben«, sagt O'Connor. »Ich dachte schon, ich finde ihn nie wieder.«

Alger grinst, offensichtlich sehr zufrieden mit sich. »Dann hab ich Ihnen wohl einen Gefallen getan, was?«, sagt er. »Hab Sie zurück ins Spiel gebracht.«

Später am Abend, auf dem Zimmer in der Pension, fragt der Junge, was O'Connor tun will, wenn er Stephen Doyle gefunden hat. Nebeneinander sitzen sie auf der harten Bettkante und teilen sich eine Dose Austernsuppe. Durch das staubige Fenster dringt das Rattern von Güterwaggons im Bahndepot, das Schnauben und Pfeifen der vorbeifahrenden Dampfloks.

»Vielleicht zurück nach Irland gehen«, sagt er. »Ich bin mir noch nicht sicher.«

»Nimmst du mich mit?«

»Wenn du das möchtest.«

Gemächlich essen sie weiter, reichen sich ihren einzigen Löffel hin und her.

»Fahren wir dann mit dem Schiff?«

»Das müssten wir dann wohl.«

»Ich war noch nie auf einem Schiff. Nicht mal das Meer hab ich gesehen.«

»Das Meer, das ist schon was, ein echtes Wunder.«

»Und wenn ich ertrinke?«

»Du ertrinkst schon nicht.«

»Und wenn doch?«

»Dann werf ich dir ein Seil zu.«

Der Junge lächelt, eine angenehme Abwechslung. O'Connor überlässt ihm die restliche Suppe, dann leckt er den Löffel sauber und steckt ihn wieder in die Tasche. Einen Augenblick lang wünscht er sich, ein anderer zu sein, nie von Stephen Doyle gehört zu haben, auch nicht von Michael Sullivan und Flanagan und all den anderen, dass er frei von alledem von vorn anfangen könnte, doch das sind Kindereien. Dafür ist es jetzt zu spät. Er ist, wer er ist, und muss seinen Weg zu Ende gehen.

Am nächsten Tag sind sie beim ersten Morgengrauen auf den Beinen. Sie kochen Wasser für Kaffee und Haferbrei, waschen sich an der Pumpe vor dem Haus. Als sie die Gleise und den Pennsylvania Canal überqueren, ist es noch kalt, und das Morgenlicht ist fahl und grau, doch als sie an die Jonestown Road in Richtung Osten kommen, bricht die Sonne durch die Wolken. Der Junge marschiert langsam, aber ohne Murren, pfeift hin und wieder vor sich hin. Bei der Rast an einem Bach ringelt er sich auf dem feuchten Boden ein und schläft, bis O'Connor ihn weckt. Am frühen Nachmittag erreichen sie die Farm der McBrides. Eine große, grauhaarige Frau öffnet die Tür. Die blassen Augen sind rot umrandet, und sie riecht, als hätte sie sich eben aus dem Krankenbett erhoben. Hinter ihr steht ein Kind, ein Junge von neun oder zehn Jahren mit dichten schwarzen Locken und abstehenden Ohren. O'Connor stellt sich vor und erklärt, er sei gekommen, um mit Fergus McBride zu sprechen. Die Frau lässt kurz den Blick sinken, dann sagt sie, sie sei Anna, Fergus' Frau, aber Fergus sei gestorben.

»Auf dem Weg von Harrisburg überfallen und ermordet«, sagt sie barsch und angestrengt. »Ein Hausierer hat ihn am Straßenrand gefunden, ein paar Kilometer weg von hier. Vorgestern haben wir ihn begraben, dort drüben, auf dem Friedhof.«

»Gestern erst sprach ich mit Walter Alger, dem Futterhändler in der Water Street in Harrisburg«, erwidert O'Connor. »Er meinte, er hätte letzte Woche noch mit Ihrem Mann geredet.«

»Das muss genau der Tag gewesen sein, an dem man ihn ermordet hat«, sagt sie.

O'Connor sieht sich um. Die Farm ist gut in Schuss und offenbar ertragreich. Dass die Straßen hier gefährlich seien, hat er noch nie gehört, und es ist schon auffälliges Pech, dass jemand so nah an seinem eigenen Haus ermordet wird.

»Mein aufrichtiges Beileid«, sagt er. »Können wir denn etwas für Sie tun? Ihnen etwas Arbeit abnehmen?«

Sie schüttelt den Kopf. »Vielen Dank«, sagt sie, »ich habe schon genügend Hilfe.«

Sie lädt die beiden ins Haus ein, und zu dritt nehmen sie Platz am Kieferntisch. Der Raum ist schmutzig und nicht aufgeräumt, riecht nach Schweinefett und Asche. Die Frau ist sichtlich gezeichnet von Trauer. Ihr schmales Gesicht ist bleich, und sie bewegt sich so langsam und abwesend wie ein Schlafwandler. Sie stellt ihnen einen Krug Wasser hin, und O'Connor und der Junge danken ihr.

»Ist das Ihr Sohn?«, erkundigt sie sich mit einem Blick zu dem Jungen.

»Nein. Sein Vater ist gestorben, seine Mutter ist woanders. Ich bin nur sein Vormund.«

»Woher kannten Sie denn meinen Mann? Ich kann mich nicht erinnern, Sie schon mal gesehn zu haben.«

»Ich kannte ihn gar nicht. Ich suche jemanden und hatte gehofft, Ihr Mann könnte mir behilflich sein.«

»Dann war die Reise zu uns wohl leider umsonst. Aber wenn Sie wollen, können Sie gern über Nacht bleiben. Über dem Stall gibt es ein Zimmer, und ein Abendessen kann ich Ihnen auch geben, wenn auch nur ein karges.«

»Vielleicht können Sie mir ja auch weiterhelfen?«

»Das glaube ich kaum. Mein Mann hat über seine Angelegenheiten so gut wie nie mit mir gesprochen.«

»Es geht um Ihren Neffen, Stephen Doyle.«

Sie wirkt überrascht. »Also, wenn es um Stephen geht, fragen Sie ihn doch am besten selbst. Er müsste grade oben auf der Weide arbeiten.«

O'Connor braucht einen Moment, um diese Antwort zu verarbeiten.

»Stephen Doyle ist hier, auf dieser Farm?«, fragt er noch einmal nach. »Jetzt, in diesem Augenblick?«

»Seit vierzehn Tagen, und das ist ein wahrer Segen. Ohne ihn wär ich an meiner Trauer vielleicht noch zerbrochen. Er war mir ein großer Trost. Uns beiden.«

Sie streicht Patrick über die Wange, doch der zieht rasch den Kopf weg.

»Ich habe gehört, er hätte Sie vor zehn Jahren verlassen und seither hätte man von ihm nichts mehr gehört oder gesehen.«

»Das stimmt auch, aber jetzt ist er zurück. Und Sie suchen also nach ihm?«

Der Junge will etwas sagen, doch O'Connor bedeutet ihm zu schweigen. Ganz ruhig blickt er Anna an.

»War Ihr Neffe denn im Krieg, Mrs McBride?«

»Und ob. Am Ende war er sogar Captain.«

»In der New York Infantry? Der 72sten?«

»Genau.«

»Und aus dem Krieg hat er zwei Narben im Gesicht? Eine hier, die andere da?«

Sie nickt. »Dann kennen Sie ihn?«, fragt sie. »Sind Sie ein Freund von Stephen?«

»Ein Bekannter. Aus England. Wir hatten dort beruflich miteinander zu tun.«

»Ich wusste nicht, dass er in England war. Er hat nur erzählt, dass er einmal zurück nach Irland gereist ist, aber von England hat er nichts gesagt.«

»Nur kurz, gut möglich, dass er es vergessen hat.«

»Wenn Sie mögen, schicke ich Patrick auf die Weide, damit er Stephen sagt, dass Sie hier sind.«

»Ich glaube, wir gehen besser selbst.«

Sie nickt erneut und runzelt dann die Stirn. »Stimmt irgendwas nicht?«, fragt sie. »Steckt Stephen in Schwierigkeiten?«

O'Connor bemüht sich, gefasst zu klingen, sich weder Furcht noch Überraschung anmerken zu lassen.

»Nein«, sagt er, »nicht, dass ich wüsste.«

Er wirft dem Jungen einen Blick zu und steht auf.

»Wir wollen Sie nicht länger aufhalten«, sagt er. »Vielen Dank für alles.«

Vor dem Haus zieht er Garnetts Pistole aus der Tasche und überprüft sie kurz, dann blickt er hinauf in den Himmel und verzieht grimmig das Gesicht.

»Was machst du jetzt?«, fragt der Junge, der ihm zugesehen hat.

»Das, wofür ich hergekommen bin.«

»Ich helf dir.«

»Nein. Du bist zu jung. Hätte ich geahnt, dass Doyle hier ist, hätte ich dich in Harrisburg gelassen.«

O'Connor steckt die Waffe in den Gürtel und faltet die Hände vorm Gesicht wie zu einem letzten, wütenden Gebet. Wenn Doyle hier auf der Farm ist und Fergus McBride ermordet wurde, ist nicht ausgeschlossen, dass Doyle ihn umgebracht hat, was er wiederum nur tun würde, um nicht entdeckt zu werden. Falls das zutrifft, falls er damit rechnet, dass jemand nach ihm sucht, ist er wahrscheinlich bewaffnet. Um sein eigenes Leben fürchtet O'Connor nicht, doch den Jungen wünscht er sich jetzt weit fort. Was immer hier geschieht, soll niemand miterleben; diese Last soll ganz allein auf seinen Schultern liegen.

»Du bleibst hier«, sagt er. »Warte auf mich.«

»Was ist ein Vormund?«

»Das ist nur ein Wort, nicht weiter wichtig.«

»Aber was heißt das Wort?«

»Es heißt, dass ich für dich da bin, bis du für dich selbst sorgen kannst.«

»Und wie lang ist das?«

»Ein Jahr«, sagt er. »Zwei. Vielleicht auch mehr.«

»Lass mich dir doch helfen.«

»Nein. Das geht nicht.«

Noch einmal befiehlt er dem Jungen, zu bleiben, wo er ist, sagt, er werde bald zurück sein. Auf dem Feldweg zur Weide denkt er an seinen Vater, damals in der Zelle in Armagh, an jenem letzten

Nachmittag, bevor man ihn nach Spike Island brachte, daran, wie er sie reihum in die Arme nahm und küsste und versprechen ließ, dass sie nie die miesen, diebischen Schweine vergessen würden, denen sie ihr ganzes Leid verdankten. Er sprach das aus wie einen Segen, obwohl es eigentlich ein Fluch war, eine Weise, sie auf ewig an ihn zu binden. Daniel O' Leary, der Mann, den er ermordet hatte, war der Sohn von Charles O' Leary, dem Amtmann, der fast zwanzig Jahre zuvor O'Connors Großvater von seiner Farm bei Forkhill vertrieben hatte. Hegt und pflegt eure schmerzlichsten Erinnerungen und lasst sie gedeihen – nach dieser Regel hatte sein Vater gelebt, und nach ihr sollten auch seine Kinder leben. O'Connor hat sich sein Leben lang bemüht, die Vergangenheit zu vergessen, diese Jahre hinter sich zu lassen. Waren all die Mühen nun umsonst? Vielleicht war der verdrießliche, rachsüchtige Geist von Paul O'Connor die ganze Zeit in ihm lebendig – tief verborgen, still und alles beherrschend.

Er folgt dem Weg hinauf noch etwa fünfzig Meter, vorbei am Schweinekoben und an der Räucherkammer, dann bleibt er stehen und blickt in die fahle Ferne. Der Wind zupft an den Ulmenwipfeln, auf der Wiese hinter ihm blöken die Schafe. Sein Gewissen schnürt ihm innerlich die Brust ab. Das eigene Leben für seine Rache aufs Spiel zu setzen, mag ja schön und gut sein, aber der Junge ist unschuldig, hat mit all dem nichts zu tun. Warum sollte er geopfert werden? Wem sollte das nützen? Er lässt den Blick zu Boden sinken, spuckt einmal kräftig aus, dann macht er kehrt und geht zurück. Der Junge wartet vor dem Haus wie angewiesen, die Stiefel halb im Matsch versunken, still und stumm wie immer.

»Wir gehen zurück nach Harrisburg«, erklärt O'Connor. »Ich sage der Polizei, was wir herausgefunden haben. Dann können die ihn festnehmen.«

»Ich hab gedacht, du willst ihn umbringen.«

»Wollte ich auch, aber jetzt nicht mehr«, sagt er. »So ist es besser.«

Eine Stunde sind sie wieder unterwegs, als es zu regnen anfängt. Wasser tropft von den kahlen Ästen und bildet rechts und links von ihnen Rinnsale in den Ackerfurchen. Dunkle Wolken treiben über den kalkweißen Himmel. O'Connor fragt sich, ob er wieder einen Fehler gemacht, sich selbst erneut betrogen hat. Falls irgendwer sie in der Kutsche mitnähme, bräuchten sie noch drei Stunden bis Harrisburg, doch zu Fuß mit dem Jungen könnten es leicht fünf oder sechs werden. Wenn Anna McBride von dem Besuch erzählt hat, wird Doyle sofort gewusst haben, dass er auf der Farm nicht mehr sicher ist, und bis O'Connor die Polizei dazu bewegen kann, nach ihm zu suchen, könnte er schon zwanzig, dreißig Kilometer weit weg sein. Möglich, dass sie ihn nie wieder aufspüren. Die weite Reise, denkt O'Connor, all der Ärger und das Leid, nur um am Ende doch mit leeren Händen dazustehen. Wut oder Enttäuschung sollte er empfinden, doch das tut er nicht. Stattdessen ist er froh, von der Farm weggekommen zu sein und den Jungen in Sicherheit zu wissen.

Wie sie so dahinmarschieren, stimmt der Junge plötzlich ein Lied an, über einen Mann namens McGinty, der eines Tages aufbrach und nie wieder zurückkam. Seine Stimme ist dünn, aber fest, und als er mit dem Lied am Ende ist, bittet O'Connor ihn, gleich noch eines zu singen, und der Junge meint, sie sollten sich abwechseln.

»Erst du«, sagt er, »und dann sing ich wieder.«

Der Regen hat aufgehört, doch sie sehen ihn noch über den Hügeln im Norden niedergehen, in dunklen, schrägen Streifen. O'Connor hat weiß Gott wie lange nicht mehr gesungen, hat bis jetzt auch keine Lust dazu verspürt, aber als er es versucht, fallen Text und Melodie ihm ohne Mühe wieder ein, ganz von allein, als hätten sie die ganze lange Zeit in ihm geschlummert wie Samen tief unten in der schwarzen Erde.

Dreiunddreißigstes Kapitel

San Francisco, acht Jahre später

An der Kreuzung steht ein junger Mann und predigt. Er ist dürr, hat hohle Wangen und tiefliegende Augen, das lange schwarze Haar und der zottelige Bart sind hier und da durchzogen von zu früh ergrauten Strähnen. Die Sonne steht hoch am Himmel. Es ist die Stunde vor Mittag, und beim Sprechen glänzt Schweiß auf seinem pochenden Hals und tropft ihm von der Stirn. Er predigt Tod und Endzeit und Gottes verheißene Erlösung durch das Blut des Herrn Jesus Christus. Hin und wieder bleiben Leute stehen, vergessen einen Augenblick, was sie zu tun haben, und lauschen seinen Worten. Andere – die meisten – blicken ihn nur mürrisch an, lachen ihn aus oder schauen sofort wieder weg. Er spricht schrill und inbrünstig, hat eine Bibel in der Rechten und hält sie, wenn er aus der Schrift zitiert, hoch über den Kopf und schlägt sie wie ein Tamburin.

»Hört meine Geschichte und nehmt sie euch zu Herzen«, ruft er. »Denn einst war ich verloren wie ihr. In Finsternis versunken war mein Geist und in Unwissen verdorrt, und ich stand am Abgrund der Verzweiflung, aber Gott der Herr hat mich erhoben. In Pennsylvania wurde ich in Armut und Zurückgebliebenheit geboren. Mit zehn Jahren schickte man mich in ein Bergwerk, wo ich jeden Tag geschlagen und verspottet wurde. Ein Mann namens O'Connor hat mich gerettet. Er nahm sich meiner an, und wir lebten eine Zeit zusammen. O'Connor hatte einen Feind, einen gewissen Doyle, der ihm schweren Schaden zugefügt hatte. Auf Rache aus, suchte O'Connor Tag für Tag nach ihm, doch konnte ihn nirgends finden. Dann, eines Tages, am Tag der Abrechnung, gingen wir allein über Land, und Doyle stand plötzlich ohne Warnung vor uns. Er saß auf einem grauen Pferd und hielt eine Pistole in der Hand. Eben noch hatten wir gemeinsam gesungen und gelacht, und auf einmal standen wir im Angesicht des Todes. Das sei allen armen Sündern eine Lehre! Mein Behüter hatte keine Zeit zu Flucht oder Verteidigung. Noch bevor er seine Waffe ziehen konnte, traf ihn eine Kugel in den Kopf.

Sterbend lag er dort zu meinen Füßen, doch ich musste ihn zurücklassen und in die Wälder fliehen, um mich selbst zu retten. Ich lief, so weit ich konnte, und versteckte mich dann, schlotternd vor Angst, bis die Nacht hereinbrach. Am nächsten Morgen suchte ich den Weg zurück zur Straße, doch wohin ich mich auch wandte, ich ging immer nur im Kreis. Es war, als läge ein Zauberbann auf mir, der sich einfach nicht brechen ließ. Wie es in den Psalmen heißt: ›Die irregingen in der Wüste, in ungebahntem Wege, und fanden keine Stadt, da sie wohnen konnten.‹

Ich war müde und durstig, und der Schmerz über O'Connors Tod verbrannte mir das Herz wie Feuer. Ich wollte schon alle Hoffnung fahren lassen, als ich in der Ferne ein Geräusch hörte, ein Pfeifen oder Summen. Je mehr ich darauf lauschte, desto sonderbarer klang es. Ich beschloss, herauszufinden, wo das Geräusch herstammte. So ging ich also los und kam bald auf eine Lichtung. In deren Mitte stand ein Zelt, und aus dem Zelt strömte Gesang. Als ich eintrat, drehten sich alle nach mir um. Ich dachte, man werde mich schelten, doch ich wurde herzlich aufgenommen. Es war, wie Christus uns gelehrt hat: ›In meines Vaters Hause sind viele Wohnungen. Wenn es nicht so wäre, so wollte ich zu euch sagen: Ich gehe hin euch die Stätte zu bereiten.‹

Als das Lied zu Ende war, rief der Priester mich vor zum Altar. Er fragte mich nach meinem Namen, legte mir die Hand auf die Stirn und segnete mich. In diesem Augenblick, als ich dort schwach, verzweifelt und zerknirscht vor Trauer stand, erfüllte mich der Heilige Geist, und all meine Ängste und Sorgen fielen von mir ab. Denn wahrlich, es steht geschrieben: ›Und Gott wird abwischen alle Tränen von ihren Augen, und der Tod wird nicht mehr sein, noch Leid noch Geschrei noch Schmerz‹. Das war der erste Tag meines neuen Lebens. Mein Retter war tot, doch ich fand einen noch wahreren Tröster und Behüter im Herrn Jesus.

Der Priester machte mich zu seinem Burschen, und ich war ihm treu ergeben. Er lehrte mich lesen und schreiben, ich war ihm zu Diensten. Nach einigen Jahren in seinem Haushalt hatte ich eine herrliche Vision. Ich lag abends im Bett, von Fieber und Schüttelfrost gepackt, als plötzlich über mir ein Engel schwebte. Der Engel verkündete mir, dass Christus im Westen wiederkehren und dort das Neue Jerusalem entstehen lassen werde. Sobald ich wieder gehen konnte, packte ich meine Sachen und brach auf. Die Reise war lang und fürchterlich, und mein Glaube wurde oft geprüft, aber ich wusste, dass Christus über mich wacht, und ertrug um seinetwillen alle Qualen.

Als ich in San Francisco ankam, erschien der Engel mir erneut. Er sagte, meine Aufgabe sei es, die Menschen auf das vorzubereiten, was ihnen unweigerlich bevorsteht. Er offenbarte mir, diese Stadt werde schon bald in tosenden Flammen stehen und die Erde unter ihr erbeben, und der Herr werde Rache üben an den Bösen und all denen, die ihrer Bosheit hilfreich waren. Bald, schon eher als ihr glaubt, werden die sieben Engel aus dem Himmel niederfahren und die Hurentreiber und Götzendiener in den Feuersee stürzen. Das ist die wahre Prophezeiung, und ich bin ihr demütiger Bote. Das ist das Wort des Herrn. Tut Buße und reinigt euch von euren Sünden, oder ihr werdet tausend Jahre oder länger in der Hölle schmoren. Verhöhnt und missachtet mich auf eigene Gefahr, denn ›siehe, des HERRN Tag kommt grausam, zornig, grimmig, das Land zu verstören und die Sünder daraus zu vertilgen.‹«

Ein Jahr brauchte er von Pennsylvania in den Westen, und oft hat er geglaubt, er müsse sterben, ehe er das Ziel erreicht. Beim Überqueren des Missouri wäre er beinah ertrunken. In der Nähe von Wichita wurde er ausgeraubt, halb tot geschlagen und im Staub liegen gelassen. Auf den hohen Pässen in den Bergen ist er fast erfroren, in den Wüsten bissen ihn die Schlangen und brannte ihn die Sonne schwarz. Trotz all dieser Entbehrungen hielt er stets an seinem Glauben fest, und als er in San Francisco ankam, verlaust und zerlumpt, die Stiefel durchgelaufen, die Füße voller Blasen und zu doppelter Größe angeschwollen, war er sicher, das verheißene Ziel seines langen Wegs erreicht und wahrlich Babylon entdeckt zu haben. Überall um ihn herum, in den Banken und Amtsstuben, den Kirchen und Tempeln, auf den schmutzigen, vergifteten Straßen, lagen die Zeichen der Sünde und der falschen Prophezeiungen eindeutig zutage. Wo er hinsah, nichts als Geiz und Götzendienerei. Wo er hinsah, Wollust, Elend, Habgier und Verderbtheit.

Es ist nur eine Frage der Zeit, bis Gottes Strafe über diese Stadt kommt. Die Vorstellung, wie sie dem Erdboden gleichgemacht wird, wie ihre Einwohner den Flammen vorgeworfen oder von der Pest dahingerafft werden, erfüllt ihn mit Mitleid und Entsetzen, aber auch mit einem Gefühl großer Klarheit und Bestimmung. Er hat das Böse selbst erlebt, hat gelitten und die Leiden anderer gesehen, doch heute ist ihm klar, dass all das unumgänglich war. Alle Schmerzen und Wirren, die ihm widerfahren sind, waren Teil desselben ewigen und unabänderlichen Plans. Nichts bleibt unberührt von diesem Plan, nichts liegt jenseits oder außerhalb von ihm. Was uns seltsam oder unbegreiflich vorkommt, wird sich durch das erklären, was am Ende geschieht. Was heute falsch und fürchterlich scheint, wird sich in den letzten Tagen als notwendig für das Wahre und Gute erweisen. Bei der letzten Abrechnung wird jeder Cent und Dollar mitgezählt. Das ist sein Glaube und seine Gewissheit. Das ist seine Freude und seine Erfüllung.

Wenn er an den Straßenecken und auf dem Marktplatz predigt, wird er verspottet oder ignoriert, doch er lässt sich nicht entmutigen, denn er weiß, wenn einst die Posaune des Jüngsten Gerichts erschallt, werden die Frevler hingestreckt und die Gerechten in das Himmelreich erhoben. James O'Connor ist tot und Stephen Doyle noch irgendwo am Leben und in Freiheit, doch wenn Christus wiederkehrt, werden ihrer beider Seelen in die Waagschale gelegt und das wahre, letzte Urteil wird gesprochen. Das irdische Gesetz ist kraftlos und bestechlich, das des Herrn ist unendlich und rein.

Ganz allein ist er in dieser Stadt, hat weder Freunde noch Vertraute, denn er konnte niemanden finden, der reinen Herzens und charakterstark genug wäre, um an seiner Seite zu bestehen. Jeden Tag sieht er auf sämtlichen Gesichtern bloß das Mal des Tieres prangen. Nur wenn er sich im Spiegel sieht, erblickt er auf seiner Stirn – in Lettern aus goldenem Licht – den gesegneten Namen des Herrn.

Um Mitternacht geht er in die Pacific Street und wartet in der Gasse am Windbruch. Männer suchen ihn dort auf. Manche sind noch jung wie er, doch die meisten sind so wie der Priester damals: alt und übel riechend, mit weichen, nassen Lippen, runden, vorstehenden Bäuchen und zitterigen Fingern. Er kennt ihre Begierden und weiß, wie man sie stillt. Obwohl er ihr Fleisch berührt und sich selbst berühren lässt, obwohl er sie in seinen Mund aufnimmt und ihren Samen schluckt, wird er davon nie beschmutzt. Er nimmt ihr Geld, wird davon aber nicht verdorben. Gott ist allezeit sein Schild und sein Beschützer. Auch wenn er nachts in den niedrigsten Unterkünften schläft, im Schmutz, umgeben von Säufern und Verbrechern, auch wenn er am Tag seine spärlichen Krumen mit Spielern und Huren isst, bleibt er unvermindert rein und heilig, denn er weiß, die Engel wachen über ihn und leiten ihn in Ewigkeit. Und wenn er in stinkender Düsternis im Bett liegt, hört er in der schalen Luft das Rascheln ihrer prächtigen Schwingen und lauscht dem sanften Murmeln ihrer gewaltigen Stimmen, tief, ruhig und tröstlich, wie eine schöne Melodie aus einem anderen Zimmer.

Dies ist eine fiktive Geschichte, die auf historischen Tatsachen beruht. Es stimmt, dass drei Angehörige der Irisch-republikanischen Bruderschaft – Willam Allen, Michael Larkin und Michael O' Brien, später als die ›Manchester Märtyrer‹ bekannt – im Jahre 1867 vor dem Gefängnis New Bailey in Salford wegen Mordes an dem Polizisten Charles Brett gehängt wurden, aber alles, was im Roman daraus folgt, ist frei erfunden. Einige wenige Figuren beruhen auf realen Personen aus dem Kontext der irischen Revolutionsbestrebungen im England der 1860er-Jahre, aber die meisten, einschließlich James O'Connor und Stephen Doyle, entstammen meiner Fantasie.

Ich danke John McAuliffe, Judith Murray, Denise Shannon, Suzanne Baboneau und Gillian Walsh für ihre Hilfe und Unterstützung.